JOHANNA
DANNINGER

NACHBARSCHAFTS-
VERHÄLTNIS

ROMAN

amazon publishing

Deutsche Erstveröffentlichung von
Amazon Publishing, Amazon E.U. Sàrl
5 Rue Plaetis, L-2338, Luxembourg
December 2014

Umschlaggestaltung: bürosüd° München, www.buerosued.de
Satz: Satzbüro Peters
Printed in Germany
By Amazon Distribution GmbH
Amazonstraße 1
04347 Leipzig, Germany

ISBN: 9781477821169

www.apub.com

Kapitel 1

Obwohl es erst Viertel nach sechs am Morgen war, saß ich schon seit geraumer Zeit in meinem Büro und brütete über einem Stapel Papiere. Draußen erwachte meine Heimatstadt langsam zum Leben. Die Geräusche des Berufsverkehrs verstärkten sich von Minute zu Minute. Schon bald würde der städtische Trubel seinen Höchststand erreichen und vor dem späten Abend auch nicht mehr abklingen. Der Motorenlärm und das gelegentliche Hupen waren mir so vertraut, dass ich es nur noch im Unterbewusstsein wahrnahm. Konzentriert blätterte ich durch die Akte eines neuen Auftrags und erstellte geistig bereits das Layout eines ansprechenden Exposés.

Ich war selbstständige Immobilienmaklerin und das mit Leib und Seele. Mit meinen jungen achtundzwanzig Jahren konnte ich mich bereits stolze Inhaberin eines eigenen Maklerbüros und Chefin von zwei Mitarbeitern nennen.

Im ersten Moment klingt das vielleicht beeindruckender, als es ist, denn ich hatte einfach nur das Glück, die Tochter meines Vaters zu sein, der die Firma vor rund zwanzig Jahren mit viel Schweiß aus dem Boden gestampft hatte und jetzt seinen Vorruhestand genoss. Er hatte mir nach meiner Ausbildung zur Immobilienkauffrau gerade einmal drei Jahre Zeit gegeben, bevor er aus dem Vater-Tochter-Unternehmen ein reines Tochter-Unternehmen machte und mit meiner Mutter ins sonnige Spanien auswanderte.

Friss oder stirb! So kam es mir damals zumindest vor, als er mir ohne Vorwarnung seinen Plan eröffnete. Dass ich die Firma eines Tages übernehmen würde, war freilich klar gewesen, aber ich hatte mir eigentlich vorgestellt, vorher noch einiges an Berufserfahrung zu sammeln.

»Du schaffst das schon«, sagte er zu jener Zeit am Flughafen zu mir. »Ich habe vollstes Vertrauen in dich.«

»Wenn es dir zu viel wird, dann kommst du halt einfach zu uns nach Spanien«, schlug meine Mutter tröstend vor.

Mit einem »Wir lieben dich! Olé!« stiegen die beiden schließlich in das Flugzeug nach Madrid und ließen mich, ihre einzige Tochter, mit einer riesigen Last auf den Schultern zurück. Ich blickte dem Flieger noch lange nach und fragte mich ernsthaft, was ich meinen Eltern wohl angetan haben mochte, mich einfach so hilflos zurückzulassen.

Als wäre es erst gestern gewesen, sah ich mich in dem großen Büro meines Vaters sitzen und auf die Ordner mit den laufenden Projekten starren. Bedrohlich stierten sie auf mich herab, geradezu als wollten sie sich jederzeit auf mich stürzen. Eine ganze Flut von Existenzängsten hatte mich überrollt, bis ich innerlich die Schultern straffte, die Arschbacken zusammenkniff und an die Arbeit ging, so wie es von mir verlangt wurde.

Meine erste Tat als Inhaberin von *KollmannImmobilien – Wir finden Ihr Zuhause* war, eine Stellenanzeige aufzugeben. Ich brauchte ganz dringend fachliche Unterstützung. Nicht weil ich mein Handwerk nicht beherrscht hätte, sondern weil ich es einfach nicht ertragen konnte, allein auf weiter Flur zu sein.

So kam Nicole Schmidt zu mir. Nici war in meinem Alter, engagiert und strotzte nur so vor Energie. Sie wurde nicht nur meine erste Angestellte, sondern gleichzeitig meine engste Vertraute und beste Freundin. Diese Verbindung hielt allen Problemen stand, beruflich wie privat, was mich manchmal selbst ein wenig erstaunte.

Nici und ich waren ein tolles Team. Jung, dynamisch, gut aussehend … und ja, so ehrlich musste man sein, Attraktivität konnte bei unserer Tätigkeit sehr von Vorteil sein. Kombiniert mit Fachwissen und Fleiß quasi unschlagbar. In der Berufswelt hatte ein Mann genügend Vorteile, warum sollte frau die ihren nicht auch nutzen? Natürlich besaßen wir genug Selbstachtung, uns von den Betten unserer Kunden fernzuhalten. Solcherlei Eskapaden hatten wir auch gar nicht nötig. Aber was sprach gegen einen gekonnten Augenaufschlag und ein strahlendes Lächeln?

Unsere Philosophie bewährte sich und meine Firma lief wie von allein.

Richtig interessant wurde es, als vor einem Jahr Gabriele Goldberger bei uns hereinschneite. Gaby war Ende vierzig, frisch geschieden, hatte die Schnauze voll von ihrem Maklerjob bei einer Bank und wolle viel lieber bei unserer netten Damenrunde mitmachen, verkündete sie damals. Zwei Wochen später bekam sie einen eigenen Schreibtisch und zog Aufträge an Land, von denen Nici und ich bisher nur geträumt hatten.

Inzwischen war mein kleines Geschäft eine ernst zu nehmende Konkurrenz für die führenden Immobilienfirmen der Stadt. Gaby hatte einen unglaublichen Blick für Luxusobjekte und verschaffte uns innerhalb kürzester Zeit ein sehr profitables Standbein in der Liga der Reichen und Schönen, bei denen sich die hohen Provisionen nur so tummelten.

Meine anfänglichen Ängste hatten sich also als unbegründet herausgestellt.

»Habe ich dir doch gleich gesagt«, kommentierte mein Vater regelmäßig während unserer sporadischen Telefonate.

Inzwischen glaubte ich ihm und war sogar froh, dass er mich einfach ins kalte Wasser geworfen hatte. So hatte er aus mir eine erfolgreiche Geschäftsfrau gemacht, die wusste, was sie wollte und hartnäckig ihre Ziele verfolgte.

Mein Blick wanderte zur Uhr. In einer halben Stunde würden meine Mädels (wie ich sie gerne nannte) eintrudeln und nach unserer Morgenbesprechung bei einer Tasse Kaffee standen für mich die ersten Auswärtstermine an. Laut meiner Planung sollte mein Arbeitstag gegen fünfzehn Uhr beendet sein. Ich hoffte inständig, dass dem auch so sein würde, denn ich wollte heute unbedingt noch ein wenig Zeit in meinem Garten verbringen. Die Sonne lachte bereits jetzt fröhlich durch das Fenster und versprach einen angenehmen Tag im März.

Jeder Selbstständige weiß um die Vagheit eines Terminplans. So etwas war eher als Richtwert denn als Tatsächlichkeit anzusehen und deshalb war es beinahe siebzehn Uhr, als ich endlich erschöpft, aber zufrieden vom Büro nach Hause fuhr.

Ich wohnte in einem überschaubaren Örtchen, nur rund zehn Kilometer außerhalb der Stadt, in dem Haus meiner Kindheit. Als ich das Erbe meines Vaters antrat, hatte ich eine Weile überlegt, der Einfachheit halber eine Wohnung direkt in der Stadtmitte anzumieten, mich aber ungeachtet der horrenden Benzinpreise dagegen entschieden.

Das Einfamilienhaus, erbaut von meinen Eltern in den späten Siebzigern, lag am Rand einer ruhigen Wohnsiedlung an einem gepflegten Wendeplatz. Bachstraße, Hausnummer 24. Der große Garten grenzte direkt an Wiesen und Felder und war für mich der absolute Ausgleich zu einem stressigen Arbeitstag. Hier konnte ich mich entspannen und zur Ruhe kommen, was mich letztendlich dazu bewogen hatte, hier zu bleiben.

Jedes Mal, wenn ich mit meinem knallroten Cabrio die breite Auffahrt zu meiner Garage entlangfuhr, freute ich mich ehrlich über mein Zuhause. Meine ersten Provisionen hatte ich mit Feuereifer in umfangreiche Modernisierungsmaßnahmen gesteckt. Natürlich würdigte ich das Werk meiner Eltern, aber ich hatte das dringende Bedürfnis meine eigene Note einzubringen. Schließlich war dies jetzt mein Eigentum und ich wollte mich darin verwirklichen.

Die Fassade erstrahlte in neuem Putz und dezent hellbrauner Farbe. Die Fensterrahmen in weißer Holzoptik wurden gesäumt von weißen Zierläden. Darunter waren Halter für Blumenkästen angebracht, aus denen schon bald bunte Geranien hervorquellen würden. Noch war es zu früh, aber schon in wenigen Wochen würde meine Anzucht robust genug sein, um sie vom Gewächshaus nach draußen setzen zu können.

Der Garten – das war meine Leidenschaft. Meine Freude, meine Erfüllung, einfach das Schönste. Wenn auch recht untypisch für eine Frau in meinem Alter. Zumindest in dem Ausmaß, mit dem ich diesem Hobby frönte. Von März bis Oktober verbrachte ich beinahe jeden Tag ein paar Stunden mit Gartenschere und Handrechen und pflegte mein eigenes kleines Paradies.

Ich schloss die Haustür auf und trat beschwingt in den breiten Flur.

Mein Einrichtungsstil war hell, elegant und offen. Ich hatte ein Faible für den amerikanischen Modern-Country-Style und dieser erstrahlte in meinem gesamten Heim. Nici sagte mir immer wieder, dass sie sich bei mir zu Hause vorkam wie in einem Möbelkatalog. Ich fasste das als Kompliment auf, obwohl sie damit eigentlich eher meinte, in meinem Haus wirke alles so perfekt, als würde gar keiner drin wohnen. Nun, ich war eben ein sehr ordentlicher Mensch (mit einem kleinen Hang zum Perfektionismus), aber *ich* musste mich hier wohlfühlen und niemand sonst. Und dass ich meine Unterwäsche nach Farben sortierte, ging schließlich keinen was an.

Sorgfältig räumte ich Jacke, Schuhe und Handtasche an ihren vorgesehenen Platz und überprüfte bei dieser Gelegenheit kurz mein Spiegelbild in der Garderobe.

»Charly, ich bin da!«, trällerte ich. Bis auf die Feststellung, dass mein blond gesträhntes Haar baldigst eine Ansatzbehandlung brauchte, war ich überaus zufrieden mit meinem Antlitz. Ich war gesegnet mit ebenmäßigen Gesichtszügen und einer weiblichen Statur. Meine Nase könnte vielleicht etwas kleiner sein, aber das machten meine auffällig hellblauen Augen wieder wett, und die wenigen Sommersprossen, die meinen glatten Teint störten, konnte man problemlos mit Make-up überdecken.

»Charly?« Ich wandte mich von dem Spiegel ab, um zu lauschen.

Das Haus lag stumm vor mir. Von meinem Mitbewohner keine Spur.

Wo treibt sich dieser Kerl nur wieder rum?, dachte ich und wollte gerade in die Küche gehen, als er schließlich die Treppe heruntergaloppierte. Die Aussicht auf ein ausgiebiges Abendessen hatte ihn wohl doch dazu bewogen, sich von seiner Ruhestätte zu erheben und die Anstrengung, mich zu begrüßen, auf sich zu nehmen.

Nun hatte er es so eilig, dass seine kurzen Beine auf den Stufen beinahe durcheinandergerieten.

»Na, jetzt übertreibst du's aber«, lachte ich und wartete, bis das Pelzknäuel bei mir angekommen war.

Mit einem lauten Schnurren strich es mir um die Beine und mauzte auffordernd, ich, der Dosenöffner, sollte doch endlich meiner Aufgabe nachkommen. Vorher bückte ich mich aber noch und hob meinen kleinen Liebling hoch, um ihn kurz an mich zu drücken.

Eigentlich *hievte* ich ihn hoch, denn mein *Kleiner* war ein stattlicher Kartäuser-Kater, der stolze sieben Kilo vorweisen konnte.

Liebevoll streichelte ich über sein blaugraues Fell und kraulte ihn am Nacken. Er schnurrte zufrieden und blickte mich mit seinen bernsteinfarbenen Augen an. Die rührende Begrüßung hielt genau eine Minute an. Bis Charly nämlich beschloss, es wäre nun endgültig an der Zeit, ihn zu füttern. Ungeduldig strampelte er sich aus meinen Armen und stolzierte mit erhobenem Haupt voran in die Küche. Lächelnd schüttelte ich den Kopf und folgte ihm ergeben.

Charly war ein Umstand, der eigentlich gar nicht in mein durchweg strukturiertes Leben passte. Katzen hielten sich bekanntlich selten an Vorschriften und Pläne und machten eigentlich immer nur, was sie wollten. Wenn sie nicht gerade schliefen … Dass dieser Kater nun bei mir gelandet war und ein kleines Quäntchen Chaos in meinen sonst so perfekten Haushalt brachte, hatte ich Nici zu verdanken.

Sie kannte jemanden, der jemanden kannte, der Kartäuser züchtete, und dieser jemand war von Charly wegen vier heller Kringel auf dem Schwanz so dermaßen enttäuscht gewesen, dass er den Kater dringend aussortieren wollte. Nici fand dies empörend, packte den Kringelschwanzkater umgehend ein und schleppte ihn in ihre Wohnung. Leider erinnerte sie sich kurz darauf an eine gewisse Klausel in ihrem Mietvertrag, die eine Haustierhaltung ausdrücklich untersagte, weshalb sie plötzlich unangekündigt mit einem Katzenklo, einem Futternapf und einer Transportbox, aus der ein jämmerliches Mauzen drang, vor meiner Tür stand. Ich sollte den armen Kater doch bitte aufnehmen, bis sie einen geeigneten Besitzer für ihn gefunden hätte. Und schwupp – weg war sie wieder und ich lugte zweifelnd durch das vergitterte Türchen der Plastikbox. Den herzzerreißenden Anblick der verängstigten, gelben Augen werde ich wohl nie vergessen.

Ja, und so war ich zu meinem pelzigen Mitbewohner gekommen, obwohl ich mich selbst nie für einen Katzenfreund gehalten hatte.

Nici hatte einfach niemanden gefunden und nach einigen Startschwierigkeiten rauften wir uns zusammen. Oder besser gesagt: Ich fügte mich seinen Bedürfnissen. Katzen passen sich nie ihren Besitzern an – die Besitzer passen sich ihren Katzen an (nur bemerken sie diesen Umstand meistens nicht).

Inzwischen hatte ich mich so sehr an meinen Stubentiger gewöhnt, dass ich mir ein Leben ohne schnurrendes Kuscheltier und hartnäckige Katzenhaare auf meiner Kleidung gar nicht mehr vorstellen konnte. Da ich beruflich oft den ganzen Tag nicht zu Hause war, ließ ich eine Katzenklappe in die Terrassentür montieren, womit Charly sich recht gut arrangieren konnte. Das Übel, dadurch des Öfteren völlig entstellte Mäuseleichen in meiner Küche zu finden, musste ich wohl oder übel in Kauf nehmen. Immerhin wollte er mir ja damit stets nur ein Geschenk machen. Redete ich mir zumindest ein.

Später unternahm ich trotz der bereits eingesetzten Abenddämmerung noch einen kleinen Rundgang durch meinen Garten. Charly begleitete mich und schaffte es immer wieder, mir direkt vor die Füße zu laufen.

»Manno, jetzt pass doch mal auf!«, schimpfte ich halbherzig, als ich ein weiteres Mal ins Stolpern geriet und nur knapp einer Umarmung mit einem meiner Rosensträucher entging.

Charly sah mich mit seinen schrägen Augen an und hätte garantiert unschuldig mit den Schultern gezuckt, hätte er es gekonnt. Dann erregte eine Motte seine Aufmerksamkeit und lockte ihn ein paar Meter von mir weg.

»Guten Abend, Susanne!«, ertönte eine freundliche Stimme, als ich mich gerade bückte, um ein kleines Büschel lästiges Unkraut auszurupfen.

Ich tauchte zwischen meinen Sträuchern auf und sah über den Zaun zu meiner Nachbarin hinüber. Sie goss ihre kostbaren Salatpflänzchen und winkte mir fröhlich zu.

»Hallo Annemarie!« Ich winkte zurück. »Was macht deine Saat?«

»Wächst und gedeiht«, erklärte sie sichtlich zufrieden. Sie teilte meine Leidenschaft für die Gartengestaltung und verbrachte damit ebenso viel Zeit wie ich. Nur dass sie schon weit über siebzig Jahre alt war. Trotz des Altersunterschiedes verband uns eine langjährige Freundschaft.

Ihr Haus, die Nummer 26, war das letzte am Wendeplatz und hatte nur mich als direkten Nachbarn. Schräg gegenüber gab es nur eine riesige Scheune und einen verwilderten Bauplatz, dessen Besitzer sich beharrlich weigerte zu verkaufen. Eine sehr idyllische Lage.

Früher hatten Annemarie Berger und ihr Mann Falk in Berlin gewohnt und gearbeitet. Kaum in Rente, beschlossen die beiden, von jetzt an ein ruhigeres Leben zu führen. Da es ihre Tochter aus beruflichen Gründen in unsere Stadt verschlagen hatte und sie in ihrer Nähe sein wollten, fanden sie hier das perfekte Örtchen, um ihren Ruhestand zu genießen.

Meine leiblichen Großeltern waren leider sehr früh verstorben und die beiden wurden eine Art Ersatz-Oma und -Opa für mich. Sie versorgten mich stets liebevoll mit Kakao und Keksen und erzählten mir aufregende Geschichten aus längst vergangenen Tagen. Extra für mich wurde sogar ein Gartentürchen in dem weißen Holzzaun, der die benachbarten Grundstücke trennte, montiert, damit ich schnellstmöglich und ohne größere Gefahren zwischen meinen Liebsten hin- und hereilen konnte.

Vor sechs Jahren erlitt Falk einen schlimmen Schlaganfall, von dem er sich nicht mehr erholte.

Weil Annemarie zu dieser Zeit das Autofahren wegen einer Sehschwäche bereits aufgegeben hatte, fuhr ich sie jeden Tag zu ihrem Mann ins Krankenhaus. Es war entsetzlich, ihn zwischen Beatmungsgeräten und Nahrungssonden dahinvegetieren zu sehen. Sein Tod, der ein paar Wochen später eintrat, kam einer Erlösung gleich.

Wie Annemarie nach seinem Ableben weiterhin aufrecht durch den Alltag gehen konnte, war mir ein Rätsel. Sie war erfüllt von Trauer, das sah man in ihren Augen, doch sie akzeptierte den Verlust ihres Ehemanns mit einer Würde, die mich in höchstem Maße beeindruckte.

»Der Tod gehört nun mal zum Leben«, sagte sie damals zu mir. »Wenn die Zeit gekommen ist, werden wir beide wieder zusammenfinden.«

Seltsamerweise kam mir gerade dieser Satz in den Sinn, als ich ihr dabei zusah, wie sie die Gießkanne abstellte und ihr Frühbeet sorgfältig mit dem Deckel verschloss. Sie richtete sich auf und stemmte die linke Hand in die Hüfte. Ein Schatten des Schmerzes huschte kurz über ihr Gesicht.

»Ist alles in Ordnung?«, fragte ich besorgt und versuchte zu erkennen, was genau ihr Pein bereitete. Ihrer Haltung nach sah sie aus, als hätte sie Seitenstechen.

»Jaja, Kindchen«, beruhigte sie mich schnell. »Es ist nur ein Kreuz mit dem Kreuz. Na ja, ich bin eben auch nicht mehr die Jüngste.«

Sie lachte, doch ich behielt meine Besorgnis. Ich kannte Annemarie gut genug, um zu wissen, dass sie niemals jammern würde, egal wie schlecht es ihr auch erging.

»Soll ich dir was aus der Apotheke holen?«

»Lieb von dir, aber ich bin bestens ausgerüstet.«

Das bezweifelte ich. Soweit ich wusste, nahm sie so gut wie gar keine Medikamente ein. Ihrer Meinung nach gab es nichts Synthetisches, was Pflanzen nicht auch konnten, deshalb bestand ihr Erste-Hilfe-Kasten aus Teeblättern und *Klosterfrau Melissengeist*.

»Wie war die Arbeit heute?«, erkundigte sie sich beiläufig.

Sie wollte eindeutig vom Thema ablenken, und weil ihr meiner Erfahrung nach bezüglich ihres Gesundheitszustandes nichts weiter zu entlocken sein würde, ließ ich mich mit einem Seufzen darauf ein.

»Anstrengend, aber mehr als erfolgreich. Gaby hat einen vielversprechenden Interessenten für die alte Villa im Hain gefunden. Vielleicht können wir noch diese Woche einen Vertrag abschließen.«

»Freut mich zu hören! Diese Gaby scheint sich wirklich aufs Immobiliengeschäft zu verstehen. Wenn sie sich nur nicht diese seltsamen Striche ins Gesicht malen würde …«

»Das sind ihre Augenbrauen. Außerdem sind die nicht gemalt, sondern tätowiert.«

»Schrecklich!« Annemarie schüttelte sich. »Ich verstehe wirklich nicht, was daran toll sein soll.«

Ich nickte zustimmend. Gabys Look wäre mir persönlich auch zu viel. Sie war eine jener Frauen, die einfach nicht damit klarkamen, älter zu werden. Um der Natur ein Schnippchen zu schlagen, versuchte sie sich in jedem Trend der Beauty-Industrie und verbrachte entschieden zu viel Zeit in Schönheitssalons. Selbstverständlich oblag das vollkommen ihrer eigenen Entscheidung, doch ich war ehrlich froh, dass sie endlich aufgehört hatte, sich Botox spritzen zu lassen. Zum einen, weil sie mit ihrer toupierten Blondmähne ausgesehen hatte wie eine Wachsfigur-Midlife-Crisis-Barbie in Lebensgröße, und zum anderen, weil mir Menschen unheimlich waren, die lachten, ohne dabei ihre Mimik zu verändern.

Charly hatte sich unterdessen durch den Zaun gequetscht und strich Aufmerksamkeit heischend um Annemaries Beine.

»Na, du? Bei mir brauchst du gar nicht so zu schleimen. So wie du aussiehst, bekommst du bei Susanne genügend zu fressen«, sagte sie zu ihm. Der Umstand, dass sie sich heute nicht zu ihm hinunterbückte, um ihn zu streicheln, sagte genug über die Stärke ihrer Rückenschmerzen.

»Du, ich habe morgen erst am späten Vormittag meine ersten Termine und wollte gleich in der Früh zum Einkaufen fahren. Soll ich dir etwas mitbringen?«, bot ich an.

»O ja! Ich brauche tatsächlich ein paar Lebensmittel. Aber wenn, dann komme ich schon selber mit.«

»Okay. Ich hol dich ab.«

»Das freut mich. Was würde ich nur ohne dich machen?«

Tja, diese Frage stellte ich mir zuweilen auch. Ich kümmerte mich gerne um sie, aber normalerweise sollte doch ihre eigene Tochter für solche Dinge da sein, oder? Aber die liebe Sarah war viel zu sehr damit beschäftigt, reichen Übernachtungsgästen Honig ums Maul zu schmieren. Annemaries Tochter war nämlich Managerin des edelsten Hotels und eine der wichtigsten Persönlichkeiten der Stadt. Glaubte sie zumindest. Und dass ich sie nicht leiden konnte, war kein Geheimnis.

Ich wünschte Annemarie eine ruhige Nacht, bevor sie mit einem »Bis Morgen!« in ihrem Haus verschwand.

Weil sie ihm einfach die Tür vor der Nase zuknallte, kehrte Charly eilig zu mir zurück und scharwenzelte probehalber um meine Füße herum.

»Keine Chance«, erklärte ich ihm bestimmt. »Du musst dich leider mit Trockenfutter abfinden.«

Eingeschnappt wandte er sich von mir ab und stelzte von dannen.

Manchmal frage ich mich wirklich, ob Katzen nicht doch heimlich unsere Sprache verstehen können …

Kapitel 2

Zu unserer geplanten Einkaufstour sollte es nicht kommen.

Bereits als ich auf das Haus meiner Nachbarin zuschritt, wusste ich, dass etwas ganz und gar nicht stimmte. Seit ich denken konnte, war Annemarie Frühaufsteher gewesen, und da jetzt, obwohl wir verabredet waren, keine einzige Regung hinter den Fenstern zu sehen war, breitete sich sofort ein mulmiges Gefühl in meiner Magengegend aus.

Anstandshalber klingelte ich an der Haustür und wartete kurz ab, bevor ich den Notfallschlüssel aus seinem Versteck unter einem Fensterbrett hervorholte und mich selbst einließ.

Ich rief nach Annemarie und fand sie schließlich in der oberen Etage in ihrem Schlafzimmer.

Friedlich und bis unters Kinn zugedeckt lag sie mit geschlossenen Augen in ihrem Bett, als würde sie in einem schönen Traum verweilen. Gefasst stand ich neben ihr und wartete darauf, endlich eine Bewegung ihres Brustkorbes zu sehen.

Obwohl ich schon längst wusste, dass sie aus diesem Schlaf nie wieder erwachen würde.

Wenn die Zeit gekommen ist, werden wir beide wieder zusammenfinden …

Es war so weit. Annemarie war ihrem Falk gefolgt.

Beherrschter, als ich es mir vorher je hätte vorstellen können, ging ich hinunter zum Telefon und rief ihren Hausarzt an. Danach wählte ich Sarahs Nummer. Wie zu erwarten war sie nicht erreichbar, deshalb hinterließ ich eine dringende Bitte um

Rückruf auf ihrer Mobilbox. Nici schickte ich eine SMS mit einer kurzen Erklärung und bat sie, sich um meine Außentermine zu kümmern. Die Geschäfte mussten warten.

Langsam ging ich wieder nach oben, setzte mich zu Annemarie an den Bettrand und wartete geduldig auf das Eintreffen des Arztes, während stumme Tränen über meine Wangen rollten.

Dr. Weigl bescheinigte mir nur das Offensichtliche auf einem Blatt Papier. Er händigte mir den Totenschein aus und war gerade im Begriff, sich zu verabschieden, als das Telefon klingelte. Ich schloss die Haustür hinter dem Doktor und nahm das Gespräch an. »Kollmann?«

»Hallo, hier ist Sarah. Was gibt's denn so Dringendes?«

»Sarah, es tut mir so schrecklich leid«, begann ich mit belegter Stimme. »Annemarie ist gestorben.«

Schweigen.

»Wann?«, fragte sie schließlich.

Wann? Ihre Mutter war tot und das war die erste Frage? Na schön. Vermutlich hatte sie einen Schock.

»Heute Nacht«, antwortete ich knapp.

»Hm.«

Ja, es ist bestimmt der Schock …

»Der Hausarzt hat es gerade bestätigt«, erzählte ich neutral. »Alles deutet auf einen natürlichen Tod hin. Vermutlich Herzinfarkt. Sie sieht aus, als sei sie friedlich eingeschlafen.«

»Hm.«

»Welches Bestattungsinstitut soll ich anrufen?«

»Egal. Gib mir einfach nur Bescheid, dann fahre ich später hin und regle alles Weitere.«

Mir verschlug es kurzzeitig die Sprache.

»Willst du denn nicht gleich herkommen?«, presste ich angespannt hervor.

»Ich kann jetzt hier nicht weg. Ich habe ein wichtiges Meeting.«

Das war zu viel. Meine anfängliche Nachsicht war wie weggeblasen. Wütend und vor allem fassungslos zischte ich in den

Hörer: »Wenigstens ein letztes Mal könntest du dir Zeit für sie nehmen!«

Sarah schnappte nach Luft. »Wie bitte?«

»Du hattest nie Zeit für sie und jetzt schaffst du es nicht einmal, ihr die letzte Ehre gebührend zu erweisen? Was gibt es denn Wichtigeres als den Tod der eigenen Mutter? Was ist nur los mit dir?«

»Was fällt dir eigentlich ein!«

»Ich sage dir nur die Wahrheit. Schon immer warst du viel zu sehr mit deinem Scheißjob beschäftigt. Selbst jetzt. Schäm dich! Das hat deine Mutter nicht verdient!«

Wutentbrannt legte ich auf. Was glaubte diese dumme Schnepfe eigentlich, wer sie war? Selbst die Bundeskanzlerin würde sich für eine solche Angelegenheit freinehmen! Ich konnte absolut nicht fassen, wie so feine Leute wie Falk und Annemarie eine derart egoistische Tochter haben konnten. Meine Worte taten mir nicht im Geringsten leid. Auch nicht, als ich mich soweit beruhigt hatte, dass ich aus dem Telefonbuch ein Bestattungsunternehmen auswählen konnte. Einzig der Gedanke daran, was Annemarie zu unserem Streit wohl sagen würde, hielt mich davon ab, sofort zu Sarah zu fahren und sie an den Haaren aus ihrem ach so wichtigen Meeting zu zerren.

Wenigstens für die weitere Organisation der Beisetzung fand Sarah genügend Zeit. Hätte ich ihr nicht meine Gedanken an den Kopf geknallt, hätte sie wohl mich gebeten, alles Weitere zu arrangieren. Nun zwang ihr Stolz sie dazu, den letzten Weg ihrer Mutter selbst zu regeln.

Auf der Beerdigung mimte sie perfekt die trauernde Tochter.

Ich hielt mich im Hintergrund und zwang mich, nicht weiter darüber nachzudenken. Meine Aufmerksamkeit sollte jetzt ausschließlich Annemarie gelten. Sogar Nici und Gaby begleiteten mich in die Kirche. Sie flankierten mich, hielten meine Hände, und obwohl sie meine Ersatz-Oma nur flüchtig gekannt hatten, waren die Tränen in ihren Augen echt.

Die Tage danach waren seltsam.

Jedes Mal wenn ich zum Nachbarhaus blickte, erwartete ich, Annemarie in einem der Fenster zu entdecken. Obwohl ich mit eigenen Augen gesehen hatte, wie der Sarg in die Erde hinabgelassen wurde, konnte ich nicht begreifen, dass meine alte Freundin einfach nicht mehr da war.

Das Leben ging ungehindert weiter und drängte mich mitzugehen. Ob ich nun wollte oder nicht. Der Frühling schwoll an und mit ihm die Natur.

Für mich war es ganz selbstverständlich, mich zusätzlich um Annemaries Garten zu kümmern. Schließlich hatte dieser ihr immer besonders am Herzen gelegen. Er war einfach ein Teil von ihr.

Ein Andenken.

Rund zwei Wochen später stand ein großer Lastwagen in Annemaries Einfahrt, als ich von der Arbeit heimkam. *Haushaltsauflösung Murauer* stand in großen Lettern darauf.

Ich parkte meinen Wagen und ging mit gemischten Gefühlen hinüber, um mir das Aufgebot aus der Nähe anzusehen.

Als ich Sarah zwischen Kartonagen und einzelnen Möbelstücken stehen sah, hielt ich kurz inne. Noch hatte sie mich nicht gesehen, ich könnte also unbemerkt wieder verschwinden.

Kaum hatte ich diesen Gedanken fertiggebracht, wandte sie mir unvermittelt den Kopf zu.

Mist!

Einen Moment musterten wir uns gleichermaßen abschätzig. Schließlich schaffte ich es, über meinen eigenen Schatten zu springen, und ging mit nichtssagendem Gesichtsausdruck auf sie zu.

»Hallo, Sarah«, grüßte ich reserviert.

Sie neigte überheblich ihr Haupt. »Hallo, Susanne.«

So sehr ich mich auch bemühte, sie nach ihrem Befinden zu fragen, brachte ich es einfach nicht über mich. Außerdem sah ein Blinder, dass sie ihre Trauer längst überwunden hatte. Falls überhaupt eine vorhanden gewesen war …

»Was passiert jetzt mit dem Haus?«, fragte ich und betrachtete befangen die vielen Kartons, die überall herumstanden.

»Ich werde verkaufen«, antwortete Sarah mit leichtem Trotz in der Stimme.

»Und die ganzen Sachen?«

»Ebenfalls. So weit möglich. Ein paar Kleinigkeiten werde ich als Andenken behalten.«

Natürlich. Dass diese *Kleinigkeiten* aus Gold und Silber bestanden, stand außer Frage.

Mit einiger Mühe schluckte ich einen Kommentar hinunter und sagte nur: »Verstehe.«

Zwei Möbelpacker kamen aus dem Haus und schleppten eine Kommode vorbei. Schweigend sahen wir ihnen zu, wie sie das Stück in den Laster hievten.

»Wenn du möchtest, kannst du dir gerne etwas aussuchen«, murmelte Sarah.

Reichlich überrascht sah ich sie an. Dieses Angebot war ihr nur schwer über die Lippen gekommen, das war kaum zu übersehen.

»Das ist sehr nett von dir«, antwortete ich ehrlich.

Sie lächelte mich an und es wirkte sogar echt.

Prompt überkam mich das schlechte Gewissen, sie am Telefon so beschimpft zu haben. Mich zu entschuldigen, schaffte ich allerdings nicht.

»Wenn du beim Verkauf Hilfe brauchen solltest …«, begann ich mit gutem Willen.

Sarah winkte ab. »Nicht nötig. Ich habe bereits einen Makler engagiert.«

Mein guter Wille gefror, doch ich gab mein Bestes, mir nichts anmerken zu lassen. »Ach so.«

»*CityImmobilien*«, erklärte sie ungefragt. »Kennst du die?«

Natürlich kannte ich die. Und wie ich die kannte!

Und Sarah (die blöde Kuh) wusste ganz genau, wie gut ich diese Firma kannte.

Das Unternehmen war eines der führenden mit Filialen in ganz Deutschland. Allerdings konzentrierte sich CityImmobilien ansonsten rein auf städtische Anwesen, vorwiegend große Wohnanlagen. Dass sie ein recht unbedeutendes Haus auf dem Land mit verhältnismäßig geringer Provision in ihren Katalog aufgenommen hatten, war eher ungewöhnlich. Warum sie hier eine Ausnahme machten, hatte höchstwahrscheinlich mit einem Fakt zu tun, der mich mit dieser Firma verband …

»Ich hoffe, das ist kein Problem für dich?«, unterbrach Sarah meinen Gedankengang. Ihre Stimme war lauernd.

Obwohl ich innerlich Gift und Galle spuckte, zuckte ich nur leger mit den Achseln. Ich hatte sofort durchschaut, dass dies ihre persönliche Rache für meinen Telefonangriff war. Einen Triumph wollte ich ihr natürlich keinesfalls vergönnen.

»Nein. CityImmobilien war eine sehr gute Wahl. Die verstehen sich auf ihr Handwerk«, meinte ich cool. »Ich hätte das Haus gerne vermittelt – zum Nulltarif natürlich –, aber ich kann verstehen, dass du jemanden engagiert hast, der ohne persönliche Gefühle an die Sache rangeht. Wirklich aufmerksam von dir, dass du daran gedacht hast und dir das sogar eine höhere Provisionszahlung wert ist. Vielen Dank!«

Ihr angespannter Kiefer war mein persönlicher Applaus. Mein schadenfrohes Grinsen konnte ich so lange zurückhalten, bis sie in ihr Auto gestiegen und zornig davongebraust war.

Ab diesem Tag legte ich schweren Herzens die Arbeit in Annemaries Garten nieder.

Sie würde mich sicherlich verstehen …

Was CityImmobilien anging, sollte sich mein Verdacht schon bald bestätigen.

Leider.

Ich mähte gerade meinen Rasen, das erste Mal in diesem Jahr (was schon beinahe einem feierlichen Ritual gleichkam), als ich einen Blick spürte, der sich unangenehm in meinen Rücken bohrte. Im Augenwinkel sah ich einen Mann im Nachbargarten stehen, dessen Silhouette mir nur allzu bekannt war. Er lehnte lässig am Zaun und sah mir bei der Arbeit zu.

Mit einiger Anstrengung zwang ich mich zur äußerlichen Ruhe und lenkte den Rasenmäher gemütlich die letzten vier Bahnen entlang, obwohl ich eigentlich viel lieber den Spanner dort drüben damit überfahren hätte.

Viel zu rasch war der gesamte Rasen getrimmt. Ich stellte den Motor ab und wappnete mich innerlich gegen das Schlimmste.

»Guten Abend, Sweety.«

Uarg! Das kann ja noch heiter werden …

Schweigend hob ich eine Hand, um ihm meine dringende Geschäftigkeit anzudeuten. Mit provokanter Gemächlichkeit schob ich meinen Rasenmäher in den Schuppen. Im Inneren der Holzhütte raufte ich mir kurz die Haare und boxte lautlos in die Luft.

Dann strich ich mir einmal übers Haar und als ich wieder herauskam, war von meinem Anfall nichts zu erkennen.

Mit abschätziger Miene trat ich an den Zaun. »Rene! Wusste ich doch, dass du hinter der Sache steckst«, sagte ich zur Begrüßung. »Sonst gäbe CityImmobilien sich doch niemals mit so einem kleinen Fisch ab.«

»Glaubst du? Nun, ich muss zugeben, dass ich bei der Adresse tatsächlich kurz an di…«

»Papperlapapp!«, unterbrach ich ihn. »Spar dir dein Gesülze!«

Renes Lächeln veränderte sich keinen einzigen Millimeter. »Impulsiv wie eh und je«, kommentierte er nur.

Ein Schnauben entwich mir. Abwehrend verschränkte ich die Arme und reckte überheblich das Kinn. »Was willst du?«

»Na, ich dachte, wenn ich doch schon mal hier bin, könnten wir uns ein wenig unterhalten. Über die guten, alten Zeiten plaudern.«

»Pff, alt sind sie. Aber gut? Nee. Und vor allem sind sie es nicht wert, darüber zu *plaudern.*«

»Sag so was nicht. Wir beide waren einmal sehr glücklich, das kannst du nicht leugnen.«

Nein, das konnte ich nicht. Und das brauchte ich auch nicht. Nur überwog im Gesamtrückblick eindeutig die negative Seite und drängte die positive in den Hintergrund.

»Kann schon sein, dass *du* glücklich warst. Vor allem, als du deine Sekretärin bestiegen hast. Ja, da warst du bestimmt glücklich!«

Rene wagte es ernsthaft, einen beleidigten Blick aufzusetzen. Er fuhr sich mit einer Hand durch sein volles Haar, das ich früher gerne als golden bezeichnet hatte. Inzwischen verglich ich die Farbe eher mit Urin.

»Das ist jetzt fast zwei Jahre her. Außerdem habe ich dir oft genug gesagt, dass es mir leidtut.«

»Oh, natürlich tut es das. Weil du nämlich erkannt hast, dass eine Tippse bei Weitem kein solches Prestige-Objekt ist, wie ich es für dich war.«

»Das ist nicht wahr«, entgegnete er bestimmt. »Ich habe einen Fehler gemacht und den bereue ich zutiefst. Susanne, ich vermisse dich wirklich.«

Ich betrachtete seine geknickte Visage und erfreute mich daran mit boshafter Genugtuung.

»Tja, du solltest dich langsam daran gewöhnen und nach vorne schauen«, sagte ich mit eisigem Blick. »Du wirst nämlich auch nicht jünger, weißt du.«

Damit ließ ich ihn stehen und marschierte majestätisch in mein Haus. In der Küche entkorkte ich erst einmal eine Flasche Rotwein.

Es war wirklich unglaublich, wie dreist dieser Mistkerl war! Mich in solch einer emotionalen Tieflage anzugreifen, war unter aller Sau. Immerhin hatten wir stolze drei Jahre lang eine Beziehung geführt und Rene wusste ganz genau, wie nahe Annemarie mir gestanden hatte. Nicht mal ein kleines Wort des Beileids hatte er über die Lippen gebracht. Wie immer dachte er nur an sich.

So sehr mich seine Untreue damals auch getroffen hatte. Inzwischen war ich froh darüber. Die Geschichte hatte mir die Augen geöffnet und mir gezeigt, was für ein Arschloch er in Wirklichkeit war. Und ich hätte diesen Mistsack beinahe freiweg geheiratet!

Über meine Blindheit konnte ich heute nur noch den Kopf schütteln.

Ich erhob mein Weinglas und prostete Annemaries und Falks Hochzeitsfoto zu.

Das Bild war das Einzige, das ich nach Sarahs Angebot an mich genommen hatte. Die glücklichen Gesichter meiner Adoptiv-Großeltern taten mir jedes Mal aufs Neue gut, wenn ich sie ansah. So wie jetzt auch.

Das Foto erinnerte mich daran, dass es die wahre Liebe wirklich gab, und stimmte mich zuversichtlich, sie eventuell eines Tages selbst erleben zu dürfen.

Kapitel 3

»Dieser Penner!«

Nici reagierte mindestens genauso verärgert über Renes Dreistigkeit. Vielleicht ein wenig lauter als ich, aber ihr Geschimpfe tat mir irgendwie gut.

»Der wollte nur wieder an dich rankommen!«

Wir standen in der winzigen Teeküche unserer Geschäftsräumlichkeiten. Das Zimmer war so schon eng bemessen und jetzt, wo meine Freundin sich wütend aufplusterte wie ein aufgebrachter Gockel, konnte man fast schon Platzangst darin bekommen.

»Ja. Traurig, nicht wahr?«

»Nein – ekelhaft ist das!«, stieß Nici hervor. »Wie kann man nur so gewissenlos sein? Gott, dieser Mann hat null Niveau! Und ich habe es dir von Anfang an gesagt! Habe ich das?«

»Das hast du«, seufzte ich.

»Ich habe gesagt: ›Susanne, der wird dich nur verarschen.‹ Habe ich das?«

»Jap.«

»Ich habe gesagt, dass er ein Blender ist. Dass er so einen irren Blick hat. Habe ich das?«

»Äh … das mit dem irren Blick ist neu.«

»Egal. Jedenfalls darfst du dich nicht auf seine Spielchen einlassen, hörst du? Geh ihm einfach aus dem Weg. CityImmobilien wird das Haus schnell vermittelt haben und dann kann Rene dich wieder kreuzweise.«

Gaby erschien in dem ohnehin überfüllten Raum. »Sprecht ihr etwa von Rene Bergstätter?«

Nici schnellte zu ihr herum. »Ja. Wieso?«

»Oh, ich habe ihn vor einiger Zeit auf einer Vernissage kennengelernt und dort machte er eigentlich einen sehr angenehmen Eindruck auf mich.« Irritiert hielt sie aufgrund unserer fassungslosen Gesichter inne. Eilig versuchte sie, die Kurve zu bekommen, ohne schwere Verletzungen davonzutragen. »Ähm … ja, also, der erste Eindruck täuscht einen oft, nicht wahr? Hahaha! Da fällt mir ein, ich muss noch … genau! Bis später!« Hastig floh sie vor unseren bösen Blicken.

Ich durfte Gaby ihre Fehleinschätzung wirklich nicht verübeln. Immerhin war ich selbst lange genug auf Renes Trugbild hereingefallen. Tatsächlich war Nici damals die einzige gewesen, die ihn von Anfang an durchschaut hatte, was einer wahren Meisterleistung gleichkam.

Rene war einer von jenen Männern, die sofort ein bewunderndes Raunen durch eine beliebige Frauenmenge wandern ließen. Er war breitschultrig, gut aussehend und stets umgeben von einer Aura des Erfolgs. Allesamt Eigenschaften, die sich durchaus beeindruckend auf die weibliche Bevölkerung auswirkten.

Was man seiner Erscheinung leider nicht ansah, war sein grenzenloser Egoismus.

Während unserer Beziehung wurden wir oft als das Traumpaar der Immobilienwelt gefeiert. Beide erfolgreich, attraktiv und füreinander bestimmt. Und ja, ich war sehr glücklich.

Bis ich ihn in seinem Büro mit dem Kopf zwischen den Beinen einer Sekretärin erwischte.

Erst dann wurde mir langsam bewusst, wie er mich die ganze Zeit unauffällig für seine eigenen Interessen benutzt hatte. Ich war nach außen hin die perfekte Frau für ihn und das war auch schon der einzige Grund für ihn gewesen, mit mir zusammen sein zu wollen. Außerdem sah er sich bestimmt schon mit einem Bein in meiner Firma stehen. Verliebt, wie ich war, folgte ich ihm von einem öffentlichen Auftritt zum nächsten und erkannte erst viel später, dass er nicht ein einziges Mal etwas nur mir zuliebe getan hatte.

Allein seine Reaktion, als ich ihn in flagranti erwischte, sagte so ziemlich alles über sein mickriges Wesen aus. »Es ist nicht so, wie es aussieht!«

Na klar.

Er hatte mich also nicht nur betrogen, sondern mit diesem Spruch auch noch gänzlich meine Intelligenz angezweifelt. Und wenn ich etwas nicht ausstehen konnte, dann war es, für dumm hingestellt zu werden.

Zum Teufel mit ihm!

Ich war über ihn hinweg. Das Einzige, dem ich ehrlich hinterhertrauerte, waren drei vergeudete Jahre meines Lebens, die mir nie wieder jemand zurückgeben konnte. Nun ja, wenigstens an Erfahrung hatte ich gewonnen.

Obwohl mein Herzeleid von damals längst verheilt war, hatte ich ernsthafte Probleme damit, Rene täglich durch Annemaries Haus spazieren zu sehen. Er provozierte mich allein durch seine Anwesenheit aufs Äußerste.

Auch wenn ich an und für sich beschlossen hatte, ihn zu ignorieren, so verbot es mir mein Stolz, mich von meinem eigenen Garten fernzuhalten. Deshalb trafen wir unweigerlich wieder aufeinander. Und das schon am frühen Vormittag. An einem Sonntag!

»Susanne! Einen wunderschönen Guten Morgen wünsche ich dir!«

Mit aller Kraft schluckte ich das »Erstick dran!« hinunter und nickte ihm stattdessen vornehm zu.

Rene stütze sich auf den Gartenzaun und grinste breit zu mir auf die Terrasse, wo ich eigentlich nur eine gemütliche Tasse Kaffee hatte genießen wollen.

»Geht es dir gut?«, fragte er.

»Bestens«, gab ich knapp zurück und wandte mich gelangweilt meiner Zeitung zu.

»Das freut mich.«

Ja, genau …

Charly lag auf meinem Schoß und schien einmal wieder jedes Wort zu verstehen. Er gähnte und versteckte seinen Kopf unter seinen Pfoten.

»Nur damit du Bescheid weißt«, intonierte Rene und machte eine dramatische Pause, damit ich auch ja hellhörig wurde. Und das wurde ich. Verdammt! »Ab heute Mittag veranstalte ich eine offene Hausbesichtigung. Nicht dass du dich wunderst, wenn plötzlich viele Leute hier herumspazieren.«

Ich biss mir auf die Zunge und rollte genervt mit den Augen. Warum sollte ich mich darüber wundern, wenn Menschen ein zum Verkauf stehendes Objekt besichtigten? Das war doch wohl jedem klar! Und ich war noch dazu vom Fach. Also hatte er es gerade wieder geschafft, mich als dumm hinzustellen.

»Ich wünsche dir viel Erfolg damit«, sagte ich schließlich höflich und brachte sogar ein strahlendes, wenn auch sehr künstliches Lächeln zustande.

»Danke. Ich bin mir sicher, dass ich das Haus schon bald verkaufen kann. CityImmobilien ist ja ein sehr bekanntes Unternehmen und hat einen vorzüglichen Ruf.«

Und KollmannImmobilien sind nur Pfuscher, oder was?

Dieser Penner! Jetzt hatte er es doch geschafft, mich zur Weißglut zu bringen!

Dahin waren meine guten Vorsätze, ihn einfach zu ignorieren.

Was bildete sich dieser Schnösel eigentlich ein?

Annemaries Haus zu vermitteln bedurfte wirklich keines großen Könnens. Gepflegt, in absolut ruhiger Lage, bei momentan erschütternd niedrigem Zinssatz für Kredite … Jeder Depp würde hier verkaufen können!

Noch bevor ich ihm das ins Gesicht schreien konnte, verschwand er mit zufriedenem Schmunzeln.

Na warte, Bürschchen. Mal sehen, wie einfach du deine Provision wirklich einstreichen kannst …

Die ersten Interessenten an Haus 26 konnte ich problemlos auf der Straße abfangen. Scheinbar zufällig fegte ich hingebungsvoll den Gehweg vor meinem Vorgarten und lehnte mich in perfekt dörflicher Manier auf den Besenstiel, als ein junges Paar mit neugierigen Mienen in die Auffahrt einbog.

»Hallo!«, begrüßte ich die beiden fröhlich. »Sind Sie hier, um das Haus anzusehen?«

»Ja«, bestätigte die Frau, sichtlich erfreut, sich in einer solch netten Nachbarschaft wiederzufinden.

»Oh, das freut mich aber! Es wäre wirklich schön, endlich einmal junge Nachbarn zu bekommen, an die man sich dann richtig gewöhnen kann. Wenn Sie verstehen.« Sie verstanden nicht. Natürlich. Verschwörerisch beugte ich mich vor. »Wissen Sie, es ist so. In dem Haus haben bisher immer Rentner gewohnt. Keine schöne Sache, wenn alle paar Jahre darin jemand stirbt. Wenn ich es mir recht überlege, ist wohl in jedem einzelnen Zimmer schon mal jemand gestorben … Hm, na ja, waren halt allesamt schon ziemlich alt, hehe!«

Zufrieden beobachtete ich, wie das Pärchen deutlich blasser wurde. Vor allem bei der Frau war die Wirkung meiner Worte enorm.

Vor mich hin pfeifend kehrte ich den beiden den Rücken zu und begann, wieder zu fegen. Im Stillen bat ich Annemarie um Verzeihung, aber so wie ich sie kannte, würde sie nur lauthals darüber lachen.

Ich wartete ab, bis sich einige Interessenten auf dem Anwesen befanden, dann schnappte ich mir meinen Rasenmäher und zog entschlossen meine Runden durch den Garten, obwohl das Gras in der perfekten Länge erstrahlte. Dass ich dabei bevorzugt an der Grundstücksgrenze zu Annemaries Haus entlangfuhr, war ja wohl klar.

Irgendwann wurde es mir selbst zu langweilig und ich parkte das Gerät gut sichtbar neben dem kleinen Gartentürchen. Außerdem hatte ich bereits genügend Aufmerksamkeit auf mich gezogen.

Ein Mann trat an mich heran und spähte über den Zaun.

»Einen sehr schönen Garten haben Sie«, lobte er höflich.

Ich wischte mir theatralisch imaginären Schweiß von der Stirn. »Vielen Dank! Puh, da steckt aber auch eine Menge Arbeit dahinter. Den Rasen mähe ich immer einmal die Woche. Meistens am Wochenende, weil ich da mehr Zeit habe. Heute bin ich schon spät dran, denn normalerweise mache ich das gleich in der Früh. Das belastet das Gras nicht so sehr, weil es noch voller Morgentau ist.«

Das war natürlich Quatsch, aber der Mann schien keinerlei Ahnung von Gartenarbeit zu haben.

»Ach wirklich?«

»Klar!« Ich nickte fleißig. »Hier in der Siedlung machen das alle so. Da bekommt man regelmäßig ein wahres Morgenkonzert und kann sich sozusagen den Wecker sparen!«

Er erwiderte mein Augenzwinkern nicht und entfernte sich eilig.

Umgehend pirschte ich mich an mein nächstes Opfer heran. Es war eine Frau, die ein Baby auf dem Arm hielt. Dem rosaroten Strampelanzug nach musste es sich hierbei wohl um ein Mädchen handeln.

»Och, du bist aber eine Hübsche!«, säuselte ich über das Gartentürchen hinweg und winkte dem glucksenden Stoffbündel zu. Dann wandte ich mich an die stolze Mutter. »Na, gefällt Ihnen das Haus?«

»Und wie! Wirklich eine tolle Lage hier.«

»Auf jeden Fall! Eigentlich hat man hier alles, was man braucht. Nur schade, dass der Kindergarten wahrscheinlich bald schließen muss …«

»Wieso das denn?«

»Tja, hier herrscht eindeutig Kindermangel. Deswegen gibt es auch keinen Spielplatz in der Nähe, was ich persönlich sehr schade finde. Und deshalb hat eben auch der Kindergarten so einige Probleme. Offiziell dürfte ich das zwar gar nicht wissen, aber ich habe einen sehr guten Freund im Gemeinderat, der hat mir diese schreckliche Information zugesteckt.«

»O je! Und wie weit ist dann der nächste?«

»Ach, so um die sieben Kilometer, schätze ich. Natürlich nicht aus der Welt, aber es ist schon viel einfacher, wenn man die Kinder nicht jeden Tag extra ins Auto packen muss, gell?«

Die junge Mutter reagierte sofort auf die Info und begann umgehend, leise mit ihrem Mann zu diskutieren.

Herrlich!

Mein kleines Spielchen machte mir richtig Spaß. Okay, die feine englische Art war dies wohl nicht, aber es verschaffte mir gewiss mehr Genugtuung, als wenn ich mich auf die Couch verziehen und schmollen würde. Im Endeffekt arbeitete ich sogar gegen mich selbst, denn eigentlich wollte ich ja, dass Rene so schnell wie möglich wieder von der Bildfläche verschwand, und ihm seine Käufer zu vergraulen bewirkte schließlich das Gegenteil.

Aber meine Rachegelüste waren derzeit einfach stärker als die Vernunft, was mich direkt zur Höchstform auflaufen ließ.

Vor allem die Städter machten es mir leicht. Sie waren durchweg über alle Maßen entsetzt, wenn ich von dem nahegelegenen Schweinemastbetrieb erzählte. Den gab es zwar wirklich, ich selbst hatte aber nie irgendwelche Auswirkungen auf unsere Siedlung mitbekommen. Was ja die Fremden nicht wissen konnten.

»Oh, der Schweinezüchter stört mich an sich nicht. Freilich weht öfter mal, vor allem im Sommer, ein leichtes Düftchen herüber. Aber so ist das auf dem Land eben. Da gewöhnt man sich dran. Ein paar behaupten zwar, dass sie wegen dem Gehöft Ratten im Keller hätten … na ja, ich habe noch keine gesehen. Kann aber auch daran liegen, dass ich eine Katze habe. Und ansonsten … man muss halt ein bisschen aufpassen, dass man die frische

Wäsche nicht unbedingt dann aufhängt, wenn der Bauer den Mist auf die Felder fährt. Ach, und am besten gleich alle Fenster und Türen schließen, weil – diese Schweineausdünstungen sind ja schon recht intensiv. Wie oft er düngt? Hm, ich weiß nicht genau, so alle drei Wochen? Ja, das ist schon oft, aber das Zeug muss ja irgendwo hin, gell?«

Was auch sehr wirkungsvoll war, vor allem bei den Herren: »Tja, der Wald ist schon sehr hübsch anzuschauen, aber er lockt halt auch so einige Tiere hierher. Ich sag nur – Marder! Meine Güte, ich darf gar nicht mehr mitzählen, wie viele Zündkabel ich schon gebraucht habe. Und das, obwohl der Wagen immer in der Garage steht! Die Viecher kommen überall rein, wenn sie wollen. Ultraschallgerät? Vergessen Sie's! Glauben Sie mir, ich habe alles ausprobiert. Mittlerweile habe ich mich damit abgefunden und immer ein paar Ersatzkabel zu Hause.«

Bei den Damen zog folgende Geschichte ebenfalls recht gut: »Momentan geht eine Riesendiskussion wegen einem neuen Funkmast. Den wollen die nämlich da vorne aufstellen. Handynetz und so. Mir persönlich ist das ja schnuppe, aber es gibt doch immer so ein paar Gerüchte, dass sich diese Strahlen schlecht auf den Körper auswirken. Psyche, Geschwüre … lauter so Zeugs eben. Ich mach' mir da eher Gedanken über die Optik. So ein hässlicher Turm wird der Aussicht wohl nicht gerade gut tun.«

O ja, ich hatte kolossalen Spaß!

Die Sonne lachte, die Vöglein zwitscherten und ich wanderte fast den gesamten Nachmittag meinen Zaun auf und ab, um erfundene Geschichten zum Besten zu geben.

Bis Rene mit hochrotem Kopf auf mich zugestapft kam.

Ich tat so, als würde ich ihn nicht bemerken, und zupfte geschäftig ein paar kränklich wirkende Blätter von einem Strauch.

»Was fällt dir eigentlich ein!«, zischte er mir zu.

Er bemühte sich sehr darum, leise zu bleiben, damit die restlichen Interessenten, die noch im Garten herumwanderten, nichts mitbekamen.

»Was meinst du?«, erkundigte ich mich unschuldig und klimperte mit den Wimpern.

Rene schnaufte wie ein wildgewordener Stier. »Ich fasse es einfach nicht! Eigentlich hätte ich es mir gleich denken können, als ich auf einen angeblichen Vierfachmord angesprochen wurde!«

Oh, wirklich interessant, was sich aus meinem ersten Märchen entwickelt hatte. Ich konnte einfach nicht anders, als amüsiert in mich hineinzugrinsen.

»Ha, wusste ich's doch!«, triumphierte Rene und richtete erbost einen Finger auf mich.

»Also, von einem Vierfachmord habe ich nun wirklich nichts erzählt«, meinte ich wahrheitsgemäß.

»Und was soll das mit dem Schweinemist? Alle drei Wochen? So ein Blödsinn!«

Ich zuckte mit den Schultern. »Na ja, mir kommt's schon so vor, als würde …«

»Sei still!«, fauchte er. »Diese Scheiße hört jetzt sofort auf, verstanden? Ich werde sowieso bald verkaufen, egal was du dir alles einfallen lässt!«

»Tja, weißt du, Rene«, begann ich ruhig und kratzte mich hingebungsvoll an der Nase. »Dass du verkaufen wirst grenzt wohl kaum an ein Wunder. Jeder Vollidiot würde ein solches Haus an den Mann bringen. So kannst du wenigstens ein bisschen von deinem Wahnsinns-Verkaufstalent zeigen.« Ich betrachtete interessiert meine Fingernägel. »Was hast du dir bezüglich der Marderplage einfallen lassen?«

Er schnappte nach Luft. »Marder?«

»Oh, und wegen dem Funkmast? Der baldigen Schließung des Kindergartens?«

Rene brauchte einen Moment, um seine Gedanken zu sortieren. Anscheinend gab es noch so einige meiner Gerüchte, die er nicht hatte richtigstellen können.

Ha, sein Gesichtsausdruck war einfach nur göttlich!

»Du … du …«

»Pass auf, was du sagst«, mahnte ich leise.

»Du elendes Miststück!«, fauchte er.

»Ich hab dich gewarnt«, murmelte ich. Dann warf ich in gespielter Aufregung meine Arme in die Höhe und schrie: »Was erlauben Sie sich eigentlich!«

Mit großen Augen sah Rene mich an. Ebenso die potenziellen Käufer in der näheren Umgebung.

Na, dann mal los …

»Ich lasse mir von Ihnen doch nicht mein Mundwerk verbieten!«, brüllte ich. »Die Leute haben ein Recht darauf, die Wahrheit zu erfahren! Wie können Sie es mit ihrem Gewissen vereinbaren, Ihren Kunden solche Lügen aufzutischen! Ist das die Philosophie von CityImmobilien? Ich werde mich umgehend über Sie beschweren!«

Wild gestikulierend und vor mich hin zeternd eilte ich in mein Haus. Rene blieb geschockt und kreidebleich zurück, während ihn entsetzte Blicke von allen Seiten attackierten.

Ich ließ mich auf mein Sofa fallen und war absolut zufrieden mit mir. Da konnte man sagen, was man wollte – Rache konnte unheimlich erfüllend sein!

Kapitel 4

Die Tage vergingen und ich hatte nicht einmal den Hauch von schlechtem Gewissen bezüglich meiner (zugegebenermaßen linkischen) Aktion. Eigentlich war ich sogar ziemlich stolz auf mich. Ebenso wie Nici. Und ich war mir sicher, dass Charly es ebenfalls war. Irgendwie.

Rene war ein Arsch und hatte es verdient, wie ein solcher behandelt zu werden.

Außerdem rissen sich die Leute nach wie vor um Annemaries Immobilie. Eine weitere offene Hausbesichtigung gab es zwar erklärlicherweise nicht, aber ich beobachtete fast täglich, wie Rene mit Interessenten seine Runden durch das Anwesen zog. Dass er dabei immer argwöhnisch nach mir Ausschau hielt, fand ich einfach nur köstlich.

Nach erwartungsgemäß kurzer Zeit prangte über dem City-Immobilien-Werbebanner in der Einfahrt ein knallroter Schriftzug: *VERKAUFT!*

Ich weilte lange Zeit vor dem Plakat und betrachtete es gedankenverloren. Sehr gemischte Gefühle machten sich in mir breit.

Zum einen war ich froh, dass mein Ex-Arsch jetzt wieder seiner Wege ziehen würde, aber zum anderen wurde mir erst jetzt bewusst, was der Verkauf eigentlich bedeutete.

Er bedeutete für mich, dass Annemarie und Falk nun vollständig aus meinem Leben verschwinden würden.

Jemand anderes würde in das Haus einziehen, in dem ich einen Großteil meiner Kindheit verbracht hatte. Das Haus, in dem ich immer mit offenen Armen empfangen worden war. Egal, ob mit tränenverschmiertem Gesicht und aufgeschlagenen Knien oder lachend und fröhlich mit brandheißen Neuigkeiten aus Kindergarten und Schule. Dort war ich immer willkommen gewesen.

Jetzt würden Fremde kommen und die letzten Erinnerungen an meine Adoptiv-Großeltern vertreiben …

Selbstverständlich konnte man nur die optischen Erinnerungen ausmerzen. Aus meinem Gedächtnis würde man die Zeit, die ich mit dem Rentnerpaar verbracht hatte, niemals löschen können. Trotzdem tat es mir in der Seele weh, wenn ich daran dachte, dass dem Nachbarhaus nun eine neue Persönlichkeit eingehaucht werden würde.

Das würde nun unweigerlich passieren, denn jeder verleiht seinem Zuhause eine persönliche Note. Sei es durch umfangreiche Renovierung oder nur durch neue Dekorationsgegenstände. Schließlich will man sich wohlfühlen, heimelig. Nicht wie ein Gast in einem Ferienhaus.

Ich selbst war das beste Beispiel dafür. Von dem Haus meiner Eltern hatte ich im Endeffekt nur die Grundmauern übernommen, ansonsten erinnerte nichts mehr an das damalige Wohnkonzept. Denn es war jetzt *mein* Haus.

Gerade deshalb musste ich die Dinge nun so akzeptieren, wie sie waren. Das rote *VERKAUFT!* war wie ein Hinweis darauf, dass das Leben weiterging. Dass sich meine nähere Umgebung durch die neuen Nachbarn nun unausweichlich ändern würde …

Hoffentlich waren sie wenigstens nett. Das Ganze war auch so schon schwer genug für mich zu akzeptieren.

Mit einem tiefen Seufzen wandte ich mich von dem Banner ab und ging in melancholischer Stimmung in mein Haus.

Nicht zu wissen, wer neben mir einziehen würde, brachte mich beinahe um den Verstand. Ich hatte sogar schon einmal den Telefonhörer zur Hand genommen, um Rene danach zu fragen. Im letzten Moment kam ich wieder zur Besinnung. Nicht auszudenken, zu welchem Triumph ich dem Ex-Arsch damit verholfen hätte! Seine hämische Freude konnte ich mir nur zu gut vorstellen.

Seit einiger Zeit hatte ich niemanden mehr nebenan gesehen. Weder Rene noch die neuen Besitzer. Der Frühling erstrahlte in voller Kraft und ich brachte es einfach nicht über mich, Annemaries Garten sich selbst zu überlassen. Gerade zu dieser Jahreszeit brauchten die jungen Pflanzen Aufmerksamkeit, um sich gut zu entwickeln.

Deshalb huschte ich eines Abends hinüber und verrichtete einen kurzen Pflegerundgang. Ich kam mir dabei wie ein Einbrecher vor, obwohl ich doch im Grunde genommen etwas Gutes vollbrachte.

Selbst Charly schien sich im Nachbargarten nicht so wirklich wohlzufühlen. Er wirkte angespannt und schnupperte an allen möglichen Ecken nach einem verdächtigen Geruch. Entweder war er auf der Suche nach Annemarie oder aber es trieb sich ein fremder Kater hier herum. Vielleicht auch beides. Jedenfalls ging er mir mit seinem Getue ziemlich auf die Nerven, deshalb scheuchte ich ihn kurzerhand von mir weg. Beleidigt marschierte er Richtung Vorgarten.

»Ach, Annemarie«, sagte ich leise, als ich zufrieden in das Frühbeet blickte. »Sieh dir nur deinen Salat an. Der wächst wie im Bilderbuch!«

Ein Lächeln stahl sich auf meine Lippen, weil ich genau wusste, wie stolz sie auf ihre tadellose Anzucht wäre.

Ich versorgte die Pflänzchen mit Wasser und klappte danach gewissenhaft den Plexiglas-Deckel zu, um lästige Schnecken von den schmackhaften Salatköpfchen fernzuhalten.

Es dämmerte bereits und die Luft wurde merklich kühler. Mein Arbeitstag war recht turbulent verlaufen, darum trieb mich die Aussicht auf meine Couch zur Eile an. Ich musste nur noch die Blumenrabatte vor der Terrasse gießen, dann konnte ich endlich die Beine hochlegen und faulenzen.

Während ich die grüne Gießkanne befüllte, dachte ich angestrengt darüber nach, was sich wohl derzeit in meinem Kühlschrank befand. Der Inhalt war recht bescheiden, darum war die geistige Inventur schnell gemacht. Eigentlich war der Inhalt meines Kühlschranks immer bescheiden. Das hatte so ein Singlehaushalt wohl an sich. Hauptsache es befand sich tonnenweise Katzenfutter in der Vorratskammer. Alles andere war nebensächlich.

Ich schwankte gerade zwischen dem Luxusmenü (Pizzalieferservice) und gutbürgerlicher Küche (Nudeln mit Ketchup), als ein außer Kontrolle geratenes Pelzknäuel an mir vorbeischoss. Verwundert erkannte ich darin Charly, dessen Fell sich so sehr sträubte, dass er zum Doppelten seiner Normalgröße gewachsen war. Seine Fortbewegungsart setzte sich aus fluchtartigem Galopp und buckelschmeißender Kampfhaltung zusammen. Eine denkbar merkwürdige Mischung.

Noch bevor ich kapierte, dass den Kater irgendetwas beinahe zu Tode erschreckt haben musste, hörte ich hinter mir dumpfe Geräusche, die sich rasant näherten.

Ich drehte den Kopf und sah nur noch ein schwarz-weiß geflecktes Ungetüm, das zum Sprung ansetzte. Ohne zu wissen, wie mir geschah, wurde ich umgeworfen und landete rücklings auf dem Rasen. Zwischen mir und dem Ungeheuer nur eine Plastikgießkanne, deren Inhalt sich fröhlich über meinem Oberkörper ergoss.

Dass das Wasser eiskalt war, bemerkte ich nur am Rande. Viel mehr beschäftigte mich die Bestie, die mich am Boden festhielt. Verzweifelt verbarg ich mein Gesicht hinter den Armen und versuchte, mich gleichzeitig irgendwie freizustrampeln.

O Gott! Ich werde von einem tollwütigen Kalb zerfleischt!

Größe und Farbe ließen zumindest auf ein Kalb schließen. Aber konnten Kälber eigentlich die Tollwut bekommen? Und die wichtigste Frage war: Hatten Kälber Zähne?

Im Nachhinein natürlich höchst lächerliche Gedanken, aber ein Mensch in Panik denkt selten rational. Deshalb ergab auch die fremde, männliche Stimme kaum einen Sinn, als sie an mein Ohr drang: »Lilly! Hör sofort auf damit! Lilly! AUS!«

Lilly? Wer, bitte schön, war Lilly?

Mit einem Ruck verschwand das Gewicht von meinem Brustkorb. Ich rollte hastig zur Seite, rappelte mich auf und stolperte ein paar Schritte zurück, bevor ich es wagte, meinem Angreifer in die Augen zu sehen.

»Heilige Scheiße!«, entfuhr es mir.

Das Vieh war aus dieser Perspektive eindeutig als Hund zu identifizieren. Obwohl Farbe und Größe wahrlich besser zu einem Kalb gepasst hätten. Geschockt starrte ich den Riesen an, der freudig mit dem Schwanz wedelte und seltsame Quietschgeräusche von sich gab.

Den Mann, der sich an das Halsband klammerte, bemerkte ich erst, als dieser mich anredete: »Keine Sorge, Lilly ist zwar etwas ungestüm, aber harmlos.«

Mein Blick wanderte ein wenig höher, bis er auf den des Sprechers traf. Völlig entgeistert schnappte ich nach Luft und zeigte mit dem Finger auf das Ungetüm.

»Das, was auch immer es ist, soll harmlos sein?«, stieß ich hervor.

»*Es*«, begann der Mann pikiert, »ist eine Deutsche Dogge. Sie heißt Lilly und ist wirklich absolut harmlos.« Er wandte sich an den Hund. »Sitz!« Tatsächlich setzte sich das Kalb namens Lilly umgehend auf seine Hinterläufe. Der Mann nahm die Hände vom Halsband und verschränkte demonstrativ die Arme. »Siehst du?«

»Harmlos. Na klar.« Ich schnaubte und wischte mir angewidert mindestens einen Liter Sabber aus dem Gesicht. »Wer sind Sie überhaupt? Und was zur Hölle machen Sie hier?«

»Das Gleiche wollte ich auch gerade fragen. Wobei *mir* diese Frage wohl am ehesten zu steht!«

»Ach, und wieso das?«, fragte ich schnippisch und streifte die Hände an meiner Jeans ab.

»Weil das hier *mein* Haus ist und du dich in *meinem* Garten befindest.«

»Wie bitte?«

»Du hast mich schon verstanden. Also, was machst du hier?«

Entgeistert blinzelte ich den Fremden an. Er war ungefähr in meinem Alter, ein gutes Stück größer als ich, hatte dunkles Haar, noch dunklere Augen … bei näherer Betrachtung ein recht attraktiver Bursche. Aber das nur am Rande. In diesem Moment hatte ich andere Sorgen, als mich an einem netten, männlichen Anblick zu erfreuen.

»Du … du bist …? Meine Güte!«, stammelte ich. Ich war so verwundert, dass ich ihn automatisch ebenfalls duzte. »Also, ich bin … Susanne.«

»Hallo Susanne. Mein Name ist Jan. So, jetzt sag mir bitte, was du hier machst.«

Er klang keineswegs vorwurfsvoll. Eher neugierig. Und ich kam mir vor, als wäre ich geradewegs bei einem Raubüberfall geschnappt worden.

Kleinlaut deutete ich auf die Gießkanne, die zwischen uns auf dem Boden lag. »Ich habe die Blumen gegossen.«

»Okay.« Jan musterte meine patschnasse Kleidung. »Warum?«

»Warum?«

»Ja, warum gießt du fremde Gärten?«

Ich zupfte betreten an meinem Shirt. »Der Garten ist mir nicht fremd. Ich wohne gleich nebenan und dachte mir … ich dachte mir, dass ich die armen Blumen doch nicht einfach im Stich lassen kann.«

Jan grinste verschmitzt. »Sehr aufmerksam. Heutzutage werden Pflanzen viel zu häufig vernachlässigt. Da ist es schön zu wissen, dass es so aufopferungsvolle Menschen wie dich gibt.«

Mein Mund klappte auf und wieder zu. Ich wusste ehrlich nicht, was ich von dem Spruch halten sollte. Wollte er einen allgemeinen Scherz machen oder wollte er mich verarschen? Irgendwie glaubte ich eher an Letzteres, darum runzelte ich abwertend die Stirn.

»Kein Problem, habe ich doch gerne gemacht.« Die Ironie in meiner Stimme durfte er kaum überhören. »Ab jetzt kannst du dich ja selbst um die Sache kümmern. Oder deine Frau, Freundin, was auch immer.«

»Derzeit bin ich da wohl auf mich alleine gestellt. Ich bin Single.«

»Ah. Ah?« Einen kurzen Moment war ich verwundert über diese Information. Es war wirklich sehr ungewöhnlich, dass ein junger, alleinstehender (und attraktiver) Mann ein Haus auf dem Lande einer hübschen Eigentumswohnung in der Stadt vorzog. Nach einem lauten Räuspern fuhr ich fort: »Wie auch immer. Jedenfalls wünsche ich dir viel Erfolg mit dem Garten. Er wird wohl leider nicht lange so gepflegt bleiben …«

Jetzt war er an der Reihe, die Stirn zu runzeln. »Ach ja? Wieso nicht?«

Ich deutete mit dem Kinn auf das Hunde-Kalb, das immer noch brav dasaß und mich mit gespitzten Ohren beobachtete. »Na ja, wenn deine Miniatur-Kuh erst mal anfängt, ihre Geschäfte hier zu erledigen, wird der Rasen sich schnell verabschieden. Und der Größe des Viehs nach zu urteilen, sind diese Geschäfte mit Sicherheit beachtlich.«

»Hast du gerade meinen Hund beleidigt?«

»Nein, das war nur eine Feststellung.«

»Interessant.« Jan zuckte mit den Schultern und hob die Gießkanne vom Boden auf. »Nun, was die Geschäfte meines Hundes angeht, lass die ruhig mal meine Sorge sein. Und das bisschen Gartenpflege werde ich schon hinbekommen.«

Das bisschen …? Also bitte! Der Kerl hatte offensichtlich absolut keine Ahnung.

»Ha! Wenn du meinst«, äffte ich. »Wo hast du denn vorher gewohnt?«

»Nürnberg.«

»Vermutlich mitten in der Stadt?«

»Ja.«

Ich nickte wissend. »Na dann. Viel Spaß mit dem *bisschen Gartenpflege*. Guten Abend.«

So würdevoll es mit klatschnassen Klamotten überhaupt möglich war, schritt ich davon und ließ den oberschlauen Stadtmenschen mit seiner Minikuh stehen.

Charly hatte sich schon ins Haus gerettet und kauerte auf dem Küchentresen vor dem Fenster zum Nachbargarten. Mit großen Augen stierte er hinüber, seine Schwanzspitze zuckte unentwegt.

»Hey! Geh sofort da runter!« Mit wedelnden Armen sprengte ich ihn von der Arbeitsplatte. »Da oben hast du gar nichts verloren!«

Beleidigt sprang er von seinem Beobachtungsposten und trabte ohne Umwege nach oben. Vermutlich würde er sofort erneut Stellung beziehen, um das gefleckte Ungeheuer im Auge zu behalten. Nur ein Stockwerk höher, in meinem Arbeitszimmer auf dem Schreibtisch, von wo aus man auch direkt in Annemaries Garten blicken konnte.

Nicht Annemaries Garten – Jans Garten …

Scheiße.

Unauffällig pirschte ich mich an das Fenster und spähte hinüber. Jan stellte die Gießkanne an der Terrasse ab, während seine Kuh ausgelassen um ihn herumsprang. Warum auch immer, aber der Umstand, dass er die Gießkanne nicht an ihren festen Platz neben dem gemauerten Wasserbecken abstellte, machte mich unbändig sauer. Ich gab ein knurrendes Geräusch von mir und warf gleich darauf einen entschuldigenden Blick zu Annemaries und Falks Hochzeitsfoto. Als ich wieder aus dem Fenster sah, waren Jan und die Kuh verschwunden.

Warum war ich eigentlich so unglaublich wütend?

Weil ich in einem fremden Garten von einer reißenden Bestie angefallen worden war? Weil ich klatschnass war und ganz erbärmlich fror?

Vermutlich. Aber am allermeisten regte ich mich auf, weil ich genau wusste, wem ich den neuen Nachbarn zu verdanken hatte.

Rene.

Dieser fiese, hinterhältige …

Er wusste ganz genau, dass ich Hunde nicht ausstehen konnte. Vor allem keine solchen, die aussahen, als wären sie in den Zaubertrank gefallen. Und von allen Interessenten des Berger-Hauses hatte Rene ausgerechnet an den mit dem garantiert größten Köter verkauft. Komischer Zufall! Dass Jan wirklich der Höchstbietende gewesen sein sollte, erschien mir eher unwahrscheinlich. Woher sollte der junge Kerl so viel Kohle haben? Wie ein Unternehmer hatte er ja nicht gerade ausgesehen. Eher wie frisch von der Uni oder so was. Vielleicht hatte er reich geerbt? Das erschien logisch.

Auf alle Fälle war Rene eine widerwärtige, ekelhafte …

»… miese Schleimkröte!«, maulte ich am nächsten Tag bei der Morgenbesprechung.

Nici kicherte. Sie konnte sich in mein Problem nicht ganz einfinden.

»Mensch, Susanne. Sei doch froh, dass es ein alleinstehender, junger Mann ist. Hätte ja auch eine Großfamilie mit zehn Kindern sein können. Wär dir das lieber gewesen? Sieht er überhaupt gut aus?«

Ich murrte undeutlich und blätterte griesgrämig in einem Exposé.

Gaby stimmte Nici bei. »Ja, stell dir vor, du hättest so eine Art Wollnys als Nachbarn. Dann wär's vorbei mit der ländlichen Ruhe.«

»Aber der Köter!«, warf ich ein. »Der winselt und jault und bellt. Und außerdem ist der gemeingefährlich!«

»Quatsch«, widersprach Nici. »Eine Deutsche Dogge, sagst du? Meines Wissens sind die unglaublich gutmütig und lieb.«

»Hallo? Das Vieh hat seinen Schädel fast auf meiner Augenhöhe! Und Charly hat es fast zu Tode erschreckt!«

»So groß? Cool. Jedenfalls ist es bei Hunden meistens so: je kleiner, umso gemeiner. Doggen sind allgemein als Familienhunde bekannt. Die Wahrscheinlichkeit, von einem Dackel gebissen zu werden, ist weit größer als von einer Deutschen Dogge.«

»Woher hast du denn diese Statistik?«, fragte ich genervt.

»Hab ich mal irgendwo gelesen.«

»Aha.« Ich versuchte, mich auf die Papiere vor mir zu konzentrieren.

»Also, das mit der Größe stimmt schon«, meinte Gaby nachdenklich. »Meine Cousine züchtet Dackel. Gemeingefährliche Scheißerchen. Der Begriff *Wadenbeißer* kommt nicht von ungefähr.«

»Schon klar«, moserte ich, »weil dich eine Dogge nicht in die Wade beißt – die ist ihr schließlich viel zu weit unten –, sondern dich mit Haut und Haaren verschlingt, weshalb es keinerlei Zeugen für derlei Übergriffe gibt. Außerdem sind diese Viecher alle hinterhältig und unberechenbar, egal in welchem Format.«

Nici verzog kurz in gespielter Verzweiflung das Gesicht. Dann rieb sie sich ergeben die Stirn und sagte: »Okay, lassen wir den Hund vorerst beiseite. Viel wichtiger ist ohnehin der Besitzer. Wie alt ist er? Was arbeitet er? Was hat er in einem kleinen Dorf am Arsch der Welt verloren?«

»Am Arsch der Welt?«, wiederholte ich blinzelnd.

»Ja, du weißt schon, was ich meine«, sagte Nici schnell. »Also?«

»Also, was?«

Sie ächzte. »Alter, Beruf, Schuhgröße? Mann, lass dir doch nicht alles aus der Nase ziehen!«

Angesäuert klopfte ich auf den Tisch. »Ich weiß nur, dass er in Nürnberg gewohnt hat und grob geschätzt so alt ist wie ich. Aber das interessiert doch hier niemanden! Und jetzt ist Schluss mit dem Interview, wir sind hier zum Arbeiten und nicht zum Tratschen!«

Dummerweise zeigte meine Rüge keinerlei Wirkung. Anscheinend hatte ich meine Mitarbeiter nicht im Griff.

»Vielleicht hat er eine Onlinefirma?«, überlegte Nici laut. »Dafür muss er nicht unbedingt in einer Großstadt wohnen. Er hat sie aufgebaut und ist jetzt aus Liebe zu seinem Hund aufs Land gezogen.«

»Aktiengeschäfte«, mutmaßte Gaby. »Damit kann man ungemein Kohle machen. Und dazu braucht man auch nur ein Telefon oder Internetanschluss.«

Ich ächzte und ließ meinen Kopf auf der Tischplatte nieder. »O Gott …«

Während die beiden sich in ihre Spekulationen hineinsteigerten, entwickelte ich im Geiste ein neues Firmenkonzept. So richtig mit Abmahnungen und so. Konnte doch nicht sein, dass man als Chefin komplett ignoriert wurde! Leider war ich im Moment nicht in der Stimmung, hart durchzugreifen, darum verharrte ich einfach in meiner Kopf-auf-der-Tischplatte-Position und lauschte den Fantasien meiner Angestellten. Hin und wieder gab ich ein abschätziges Grunzen von mir, was geflissentlich übergangen wurde.

»Schlimmstenfalls ist er von Beruf Sohn«, sagte Nici schließlich.

»Das wäre sehr bedauerlich«, meinte Gaby dazu.

»So sah er am ehesten aus«, murmelte ich.

»Meinst du wirklich?«, wollte Nici sogleich wissen.

Na klar, jetzt wurde ich plötzlich wieder erhört!

Ich tauchte aus meiner Versenkung auf und glättete mit einer Hand meine Haare. »Keine Ahnung, aber irgendwie sah er nicht so wirklich wie ein erfolgreicher Unternehmer aus.«

Sofort schauten die beiden Spekulanten ungeheuer enttäuscht drein. Ihre Vorstellung von dem geheimnisvollen Unbekannten war wohl somit zerstört.

Diese Taktik hätte mir auch gleich einfallen können.

»Können wir jetzt zur Abwechslung ein wenig arbeiten?«, fragte ich in die Runde und wedelte mit einem gelben Hefter.

Nici und Gaby zuckten synchron die Schultern und wandten sich umgehen ihren Unterlagen zu.

Unglaublich …

Gerade als ich zu einer Vorstellung des neuen Objektes ansetzen wollte, klingelte ein Telefon. Leider war es ausgerechnet das meine, weshalb ich nicht einmal richtig schimpfen konnte.

Das war eindeutig nicht mein Tag. Mit unterdrücktem Ärger erhob ich mich und eilte in mein Büro, um das Gespräch anzunehmen.

»KollmannImmobilien, es spricht Susanne Kollmann, was kann ich für Sie tun?«, ratterte ich automatisch herunter.

»Guten Morgen, meine Schönheit!«, schallte es mir entgegen.

Mist! Hätte ich doch lieber mal auf das Display geschaut. Dann hätte ich dort nämlich *Ex-Arsch* gelesen und das Gespräch gekonnt ignoriert. So musste ich jetzt die Zähne zusammenbeißen, denn ich wusste genau, worauf sich das Telefonat beziehen würde.

»Rene«, grüßte ich nur knapp.

»Ich musste gerade an dich denken und da dachte ich mir – hey, ich rufe einfach mal an«, plauderte er fröhlich. »Wie geht es dir denn?«

»Könnte nicht besser sein«, trällerte ich, während ich mit der rechten Hand einen Radiergummi zerquetschte.

»Ja? Mensch, das freut mich aber!«

Meine Augen verengten sich zu Schlitzen, doch meine Stimme blieb leger. »Und mich erst!«

Er lachte leise und wartete kurz ab, ob ich nicht noch etwas Besseres zu sagen hatte. Oh, ich hatte noch weit Besseres zu sagen! Und das meiste davon würde im Fernsehen mit einem Pfeifton überdeckt werden.

»Ich habe übrigens das Haus verkauft«, erwähnte er schließlich so ganz nebenbei.

Penner!!!

Das war natürlich der einzige Grund, warum er mich gerade anrief. Weil er meine Reaktion auf den neuen Nachbarn hören wollte.

Es bedurfte einiger Anstrengung, doch ich schaffte es tatsächlich, völlig ruhig zu antworten. »Ja, das habe ich bereits bemerkt. Gratulation.«

»Tja, das war für CityImmobilien natürlich ein Kinderspiel.«

Blöder Affenarsch! »Hast du den neuen Besitzer denn schon kennengelernt?«

Ha! Sein belustigter Unterton verriet mir nun eindeutig, was ich schon längst vermutet hatte. Aber den Triumph würde ich Rene niemals gönnen!

»O ja!«, zwitscherte ich deshalb in den Hörer. »Jan ist wirklich unglaublich sympathisch. Ich bin mir sicher, dass wir uns gut verstehen werden!«

Ein irritiertes Schweigen folgte. Ich hätte am liebsten gejubelt. Rene fing sich schnell wieder.

»Wirklich? Na, das ist doch super«, meinte er. »Ich hoffe nur, dass sich dein Kater mit dem Hund versteht. Du magst ja Hunde auch nicht so gerne. Eine Deutsche Dogge, oder? Ich habe sie nicht selbst gesehen, aber sie soll ziemlich groß sein …«

Gott, der Typ war so was von durchschaubar!

Na warte, Mistkerl …

»Du meinst Lilly? Och, die ist vielleicht goldig! Wusstest du, dass sie an den Stimmbändern operiert werden musste? Ein Tumor. Schrecklich, nicht wahr?«

»Wie bitte?«

»Ja. Und durch die Operation kann sie jetzt nicht mehr bellen. Die Arme.« *Hehehe …*

Ich konnte förmlich hören, wie Rene auf seiner Unterlippe kaute. Das tat er nämlich immer, wenn etwas nicht so funktionierte, wie er es eigentlich geplant hatte.

Er räusperte sich vernehmlich. »Ja, armer Hund. Ach, und Jan ist wirklich sehr sympathisch. Und vor allem sehr interessant! Wusstest du, dass er Profimusiker ist?«

»Echt? Das ist ja spannend«, sagte ich gelangweilt.

»Ja, ihm hat das Haus so sehr gefallen, weil er ausreichend Platz zum Proben hat.«

Proben? Mit was denn proben?

»Ausreichend Platz hat er jetzt bestimmt«, merkte ich alarmiert an.

»Den braucht er auch. So wie ich das verstanden habe, spielt er mehrere Instrumente. Ich glaube, er hat sogar eine eigene Band.«

Etwa so richtig? So mit Schlagzeug und so was? Vielleicht noch eine Tuba? Gott im Himmel!

»Wooooow, das ist … super!«, krächzte ich.

Dahin war meine schauspielerische Fähigkeit. Die Aussicht auf stundenlanges Geplärre aus dem Nachbarhaus hatte meine Coolness geradezu hinweggefegt.

Da Rene von Natur aus ein Geier war, bemerkte er dies sofort und stürzte sich hungrig darauf. »Ach, ich hoffe, dass das kein Problem für dich ist? Bandproben können ja schon manchmal lästig werden. Vor allem, wenn einem die Musikrichtung nicht gefällt. Ich hoffe sehr, dass er kein Heavy Metal spielt.«

HEAVY METAL???

Im Geiste hörte ich bereits das Dröhnen der Bässe und das Kreischen von Elektrogitarren. Einzig Renes triumphierende Stimmlage hielt mich davon ab, völlig durchzudrehen. Ich atmete ein paarmal tief ein und aus.

»Ach, so ein bisschen Musik wird mir bestimmt ganz gut tun«, brachte ich bemerkenswert ruhig hervor. Dann hatte ich einen grandiosen Einfall: »Außerdem wirkt Jan sehr vernünftig. Und ehrlich gesagt ziemlich attraktiv. Hey, und Single ist er auch! Ich denke, ich werde ihn gleich morgen auf einen Kaffee einladen!«

Ich hörte ganz deutlich, wie Rene am anderen Ende der Leitung nach Luft schnappte.

Yeah!

»Jedenfalls bin ich froh, dass du nicht an so eine Megafamilie verkauft hast«, plauderte ich weiter. »So ein Haufen Kinder wäre mir bestimmt auf die Nerven gegangen. Na ja, ich muss dann mal wieder an die Arbeit. Schönen Tag noch!«

Ich wartete nicht auf einen Abschiedsgruß, sondern legte einfach auf. Mein gehässiges Siegesgrinsen verschwand langsam aus meinem Gesicht, als sich ein unschöner Gedanke in meinem Gehirn ausbreitete.

»Er spielt in einer Band!«, heulte ich laut. »Ich werde nie wieder schlafen können!«

Erschöpft ließ ich mich auf meinem Bürostuhl nieder, da erschienen auch schon die Köpfe meiner Mädels im Türrahmen.

»Also kein Nichtsnutz? Ein Musiker!«, freute sich Gaby.

»Eine Band? Wie cool«, seufzte Nici begeistert.

Tja. Irgendwie schwammen wir drei heute so gar nicht auf einer Wellenlänge.

Kapitel 5

Hm, Sonntag … Mein Lieblingstag!

Ich rekelte mich wohlig in meinem Bett und lauschte dem frühlingshaften Vogelkonzert. Sechs Tage die Woche verfolgte ich einen strikten Terminplan, doch an diesem einen Tag nahm ich mir die Freiheit, zur Abwechslung einmal nichts vorzuhaben. Nicht weil ich streng katholisch oder sonst etwas war, sondern weil ich das einfach brauchte, um nicht durchzudrehen. Burn-out-Prävention, quasi. Obwohl das mit dem *terminfrei* streng genommen auch nicht ganz stimmte, denn mein Sonntag lief immer nach demselben Schema ab. Nicht auf die Minute genau, aber der Ablauf war stets der gleiche.

Erst wälzte ich mich nach dem Aufwachen einige Zeit im Bett herum, bis ich mich dann doch entschied, endlich aufzustehen. Meistens half mir Charly bei dieser Entscheidung. Wenn er nämlich der Meinung war, sein Frühstück wäre jetzt wirklich längst überfällig und er dementsprechend lästig auf mir herumtrampelte.

Dann krabbelte ich aus dem Bett, schlurfte für eine kleine Katzenwäsche ins Bad und wickelte meinen Flauschbademantel über meinen kuscheligen Flanell-Schlafanzug.

Anschließend tapste ich Charly hinterher in die Küche, damit er nicht verhungern musste und ich endlich meine Ruhe bekam. Sobald ich den nervenden Kater abgeschüttelt hatte, schlüpfte ich in meine Plüschhausschuhe und machte mich ohne Rücksicht auf mein Äußeres auf den Weg zum Briefkasten.

Bild am Sonntag. Im Abonnement.

Nicht unbedingt das, was man anspruchsvolle Lektüre nannte, aber zu meinem Sonntagskaffee die optimale Unterhaltung.

Die Aussicht auf meinen Morgencappuccino stimmte mich derart fröhlich, dass ich sogar leise zu summen begann, als ich die Zeitung aus dem Briefkasten befreite.

»Hallo, Frau Nachbarin!«, erschallte es von der Hausnummer 26. Untermalt von einem tiefen Bellen. Ich schreckte auf und sprang automatisch einen Schritt zurück.

Kurzzeitig war mir das Blut in den Adern gefroren. Hastig erforschte ich meine Umgebung und stellte erleichtert fest, dass die Minikuh namens Lilly ordentlich hinter Schloss und Riegel verwahrt war. Na ja, eigentlich war es nur ein Gartenzaun, aber immerhin besser als nichts. Jan stand vor seiner Haustür, einen Karton unter den einen Arm geklemmt. Mit dem anderen winkte er mir freundlich zu.

Nachdem ich mich von meinem kleinen Schock erholt hatte, wurde mir bewusst, dass ich nur dämlich zu ihm hinüberglotzte. Weil ich von Grund auf ein höflicher Mensch war, gab ich mir einen Ruck und hob kurz die Hand zu einem Gruß. Zu mehr war ich beim besten Willen nicht fähig. Eilig wandte ich mich von ihm ab und setzte zur Flucht an.

»Warte kurz!«, ertönte es hinter mir.

Mist! Was denn jetzt?

Etwas widerwillig blieb ich stehen und drehte mich um. Jan stellte den Karton ab und trabte zu mir, die Minikuh eng an seiner Seite. Ich musste mit Entsetzen feststellen, dass der hölzerne Gartenzaun dem Vieh gerade mal bis zur Brust reichte. So viel zum Thema Schutz …

Während ich noch misstrauisch auf Lilly schielte, schenkte Jan mir ein strahlendes Lächeln.

»Ich wollte nur mal kurz mit dir reden«, begann er. »Wir hatten ja keinen so tollen Start und das möchte ich ungern auf sich beruhen lassen.«

Wirklich? Okay, das klang jetzt doch ganz vielversprechend.

»Tja, ein toller Start war das echt nicht«, sagte ich und wunderte mich selbst über den höchst beleidigten Unterton in meiner Stimme.

Mensch, Susanne, gib ihm doch wenigstens eine Chance!

Jan ließ sich nicht aus der Ruhe bringen und lächelte unbekümmert weiter. Mir fiel auf, dass er ein sehr schönes Lächeln hatte. Sogar mit Grübchen auf den Wangen. Hm, ich mochte Grübchen …

Leider konnte ich mich trotzdem nicht ganz entspannen, weil ich permanent von einem Kalb angehechelt wurde. In den Augen des Köters stand eindeutig die pure Mordlust, da war ich mir ganz sicher. Bestimmt würde er gleich mit einem kleinen Satz über den Zaun hechten. Möglichst unauffällig machte ich vorsichtshalber einen Schritt zurück, um mehr Abstand zu gewinnen.

»Wenn ich zu dir unfreundlich war, dann tut es mir ehrlich leid«, entschuldigte sich Jan. »Ich war einfach nur überrascht, eine Fremde in meinem Garten vorzufinden. Eigentlich bin ich ein ganz netter Kerl, weißt du?« Er zwinkerte charmant, was mir doch tatsächlich ein kleines Grinsen entlockte.

»Okay«, meinte ich, obwohl ich mir nicht ganz sicher war, ob Heavy-Metal-Freaks überhaupt nett sein konnten. »Ich hätte nicht einfach auf deinem Grundstück herumrennen sollen. Sorry.«

Er winkte ab. »Nein, nein! Das war wirklich unglaublich nett von dir, dass du dich um die Pflanzen gekümmert hast. Vielen Dank dafür.«

»Kein Problem.«

»Momentan herrscht leider ein riesiges Chaos in meiner Bude, aber wenn die Umbauten abgeschlossen sind, möchte ich dich zum Dank gerne zum Essen einladen.«

Die Bezeichnung *Bude* war an sich schon schlimm genug, doch ein weiteres Wort in seinem Satz ließ meine Alarmglocken läuten, sodass ich die Einladung zum Essen (!) schlichtweg überhörte. »Äh. Umbauten?«

Jan nickte eifrig. »Ja. Ich möchte einiges renovieren lassen. Neue Böden, neue Fliesen, eine neue Küche … Was man halt so macht, wenn man sich ein Haus kauft.«

Er zwinkerte wieder, doch diesmal blieb meine Miene versteinert.

Reiß dich zusammen, Susanne. War doch klar, dass er sich anders einrichten wird.

Trotzdem!

Er wollte die alte Küche herausreißen. Die Küche, in der ich immer meine heiße Schokolade genießen durfte. Die Küche, an der so viele schöne Erinnerungen hafteten!

Das konnte Jan natürlich nicht wissen, aber für mich kam diese Information einer Ohrfeige gleich.

»Gut, dann wünsche ich dir viel Erfolg«, brachte ich hervor und wandte mich wieder zum Gehen.

»Danke! Ach, kann gelegentlich die nächste Zeit etwas lauter werden. So eine Renovierung geht leider nicht ganz ohne Kreissäge und Vorschlaghammer vonstatten.«

Vorschlaghammer? Wollte er die Einrichtung herausdreschen?

»Das ist … klar«, sagte ich steif.

»Schön, dass du dafür Verständnis hast.« *Na, wenn du wüsstest.* »Nettes Outfit übrigens.«

Wie bitte?

Ich sah kurz an mir herunter. Bisher hatte ich mir ehrlich keine Gedanken über meinen morgendlichen Aufzug gemacht, schließlich waren wir hier auf dem Land. Da sah man morgens des Öfteren Leute im Bademantel umherhuschen.

»Mein Seidennachthemd ist heute leider in der Wäsche«, gab ich blasiert zurück.

Er betrachtete schmunzelnd meine Morgenbekleidung. »Ach, weißen Flanell mit blauen Punkten finde ich ohnehin viel heißer.«

Ich schnappte leise nach Luft. »Das muss nicht sexy sein, sondern bequem und kuschelig!«

»Na, das ist es bestimmt.«

Merkte der Kerl denn gar nicht, dass er es sich gerade wieder ganz gewaltig bei mir verscherzte?

Ich biss die Zähne zusammen und schluckte meinen Ärger so gut es ging herunter. So ein kleiner Nachbarschaftsstreit konnte ja bekanntlich schnell entarten und gerade an meinem Lieblingstag hatte ich darauf absolut keine Lust.

»Tja, kann ich nur empfehlen«, sagte ich deshalb nur. »Viel Spaß bei deiner Abrissparty.«

Mit diesen Worten machte ich kehrt und eilte zu meiner Haustür.

Jan hatte meine Verärgerung scheinbar wirklich nicht bemerkt, denn er flötete noch fröhlich hinterher: »Den werde ich haben! Ciao!«

Grübchen hin oder her, der Kerl war für meinen Geschmack zu vorlaut. Oder wollte er einfach nur witzig sein? Meinen Humor traf er mit seinen Scherzen jedenfalls nicht.

Angesäuert tapste ich in die Küche, um mir meinen Morgencappuccino zu kreieren. Charly hatte sein Frühstück bereits hinuntergeschlungen und leckte sich zufrieden die Pfoten. Während ich mit meinem handlichen Milchschäumer werkelte, erhob er sich und wackelte Richtung Katzenklappe. Gedankenverloren sah ich ihm hinterher. In der Mitte des Türchens hielt der Kater inne. Das sah witzig aus, weil sein Bauch die gesamte Öffnung ausfüllte. Er verharrte eine ganze Weile in dieser Position. Nur seine Schwanzspitze zuckte unentwegt hin und her.

Was hatte er denn? War eine fremde Katze im Garten unterwegs?

Ich wollte gerade nachsehen, als Lilly plötzlich anfing zu bellen.

Fast gleichzeitig stieß Charly ein aufgebrachtes Fauchen hervor, quetschte sich rückwärts durch die Katzenklappe, drehte sich in einer einzigen Bewegung um und raste wie von der Tarantel gestochen durch den Gang, geradewegs die Treppe hoch in den ersten Stock.

Dieser blöde Köter wanderte doch wohl nicht etwa in *meinem* Garten herum?

Hastig sprang ich zur Terrassentür und spähte durch die Scheibe.

Nein, tat er nicht. Gott sei Dank!

Lilly stand hinter dem Gartentürchen – auf der richtigen Seite – und starrte schwanzwedelnd auf die Katzenklappe. Sie bemerkte meine Beine in der Glastür und hob den Kopf, um nun mich anzustarren. Mein Anblick schien ihr nicht zu gefallen, denn sie bellte abermals.

Jan war nirgends zu entdecken, darum öffnete ich die Tür und machte ein paar scheuchende Bewegungen mit einer Hand in die Richtung des Monstrums. »Ksssschhh! Kssschhh!«

Den Hund beeindruckten meine Töne nicht wirklich. Er legte nur seinen Kopf schräg und winselte.

Verdammt!

Grimmig zog ich mich zurück, um meinen Cappuccino fertig zu machen. Wenn ich die Minikuh ignorierte, würde sie doch sicher ihr Interesse an mir verlieren oder? Das hoffte ich zumindest, denn ich sah es gar nicht ein, dass ich mich von jetzt an nicht mehr in aller Ruhe auf meiner Terrasse entspannen können sollte. Von so einem Kalb ließ ich mich sicher nicht vertreiben!

Entschlossen bezog ich schließlich bewaffnet mit Zeitung, Cappuccino und einer Decke meinen Verteidigungsposten. Charly, der Oberfeigling, ließ mich völlig im Stich und verschanzte sich lieber im Obergeschoss, als seinen Standpunkt klarzumachen.

Ich wickelte mich tapfer in meine Decke und machte es mir auf meiner Teak-Sitzgruppe gemütlich. Lilly, das Monster, hatte ebenfalls Position bezogen. Sie saß hinter dem Gartentürchen und glotzte unentwegt zu mir herüber. Erschreckend, dass sie aufgrund ihrer Größe mühelos ihren Schädel auf den Holzlatten ablegen konnte.

Während ich in der Zeitung blätterte, behielt ich meinen Feind ständig im Auge. Leider tat Lilly genau das Gleiche. Jedes Mal, wenn ich meinen Kopf auch nur andeutungsweise in ihre Richtung bewegte, gab sie leise Quietschgeräusche von sich und wedelte mit dem Schwanz.

Unglaublich!

Unser Kampf dauerte nun schon beinahe zwanzig Minuten und dem Vieh wurde nicht einmal ansatzweise langweilig. Mein Kaffee war inzwischen schon kalt, weil ich vor lauter Anspannung schlichtweg das Trinken vergessen hatte. Außerdem konnte ich mich nicht aufs Lesen konzentrieren, weshalb ich denselben Artikel mittlerweile schon zum fünften Mal von vorne begann.

Aber ich durfte mich nicht unterkriegen lassen!

Ich veränderte meine Taktik und drehte Lilly den Rücken zu. Tatsächlich hörte das Gewinsel für eine Weile auf, doch ich wusste ganz genau, dass der Köter nach wie vor auf der Lauer lag. Oder saß. Ich konnte den stechenden Blick der blutrünstigen Augen ganz deutlich spürten.

Als ich meine Tasse anhob, um einen Schluck zu trinken, gab Lilly ein heiseres »Wuff« von sich. Erschrocken zuckte ich zusammen und schüttete einen beträchtlichen Teil meines kostbaren, wenn auch inzwischen erkalteten, Sonntagmorgen-Heißgetränks auf meine Decke.

Jetzt reicht's aber!

Wütend sprang ich auf und stapfte auf meinen Feind zu. Mit einem kleinen Sicherheitsabstand baute ich mich vor der Minikuh auf und stemmte die Arme in die Hüften.

»Du glaubst, du kannst mich mit deinem Gestarre fertigmachen, ja? Da hast du dich aber geschnitten!«, wetterte ich.

Lilly war unterdessen auch aufgestanden und war schier aus dem Häuschen, weil ich nun direkt mit ihr redete. Sie wedelte so stark mit dem Schwanz, dass ihr ganzes Hinterteil hin- und herwogte.

Natürlich war das reine Strategie. Das Ungeheuer wollte nett und harmlos wirken, damit es mich anschließend hinterrücks zerfleischen konnte. Aber auf diesen miesen Trick fiel ich bestimmt nicht herein!

»Mich wickelst du mit deiner Tour nicht ein«, zeterte ich auf den Hund hinab. Eigentlich zeterte ich fast geradeaus, weil sich unsere Augenhöhe nur um geschätzte zwanzig Zentimeter unterschied. »Da kannst du noch so winseln. Ich habe dich schon durchschaut!« Ich untermalte meine letzten Worte, indem ich einen Zeigefinger auf Lilly richtete. »Ich war schon vor dir hier!«

»Hey! Na, führt ihr zwei Frauengespräche?«, lachte Jan.

Ich schrak zusammen und stierte ihn an, als wäre er von einem anderen Stern. Er war gerade um die Ecke gebogen, zwei Bänke einer Biertischgarnitur in den Armen.

»Sag ihr, dass sie sofort aufhören soll!«, forderte ich umgehend.

»Wem? Lilly?« Er sah fragend auf seinen Hund, der nach wie vor mit dem Hintern wackelte. Scheinbar mühelos wirbelte er die Bänke in die Aufrechte und lehnte sie an die Hausmauer. »Wieso? Was macht sie denn?«

»Sie möchte mich in den Wahnsinn treiben!«, ächzte ich.

»Was?«

»Du hast mich schon gehört. Dein Hund ist ein totaler Psychopath!«

Jan kratzte sich ratlos am Hinterkopf und trat zu uns heran. Lilly würdigte ihr Herrchen mit keinem Blick, sondern fixierte immer noch mich.

»Was hat sie denn getan?«, wollte Jan wissen. Er sah sich kurz in meinem Garten um. Vermutlich um nach Spuren eines Kampfes Ausschau zu halten.

»Sie verfolgt einen ausgeklügelten Plan«, erklärte ich ungehalten. »Die ganze Zeit über starrt sie mich an und winselt. Und bellt. Sie möchte mich damit aus der Reserve locken, mich zermürben. Bis ich zusammenbreche und sie mich gefahrlos angreifen kann. Psychologische Kriegsführung ist das!«

»Okaaaay …« Jan betrachtete mich zweifelnd. »Du weißt, dass Lilly ein Hund ist?«

»Natürlich weiß ich das!«, blaffte ich und stemmte meine Hände wieder in die Hüften.

»Gut. Und du glaubst, dass sie der strategischen Kriegsführung mächtig ist?«

Ich war zu aufgebracht, um den belustigten Unterton in seiner Stimme zu hören. »Na, sieh sie dir doch an! Seit einer halben Stunde sitzt sie schon da. Sie wartet nur darauf, dass ich einen Fehler mache. Was sollte sie sonst wollen?«

»Keine Ahnung. Vielleicht möchte sie gestreichelt werden?«

»Ha! Damit ich ihr nahe genug komme, um mich endlich zu verschlingen! Das ist doch genau der Plan, den sie verfolgt!«

»Ach, so ist das!«, rief Jan erkennend aus und schlug sich eine Hand vor die Stirn. »Und ich habe mich schon gefragt, wo die vielen Knochen immer herkommen. Außerdem sind in regelmäßigen Abständen Freunde von mir verschwunden. Jetzt wird mir so einiges klar. Böser Hund!« Treuherzig blickte Lilly zu ihm auf und jaulte leise. »Ja, du bist gemeint. Böser, böser Hund.«

Erst jetzt bemerkte ich seinen erheiterten Gesichtsausdruck.

»Sag mal, verarschst du mich gerade?«, fauchte ich und merkte, wie mein Kopf vor Empörung zu glühen anfing.

»Gegenfrage: Kann es sein, dass du Hunde nicht magst?«

»Pff, nicht mögen? Ich hasse sie!«

Das unterdrückte Lachen verschwand aus Jans Gesicht. Er sah fast ein wenig betrübt aus, als er sagte: »Nun, das ist aber wirklich schade. Wie kommt das? Wurdest du als Kind vielleicht einmal gebissen?«

Ich überlegte einen Moment, ob ich darauf überhaupt antworten sollte. Jetzt war nicht der geeignete Zeitpunkt, um nach einem Kindheitstrauma zu forschen. Aus einem mir unerklärlichem Grund nickte ich dann trotzdem. »Das tut zwar nichts zur Sache, aber ja, das ist tatsächlich passiert.«

»Weißt du, das tut eigentlich schon etwas zur Sache. Ziemlich viel sogar. Kanntest du den Hund?«

Abwehrend verschränkte ich die Arme vor der Brust. »Ist doch egal! Jedenfalls weiß ich, dass man den Viechern nicht trauen kann. Erst glotzen sie dich noch treuherzig an und im nächsten Moment rammen sie dir ihre Zähne in den Oberschenkel!«

Ja, eine sehr schmerzhafte Erfahrung. Die Narbe kann man heute noch sehen. Wenn man ganz genau hinsah. In einem bestimmten Licht.

»Du kanntest ihn also. Das tut mir leid. Ich kann mir schon vorstellen, dass das dein Vertrauen zerstört hat, aber nicht alle Hunde sind gleich. Genau, wie nicht alle Menschen gleich sind. Oder alle Katzen. Du hast doch eine Katze, oder?«

»Einen Kater«, korrigierte ich trotzig.

»Einen Kater. Und dem vertraust du, ja? Na ja, meine Tante hat zum Beispiel eine Katze, die sich wirklich gerne am Bauch kraulen lässt. Das Komische ist nur, dass sie hin und wieder, ohne jede Vorwarnung, total ausflippt und sich komplett in die kraulende Hand verbeißt. Was übrigens auch ziemlich schmerzhaft ist. Und nein, sie möchte definitiv nicht spielen. Das würde dann doch anders aussehen. Es gibt also auch aggressive Katzen.«

Seine verständnisvolle Stimme brachte mich doch tatsächlich dazu, mich ein wenig zu beruhigen. Aber nur ein wenig.

»Das mag schon sein, aber ich habe noch nie davon gehört, dass ein Kleinkind von Katzen zu Tode gebissen wurde«, warf ich mit einem Blick auf Lillys großes Maul ein.

»Da hast du natürlich recht. Und solche Vorfälle sind schrecklich und unverzeihlich. Allerdings muss man dabei immer die Hintergründe kennen. Oft liegt die Schuld nämlich bei den Besitzern. Ich kann beinahe jeden Hund zu einer Kampfmaschine abrichten, genauso wie ich *beinahe* jede Rasse zu einem Lämmchen erziehen kann. Aber ich betone *beinahe*. Es gibt immer Ausnahmen.« Er sah liebevoll zu Lilly hinunter und streichelte über ihren Kopf. »Für meine Kleine hier würde ich jederzeit meine Hand ins Feuer legen. Sie würde niemals beißen.«

Ich gab ein abschätziges Schnauben von mir. »Na klar, wäre interessant, wie oft diese Worte schon gefallen sind, kurz bevor jemand einen Finger verloren hat …«

»Oh, bestimmt schon oft. Aber bei mir ist das anders.«

»Ach. Und warum sollte das bei dir anders sein?«

Er grinste breit. »Weil ich die Wahrheit sage.«

Wieder so ein Scherz, den ich absolut nicht lustig fand. Ich starrte ihn so lange an, bis er ergeben seufzte.

»Na schön, du lässt dich nicht so einfach überzeugen«, meinte er, »aber eines kannst du mir glauben – Lilly hat mit Kriegspraktiken nichts am Hut. Sie ist in völliger Harmonie aufgewachsen. Quasi ein Hippie-Hund. Jedenfalls werde ich darauf achten, sie nicht länger als fünfzehn Minuten pro Tag starren zu lassen.«

Ich kniff die Augen zusammen. »Verarschst du mich schon wieder?«

»Nein, nein! Ich kann solch perfide Spielchen meines Hundes nicht tolerieren. Außerdem wäre es mir sehr unangenehm, dich als psychisches Wrack in der Ecke kauern zu sehen.«

»Du hältst dich wohl für unglaublich witzig, was?«

»Na ja, bisher eigentlich schon. Ich bringe die Leute gerne zum Lachen. Wobei du schon eine ziemlich harte Nuss zu sein scheinst. Du bist nicht gerade eine Spaßkanone, oder?«

»Was? Oh, ich kann unglaublich spaßig sein, wenn ich will! Aber im Angesicht deiner gescheckten Bestie vergeht mir der Spaß!«

»Komm schon, jetzt übertreibst du aber.«

»Ich übertreibe nicht. Du scheinst mich zwischen deinen ganzen Scherzen irgendwie nicht ganz ernst zu nehmen.«

»Doch schon, aber ich würde unser angespanntes Nachbarschaftsverhältnis gerne ein wenig auflockern.«

»Indem du hier den Pausenclown spielst?«, fragte ich gehässig.

Jan musterte mich gelassen. »Sagte die in dem blau gepunkteten Schlafanzug …«

In meiner ganzen Aufregung hatte sich der Gürtel meines Bademantels gelöst und das Flanell zeigte sich in seiner gesamten Pracht. Wütend packte ich die Enden meines Mantels und zog den Stoff eng um mich. »Was hast du eigentlich für ein Problem mit meinem Schlafanzug?«

»Wieso sollte ich ein Problem damit haben?« Er schmunzelte. »Er harmoniert so wunderbar mit den rosaroten Plüschsandalen.«

Ich war kurzzeitig sprachlos und beschränkte mich darauf, lautstark ein- und auszuatmen. Jan beobachtete mich amüsiert. Beinahe provokant legte er seinen Kopf leicht schräg. Sein rechter Mundwinkel zuckte.

»Das geht dich gar nichts an!«, fuhr ich ihn an.

Er gluckste. »Das stimmt. Außerdem war das nur ein Scherz. Lachst du eigentlich manchmal?«

»Ob ich …? Weißt du was? Nein, ich lache nie. Vor allem nicht über so unterbelichtete Witze. Du kannst sie dir also in Zukunft sparen!«

»Mensch, jetzt sei doch nicht gleich eingeschnappt.«

»Ich bin nicht eingeschnappt!«, zischte ich und rauschte davon.

»Keine Sorge!«, rief Jan noch. »Ich bring dich schon noch zum Lachen!«

Wie bitte? War das gerade eine Drohung?

An der Terrassentür verlangsamte ich kurz mein Tempo und machte eine unwirsche Handbewegung in seine Richtung.

Erzürnt ließ ich mich auf mein Sofa fallen und war mir absolut im Klaren darüber, dass ich mich gerade komplett zum Affen gemacht hatte. Und eingeschnappt war ich auch.

Schöne Scheiße …

Das Erstbeste, was mir einfiel, war, Nici anzurufen und ein wenig Dampf abzulassen.

Kaum eine halbe Stunde später stand sie hinter meinem Küchenfenster und observierte den Nachbargarten. Sie wollte unbedingt meinem Feind ins Auge blicken.

Allerdings fehlte von Jan und seinem Monster jede Spur. Es war Mittagszeit, daher vermutete ich, dass die beiden gerade gemeinsam einen von Jans verschollenen Freunden verspeisten.

»Glaubst du nicht, dass du ein wenig überreagierst?«, fragte Nici langsam, ohne ihren Blick vom Fenster zu nehmen.

»Geht's noch?«, keifte ich schrill. »Der Kerl ist völlig ungehobelt und nervig. Von seinem Köter mal ganz abgesehen!«

Okay, wie ich mich selbst so kreischen hörte, erkannte ich tatsächlich, dass ich ein *bisschen* übertrieb. Allerdings hielt sich dieser kleine Teil meiner Vernunft weitgehend im Hintergrund.

»Er wollte doch bestimmt nur freundlich sein«, lenkte Nici ein.

»Na, dann hat er aber eine seltsame Auffassung von Freundlichkeit. Jemanden auszulachen ist überhaupt nicht freundlich!«

»Vielleicht hast du nur was in den falschen Hals gekriegt?«

»Waaas? Ich glaub's ja nicht! Bin ich jetzt die Böse?«

Ich saß am Tresen in meiner Küche und funkelte Nici erbost an. Dass sie mit den Augen rollte, konnte ich ganz genau sehen.

»Quatsch. Außerdem ist niemand hier der Böse. Ich kenn dich eben lange genug, um zu wissen, dass du manche Dinge gerne mal fehlinterpretierst.«

»Pah! Was gibt's denn da fehlzuinter…«

»Oh, da tut sich was!« Aufgeregt beugte Nici sich über die Arbeitsplatte, bis ihre Nase beinahe an die Fensterscheibe stieß. »Uuuh!«

Uh? Was sollte das denn bedeuten?

Noch bevor ich sie danach fragen konnte, riss Nici zielstrebig eine Schublade auf, grapschte nach einem Messer und sprintete mit einem Bin-gleich-wieder-da! zur Terrassentür hinaus.

Verdattert blieb ich sitzen. Was hatte sie denn jetzt vor? Wollte sie ihn abstechen?

Um Himmels willen!

Ich stürzte zum Fenster. Von meinem Beobachtungsposten aus konnte ich nur einen kleinen Teil meines eigenen Gartens überblicken. Nici war nicht zu sehen. Was ich jedoch sehr gut sehen konnte war Jan, der sich mit einem aufgeschlossenen Lächeln meinem Zaun näherte. Lilly überholte ihn und kam als Erste an. Sie streckte ihren gewaltigen Schädel über die Holzbretter und bellte ein paarmal inbrünstig.

Obwohl ich in meiner Küche in Sicherheit war, zuckte ich bei dem Geräusch automatisch zusammen. Ich staunte nicht schlecht, als Nici von der Seite herantrat und direkt auf den bellenden Hund zuging. Ohne zu zögern, streckte sie ihre Hand aus und kraulte das Monstrum hinter den Ohren. Für mich ein Anzeichen für die reinste Todessehnsucht!

Jan sagte etwas, das wohl unglaublich komisch war, denn Nici warf wiehernd ihren Kopf zurück, sodass ihre Haare geradezu wirbelten. Überhaupt schienen sich die beiden prächtig zu verstehen.

Moment mal! Flirteten die beiden etwa?

Nicht zu fassen, aber das taten sie. Ganz eindeutig sogar. Sie plauderten und kicherten.

Und ich stand spannermäßig hinter dem Fenster und drückte mir buchstäblich an der Scheibe die Nase platt. Als mir dies bewusst wurde, zog ich eilig meinen Kopf zurück. Sofort nahm ich ein Küchentuch und wischte meine Spuren weg. Dabei achtete ich geflissentlich darauf, nicht mehr hinauszusehen.

»Mann, der ist ja total goldig!«, rief Nici plötzlich hinter mir.

Ertappt fuhr ich herum. »Wer?«

Nici legte das Messer und ein Büschel, das einmal Liebstöckel hätte werden wollen, auf die Anrichte.

»Na, dein Nachbar«, sagte sie und schüttelte den Kopf, als wäre das nicht offensichtlich.

»Wie bitte? Also, *goldig* ist was anderes.«

»Ach, Susanne. Wenn er keinen Hund hätte, dann wärst du bestimmt nicht so voreingenommen. Und die Lilly ist übrigens eine ganz Liebe.«

»Ja genau«, schnaubte ich.

»Doch, das ist sie. Und Jan … puh! Eine volle 9,0 auf der Richterskala!«

Ich sah sie an, als wäre sie nicht ganz bei Trost. »Na ja.«

»Oh, doch. Wenn er blond wäre, wäre er eine glatte 10.«

»Pff!«

»Hast du ihn dir eigentlich schon mal richtig angesehen?«

»Ja, das habe ich«, erklärte ich hochnäsig. »Leider absolut nicht mein Typ.«

»Hört, hört!« Nici grinste breit. Was sie mit ihrem besserwisserischen Gesichtsausdruck sagen wollte, konnte ich mir absolut nicht erklären.

Um vom Thema abzulenken, deutete ich auf die kläglichen, grünen Stängel neben dem Messer. »Was sollte das denn überhaupt?«

»Na, Alibi«, meinte Nici schulterzuckend.

»Der hat gerade erst angefangen zu wachsen!«

»Ist doch egal. Es hat funktioniert, oder?«

Ich brummte und setzte mich wieder auf den Barhocker. »Das nächste Mal nimmst du aber den Schnittlauch.«

»Von mir aus … Sag mal, willst du dir nicht langsam mal was Vernünftiges anziehen?«

Wieso mussten denn heute alle auf meinem heiß geliebten Schlafanzug herumtrampeln?

Ich schürzte trotzig meine Lippen. »Nein. Ich mag diesen Schlafanzug und werde ihn heute den ganzen Tag tragen! Vielleicht werde ich ihn morgen sogar im Büro anziehen!«

»Wenn du meinst«, sagte Nici nur. »Vielleicht setzt du ja damit einen neuen Trend?«

Kapitel 6

Unter der Woche bekam ich von meinem neuen Nachbarn fast nichts mit. Wenn ich abends nach Hause kam, waren die Handwerker meistens schon weg. Auch der dunkelgrüne *A4*, der wohl Jan gehörte, stand nicht mehr in der Einfahrt. Ich fragte mich, ob er jeden Tag von Nürnberg hierherfuhr oder ob er zwischenzeitlich eine andere Bleibe gefunden hatte. Oder ließ er die Handwerker alleine herumwerken?

Wobei das natürlich vollkommen egal war.

Wichtig war nur, dass ich jeden Abend entspannt durch meinen Garten wandern konnte, ohne vom blutrünstigen Blick der Bestie oder dem charmelosen Humor meines Nachbarn verfolgt zu werden.

Bei Charly verhielt es sich ein wenig anders. Er hatte beschlossen, sich von jetzt an nur noch in den oberen Gefilden meines Hauses aufzuhalten. Jeder Platz, der sich nicht mindestens einen Meter über dem Boden befand, war potenziell ungesichertes Gebiet. Das ging so weit, dass ich nach einigen unschönen Hinterlassenschaften auf dem Badezimmerteppich sogar das Katzenklo nach oben schleppte. Ich wollte zwar seinen Wahn nicht unterstützen, konnte ihn aber verstehen. Für derartige Tätigkeiten sollte man sich entspannen können.

Einzig zum Fressen musste Charly eine Ausnahme machen, weil ich es gar nicht einsah, ihn ab sofort im ersten Stock zu verköstigen. Wenn er runterkam, bewegte er sich meistens mehr seitwärts als geradeaus, mit gekrümmtem Rücken und weit aufgerissenen Augen. Ständig bereit zum Kampf. Oder zur Flucht. Ganz entscheiden konnte er sich wohl nicht.

Anfangs hatte ich noch darüber gelacht, doch inzwischen ging mir sein Getue wahnsinnig auf den Keks. Bei jedem noch so kleinen Geräusch schrak er zusammen und ich unweigerlich mit ihm. Seine Nervosität übertrug sich direkt auf mich. Hoffentlich fing ich nicht auch noch an, ständig mit einem Buckel herumzulaufen.

Meiner nächsten Begegnung mit Jan sah ich mit ernstlichem Unwohlsein entgegen. Ich wusste absolut nicht, wie ich mich nach meinem letzten Auftritt ihm gegenüber verhalten sollte. Sollte ich mich entschuldigen? Aber ich hatte doch gar nichts angestellt?

Außer dich wie eine Bekloppte aufzuführen!

Okay, okay. Wahrscheinlich wäre es wirklich das Beste, mich offiziell für mein Benehmen zu entschuldigen. Allerdings würde das nicht einfach werden. Im Entschuldigen war ich nämlich eine ziemliche Niete. Außerdem war ich extrem nachtragend. Das wusste ich selbst, aber was sollte ich schon dagegen machen?

Jedes Mal, wenn ich in meinem Garten stand, ertappte ich mich dabei, wie ich neugierig zur Nummer 26 hinüberschielte. Nur zu gerne hätte ich einen Blick in das Haus geworfen, um mir ein Bild von der dort herrschenden Zerstörung machen zu können. Obwohl es bestimmt besser für mich war, das nicht mit eigenen Augen zu sehen. Allein meine Vorstellung davon wühlte mich innerlich auf. Da konnte mich selbst das glückliche Lächeln der Bergers auf ihrem Hochzeitsfoto nicht aufheitern.

Am Wochenende war es schließlich vorbei mit der Ruhe. Ich hatte nur einen einzigen Besichtigungstermin am Samstagvormittag gehabt und freute mich eigentlich unbändig über meinen frühen Feierabend. Doch als ich beschwingt auf die Terrasse trat und mich gerade an den ersten Blüten meines Flieders ergötzen wollte, wurde ich sofort von einem Winseln begrüßt.

Na toll, der Köter ist wieder da …

Lilly saß hinter dem Gartentürchen, den Kopf auf der obersten Latte abgestützt und wedelte mit dem Schwanz.

Und schon geht das Spiel von Neuem los!

Diesmal ging ich offensiver vor. Ich straffte den Rücken, reckte mein Kinn und blickte von oben herab, mit aller Autorität, die ich aufbringen konnte, auf die Hündin. Eine ganze Weile verharrten wir in dieser Position und fochten einen stummen Kampf aus.

Ich starrte so intensiv, dass mir bereits die Augen tränten, doch ich wollte nicht aufgeben. Meine Entschlossenheit würde für ganze vierundzwanzig Stunden Starrerei ausreichen.

Dazu kam es (Gott sei Dank) nicht. Etwas schepperte und brachte Lilly nämlich dazu, zur Seite zu sehen.

Ha!

Ein triumphierendes Grinsen machte sich auf meinem Gesicht breit und ich konnte mich gerade noch beherrschen, dem Hund nicht provokant mit dem Mittelfinger hinterherzuwedeln.

»Hallo, Frau Nachbarin! Na, starrt sie schon wieder?«, fragte Jan.

Langsam wandte ich meinen Kopf und folgte der Stimme. Mein Nachbar war wohl der Urheber des entscheidenden Gescheppers gewesen, denn er hantierte mit einem schwarzen Kasten unbekannten Inhalts.

»Ja«, beantwortete ich seine Frage. »Aber sie hat verloren.«

»Verloren?«

Damit das Ganze nicht wieder ausarten konnte, winkte ich schnell ab und begann, ein paar welke Blätter von der Kletterrose zu zupfen, die meine Terrassenüberdachung säumte. »Egal.«

Jan hakte nicht weiter nach, denn der Verschluss des Plastikkoffers beanspruchte seine volle Aufmerksamkeit. Das gab mir wiederum die Gelegenheit ihn verstohlen zu betrachten.

Eine 10,0? Nein, eher eine 6,8. Allerhöchstens 7,2 … Mit viel Nachsicht eine 7,9.

Er trug zerlöcherte Jeans und ein ausgeblichenes Shirt, das meiner Meinung nach viel zu eng war. Man konnte ja beinahe jedes Detail seines Oberkörpers erkennen! Wobei er jetzt nicht unbedingt einen grausigen Anblick bot. Er war gut gebaut, keine Frage. Breite Schultern, flacher Bauch und – war das ein Sixpack?

In diesem Moment hatte er den Koffer geknackt und hob einen schweren Gegenstand heraus.

O ja, eindeutig ein Sixpack. Huh! So ein Angeber …

Mein Blick wanderte wieder höher zu dem monströsen Gerät, das er in seinen Händen hielt und derart liebevoll betrachtete, wie nur Männer ein Werkzeug liebevoll betrachten konnten.

»Mein Gott, was ist denn das?«, wollte ich entsetzt wissen.

Überrascht sah er zu mir. »Das ist ein Stemmhammer.«

»Und was hast du damit vor?«

»Na ja, meistens stemmt man damit etwas.«

Ich verdrehte die Augen. »Aha.«

Er lachte und ließ sich gnädigerweise dazu herab, etwas mehr ins Detail zu gehen.

»Für die neue Küche muss ich ein paar Steckdosen versetzen. Deshalb muss ich die Wände aufstemmen, um die Stromleitungen legen zu können.«

»*Du* machst das?«

»Klar, warum nicht?«

»Ja, aber … Wo sind denn die Handwerker? Also, die Profis?«

»Die kommen am Wochenende nicht zu mir. Deswegen muss ich jetzt selber ran.« Er grinste. »Das ist billiger.«

Ich legte skeptisch meine Stirn in Falten und deutete auf das Gerät. »Und du kannst damit umgehen.«

»Sicher. Wieso glaubst du, dass ich das nicht könnte?«

»Ich dachte, du hast in der Stadt gewohnt?«

»Ah! Du glaubst, dass ein Städter mit Heimwerken nichts am Hut hat. Das mag schon so sein, aber ich habe nicht immer in der Stadt gewohnt.«

»Hm.«

Er sah mich einen Moment abwartend an.

»Willst du gar nicht wissen, wo ich vorher gewohnt habe?«, fragte er dann.

Ich gab ein gelangweiltes »Gnah« von mir und zupfte weiter an meiner Kletterrose herum. Jan wirkte keineswegs beleidigt, eher amüsiert.

»Okay«, seufzte er übertrieben. »Ich muss dann mal. Kann heute wieder etwas lauter werden.«

»Macht nichts«, meinte ich dazu. »Ich wollte sowieso den Rasen mähen.«

»Gut. Wo hast du eigentlich deinen Flanell heute gelassen?«

Seine Frage kam so überraschend, dass ich aus Versehen eine gesunde Knospe abriss.

Verdammt!

»Den trage ich nur sonntags«, antwortete ich pikiert.

»Schade.« Er grinste verschmitzt. »Aber Jeans stehen dir fast genauso gut, Susi.«

»Nenn mich bitte nicht Susi.«

»Wieso nicht?«

»Weil ich es hasse«, sagte ich ernst.

In Jans Augen blitzte es gefährlich. Sofort war mir klar, dass er meiner Bitte niemals nachkommen würde.

»Wirklich? Also ich finde, Susi klingt richtig nett. Irgendwie niedlich«, meinte er gedehnt.

Genau das war der Grund, warum ich diesen Spitznamen nicht leiden konnte. Ich war schließlich kein kleines Mädchen mehr.

»Lass es einfach«, forderte ich genervt.

Er gluckste leise und zuckte mit den Schultern. »Wie du meinst. Also, ich geh dann mal. Bis später … *Susi*!«

Ich fauchte noch etwas Unverständliches hinterher, doch da war er schon in seinem Haus verschwunden.

Dieser Witzbold!

Gut, dass ich mein Vorhaben mit der Entschuldigung nicht umgesetzt hatte, denn das würde mir spätestens jetzt leidtun. Der Typ legte es schließlich die ganze Zeit darauf an, mich zu ärgern. Und das gelang ihm mit hundertprozentiger Erfolgsquote, was mich erst recht ärgerte. Ein Teufelskreis.

Das einzig Gute an unserer Unterhaltung war, dass der Köter seinen Posten verlassen hatte. Ihm war wohl langweilig geworden. Jetzt schnüffelte er auf der anderen Seite des Gartens zwischen ein paar Büschen herum.

Ich nutzte sogleich die Chance und ließ mich auf meiner Bank nieder, um noch ein wenig die Sonne zu genießen, bevor ich mich ans Rasenmähen machte.

Der Frühling war heuer wirklich ausgesprochen schön. Wie im Bilderbuch, eigentlich beinahe ein wenig unnatürlich. Gerade im April rechnete man doch ständig mit einem Wettereinbruch, begleitet von Kälte und Nieselregen. Und weil sich davon weder das eine noch das andere auch nur einmal ansatzweise gezeigt hatte, traute ich der fast schon sommerlichen Wärme absolut nicht über den Weg. Ich beschloss, noch ein wenig zu warten, bevor ich meine kleinen Geranien ins Freie setzen würde. Für nächtlichen Frost waren sie noch nicht stark genug.

Ein Winseln riss mich aus meinen Gedanken. Die Minikuh hatte wieder Stellung bezogen. Gleichzeitig erklang aus dem Nachbarhaus durchdringender Lärm. Jan fing also an, sein Haus niederzureißen.

Und vorbei war's mit der Ruhe.

Ächzend erhob ich mich und ging zu meinem Schuppen, um den Rasenmäher zu holen.

Lilly würdigte ich dabei keines Blickes.

Mitten im Vorgarten erstarb der Motor meines Rasenmähers jäh mit theatralischem Keuchen.

Der Tank war leer und das, obwohl ich nur noch zwei Bahnen zu mähen hatte. Weil mich Jammern aber leider auch nicht weiterbrachte, machte ich mich ergeben auf den Weg, um Sprit zu holen.

Als ich zurückkehrte, kam gerade ein blonder Mann aus der Nachbargarage. Er hatte ein paar rechteckige Pakete geschultert und lächelte mich freundlich an.

»Hi!«, sagte er.

»Hi«, antwortete ich.

Er kam an den Zaun und streckte auffordernd seine Hand in meine Richtung. Ich stellte den Kanister ab und ergriff sie der Höflichkeit halber.

»Ich bin Stefan, ein Freund von Jan. Ich helfe ihm beim Renovieren.« Erklärend wies er mit dem Kinn zu den Paketen auf seiner Schulter. Bei näherer Betrachtung unschwer als Parkett erkennbar. Mit überraschend hübscher Maserung. »Du musst Susi sein.«

Arg! Sofort zog ich meine Hand zurück.

»Susanne«, korrigierte ich freundlich, aber bestimmt.

»Oh, Jan sagte, dass du …«

»Susanne«, wiederholte ich nachdrücklich.

Stefan lächelte noch breiter. »Alles klar. Aber was ist denn der Unterschied zwischen Susanne und Susi?«

Klasse! Noch so ein Witzbold.

»Ungefähr zwanzig Jahre«, brummte ich mit finsterer Miene.

»Ach, für einen Spitznamen kann man doch niemals zu alt sein, oder?«, plauderte Stefan ungezwungen. »Ich finde *Susi* hört sich total süß an.«

Das war zu viel!

»Susi will aber nicht süß sein!«, polterte ich los. »Und auch nicht nett. Und schon gar nicht niedlich! Alles klar?«

Bestürzt machte Stefan mit seiner freien Hand eine beschwichtigende Bewegung. »Okay, okay, ich hab's verstanden! Ähm, ich muss dann mal wieder … Tschüss!«

Kopfschüttelnd eilte er ins Haus und ich blieb aufgeplustert zurück.

Mann, diese vorwitzigen Kerle machten aus mir noch die reinste Oberzicke, wenn das so weiterging …!

Und es ging so weiter. Quasi nahtlos.

Ich war fertig mit dem Mähen und schob den Rasenmäher gerade zurück in den Schuppen, als Jan ein paar Eimer mit dem Gartenschlauch auswusch.

»Hey Susi!«, rief er. »Du hast Stefan aber ganz schön erschreckt!«

»Nenn mich nicht so!«, keifte ich. Auf den Vorwurf bezüglich Stefan ging ich gar nicht erst ein.

Er stellte das Wasser ab. »Aber es gefällt mir doch so gut!«

»Ich wüsste nicht, was an dem Namen so toll sein soll.«

»Nun ja«, begann er langsam und richtete sich auf, »das Schönste daran ist wohl, dass du dich so herrlich darüber aufregen kannst.«

So, jetzt war es also amtlich. Der Kerl wollte mich in den Wahnsinn treiben. Genauso wie sein dämlicher Köter, der im Übrigen schon wieder auf seinem Starrposten am Gartentürchen hockte. Die beiden waren wirklich ein tolles Team!

Meine Finger krallten sich so fest um den Griff des Rasenmähers, dass die Knöchel weiß hervortraten.

»Und was bringt dir das?«, fragte ich zwischen zusammengebissenen Zähnen. »Was hast du davon, wenn ich mich aufrege?«

»Nichts.« Er trat an den Zaun und stützte sich lässig darauf ab. »Na gut, ein bisschen lustig ist es schon, aber hauptsächlich mache ich das, damit du ein wenig lockerer wirst.«

Hallo?

»Ich bin locker«, zischte ich.

Er warf einen bedeutungsschweren Blick auf meine verkrampften Finger. »Ach?«

Hastig ließ ich den Griff los und versteckte meine Hände hinter dem Rücken. Jan schmunzelte, woraufhin ich meine Arme wieder hervorholte und betont locker baumeln ließ. Weil sich das auch irgendwie dämlich anfühlte, verschränkte ich meine Finger vor dem Bauch. Jan gluckste leise.

Ach, zum Teufel damit!

»Hör endlich auf, mich zu veräppeln!«, bellte ich und gestikulierte dabei wild herum, weil ich sonst auch nicht wusste, was ich mit meinen Händen anstellen sollte. »Ob ich locker bin oder nicht … das geht dich gar nichts an!«

»Doch, eigentlich geht mich das schon was an«, meinte Jan, wenig beeindruckt von meinem Theater.

»Wie bitte? Du spinnst doch!«

Er wiegte kurz seinen Kopf. »Na ja, wir sind ja jetzt Nachbarn und da sollten wir schon ein entspanntes Verhältnis zueinander pflegen.«

»Ha!«

»Du musst bedenken, dass wir wohl jahrelang nebeneinander wohnen werden …«

»Erinnere mich bloß nicht daran.«

Jan schürzte schmollend seine Unterlippe. »Warum kannst du mich eigentlich nicht leiden?«

»Du bist ungehobelt, vorlaut und beleidigend«, zählte ich umgehend auf. Er hatte schließlich gefragt, da musste ich doch die Wahrheit sagen, oder?

Er tippte sich nachdenklich mit dem Zeigefinger ans Kinn. »Interessant. Das hat mir noch nie jemand vorgeworfen.«

Ich sagte nichts mehr dazu und beschränkte mich auf einen überheblichen Blick.

»Wo arbeitest du eigentlich?«, fragte er dann leichthin, als hätte ich nicht gerade deutlich verkündet, dass ich ihn für einen Flegel hielt. Irgendwie schien ihn das überhaupt nicht zu stören und das verwirrte mich ein wenig. Weil ich nicht antwortete, vermutete er: »Bestimmt bei einer Bank, oder?«

»Nein, ähm, ich bin Immobilienmaklerin«, sagte ich vorsichtig.

Irgendwas führt der Kerl doch im Schilde …

»Ah! Wow, das ist bestimmt ein interessanter Beruf. Bei welcher Firma?«

Was sollte das jetzt werden? Ein ungezwungenes Gespräch?

»Äh. Bei meiner eigenen.«

»Wirklich? Beeindruckend. Eine eigene Immobilienfirma und das in so jungen Jahren. Respekt! Wie alt bist du eigentlich?«

Seine Ungezwungenheit irritierte mich immer mehr. Vermutlich wartete er nur auf eine Gelegenheit, mich wieder zu ärgern.

»Achtundzwanzig.« Ich forschte in seinem Gesicht nach den Anzeichen eines drohenden Scherzes. »Aber die Firma habe ich nur von meinem Vater übernommen.«

»Was heißt hier *nur*? Selbst wenn man ein gut gehendes Geschäft übernimmt, muss man sich voll reinknien, um alles am Laufen zu halten. Aber du bist der Typ für so was. Dir traue ich das total zu.«

Okay, falls das eben ein Kompliment gewesen sein sollte, nahm ich es einfach mal an. Wenn auch mit einer gewissen Skepsis, obwohl ich in seinen Augen reine Anerkennung lesen konnte. Vielleicht war er aber auch nur ein begnadeter Lügner …

»Ähm, na ja, ich bin sozusagen in der Firma aufgewachsen, darum fällt es mir nicht unbedingt schwer.« Meine damaligen Existenzängste gingen ihn nun wirklich nichts an.

»Trotzdem. Selbstständig zu sein verlangt einem schon einiges ab«, sagte Jan und beugte sich verschwörerisch vor. »Ich weiß das. Ich bin nämlich auch selbstständig.«

Ich nickte langsam. »Ja, ich hab schon gehört, dass du in einer Band bist.«

»Ach ja?« Er hob belustigt eine Augenbraue. »Von wem hast du denn das gehört?«

»Von …«

Noch bevor ich mich entscheiden konnte, ob ich Rene als »dein Makler« oder »mein Ex-Arschloch-Freund« bezeichnen sollte, wurden wir unterbrochen.

»Hey, du musst dir ma… Oh. Hallo.«

Eine junge Frau hatte den Kopf aus Jans Terrassentür gestreckt. Irgendwie schien ihr mein Anblick zu missfallen, denn sie musterte mich mit einem Ausdruck, den man durchaus als argwöhnisch bezeichnen konnte. Weil ich nicht wusste, was an mir denn solch einen Argwohn verdient hatte, glotzte ich einfach ebenso argwöhnisch zurück.

Sie war etwa in meinem Alter und (soweit aus der Ferne beurteilbar) sah sie sehr gut aus. Dunkler Teint, feine Gesichtszüge und eine wallende, schwarze Mähne machten aus ihr eine orientalische Schönheit, die geradewegs aus einem Harem entflohen schien. Wahrscheinlich hörte sie auch noch auf einen exotischen Namen wie Scheherazade oder so was.

Jan bemerkte unseren gegenseitigen Argwohn nicht. Oder er ignorierte ihn einfach. Jedenfalls stellte er uns höflich vor: »Tina, das ist meine Nachbarin Susi. Susi, das ist Tina. Eine gute Freundin von mir.«

Tina? Wie langweilig.

»Ich heiße Susanne!«, korrigierte ich umgehend. »Also nicht mit *-i,* sondern mit *-anne* hinten dran!«

Die Haremsdame nickte nur knapp und verschwand wieder im Haus. Sehr unsympathisch, die Schöne.

»Mein Gott!«, gab Jan von sich und fasste sich mit gespieltem Entsetzen an die Brust.

Irritiert sah ich ihn an. »Was ist?«

»War das gerade ein Scherz? Aus deinem Munde?«

»Nein, das war eine Berichtigung«, widersprach ich.

»Ja, und zwar eine humorvolle!« Er lachte laut. »Siehst du, Susi? Ich wusste doch, dass du locker sein kannst! Wir werden uns bestimmt prächtig verstehen!«

Mein Blick verfinsterte sich. »Wenn du mich weiterhin so nennst, wäre ich mir da nicht so sicher.«

»Ach, daran gewöhnst du dich schon noch. Bis bald, Susi!«

Wütend sah ich Jan hinterher.

Was war mit dem Kerl nur los? Kaum hatte ich geglaubt, dass ich mich normal mit ihm unterhalten könnte, schon kam er wieder mit seinem Blödsinn daher. Ich wusste ehrlich nicht, was ich von seinem Benehmen halten sollte. Außer natürlich, dass es mir ungeheuer auf die Nerven ging.

Mit einem letzten Schnauben ergriff ich meinen Rasenmäher und schob ihn energisch in den Schuppen, um dem ganzen Irrsinn zu entfliehen.

Kapitel 7

Der April schritt voran und mit ihm die Temperaturen. Die Tage wurden länger und die Natur wetteiferte mit sich selbst um die spektakulärsten Farbvariationen.

Ich liebte diese Jahreszeit!

Das lästige Grau des Winters war längst vergessen und alles schien einfach nur von innen heraus zu strahlen. Diese allgemeine Fröhlichkeit riss einen geradezu mit sich. Niemals sah man so viele lachende Menschen auf den Straßen wie jetzt.

Eigentlich war ich auch immer eine von jenen gewesen, die zu dieser Zeit mit einem notorischen Dauergrinsen durch das Leben tänzelten.

Eigentlich …

In diesem Jahr wurde meine Frühlingseuphorie dramatisch von einem lästigen Zustand eingedämmt – dem neuen Nachbarn.

Die Renovierungsarbeiten in der Bachstraße 26 gingen unglaublich schnell voran. Viel eher als mir lieb war stand der dunkelgrüne Audi auch über Nacht in der Einfahrt. Jan und sein Köter waren fest eingezogen, was leider bedeutete, dass ich auch unter der Woche nicht vor unschönen Begegnungen mit ihnen gefeit war.

Charly hatte sich mit diesem Umstand inzwischen schon ein wenig besser arrangiert. Das Haus verließ er zwar nur in meiner Begleitung und mit nervösen Zuckungen, doch wenigstens benahm er sich auch im Erdgeschoss mittlerweile nicht mehr wie ein kompletter Irrer. Er war nicht mehr gänzlich paranoid, sondern nur in höchstem Maße angespannt, was immerhin ein kleiner Fortschritt war.

Meistens schaffte ich es trotz meiner täglichen Gartenarbeit, den neuen Bewohnern der Bachstraße 26 aus dem Weg zu gehen. Jan verbrachte ohnehin die meiste Zeit im Inneren, um das Berger-Haus zu zerstören, somit traf ich zuweilen nur auf meinen Feind, die hinterhältige Minikuh.

Wie auch an diesem Abend.

Ich jätete gerade auf allen vieren meine Rabatte im Vorgarten, als ich direkt vor mir, auf der anderen Seite des Zauns, ein riesiges Büschel Löwenzahn entdeckte. Und das mitten in Annemaries wohlgepflegtem Rosenbeet! Ohne groß darüber nachzudenken, langte ich unter dem Zaun hindurch und rupfte das lästige Gewächs aus. Nur – ein Unkraut wächst selten allein, darum sprangen mir sogleich seine Verwandten ins Auge. Automatisch begann ich, systematisch am Zaun entlang zu robben und das Unkraut im Nachbargarten zu entfernen.

Bis ich etwas Feuchtkaltes auf meinem Handrücken spürte.

Erst glaubte ich noch, auf eine Schnecke getroffen zu sein. Das Winseln, das kurz darauf folgte, und vor allem die eklig schlabberige Zunge, die sich gleichzeitig um meine Finger wickelte, belehrten mich eines Besseren.

Mit einem Urschrei zog ich meinen Arm zurück, fort von der Bestie, wobei ich mir das gesamte Handgelenk an einer Rosenstaude zerkratzte.

Mein erster Gedanke war: *Wenn das Monster mein Blut wittert, dann ist es um mich geschehen!*

Immer noch schreiend rappelte ich mich auf und war gerade im Begriff, um mein Leben zu rennen, als Jan plötzlich wie aus dem Nichts auftauchte.

»Was ist passiert? Was ist los?«, fragte er hektisch und sah erschrocken auf meine blutige Hand.

Schwer atmend blieb ich stehen und deutete mit einem zitternden Finger auf den Hund.

»Sie … sie hat …!« Vor lauter Aufregung brachte ich nicht einmal einen vernünftigen Satz zustande. »… mich! Uarg!«

Verwirrt blickte Jan auf Lilly hinab, die natürlich vollkommen die Unschuldige spielte und treuherzig zu ihrem Herrchen aufblickte.

»Sie hat dich gebissen?«, rief Jan schockiert.

»Ja!«

»WAS?«

Jans absolute Fassungslosigkeit brachte mich dazu, meine Aussage kurz zu überdenken. Ich holte tief Luft und gestand: »Na ja … eigentlich nicht so direkt.«

»Also was jetzt?«

»Sie … ähm … hat mich abgeleckt.«

Einen Moment starrte Jan mich verblüfft an. Dann schüttelte er den Kopf und rieb sich über die Stirn. »Meine Herr'n! So wie du geschrien hast, dachte ich schon, weiß Gott, was dir passiert sein könnte.«

Tatsächlich hatte er sämtliche Farbe aus dem Gesicht verloren, die nur allmählich zurückkehrte. Augenblicklich erkannte ich selbst, in welchem Maße ich gerade überreagiert hatte. Was ich natürlich nicht so einfach zugeben konnte (oder wollte).

»Ich dachte, sie würde gleich zubeißen«, verteidigte ich mich. »Ich hatte Todesangst!«

Jan lächelte gequält. »Ich hab dir doch schon gesagt, dass du dir bei Lilly keine Sorgen machen musst.«

»Von wegen! Jetzt hat sie bereits vorgekostet. Wahrscheinlich ist sie gerade so richtig auf den Geschmack gekommen. Schau hin! Sie wittert mein Blut!«

Er folgte meinem Wink und begutachtete die Hündin, die grunzend mit der Nase in der aufgelockerten Erde des Rosenbeets wühlte.

»Quatsch. Sie riecht wahrscheinlich eine Maus oder so was«, wehrte er ab und klang dabei nicht mehr ganz so geduldig.

»Pff, eine Maus! Hast du eigentlich eine Kampfhundelizenz oder so was?«

»Lilly ist kein Kampfhund!«

»Na, ein Schoßhund wohl auch nicht«, maulte ich.

Jan schloss kurz die Augen und atmete lautstark durch. »Warum fasst du sie denn überhaupt an, wenn du solche Angst hast?«, fragte er gepresst.

»Als würde ich dieses *Ding* jemals freiwillig anfassen!«

Er sagte nichts dazu, sondern wartete mit hochgezogenen Brauen auf eine Erklärung. Ein wenig zögerlich gab ich sie ihm schließlich: »Nun, es war so, dass ich … also ich habe halt Unkraut gezupft und da hat sie sich angeschlichen und …«

»Moment!« Er unterbrach mich mit einer unwirschen Handbewegung und besah das Rosenbeet zu seinen Füßen ein wenig genauer. »Du hast bei *mir* Unkraut gezupft, nicht wahr?«

»Ähm …«

Fällt so etwas eigentlich unter Hausfriedensbruch?

»Warum machst du das?«, fragte er. Irgendwie klang seine Stimme nicht mehr freundlich. Beinahe schon vorwurfsvoll. Völlig unangebracht, wie ich fand.

»Na, schau dich doch mal um!«, rief ich erzürnt. »Deine Beete sehen aus wie Kraut und Rüben! Irgendwer muss sich ja darum kümmern, wenn du es schon nicht tust!«

»Deine Liebe zu Pflanzen in allen Ehren, aber das ist *mein* Garten! Selbst wenn ich Brennnesseln züchten würde, ginge es dich nichts an!«

Sein harter Tonfall überrumpelte mich völlig. So hatte ich Jan noch nie sprechen hören. Normalerweise war der angepisste Part eher meine Rolle.

»Hey, ich habe praktisch mein Leben riskiert um …«

Wieder unterbrach er mich. »Das einzige Risiko, das du eingegangen bist, ist eine Tetanusinfektion zu bekommen!«

»Wa… Tetanus?«

»Egal.« Er fuhr sich durch die Haare und atmete nochmals tief durch. »Hör mal, ich habe im Moment andere Probleme als das bisschen Löwenzahn. Ich bin froh, wenn ich Zeit zum Gießen habe! Morgen kommt die neue Küche und ich hinke im

Zeitplan massiv hinterher. Wenn innen erst mal alles fertig ist, kann ich mich der Gartengestaltung zuwenden.«

Gartengestaltung? Da gab's nichts zu gestalten, der war schon völlig ausgestaltet! Völlig von der Rolle glotzte ich Jan an. Ich öffnete ein paarmal den Mund, um etwas zu sagen, doch ich fand auf die Schnelle keine Worte. Deshalb drehte ich mich kurzerhand schweigend um und floh nach drinnen.

In der Küche hielt ich erst einmal mein zerkratztes Handgelenk unter den Wasserhahn. Die Ritzer waren zwar winzig, bluteten aber wie tiefe Fleischwunden. Das eiskalte Wasser tat gut. Es nahm den brennenden Schmerz und stoppte langsam die Blutung.

Irgendwann bemerkte ich, dass ich lautlos schniefte.

Gott, ich musste endlich aufhören, mich an Annemaries Besitz dermaßen festzuklammern!

Dass meine Emotionen völlig übertrieben waren, wusste ich selbst und doch stand ich ihnen machtlos gegenüber. So sehr ich es auch wollte – ich konnte einfach keinen Schlussstrich ziehen. Mir war, als würde Jan durch seine Umbauten mit Gewalt die letzten Erinnerungen an meine Adoptiv-Großeltern vertreiben wollen. Es war zu früh. Ich konnte noch nicht loslassen.

Zu wenig Zeit war vergangen.

Ich blickte aus Gewohnheit durch das Küchenfenster, dorthin, wo Annemarie immer vor ihrem Frühbeet stand. Doch sie war nicht da.

Nur ein dämlicher Köter, der einem Schmetterling hinterherhopste.

Traurig stellte ich das Wasser ab und tupfte meine Hand mit einem Küchenpapier trocken. Lange stand ich an meine Küchenzeile gelehnt und betrachtete das Hochzeitsfoto der Bergers. Aufmunternd lächelten die beiden mich an. Ich konnte geradezu Falks Stimme hören, wie er sagte: »Nicht die Zeit heilt alle Wunden. Dafür bist ganz alleine du zuständig. Dabei mag vielleicht einiges an Zeit vergehen, aber im Endeffekt ist es deine innere Kraft, die deine Verletzungen lindert.«

Das sagte er damals zu mir, als ich meinen ersten Liebeskummer hatte.

Und wie recht er doch hatte!

Ich musste abschließen. In die Zukunft blicken. Nicht der Vergangenheit hinterhertrauern. Falk und Annemarie hatten mir wundervolle Jahre geschenkt, die ich niemals vergessen würde. Selbst wenn Jan dort drüben mit einem Bulldozer Amok laufen würde – meine Erinnerungen an die Bergers würde er nie zerstören können.

An diesem Gedanken hielt ich fest, als ich mich daran machte, meinen Impfausweis zu suchen.

Wie oft musste man sich gegen Tetanus noch gleich impfen lassen?

Mit einem leichten Anflug von Panik eilte ich mit dem gelben Heftchen zu meinem Hausarzt, der an diesem Tag (dem Himmel sei Dank!) Abendsprechstunde hatte.

Die Arzthelferin kontrollierte fachmännisch die Eintragungen und lobte mich für mein vorbildliches Handeln. Der Impfschutz würde zwar erst gegen Ende des Jahres ablaufen, aber wenn ich schon einmal hier wäre, könnten wir ihn doch gleich auffrischen. Ob ich zum Arzt auch noch wollte? Nein? Sie bräuchte aber noch einen Moment. Wenn ich also kurz warten würde?

Natürlich würde ich warten, schließlich ging es hier um mein Leben!

Erleichtert, nun doch keinen grausamen Tod erleiden zu müssen, wanderte ich ins Wartezimmer und wurde von der dort anwesenden Gemeinschaft umgehend freundlich aufgenommen.

Bei einem Landarzt darf man nie davon ausgehen, ernsthaft erkrankte Menschen anzutreffen, die dringend medizinische Versorgung benötigten. Die ärztliche Tätigkeit spielt hier eine eher nachrangige Rolle. Vielmehr geht es darum, zu sehen, gesehen zu werden und vor allen Dingen die neuesten Skandale der Umgebung zu erfahren. Das soziale Netzwerk der altmodischen

Dorfbewohner. Quasi Facebook, nur ohne lästige Rechtschreibfehler.

Ich beteiligte mich zwar nicht unbedingt häufig am Social Networking meines Dorfes, aber da ich hier geboren wurde, war ich kein unbekanntes Gesicht in der Gemeinde. Das hatte ich hauptsächlich meiner Mutter zu verdanken, die jahrelang ein hochrangiges Mitglied im katholischen Frauenbund war.

Kein Wunder also, dass ich sofort mit allerlei Fragen über ihr derzeitiges Befinden im weit entfernten Spanien bestürmt wurde. Geduldig und nach bestem Wissen und Gewissen antwortete ich jedem Einzelnen und hoffte insgeheim, dass mich die Arzthelferin baldigst aus diesem Kreuzverhör befreien würde. Leider war sie der Telepathie nicht mächtig, weshalb meine stummen Hilferufe nicht erhört wurden.

Erst als die Frau des Bürgermeisters würdevoll eintrat, erlosch das allgemeine Interesse an mir. Nur Rosmarie Müller, ebenfalls langjähriges Mitglied des Frauenbundes, wandte sich weiterhin mir zu, was aber nicht schlimm war.

Rosi war in Ordnung. Sie war mit ihrem Mann in unser Dorf gezogen, als ich schon fast neunzehn war, und hatte sich schnell mit meiner Mutter angefreundet, wodurch ich sie ein bisschen näher kannte. Nun, so wie man eben die Freundinnen der Mutter kannte.

»Freut mich ehrlich zu hören, dass es deinen Eltern gut geht«, meinte Rosi mit einem Lächeln. »Aber wie geht es dir denn überhaupt? Läuft die Firma?«

»O ja, ich kann mich wirklich nicht beklagen. Gerade im Frühjahr schwärmen die Leute aus und suchen nach Immobilien.«

»Schön. Ich dachte mir schon, dass du viel Arbeit hast, weil du bis jetzt nie zu Hause warst, wenn ich mal vorbeigekommen bin. Wie findest du denn deinen neuen Nachbarn?«

Sie grinste verschmitzt, wobei ich nicht so recht wusste, warum. Ich wusste auch nicht, warum Rosi überhaupt an meinem Haus vorbeikommen sollte, weil sie ganz am anderen Ende des Dorfes wohnte. Da fiel mir jedoch ein, dass sie begeisterte Nordic Walkerin war und wohl deshalb weit herumkam. Das Einzige, was ich wirklich wusste, war, dass mein neuer Nachbar scheiße war und das sagte ich dann auch. Vorerst nicht mit diesen Worten, aber die Botschaft war die gleiche.

»Na ja, bis jetzt konnte ich mich mit ihm ehrlich gesagt nicht anfreunden …«, begann ich diplomatisch.

»Wirklich?«, fragte Rosi erstaunt. »Wieso denn das? Ihr seid doch sogar in etwa im selben Alter!«

»Das mag schon sein, aber ich komme mit seiner Art nicht ganz zurecht.« Ich betrachtete kurz die Kratzer auf meinem Handgelenk und erinnerte mich an unsere letzte Begegnung. »Er ist ungehobelt und eingebildet. Zumindest bildet er sich ständig ein, witzig zu sein. Außerdem macht es ihm wohl großen Spaß, sich mit mir anzulegen.«

Rosi schmunzelte, was mich ein wenig ärgerte. Mit nervigen Nachbarn war nicht zu spaßen! Darum fuhr ich energischer fort: »Der Kerl ist absolut unverfroren! Zudem hat er nicht einmal einen richtigen Job. Ich meine – Musiker? Das ist doch kein Beruf! Ich frage mich ernsthaft, woher er das Geld hat, sich so eine Immobilie zu leisten. Wahrscheinlich wurde er von zu Hause gesponsert. Anders kann ich es mir nicht erklären. Jedenfalls … Dieser Typ ist mir absolut unsympathisch. Und einen riesigen Hund hat er auch noch! Das ist eine richtige Bestie, das sag ich dir!«

Ich hatte mich so in mein Geschimpfe hineingesteigert, dass ich gar nicht bemerkte, wie Rosis Augenbrauen immer weiter nach oben wanderten. Sie räusperte sich vernehmlich.

»Also Lilly ist zwar groß, aber eine Bestie ist sie ganz bestimmt nicht«, sagte sie.

»Du kennst den Hund?«, fragte ich verblüfft.

»Natürlich. Ich habe ihn sogar ausgesucht.«

Die Zahnräder in meinem Hirn quietschten bedenklich, während sie versuchten, diese neue Information mit irgendetwas zu einer Einheit zusammenzufügen.

»Wieso hast *du* den ausgesucht?«

Rosi legte den Kopf schräg. »Irgendwie habe ich das Gefühl, dir hat niemand gesagt, dass ich Jans Mutter bin.«

Wwwwuuuummmms!

Mir war, als hätte sie mir gerade einen Rammbock gegen die Stirn geknallt. Die Zahnräder legten ihre Arbeit nieder und hinterließen kurzzeitig eine geistige Ohnmacht in mir. Mein Überlebenswille versuchte verzweifelt, mein Denkvermögen zu reaktivieren, damit ich irgendwie heil aus dieser Nummer wieder rauskam. Natürlich ein Ding der Unmöglichkeit. Ich steckte bis zum Hals in einem riesigen Fettnäpfchen. Eigentlich nicht nur bis zum Hals, sondern schon bis zum Haaransatz.

»Jan ist dein Sohn?«, wiederholte ich mit hoher Stimme und wenig Intelligenz. »Wie geht denn das?«

»Schätzchen, ich denke, du weißt genau, wie so etwas funktioniert«, meinte Rosi und zwinkerte.

Okay. Das war nun der absolute Beweis. Genanalyse nicht mehr erforderlich. Dasselbe feixende Funkeln in den zwinkernden, braunen Augen zur Untermalung eines Scherzes, der sogar wieder einmal auf meine Kosten ging. Keine Frage, von wem Jan diese Eigenschaft geerbt hatte. Die Frage war nur, wieso ich das bei Rosi zuvor nie bemerkt hatte. Bisher war sie mir äußerst sympathisch und humorvoll erschienen.

Außerdem fragte ich mich, warum ich nicht schon bei dem Umstand, dass beide den Nachnamen Müller trugen, geschaltet hatte. Allerdings – wie viele Millionen von Müllers ohne Verwandtheitsgrad gab es wohl in Deutschland? Definitiv *sehr* viele.

Und ausgerechnet diese beiden Müllers, von denen meine Meinung unterschiedlicher kaum sein könnte, waren so eng verwandt, wie man nur verwandt sein konnte? Unglaublich!

Dass Rosi einen Sohn hatte, war mir zwar bekannt, gesehen hatte ich ihn jedoch nie, weil er nach ihren Angaben beruflich im Ausland weilte. Oder studierte? Irgendwie so was … Hatte sie jemals seinen Namen erwähnt? Vermutlich. Sogar ziemlich wahrscheinlich, aber ich hatte mich ehrlich gesagt nicht wirklich dafür interessiert, weshalb mir wohl auch die Details entfallen waren.

Hilfe!

Was sollte ich denn jetzt machen? Wenig geistreich gab ich ein lang gezogenes »Aaaaah« von mir und schielte auf der Suche nach einem Notausgang wie ein Chamäleon in sämtliche Richtungen.

Gott im Himmel, bitte rette mich!

Der liebe Gott kam zwar nicht persönlich, aber sandte just in diesem Moment die Arzthelferin herein. Wie ein Engel schwebte sie in strahlendem Weiß heran und frohlockte mit glockenheller Stimme: »Frau Kollmann, bitte.«

Sofort sprang ich auf und kreischte: »Das bin ich!«

Rosi kicherte amüsiert. Beleidigt war sie allem Anschein nach also nicht. Zumindest wirkte sie nach außen hin nicht so.

Fast schon hysterisch verabschiedete ich mich von ihr. »Also dann. Rosi. Hat mich gefreut. Einen schönen Tag noch! Und alles Gute! Bis bald! Euch allen noch einen schönen Tag! Frohe Ostern noch nachträglich!«

Dann stürzte ich kopflos aus dem Wartezimmer.

Nie hätte ich gedacht, dass ich mich einmal so freuen würde, eine Spritze in den Hintern zu bekommen …

Kapitel 8

Drei Sektgläser wurden erhoben und trafen sich mit sanftem Klirren in der Mitte. Ein sehr feierliches Geräusch, wie ich fand. Und so passend.

Es gab nämlich etwas zu feiern, weshalb meine Mädels und ich an diesem Samstagabend in der Bar *Orange Lounge* fröhlich vor uns hin gackerten.

Mit vereinten Kräften hatten wir ein sehr lukratives Geschäft abgeschlossen und einen schmucken Altbau mit zehn Wohnparteien erfolgreich vermittelt. Mit Abschluss des Kaufvertrages vereinten wir gleich mehrere Erfolge. Abgesehen von der gigantischen Provision, könnte dies unser Einstieg in diese spezielle Sparte des Immobilienmarktes sein. Dazu kam noch (und das war wohl mein persönlicher Hauptgewinn), dass der Käufer lange Zeit zwischen zwei Objekten gehadert hatte. Unserem und einem aus dem CityImmobilien-Katalog.

Vertreten von Rene, Ex-Arsch himself.

Und wir waren die Sieger!

Den ganzen Tag lief ich nun schon mit einem triumphalen Hochgefühl im Bauch herum. Ich fühlte mich großartig, erfolgreich und unbezwingbar. Nichts könnte meine Laune heute trüben.

Nici und Gaby strahlten dieselbe Zufriedenheit aus. Wie ich mir die beiden so ansah, war ich mir vollkommen sicher, dass wir zusammen ein unschlagbares Team waren, das kein Hindernis der Welt aufhalten konnte. Diesen Gedanken sprach ich laut aus und wir badeten uns in grenzenlosem Frohmut, während wir unsere Gläser leerten.

Ich orderte eine neue Runde und verkündete feierlich, dass die Rechnung heute ausschließlich auf mich ging. Ein guter Geschäftsführer weiß, man sollte seine Mitarbeiter stets bei Laune halten. Dem Jubel nach zu urteilen, der mir entgegenschallte, waren meine Mitarbeiter eindeutig bei Laune. Mehr Laune war wohl kaum möglich.

Die Bar war schon öfter Schauplatz unserer kleinen Firmenfeiern gewesen. Von außen stumm und unscheinbar, hatten Nici und ich sie damals mehr durch Zufall entdeckt. Die Lounge war in der Stadt ein richtiger Insidertipp und wir hatten uns sofort in sie verliebt.

Der Name war hier Programm. Die gesamte Einrichtung leuchtete in einem hippen Orange, untermalt von schwarzen und weißen Kontrasten. Alles war knallig und modern, strahlte aber trotzdem eine gewisse Gemütlichkeit aus. Eine quadratische Bar bildete den Mittelpunkt des Raumes. Darum herum waren Stehtische und kleine Sitzgruppen aus orangefarbenen Würfeln und rechteckigen Zweisitzern drapiert. Der Besitzer hatte eindeutig ein Faible für Neunzig-Grad-Winkel.

Das Stammpublikum der Orange Lounge war sehr angenehm. Gehobene Mittelklasse könnte man es nennen. Also keine Prolls, aber durchgängig selbstbewusste Erwachsene, die fest im Berufsleben standen. Keine Mini-Gangster, aber auch keine Ferrari-Rentner. Einfach angenehm eben.

Wir saßen an der Bar und langsam, aber sicher füllte sich der Raum um uns herum. Unsere Firmenfeier hatten wir recht früh begonnen – mit dem Plan, sie erst spät zu beenden.

Zu späterer Stunde, Gaby gab gerade eine Anekdote aus vergangenen Tagen zum Besten, stieß Nici völlig unvermittelt einen herzhaften Fluch hervor. Mit grimmigem Blick sah sie an meiner Schulter vorbei Richtung Eingangstür.

»Wer ist es?«, fragte ich nur.

Gaby reckte den Hals und gab ein neutrales »Hm« von sich.

»Ja, wer denn jetzt?«, hakte ich ungeduldig nach und war gerade im Begriff, mich umzudrehen. Eilig hielt Nici mich an der Schulter fest.

»Nicht«, murmelte sie. »Es ist Rene.«

»Ach so«, tat ich gelassen ab und wedelte mit der Hand. »Der soll nur herkommen. Dann kann ich ihm unseren Erfolg unter seinen Zinken reiben!« Nici und ich kicherten wie zwei kleine Hexen, während Gaby tadelnd mit der Zunge schnalzte.

»Na!«, mahnte sie streng. »Solche Dinge können schnell mal in die Hose gehen!«

Ja, Gaby war unsere Stimme der Vernunft. In solchen Situationen erkannte man deutlich den Altersunterschied, der zwischen uns lag und der uns nun schon des Öfteren vor kleineren oder größeren Dummheiten bewahrt hatte. Auch wenn wir sie darum hinter ihrem Rücken manchmal als *Mama Gaby* bezeichneten, profitierten wir natürlich sehr von ihrer Lebenserfahrung. Daher wusste ich ihre Meinung auch zu schätzen und hielt mich stets an ihre Warnungen. Na ja, meistens jedenfalls. Heute war einer jener Tage, an denen mir dies nicht leicht fallen würde. Ich war einfach viel zu gut drauf, um vernünftig zu sein. Außerdem war ich zugegebenermaßen bereits kräftig beschwipst.

Grinsend legte ich meine Hand aufs Herz und schwor feierlich: »Ich verspreche, dass ich mich zurückhalten werde!«

Gaby nickte wohlwollend.

Nici sah mich hingegen verschwörerisch an. Ihr war heute ebenfalls nicht nach Vernunft und wir kamen sofort zur stillschweigenden Übereinkunft, dass Renes Ego einen Dämpfer redlich verdient hatte.

»Hat er uns schon gesehen?«, wollte ich flüsternd wissen.

»Noch nicht.«

»Okay.« Eilig öffnete ich die oberen Knöpfe meiner Bluse und rückte meinen BH in Position. Ich freute mich unbändig darüber, ausgerechnet heute meinen Monster-Push-up angezogen zu haben. Mein Busen quoll so effektvoll daraus hervor, dass ich für einen Moment selbst in dem Anblick versank.

»Sehr hübsch«, kommentierte Nici so leise, dass Gaby es nicht mitbekam. »Oh, jetzt hat er mich gesehen.« Sie neigte träge ihr Haupt zum Gruß und wandte sich sofort wieder ab. »Achtung, er kommt her … Warte noch! Noch nicht. Noch nicht. Jetzt!«

Auf ihr Kommando hin warf ich mit einem lauten Lachen den Kopf in den Nacken, so als hätte Gaby mir gerade etwas Urkomisches erzählt. Verwirrt sah sie mich an und wartete auf eine Erklärung. Die folgte sogleich.

»Guten Abend, die Damen«, erklang Renes Stimme hinter uns.

Betont langsam drehte ich mich um.

Da stand er. Beeindruckend wie eh und je. Umgeben von Autorität, Macht und Eleganz. In diesem Moment konnte ich mich nur zu gut daran erinnern, warum ich mich damals in ihn verliebt hatte.

»Rene!« Ich tat überrascht. »Dich habe ich hier ja noch nie gesehen!«

Sofort durchschaute Gaby die Situation. Ihre Augen verengten sich und sie fixierte mich mit einem Blick, der Folgendes ausdrückte: Du hast es versprochen, verdammt noch mal!

»Ja, ich bin zum ersten Mal hier«, erklärte Rene, wobei er deutlich länger auf meinen Busen sah, als es die Etikette erlaubte. »Ich treffe mich hier mit jemandem.«

»Prima! Mit wem denn?«, fragte ich mehr aus Höflichkeit, als dass ich es wirklich wissen wollte.

Er druckste kurz herum. »Nun ja, mit Isabella.«

Hinter mir verschluckte Nici sich an ihrem Prosecco. Ich schaffte es tatsächlich, keine Miene zu verziehen, worauf ich noch heute stolz bin. Isabella war nämlich die billige Büroschlampe, mit der Rene sich so herzlich vergnügt hatte. Spätestens jetzt war es um meine Vernunft geschehen.

»Ach wirklich? Mit Isabella, da schau an«, zwitscherte ich mit zuckersüßer Stimme. »Seid ihr denn jetzt fest zusammen?«

Das waren sie natürlich nicht. Wäre für Rene ja auch zu peinlich gewesen. *Der Makler und die Tippse* klang einfach nicht genug nach Prestige.

»Ähm … nein, sind wir nicht.« Irritiert von meiner Gelassenheit huschte Renes Blick zwischen mir und der hustenden Nici hin und her.

Wie gut, dass er keine Gedanken lesen konnte.

»Das ist aber echt schade«, bedauerte ich. »Wieso eigentlich nicht? Sie sieht doch hammergut aus. Und gelenkig ist die! Mein lieber Schwan!«

Obwohl sie immer noch hustete, prustete Nici bei meiner Bemerkung lauthals los. Gaby fand es gar nicht lustig und Rene erst recht nicht. Eigentlich wurde er sogar richtig sauer, das konnte ich genau an seinen angespannten Schultern erkennen.

»Bist du betrunken?«, fragte er und schaffte es nur mit Mühe, in einem neutralen Tonfall zu sprechen. Dass wir uns so offensichtlich über ihn lustig machten, ging ihm ganz gewaltig gegen den Strich.

Ich fand's herrlich.

»Na klar! Merkt man das denn nicht?«, antwortete ich fröhlich.

Er setzte das überheblichste Gesicht auf, das er zu bieten hatte. »Sicher merkt man das. Ich bin es nur nicht gewohnt, dich *so* zu sehen.«

Was sollte das denn bedeuten? Für was stand das »So«? Für glücklich, ausgelassen, wunderschön oder für alles gleichzeitig? Weil ich heute gut drauf war, nahm ich einfach das Letztere.

»Ja, weißt du, wir haben heute schließlich was zum Feiern!«, rief ich übermütig und hob zum Beweis mein Glas in die Höhe.

Sein linkes Auge zuckte kurz. Gaby sah mittlerweile aus, als hätte sie mit massiven Blähungen zu kämpfen – voller Konzentration und ständig in der Angst, die Kontrolle zu verlieren. In diesem Fall die Kontrolle über mich. Wobei ich mich ungern mit einem Furz vergleichen möchte …

»Natürlich, das hatte ich ja fast schon vergessen«, presste Rene hervor. »Gratulation zu eurem Verkauf.«

Entweder machte er sich gar nicht erst die Mühe, freundlich zu klingen, oder mein triumphierendes Grinsen machte es ihm zu einem Ding der Unmöglichkeit. Jedenfalls war seine Missgunst kaum zu überhören.

Ich gab mich erst total verwundert, dann klatschte ich mir erkennend auf den Oberschenkel. »Ach, das meinst du! Oh, ja! Nun, das ist natürlich auch ein kleines Stößchen wert, wobei das im Grunde genommen ein Kinderspiel war. Quasi außer Konkurrenz. Eigentlich sind wir hier, um auf etwas anderes anzustoßen …«

Der dramatische Effekt meiner Unterbrechung war keineswegs beabsichtigt. Mir fiel nur auf die Schnelle nichts ein, was wir wohl so zu feiern haben könnten.

»Ja? Und was?«, hakte Rene ungeduldig nach.

Äääähhh …

Nici übernahm kurzerhand den weiteren Part: »Ich hab ein neues Auto!«

Sie quietschte so überzeugend, dass selbst ich kurzzeitig glaubte, sie hätte ihrem heiß geliebten *Corsa* den Rücken gekehrt. Rene hatte also gar keine Chance, die Lüge zu durchschauen.

»Aha«, sagte er nur.

Welches Auto denn Nici sich nun zugelegt hatte, wollte er gar nicht erst wissen. Er hatte auch so schon die Nase gestrichen voll von unserer Unbeschwertheit. Mit mahlendem Unterkiefer machte er Anstalten, das Weite zu suchen. »Dann wünsche ich euch noch viel Spaß heute Abend und …« Er sah zur Eingangstür und stockte. »Ah! Na sieh mal einer an!«

Ich folgte automatisch seinem Blick, in der Annahme Isabella-Ich-bringe-die-Beine-bis-hinter-meinen-Kürbisschädel-Büroschlampe heranstaken zu sehen. Stattdessen traute ich meinen Augen kaum.

»Dein neuer Nachbar«, klärte Rene mich überflüssigerweise auf.

Seine Laune kehrte sich mit einem Schlag um und ich wusste auch sofort, warum: Er witterte eine Gelegenheit, mir eine reinzuwürgen. Und ich Idiotin zeigte ihm seine Chancen auch noch auf, indem ich Jan entgeistert anstarrte.

Seit der Sache mit dem Unkraut war ich ihm erfolgreich aus dem Weg gegangen und ich hatte keine Ahnung, ob Rosi ihm von unserem kleinen Plausch im Wartezimmer erzählt hatte. Beides waren Situationen, nach denen ich nicht den leisesten Schimmer hatte, wie ich mich Jan gegenüber nun verhalten sollte.

Verdammter Mist! Ausgerechnet jetzt!

Natürlich musste ich irgendwann einmal wieder mit Jan sprechen, aber dass nun ausgerechnet mein Ex-Arsch mit seiner lauernden Visage danebenstehen sollte, war absolut kontraproduktiv.

Mit einem »Oh!« zeigte Nici, dass sie Jan nun ebenfalls entdeckt hatte. Selbst Gaby wagte sich aus ihrer Habachtstellung und riskierte einen kurzen Blick.

»Das ist der Musiker?«, fragte sie neugierig. Deutliche Bewunderung schwang in ihrer Stimme mit.

Rene merkte das auch und das passte ihm gar nicht. Im Augenwinkel sah ich ihn an seiner Unterlippe kauen. Er fing sich jedoch schnell wieder.

Zu schnell, als dass ich mich unbemerkt aus dem Staub hätte machen können.

»Herr Müller!«, rief er quer durch die Menge und winkte wie ein aufgeregter Affe.

Da sein Gewedel kaum zu übersehen war, wurde Jan sofort auf uns aufmerksam. Mit freudiger Miene sagte er etwas zu dem Mann neben sich und begann, sich an den anderen Gästen vorbei auf uns zuzuschieben.

Den, mit dem er gesprochen hatte, kannte ich nicht, aber dahinter kamen die Gesichter von Stefan und Tina zum Vorschein. Letztere musterte mich mit dem gleichen Argwohn wie bei unserer ersten Begegnung. Vielleicht sah sie ja immer so aus? Aber ich hatte jetzt andere Probleme, als mich mit einer misstrauischen Haremsdame auseinanderzusetzen. Je näher Jan nämlich kam, desto nervöser wurde ich.

Wie würde er reagieren? Würde er sich anmerken lassen, dass wir miteinander so unsere Problemchen hatten? Nicht auszudenken, welche Freude dies Rene bereiten würde!

»Herr Bergstätter! Wie schön, Sie zu sehen!«

Die beiden Männer begrüßten sich mit einem Handschlag, den man nur mit einem gewissen Maß an Testosteron beherrschte.

»Herr Müller! Wie geht es Ihnen? Heute tummelt sich ja die ganze Bachstraße hier!«

Gekonnter Übergang, du Arsch …

Gezwungenermaßen beschloss ich, einfach in die Offensive zu gehen. Noch bevor Jan den Mund aufmachen konnte, trällerte ich entzückt: »Hallo, Herr Nachbar! Das ist ja eine tolle Überraschung dich hier zu sehen! Ich wusste gar nicht, dass du heute Abend auch ausgehst!«

Jan merkte sofort, dass hier etwas im Busch war. Flehentlich sah ich ihm fest in die Augen und betete zu Gott, er möge mir jetzt nicht in den Rücken fallen. Tatsächlich war seine anfängliche Verwunderung über mein Theater genauso schnell wieder verschwunden, wie sie gekommen war.

»Aber hallo, Frau Nachbarin! Na, du hättest aber auch was sagen können, dann hätten wir gleich zusammen herfahren können.«

Erleichterung war gar kein Ausdruck für das, was mich daraufhin überflutete. Der Kerl war allem Anschein nach intelligenter, als ich dachte.

Ich setzte ein breites Lächeln auf. »Tja, vielleicht teilen wir uns ja ein Taxi für die Heimfahrt?«

»Das ist eine prima Idee!«

Rene verbiss sich in seine Unterlippe, während wir uns harmonisch anstrahlten.

»Na, das ist ja wunderbar«, schnaufte er, »dass ihr zwei euch so gut versteht.«

»O ja, es hätte wirklich nicht besser passen können«, flötete Jan, »nicht wahr, Susi?«

Autsch!

Nici begann wieder zu husten, während Rene sofort hellhörig wurde.

»Susi?«, wiederholte er ungläubig.

Scheiße, das kauft der uns nie ab …

»Na ja, ich weiß, dass sie den Spitznamen eigentlich nicht so gern hört«, plauderte Jan ungezwungen, »aber ich glaube, inzwischen hat sie sich daran gewöhnt.«

»Ach«, sagte Rene und sah mich zweifelnd an.

Ich beachtete ihn nicht, sondern hob mit gekünstelter Strenge meinen Zeigefinger und tadelte Jan in freundschaftlichem Ton: »Nicht so sehr, wie du es gerne hättest!«

Er lachte laut. »Das wird schon noch. Das hab ich dir doch schon einmal gesagt!«

»Ja, das hast du.«

Rene sah aus, als würde er sich am liebsten die Haare raufen. Ich nippte an meinem Prosecco, um bei seinem Anblick nicht aus Versehen einen Lachkrampf zu bekommen. Jan löste unsere nette Runde schließlich auf.

»So, ich muss dann mal zu meinen Freunden gehen«, erklärte er heiter. »Herr Bergstätter, hat mich gefreut. Mädels, bis bald!« Er tippte sich zum Abschied an die Stirn und verschwand in der Menge.

Dankbar sah ich ihm nach. Rene deutete meine Miene wohl komplett verkehrt, denn jetzt war es auch um den Rest seiner Fassung geschehen.

»Ich hätte nie gedacht, dass du dich mit so einem derart gut verstehst«, zischte er.

Sein Plan, mir einen unliebsamen Nachbarn zu bescheren, war fehlgeschlagen und wenn Rene etwas hasste, dann waren es fehlgeschlagene Pläne.

Ha! Mistkerl …

Ich stellte mich dumm und wölbte fragend die Augenbrauen. »Wie meinst du das?«

»Ich bitte dich! Der Kerl hat dir doch rein gar nichts zu bieten! Was findest du an ihm?«

»Eigentlich geht es dich ja nichts an, aber Jan hat einiges zu bieten. Er ist so erfrischend anders als die Arschlöcher, an die ich bisher geraten bin.«

Rene lief augenblicklich knallrot an. »Treibst du's mit ihm?«

Gaby sog hörbar die Luft ein. Ich hingegen blieb die Ruhe in Person.

»Das geht dich nichts an«, sagte ich und wandte mich cool von ihm ab.

»Oh, ich finde sehr wohl, dass mich das was angeht!«, polterte Rene. Er packte mich an der Schulter und drehte mich grob herum. »Rede mit mir!«

Gaby und Nici waren vor Schreck gleichzeitig von ihren Barhockern aufgesprungen.

Selbst ich hatte Rene noch nie derart die Beherrschung verlieren sehen. Obwohl ich in diesem Moment innerlich erstarrte, mimte ich nahezu perfekt die Unerschütterliche.

»Wenn du mich noch einmal so anfasst, Rene, dann schwöre ich dir, dass du in dieser Stadt nie wieder auch nur ein einziges Häuschen vermitteln wirst«, drohte ich mit leiser Stimme, fast flüsternd. Dabei gelang es mir, eine solche Entschlossenheit in meine Androhung hineinzulegen, dass niemand sie zu bezweifeln wagte. Sofort trat Rene einen Schritt zurück. Überheblich richtete er sein Sakko und sah mich von oben herab an.

»Es wird nicht wieder vorkommen«, sagte er in geschäftsmäßigem Tonfall.

Ohne ein weiteres Wort rauschte er davon.

Mit bebenden Händen drehte ich mich Richtung Theke und atmete tief durch. Dieser Auftritt war selbst für Renes Verhältnisse extrem gewesen. Natürlich hatte ich es darauf angelegt, ihn zu ärgern, aber mit so etwas hatte ich nicht gerechnet.

Mein Blick fiel auf die gegenüberliegende Seite der Lounge. Ich bemerkte Jan, der auf einem Zweisitzer saß und wachsam Richtung Eingang sah. Er wirkte angespannt.

Hatte er etwa alles mitverfolgt?

Seine Augen richteten sich auf mich.

Ja, das hatte er …

Für einen Augenblick sahen wir uns direkt an. Ich versuchte zu erkennen, was er gerade dachte, doch seine Miene war undurchdringlich.

»Er ist weg«, sagte Nici und kletterte zurück auf ihren Barhocker. »Und seine Tussi hat er gleich mitgenommen. Sozusagen im Vorbeigehen.«

»Was war das denn gerade?«, fragte Gaby perplex.

»*Das*, meine Liebe, war Rene Bergstätters wahres Gesicht«, erklärte Nici.

Ich riss mich von Jans Augen los und schüttelte langsam den Kopf. »Das war krass.«

Nici klopfte mir anerkennend auf den Rücken. »Du warst so toll!«, lobte sie mich. »Einfach genial!«

»Tougher geht's nicht«, kommentierte Gaby und schenkte mir ein bewunderndes Lächeln.

»Tja«, meinte ich lässig und verbarg meine verräterischen Zitterhände unter dem Tresen. »Der wird sich wohl so schnell nicht mehr mit mir anlegen.«

»Bestimmt nicht!« Nici kicherte ausgelassen. »Also. Wie willst du mit deinem neuen Nachbarn verfahren? Ich finde, du bist ihm einen Drink schuldig, weil er so schön mitgespielt hat.«

Automatisch sah ich wieder zu ihm hinüber. Er unterhielt sich mit Oriental-Tina, als wäre rein gar nichts geschehen.

»Mitgespielt?«, wiederholte Gaby. Im Gegensatz zu Nici kannte sie nicht alle Details unseres Nachbarschaftsverhältnisses.

»Na ja, in Wirklichkeit verstehen sich die beiden nicht ganz so gut, wie es gerade den Anschein hatte«, umschrieb Nici unseren Disput.

»Bitte?«, platzte Gaby heraus. »Ich dachte auch, dass du es mit ihm treibst!«

»Hallo?«, rief ich empört, musste aber dann doch lachen. »Nein, das tue ich nicht. Aber Nici, du hast schon recht. Später muss ich ihm unbedingt noch einen Dankesdrink bringen.«

»Warum nicht gleich?«, feixte sie.

Ich winkte dem Barkeeper. »Weil ich jetzt erst mal einen Schnaps brauche.«

Um mich wieder einigermaßen zu beruhigen, fügte ich in Gedanken noch hinzu.

Aus dem einen Schnaps wurden zwei. Erst dann hatte ich das Gefühl, meine Knie würden mich wieder tragen können. Offiziell ließ ich mir meine innere Aufruhr nicht länger anmerken. Gaby und Nici plauderten ausgelassen über dies und das, während ich mir Gedanken darüber machte, warum Rene dermaßen ausgetickt war.

Eigentlich konnte es mir ja egal sein, aber ich wollte trotzdem wissen, ob er sich nur in seiner Ehre als Traum aller Frauen gekränkt fühlte oder ob er vielleicht doch noch ernsthafte Gefühle für mich hegte. Hatte er sich deswegen so eifersüchtig gezeigt?

Nein, das war natürlich Quatsch. Selbst wenn er es ernsthaft bereute, unsere Beziehung versaut zu haben, dann lagen die Gründe hierfür rein in seinem eigenen Ansehen. Er vermisste mich nicht aufgrund meiner Person, sondern weil ihm ein astreines Showobjekt abhandengekommen war.

Bei meinen Überlegungen huschten meine Augen immer wieder wie von selbst zu Jan hinüber. Er sah richtig chic aus, mit dem schlichten schwarzen Hemd und den ausgewaschenen Bluejeans. Objektiv betrachtet stand ihm dieses Outfit sogar ausgezeichnet. Es setzte seine männliche Kontur auf dezente Weise perfekt in Szene. Überhaupt war er (so ganz objektiv betrachtet) ein ausgesprochen attraktiver Mann. Sein Gesicht lag im Halbschatten der Barbeleuchtung und das verlieh ihm einen Hauch geheimnisvoller Verwegenheit. Außerdem war sein Lächeln sogar aus dieser Entfernung geradezu bezaubernd (ebenfalls rein objektiv betrachtet).

Der gleichen Meinung war wohl auch Oriental-Tina, denn sie hing durchgehend mit einem schmachtenden Blick an seinen Lippen.

Daher wehte der Wind also!

Die Haremsdame war komplett in meinen Nachbarn verknallt. Das konnte sogar ein Blinder sehen. Obwohl ich mir nicht sicher war, ob Jan selbst es sah. Ich konnte zwar nicht beurteilen, ob er mit ihr flirtete oder ganz normal mit ihr sprach, reserviert und zurückhaltend wirkte er aber nicht.

Nici lenkte mich ab und erläuterte mir kurz einen nicht ganz ernst zu nehmenden Plan, wie wir einen wankelmütigen Interessenten endlich dazu bringen würden, ein Zweifamilienhaus am Stadtrand zu kaufen. Seine Bedenken lagen darin, einen geeigneten Mieter für die zweite Wohnung im Obergeschoss zu finden.

»Ich könnte ihm doch versprechen, bei ihm einzuziehen«, schlug sie vor.

»Und warum sollte er das wollen?«, fragte ich.

»Na, bitte! Guck mich doch an! Wer hätte mich nicht gerne in seiner Wohnung?«

»Ich, zum Beispiel.«

»Waaaas? Warum denn nicht?«

»Weil's bei dir immer zugeht wie bei Hempels unterm Sofa.«

Sie rollte lachend mit den Augen. »O Mann. Kann ja nicht jeder so ein Krümelfurzer sein wie du! Außerdem kannst du gerne meine Putzfrau werden.«

Ihre Unbeschwertheit ließ meine gute Laune langsam zurückkehren. Könnte natürlich auch am Schnaps liegen … Jedenfalls gluckste ich fröhlich über ihren Vorschlag. »Alles klar. Bevor wir einen Vertrag abschließen, gehe ich aber erst mal aufs Klo.«

»Viel Spaß!«

»Werde ich haben.«

Ich rutschte von meinem Barhocker und musste feststellen, dass sich meine Knie bei Weitem nicht so erholt hatten, wie ich gehofft hatte. Was natürlich auch einer dieser unerwünschten Nebeneffekte des Alkoholkonsums sein könnte.

Meinen kleinen Ausfallschritt kommentierte ich mit einem »Huh!«, was zur allgemeinen Erheiterung meiner Mädels führte.

»Hey! Über die Chefin lacht man nicht«, schimpfte ich, wobei die Strenge meiner Worte von meinem eigenen Kichern eingedämmt wurde. »Außerdem sind meine Absätze deutlich höher als die euren, also Klappe!«

»Jaja«, antworteten die beiden wie aus einem Munde und gackerten in ihre Gläser.

Das mit den Absätzen stimmte zwar, aber in nüchternem Zustand hätte ich absolut keine Probleme damit gehabt. Während ich davonstakste, versuchte ich, mich daran zu erinnern, wann ich das letzte Mal einen solchen Schwips hatte. Es war definitiv lange, lange her. Rene hatte nicht gelogen, als er sagte, er wäre es nicht gewohnt, mich so zu sehen. Er hatte mich auch nie so gesehen. So … nun, ich würde sagen *ausgelassen und lebensfroh*, er würde es als *peinlich* bezeichnen.

Ha! Peinlich? Wenn hier heute einer peinlich gewesen war, dann er!

Dieser Idiot.

Ich fand mich ganz und gar nicht peinlich. Ich fühlte mich hervorragend. Auch wenn ich kurz am Türrahmen der Toilette hängen blieb, weil ich den Abstand falsch einschätzte. Der Frau hinter mir passierte das Gleiche, also war wohl eindeutig die Tür daran schuld. Wir fanden das beide ganz herrlich komisch und überlegten kurz, ob wir einen Beschwerdebrief an den Architekten schreiben sollten.

Warum hatte ich eigentlich nicht öfter so einen Spaß?

Weil du es hasst, die Kontrolle zu verlieren, fiepten die letzten fünf Gehirnzellen, die noch nichts von den lustigen Prozenten abbekommen hatten.

Ach, so ein Quatsch! Nur weil meine Absätze plötzlich dreimal so hoch wirkten, wie sie in Wirklichkeit waren, hatte ich doch noch lange nicht die Kontrolle verloren! Ich sah keine Doppelbilder und war vollkommen im Besitz meiner geistigen Fähigkeiten.

Davon war ich überzeugt.

Beschwingt und erheitert wackelte ich wieder aus der Damentoilette. Eigentlich wollte ich direkt zu meinen Mädels zurückkehren, doch da fiel mein Blick zufällig auf Jan. Er saß immer noch auf dem Zweisitzer, beide Arme lässig über die Lehne ausgebreitet. Er hatte mir den Rücken zugewandt, wodurch ich unbemerkt seine überaus attraktive Schulterpartie betrachten konnte.

Also, meine Augen waren vom Alkohol bestimmt nicht beeinträchtigt, denn ich konnte sogar aus dieser Entfernung deutlich sehen, wie sich der schwarze Stoff über seinen Muskeln spannte. Hm, bei diesem Licht könnte man ihm fast schon die Note 8,4 zuschreiben.

Praktisch automatisch änderten meine Beine ihre Richtung und trugen mich auf ihn zu. Ich gab ihnen recht und ließ sie gewähren. Es war eindeutig an der Zeit, mich bei Jan für seine Hilfe zu bedanken. Voller Elan stöckelte ich zu ihm und seinen Freunden und ließ mich mit wenig Eleganz auf den letzten freien Würfelhocker plumpsen.

»Hey! Na, alles klar?«, begrüßte ich die Runde.

Jan war seine Überraschung über mein lockeres Auftreten augenfällig anzumerken. Er musterte mich skeptisch, reagierte aber völlig ungezwungen. »Aber sicher doch. Bei dir ist hoffentlich auch alles im Lot?«

War das eine Anspielung auf Renes Wutausbruch?

Ich kicherte betont ausgelassen. »Soweit nach einer Flasche Sekt alles im Lot sein kann, ja.«

Jan runzelte die Stirn. Der unbekannte Mann in der Gruppe lachte über meinen Scherz.

»Das ist Tom. Tinas Bruder«, stellte Jan ihn vor. »Tom, das ist meine Nachbarin Susi.«

Weil ich so gut gelaunt war, überhörte ich den unbeliebten Spitznamen einfach und wandte mich Tom zu. Bei näherer Betrachtung kam kein Zweifel auf, dass Tina seine Schwester war. Dieselbe dunkle Hautfarbe, die gleichen feinen Gesichtszüge. Sie sahen sich sogar ähnlich genug, um Zwillinge sein zu können.

Lächelnd beugte ich mich vor und schüttelte Tom die Hand. »Hi.«

Dass in dieser Haltung mein Dekolleté recht beeindruckend war, konnte ich Tinas abschätzig erhobenen Augenbrauen entnehmen. Trotzig widerstand ich dem Drang, meine Bluse zuzuknöpfen.

Tja, Haremslady, da staunst du, was?

»Du bist also die Nachbarin«, sagte Tom und lehnte sich grinsend zurück. »Ich habe ja schon viel von dir gehört.«

Ach wirklich?

Jan warf ihm einen warnenden Blick zu. Tina sah irgendwie zufrieden aus und schon allein aus diesem Grund, wollte ich mir keine Blöße geben.

»Oh, das kann ich mir denken«, sagte ich cool. »Eigentlich bin ich ja ganz umgänglich, aber wenn mich jemand *Susi* nennt, dann kann ich ganz schnell zur Furie werden. Nicht wahr, Stefan?«

Stefan erschrak sichtlich. »Ähm …«

»Warum gefällt dir der Name denn nicht?«, unterbrach Tom ihn.

»Vorsicht«, warnte Stefan mit einem zaghaften Schmunzeln. »So hat's bei mir auch angefangen.«

»Na ja, ich finde, der Name passt einfach nicht zu mir«, meinte ich und grinste Stefan entschuldigend an. Er erwiderte mein Grinsen umgehend, wenn auch immer noch ein wenig schüchtern.

»Hm«, machte Tom und rieb sich das Kinn. »Also, ich finde das nicht. Bei *Susi* denkt man doch sofort an ein hübsches Mädel mit einem süßem Lächeln, oder?«

Okay, entweder wollte der Kerl mich veräppeln oder er machte mich gerade in aller Öffentlichkeit unverblümt an. Da Tina mit ihren Zähnen knirschte, war es wohl eher ein ernst gemeinter Flirtversuch und das brachte mich kurz aus dem Konzept.

Verlegen rutschte ich auf meinem Hocker herum und suchte nach einer brillanten Antwort. Ich fand keine, darum war ich mehr als dankbar, dass Jan geschickt vom Thema ablenkte.

»Nici arbeitet bei dir, oder?«, fragte er und wies mit dem Kinn zu meinen Mädels. »Deine andere Freundin auch? Habt ihr heute Betriebsausflug?«

Ich sah zu ihnen. Beide blickten mich fröhlich über die Bar hinweg an und reckten gleichzeitig einen Daumen in die Höhe. Was sollte das denn jetzt?

»Ähm …« Ich strich eine Strähne hinters Ohr und drehte ihnen eilig den Rücken zu. »So was in der Art.«

»Das sind deine Angestellten?«, fragte Stefan und reckte neugierig den Hals.

»Ich bezeichne sie lieber als Mitarbeiter. Unser Arbeitsverhältnis ist ziemlich locker, weißt du.«

»Wie viele Mitarbeiter hast du denn?«, wollte Tom wissen.

»Nur die beiden.«

»Was heißt hier *nur*?«, tadelte er. »Ich finde es ziemlich beeindruckend, in deinem Alter eine erfolgreiche Firma am Laufen zu halten. Immobilienmaklerin, nicht wahr?«

Anscheinend hatte er wirklich schon einiges über mich gehört …

Sein strahlendes Lächeln zeigte mir aber, dass er nicht direkt schlecht von mir dachte. Eher im Gegenteil. Höchst interessiert sah er aus. Was seine Schwester offensichtlich zum Kotzen fand. Wenn sie weiter so mit den Kiefern mahlte, hatte sie bald keine Zähne mehr.

»Richtig«, beantwortete ich Toms letzte Frage.

»Spitze! Ich habe nämlich vor, mir heuer noch eine Eigentumswohnung zuzulegen. Dann habe ich ja bereits eine geeignete Maklerin gefunden.«

Geschmeichelt erwiderte ich sein Lächeln. »Also, da kann ich dir schon jetzt versprechen, dass ich mein Bestes geben werde, um etwas Passendes für dich zu finden.«

Moment mal – ging ich da gerade auf den Flirt ein? *Na ja, was soll's …*

»Abgemacht«, freute sich Tom. »Aber versprich nichts, was du nicht halten kannst!«

»Aber hallo! Ich bin auf meinem Gebiet ein Profi!«

Wir lachten ausgelassen. Tom war wirklich sympathisch.

»Und der Bergstätter ist sozusagen ein Konkurrent von dir?«, mischte Jan sich ein.

Seine Miene war unbewegt. Ich konnte nicht genau sagen, was er mit diesem Kommentar bezwecken wollte, aber er erinnerte mich daran, warum ich überhaupt hier saß.

»Ähm, ja.« Ich räusperte mich. »Hey, ich würde dich gerne auf einen Drink einladen.«

»So? Und wie komme ich zu der Ehre?«

Was sollte das? Wollte er mich provozieren? Er wusste genau, warum ich ihm etwas schuldig war!

Bevor ich es mir noch anders überlegen konnte, sagte ich schnell: »Na, auf eine gute Nachbarschaft.«

In seinen Augen blitzte es. »Ja, da kann ich natürlich nicht widerstehen. Dann auf zur Bar!«

Wir standen auf und winkten den anderen zum Abschied. Tinas Gesicht war kalkweiß vor Zorn. Als wir losgingen, umfasste Jan sanft meinen Ellenbogen und lenkte mich zielstrebig zu einem freien Platz am Tresen. Ich brauchte zwar absolut keine Stütze, fand aber trotzdem, dass es eine nette Geste war, weshalb ich ihn gewähren ließ.

»Was trinkst du?«, fragte ich und hievte mich auf den Barhocker.

»Whisky-Cola.«

»Ach, weißt du was? Den nehme ich auch.«

Ich orderte die Getränke und schnitt den Mädels schräg gegenüber eine Grimasse, als ich bemerkte, dass sie aufgeregt miteinander tuschelten und mich anglotzten.

»Du bist heute ganz schön abenteuerlustig, was?«, fragte Jan und stützte sich mit verschränkten Armen am Tresen ab.

»Hä? Wegen dem Whisky? Keine Sorge, den habe ich früher immer getrunken.«

Das ist wahr. Single Malt war lange Zeit mein Standardgetränk beim Ausgehen gewesen. Bis Rene meinte, dass ein Whisky-Glas in der Hand einer Frau abstoßend wirkte. Ha, jetzt freute ich mich umso mehr, als der Barkeeper die Getränke vor uns hinstellte.

»Das habe ich nicht gemeint«, sagte Jan, während ich die Drinks bezahlte.

Ich steckte meinen Geldbeutel zurück in meine Handtasche. »Was dann?«

Jan verzichtete auf eine Erklärung und erhob mit einem schiefen Lächeln sein Glas.

»Auf die Nachbarschaft!«, tönte er feierlich.

»Auf die Nachbarschaft!«

Wir prosteten uns zu und nahmen gleichzeitig den ersten Schluck.

Aah, köstlich! Wie hatte ich diesen Geschmack nur vergessen können? Das hatte ich nur Rene, diesem Mistkerl, zu verdanken. Apropos …

»Jan, hör mal«, begann ich ernst und stellte mein Glas ab. »Ich wollte dir unbedingt danken, dass du mir mit Rene geholfen hast. Das war wirklich nett von dir.«

Er nahm einen weiteren Schluck. Dabei sah er mir ununterbrochen in die Augen, bis er sein Glas auf der Theke absetzte.

»Tja, ich hab dir doch schon gesagt, dass ich ein netter Kerl bin«, meinte er lässig und zeigte seine Grübchen. »Außerdem hat der Typ es wahrscheinlich verdient.«

»O ja. Das hat er«, seufzte ich.

»Wie lange wart ihr zusammen?«

»Woher weißt du, dass wir zusammen waren?«

Er zuckte kurz mit den Schultern. »War doch kaum zu übersehen, oder?«

»Wahrscheinlich nicht … Nun, es waren drei Jahre.«

»Also war es was Ernstes?«

»Er hat bei mir gewohnt und ich habe jeden Tag auf einen Antrag gewartet. Ja, ich würde also schon sagen, dass es was Ernstes war.«

Jan sah mich mitfühlend an. »Seit wann seid ihr getrennt?«

»Hm, so knappe zwei Jahre.«

»Ah.«

Wir griffen synchron zu unseren Gläsern und nippten daran. Nach einer kurzen Schweigeminute sagte Jan: »Ich kenne den Bergstätter zwar nicht wirklich gut, aber ich bin doch überzeugt, dass die Trennung eine gute Entscheidung war.«

»Wie wahr«, sinnierte ich.

»Was war der ausschlaggebende Grund?«

»Er hat seine Tippse gebumst«, antwortete ich prompt.

Meine barsche Ausdrucksweise irritierte Jan wohl ein wenig. Er nahm kurz seinen Blick von mir und murmelte: »Oh, das ist nicht schön.«

»Na, wenn das mal keine Untertreibung ist!«

»Du hast recht.« Er überlegte und zählte schließlich auf: »Es ist verletzend, abstoßend, ekelhaft, unverzeihlich und unter aller Sau. Besser?«

»Du hast *arschlochmäßig* vergessen«, merkte ich an.

»Stimmt.«

»*Arschlochmäßig* ist das Wichtigste. Das beinhaltet nämlich fast schon alles.«

»Oh, ja! *Arschlochmäßig* ist eines der bedeutendsten Adjektive unserer Zeit.«

Ich legte mein Besserwisser-Gesicht auf. »Eigentlich ist es ein Adverb.«

»Es könnte aber auch ein Adjektiv in adverbialer Funktion sein«, warf er ein.

Ich war ehrlich beeindruckt. War aber auch wirklich ungewöhnlich, dass ein Mitglied einer Heavy-Metal-Band sich derart gut mit grammatikalischen Begriffen auskannte.

»Schön«, meinte ich mit unterdrücktem Lachen. »Einigen wir uns darauf, dass *arschlochmäßig* dringend in den Katalog der wichtigsten deutschen Wörter aufgenommen werden sollte.«

»Ja, das würde für unsere Gesellschaft einen gewaltigen Sprung nach vorne bedeuten.«

Wir sahen uns an und prusteten gleichzeitig los.

»Endlich!«, gluckste Jan, als wir uns einigermaßen beruhigt hatten.

»Was?«

»Ich habe dich zum Lachen gebracht.«

Oh. Tatsächlich ...

»Ts, da gehört heute nicht wirklich viel dazu«, dämmte ich eilig seine Begeisterung und tippte bedeutungsschwer auf mein Whisky-Glas. Das nebenbei bemerkt schon fast leer war.

»Na, wenn das so ist ...« Er grinste schelmisch und winkte den Barkeeper heran. »Dann muss ich eben darauf achten, dass du nicht auf dem Trockenen sitzt. Nicht dass du deinen Humor wieder verlierst.«

»Aha, du willst mich also abfüllen, damit ich über deine kleinen Witze lache«, stellte ich fest.

»Nein. Trinken musst du schon selber. Es liegt also voll und ganz in deiner Hand, was du daraus machst.«

Er fixierte mich mit einem herausfordernden Blick. Mir fiel auf, dass seine dunkelbraunen Augen mit dezenten, bernsteinfarbenen Tupfen gesprenkelt waren. Das sah so interessant aus, dass ich mich kurzzeitig darin verlor.

»Also?«, hakte er nach.

Ich riss mich von dem hübschen Farbspiel los und überprüfte die Situation bei meinen Kolleginnen schräg gegenüber. Die beiden waren schwer beschäftigt. Und zwar mir zwei adrett aussehenden Herren, die ihr Bestes gaben, die Ladys zu beeindrucken. Meine Anwesenheit schien also nicht dringend erforderlich.

Kurzerhand ergriff ich mein Glas und leerte es in einem Zug. Für Jan war das Antwort genug.

Hocherfreut und mit den tiefsten Grübchen, die er zu bieten hatte, sorgte er schleunigst für Nachschub.

Auf ein entspanntes Nachbarschaftsverhältnis!

Kapitel 9

Mehr als aufdringlich strahlte die Sonne auf mein Gesicht. Das grelle Licht tat mir sogar durch die geschlossenen Lider hindurch in den Augen weh. Der Schmerz wanderte von den Augäpfeln, über den Sehnerv, direkt in mein Gehirn und veranstaltete darin eine Samba-Party.

O Gott, bekam ich etwa die Grippe?

Nein, das fühlte sich anders an.

Aber was geschah denn dann mit mir?

Orange Lounge, Firmenfeier, Alkohol …

Alles klar. Ich hatte also einen gewaltigen Kater. Uäh! Jetzt wusste ich auch wieder, warum ich mich äußerst selten so wegballerte. Der Tag danach war einfach zu grausam.

Ich versuchte, mich an den Verlauf des Abends zu erinnern. Der Schmerz in meinem Kopf ließ mich nicht weit kommen, darum beschloss ich, dass es in diesem Moment eigentlich scheißegal war. Stöhnend wälzte ich mich auf die Seite und versteckte meine gepeinigten Augen unter der Biberbettwäsche. Träge fuhr ich mit der Hand über den Stoff.

Seltsam …

Seit wann hatte ich denn Biberbettwäsche?

Verwirrt lugte ich unter der Decke hervor. Weiße Wände, ohne jegliche Dekoration. Überall standen Kartons herum. Definitiv nicht mein Schlafzimmer.

BITTE WAS?

Schockiert setzte ich mich auf. Die schnelle Bewegung wurde sogleich mit einer Schwindelattacke belohnt. Als ich wieder einigermaßen klar sehen konnte, überflog ich hektisch die Details meines derzeitigen Aufenthaltsortes. Das Bett, in dem ich saß, schien das einzige Möbelstück zu sein. Ansonsten gab es nur einen überfüllten Kleiderständer und massenhaft Klamotten, die überall herumlagen. Die rote Bluse in der Ecke kam mir vage bekannt vor.

Oh!

Alarmiert schielte ich an mir hinunter und musste feststellen, dass ich nur meinen Slip anhatte. Sonst nichts. Ich war praktisch nackt.

Heiliger Bimbam, was war gestern Nacht geschehen?

Und wo zum Teufel war ich überhaupt???

Neben mir bewegte sich etwas. Oder besser gesagt, jemand. Fassungslos sah ich auf die andere Seite des Bettes.

Jan streckte sich genüsslich und öffnete blinzelnd die Augen. »Guten Morgen.«

»Wa… wa… wa…?«, stammelte ich.

»Bist du schon lange wach?«

Mein geschundenes Gehirn brauchte eine Weile, um die Gesamtsituation zu verarbeiten. Das Ergebnis war erschreckend.

»Oh, mein Gott!«, kreischte ich und floh mitsamt Decke in strampelten Bewegungen aus dem Bett. »Oh, mein Gott, oh, mein Gott, oh, mein Goooott!«

Jan kratzte sich am Kopf. »Ich wusste gar nicht, dass du so gläubig bist.«

»Was zur Hölle ist gestern passiert?«, schrie ich aufgelöst und erkannte fassungslos meinen BH, der dekorativ an der Deckenlampe baumelte. Ich zeigte mit dem Finger darauf. »Wie zum Teufel kommt der da hoch?«

»Okay, also doch nicht gläubig«, murmelte Jan. Er rutschte nach oben und lehnte sich gegen das Kopfende des Bettes. »Filmriss?«

Ich starrte seinen eindeutig unbekleideten Oberkörper an.

»Bist du etwa auch … hast du gar nichts an?«, fragte ich schrill.

»Du kannst dich also tatsächlich nicht mehr erinnern. Hm, also erst mal solltest du dich …«

»Du bist nackt, nicht wahr?«, platzte ich dazwischen. »Nackt!«

»… beruhigen«, schloss er seinen Satz und rieb sich müde über das Gesicht. »Bitte.«

»Wie soll ich mich beruhigen?«, schrie ich. »Ich bin nackt. Du bist nackt. Scheiße, das kann doch nur eines bedeuten!«

»Und das wäre?«, fragte er stirnrunzelnd.

»Dass du mich abgefüllt hast, um mich direkt in deine Kiste zu schleppen und … und …«

»Und was?«

Ich brachte es nicht über mich, es auszusprechen, darum biss ich mir bockig auf die Lippen und stierte Jan nur vorwurfsvoll an.

Er reagierte gelassen. »Also, zuerst einmal bist du selbst dafür verantwortlich, wieviel Alkohol du in dich reinschüttest. Und außerdem …«

Ich hörte ihm gar nicht erst zu, sondern begann, hysterisch auf und ab zu laufen. »Hast du mir etwa K.-o.-Tropfen gegeben?«

»Was? Nein! Ist das dein Ernst?«

»Anders kann ich es mir nicht erklären.«

Jan verschränkte die Arme. »Ach, wirklich. Dass du freiwillig mitgekommen bist, kommt dir da nicht in den Sinn?«

Energisch schüttelte ich den Kopf. »Völlig ausgeschlossen.«

Er schwieg eine Weile, während ich weiterhin auf und ab trippelte. Dann sagte er nur: »Wie du meinst.« Im Augenwinkel sah ich ihn aufstehen. Und dass er definitiv nackt war. Noch nackter als ich. Was Jan nicht wirklich zu stören schien. Völlig unbeeindruckt streckte er sich kurz durch und bot mir freies Blickfeld auf seine (unverschämt knackige) Heckansicht.

»Großer Gott! Kannst du dir bitte was anziehen?«, entfuhr es mir. Ich verbarg hastig meine Augen unter der Decke.

»Tja, ich habe leider keinen so netten Flanellschlafanzug wie du«, hörte ich ihn antworten.

Das Geräusch von nackten Fußsohlen auf Laminatboden ertönte. Jan ging so knapp an mir vorbei, dass ich einen kleinen Zug verspürte. Automatisch hielt ich den Atem an, bis die tapsenden Schritte den Raum verlassen hatten.

Ich tauchte unter der Decke hervor und fächerte mir mit einer Hand Luft zu, um einer drohenden Hyperventilation zu entgehen. Hatte ich wirklich mit Jan …? Ein kleiner Rest meines Verstandes behauptete, dass ich es bestimmt wüsste, wenn es denn so gewesen wäre. Dann sollte ich doch etwas – ähm – spüren, oder? Oder brachte so ein alkoholischer Totalausfall auch ein Taubheitsgefühl zwischen den Beinen mit sich? Testweise wetzte ich mit den Oberschenkeln. Nein, da war nichts taub. Oder schmerzhaft. Alles vollkommen so, wie es sein sollte.

Meine Erleichterung hielt sich in Grenzen. Das war kein absoluter Beweis dafür, dass wirklich nichts passiert war.

Oh. Mein. Gott.

Was hab ich mir nur dabei gedacht?

Mit Sicherheit gar nichts. Sonst würde ich ja nicht völlig verstört hier herumstehen und um Fassung ringen. Noch dazu in Annemaries ehemaligem Schlafzimmer. Worin sie …

Ich musste hier weg. Sofort!

Mit nur einem Satz sprang ich zu meiner Bluse und schlüpfte hinein. Die Bettdecke ließ ich achtlos auf den Boden fallen. Während ich wahllos ein paar Knöpfe verschloss, suchte ich hektisch nach meiner Hose. Ich fand sie auf einem der Kartons. Weil ich gleichzeitig in ein Hosenbein schlüpfte und nach meinem BH an der Deckenleuchte grapschte, verlor ich das Gleichgewicht und plumpste auf den Hintern. Wenigstens fand ich dadurch eine meiner Socken auf dem Boden. Ich stopfte ihn in meine Handtasche, die direkt daneben lag, vollendete meine Hosenaffäre und hangelte nochmals nach dem BH.

Wo ist die zweite Socke?

Scheiß doch auf die Socke!

Mit irrem Blick stürzte ich auf den Flur. Genau im selben Moment kam Jan aus dem Badezimmer. Immer noch nackt. Aber wenigstens mit einem Handtuch um die Hüften. Trotz meiner Panik konnte ich nicht anders, als kurz seinen Oberkörper zu begutachten. Glatt und makellos. Meine Güte!

»Willst du kein Frühstück, Schatz?«, fragte er bissig.

»Schuhe!«, bellte ich zurück.

Mit gelangweilter Miene schritt er an mir vorbei ins Schlafzimmer. »Du hast sie schön brav im Flur abgestellt«, sagte er, bevor er im Schlafzimmer verschwand.

Ohne ein weiteres Wort hastete ich zur Treppe. Während ich die ersten Stufen nahm, versuchte ich, den BH in meiner Handtasche zu verstauen. Die massiv gepolsterten Push-up-Körbchen weigerten sich beharrlich.

Eine Treppe hinunter zu sprinten und gleichzeitig mit einem widerspenstigen BH zu kämpfen, war freilich keine gute Idee.

So kam es auch, dass ich eine der Stufen übersah und plötzlich in die Luft trat. Obwohl ich wild mit den Armen ruderte, konnte ich mich nicht mehr abfangen. Wie in Zeitlupe sah ich die sehr massiven Holztritte auf mich zukommen. Instinktiv versuchte ich, meinen Kopf zu schützen, indem ich mich wie ein Igel zusammenrollte. Völlig der Schwerkraft ausgesetzt, kugelte ich in höchster Slapstick-Manier, untermalt von lautem Gepolter, die restlichen Stufen hinunter.

Am Ende der Treppe blieb ich wie ein Häufchen Elend liegen und konnte es kaum fassen, dass ich das gerade eben überlebt hatte.

»Um Himmels willen!«, ertönte Jans Stimme über mir. »Ist dir was passiert?«

Ich stöhnte und machte einen geistigen Check-up meines Körpers. Langsam setzte der Schmerz ein. Und zwar überall. Tränen schossen mir in die Augen. Ich stöhnte noch mal.

Jan war inzwischen heruntergeeilt und kniete besorgt neben mir. Ich war unglaublich dankbar dafür, dass er mittlerweile wenigstens ein Paar Jeans anhatte. »Sag doch was! Hast du dir wehgetan?«

Ich lag verdreht auf der Seite und starrte ihn an, als wäre er nicht ganz dicht.

Natürlich hatte ich mir wehgetan! Ich war schließlich nicht Superwoman!

Ächzend wollte ich mich aufrappeln, als ein höllischer Schmerz durch meinen rechten Knöchel fuhr. »Arg!«

»Was ist?«

»Mein Fuß«, brachte ich hervor, wälzte mich mit zusammengebissenen Zähnen auf den Rücken und kämpfte gegen einen Heulanfall. »Scheiße, tut das weh!«

»Welcher?«

Ich stemmte mich hoch und setzte mich auf. Wortlos tastete ich mein rechtes Bein ab. Beim Knöchel stockte ich und verzog das Gesicht. Wenigstens hatte ich nun meine zweite Socke gefunden. Aus unerfindlichen Gründen hatte ich diese nämlich noch an und es gar nicht bemerkt.

Was ich ebenfalls nicht bemerkt hatte, war Lilly, die schon die ganze Zeit vor mir gehockt haben musste und mich interessiert beobachtete. Als ich sie ansah, winselte sie erfreut und stand auf.

»Waahaahaaa!«, gab ich von mir, als sie gemächlich auf uns zu trottete.

»Lilly, geh Platz«, sagte Jan leise zu ihr.

Unglaublich, aber wahr – sie sah kurz zu ihrem Herrchen und machte anschließend kehrt, um im Wohnzimmer zu verschwinden. Verwundert blickte ich ihr nach und vergaß darüber sogar das wilde Pochen in meinem Knöchel.

»Ich hab dir doch gesagt, dass Lilly sehr gut erzogen ist«, kommentierte Jan meine Verblüffung. »Kannst du aufstehen?«

»Ja«, behauptete ich und startete umgehend den ersten Versuch. Ich scheiterte kläglich an einem höllischen Feuerwerk in meinem Bein. Weil ich nicht aufgeben wollte, testete ich verschiedene Möglichkeiten des Aufstehens aus, wobei ich mir teilweise so hilflos vorkam wie ein Käfer auf dem Rücken. Vielleicht wäre es auch einfacher gewesen, wenn ich meine Handtasche losgelassen hätte, aber auf diese Idee kam ich gar nicht erst.

Jan erbarmte sich schließlich, schob einen Arm unter meine Achsel und hob mich kurzerhand hoch.

»Danke«, murmelte ich verlegen und presste meine Tasche, aus der nach wie vor die Hälfte meines Push-ups heraushing, gegen die Brust.

»Kein Problem. Kannst du mit deinem Fuß auftreten?«

»Ja«, sagte ich und tat es. Hätte Jan nicht geistesgegenwärtig seinen Arm um meine Taille geschlungen, wäre ich schmerzerfüllt zusammengebrochen.

»Nein«, gab ich daraufhin kleinlaut zu.

»Okay, ich fahr dich ins Krankenhaus.«

»Nicht nötig.«

Jan stockte. »Wie bitte? Dein Fuß ist wahrscheinlich gebrochen.«

»Der ist nur verstaucht.«

»Ach, und du hast neuerdings den Röntgenblick, was?«

Ich überlegte kurz. Dann siegte die Vernunft. »Na schön, du darfst mich fahren.«

Er stieß einen abschätzigen Lacher aus. »Ja, das freut mich aber, dass ich das *darf*.«

Der Blödmann brauchte gar nicht so beleidigt zu tun. Schließlich war er doch schuld an dem ganzen Dilemma!

»Kannst du alleine stehen?«, fragte er dann und löste vorsichtig seinen Haltegriff. »Ich zieh mir nur kurz was an.«

Na endlich!

Würde mich der Schmerz nicht so in Anspruch nehmen, wäre mir die Nähe zu seinem nackten Oberkörper längst unangenehm geworden. So registrierte ich sie nur am Rande.

Als ich offensichtlich auch ohne seinen Arm standhaft blieb, eilte er die Treppe hinauf in sein Schlafzimmer.

Ich stützte mich an der Wand ab und suchte nach einer Möglichkeit, mich irgendwie fortzubewegen. Auftreten schied definitiv aus, darum blieb mir nur noch, auf meinem gesunden Bein zu hüpfen. Das dauerte zwar, aber klappte eigentlich ganz gut. Zumindest, bis ich mich ins Wohnzimmer vorgearbeitet hatte und nun vor dem Problem stand, keine Stütze mehr auf meinem Weg zu haben. Verzagt sah ich zur Terrassentür. So nah und doch unerreichbar.

Ein Rascheln ließ mich zur Seite blicken. Lilly lag brav in ihrem Hundekörbchen und sah zu mir auf. Sie gab ein leises »Wuff« von sich.

Das war Ansporn genug. Höchst konzentriert hüpfte ich freihändig bis zur Couch. Dort musste ich kurz verschnaufen.

»Wo willst du hin?«, fragte Jan hinter mir.

»Ich muss Charly füttern«, erklärte ich, ohne mich umzudrehen, und machte mich innerlich für die nächste Etappe bereit.

»Ist das dein Ernst? Der wird schon nicht verhungern. Wir müssen sofort los.«

»Kommt gar nicht infrage!«, erwiderte ich bestimmt.

Ich hüpfte los und kam ohne Zwischenfälle bei der Terrassentür an. Freudig schob ich die Glastür auf. Sofort sank mir der Mut, als ich die große Entfernung zum Gartentürchen sah. Keine Möglichkeit für Verschnaufpausen weit und breit.

Na schön, das wirst du jetzt auch noch schaffen …

Entschlossen spannte ich die Muskeln in meinem linken Bein an, als sich Jans Arm um meine Taille schlängelte. Ich sah erbost zu ihm auf.

Er zog die Nase kraus und sagte: »Wenn du schon so stur bist, dann lass mich dir wenigstens helfen.«

Wieder siegte die Vernunft. Ergeben legte ich eine Hand auf seine Schulter und hüpfte mit ihm als Stütze durch den Garten.

»Wenn ich dich trage …«

»Nein.«

»Aber dann wären wir …«

»Auf gar keinen Fall!«

Verkrampft hoppelte ich neben ihm vorwärts. Ich war nicht nur wegen der Anstrengung und der Schmerzen verkrampft. Einen erheblichen Teil trug auch Jans Nähe dazu bei. Nach wenigen Metern wurde mir nämlich bewusst, dass sich die Schulter unter meiner Hand unheimlich stark anfühlte. Bei jeder

Bewegung spürte ich, wie die Muskeln unter dem dünnen Stoff seines Shirts arbeiteten. Zusätzlich kroch mir der intensive Duft seines Aftershaves in die Nase. Beides zusammen ergab eine aufregende Mischung, die mich den ganzen Weg bis zu meinem Haus beinahe um den Verstand brachte.

Jesses, warum brachte mich das denn so durcheinander? Eigentlich sollte ich doch stinksauer auf Jan sein und nicht seine kräftigen Schultern anschmachten. Na gut, angesichts eines solchen Testosteronangebots in nächster Nähe würden wohl die Instinkte einer jeden Frau erwachen …

»Ist offen?«

»Hä?«

Wir waren stehen geblieben. Jan sah mich fragend an.

»Na, ob deine Terrassentür nicht verriegelt ist.«

»Oh.« Ich blinzelte die Schiebetür an. Vor lauter hormoneller Verwirrung hatte ich gar nicht bemerkt, dass wir bereits angekommen waren. »Ähm … nein.«

»Okay. Gib mir deinen Haustürschlüssel, dann kann ich aufmachen.«

Ich zögerte kurz.

Er atmete lautstark durch. »Hast du wirklich Angst, ich könnte auf die Schnelle noch deine Sachen durchwühlen?«

»Natürlich nicht«, sagte ich schnell und begann in meiner Handtasche nach dem Schlüsselbund zu kramen. Weil mir der BH dabei vollkommen im Weg war, zog ich ihn mit feuerroten Wangen heraus und hängte mir den Träger an den kleinen Finger.

Jans Lippen kräuselten sich kurz, doch er enthielt sich eines diesbezüglichen Kommentars. Als ich ihm endlich meinen Schlüssel überreichte, machte er ein todernstes Gesicht.

»Bin gleich wieder da«, sagte er und verschwand um die Ecke.

Ich nutzte die kurze Pause, um verzweifelt mein Gedächtnis zu durchwühlen. Vor meinem geistigen Auge begann der gestrige Abend gut gelaunt und unbeschwert. Ganz deutlich konnte ich mich an die Konfrontation mit Rene erinnern. Wie Jan so freundlich war, mich zu unterstützen. Den anschließenden

Ausraster meines Ex-Arschs … Ab dem Zeitpunkt, als ich mit Jan auf eine gute Nachbarschaft anstieß, trübten sich die Bilder, bis schließlich nur noch Dunkelheit vorherrschte.

Verflucht!

Hoffentlich würde Nici mir etwas mehr sagen können. Vorerst hatte ich jedoch noch ganz andere Sorgen.

Jan schob die Tür auf. »Wenn ich bitten darf?«

Wortlos ergriff ich seine Schulter und hopste ins Wohnzimmer.

»Hübsch hast du's hier«, meinte er. »Vor allem das Schlafzimmer hat es mir angetan.«

»Waaaas?«

»Mensch, Susi. Das war nur ein Witz.«

»Nenn mich nicht so.«

Er stellte mich an der erhöhten Küchenanrichte ab und sah mich spöttisch an. »Was willst du dagegen machen? Davonlaufen?«

Schwungvoll warf ich Handtasche und BH auf die Arbeitsplatte und knurrte: »Ha. Ha.«

Charly kam herein. Mit seinem üblichen Hilfe-ich-bin-im-Erdgeschoss!-Buckel und den weit aufgerissenen Wo-ist-der-Köter?-Augen. Er strich hoffnungsvoll um meine Beine. Na ja, um eines meiner Beine – das verletzte hielt ich vorsorglich abgewinkelt nach oben. Der Kater sah gequält zu mir hoch und gab mir mit einem »Miiaauuuuu« die Dringlichkeit seines Hungergefühls zu verstehen.

»Himmel, du hattest recht!«, meinte Jan in gespieltem Entsetzen. »Wenn wir auch nur eine Minute später gekommen wären, dann wäre der Kater direkt vom Fleisch gefallen!«

Hey, Charly war nicht dick – er hatte nur schwere Knochen!

»Kannst du mich bitte mit deinen Witzen verschonen? Ich kann da jetzt überhaupt nicht drüber lachen«, bat ich erschöpft.

»Ja richtig. Da war doch was … hast du zufällig Whisky im Haus? Oh, oder besser noch Tequila? Der hat dich gestern erst so richtig humorvoll werden lassen.«

Tequila …

Tequila?

TEQUILA!!!

»Du hast mir Tequila gegeben?«, polterte ich los. »Bist du total wahnsinnig?«

Jan sah mich ehrlich verwirrt an. Okay, konnte er ja nicht wissen, dass ich mit dem mexikanischen Branntwein seit jeher auf Kriegsfuß stand. Mein letztes und einziges Tequila-Experiment war über zehn Jahre her. Und es war gewaltig in die Hose gegangen.

Damals war ich siebzehn, also jung und unerfahren, darum wusste ich auch nicht, dass Tequila sich auf mein Hirn ebenso halluzinogen auswirkte, als würde ich an einer dieser giftigen Kröten lecken. Das Ergebnis meines Konsums war erschreckend (für alle Beteiligten!). Ich war komplett ausgetickt, hatte mich aufgeführt wie eine wahnsinnige Partyqueen und auf dem Tisch getanzt, obwohl ich gar nicht mehr richtig stehen konnte. Bis mein damaliger Freund mich unter den Arm geklemmt und nach Hause gebracht hatte. Und all diese Peinlichkeiten musste ich am nächsten Tag von meinen Freunden erfahren, weil ich selbst mich an nichts mehr erinnern konnte. So eine Art posttraumatische Amnesie. Hätte es nicht diese überaus pikanten Beweisfotos gegeben, würde ich es bis heute nicht glauben.

Seit diesem mehr als nur unschönen Erlebnis hatte ich diesem Gesöff erfolgreich entsagt. Was mich nun ausgerechnet gestern dazu bewogen hatte, meinen eigenen Schwur zu brechen, entzog sich vollkommen meines Verstandes.

Gequält verbarg ich mein Gesicht hinter meinen Händen. »O neeeeeein. Tequila! Großer Gott.«

»Na, so schlimm war es nun auch wieder nicht«, sagte Jan.

»Hallo? Ich weiß genau, was dieses Teufelszeug mit mir anstellt! Das macht mich auf ganzer Linie völlig unzurechnungsfähig!«

»Also, so würde ich das nicht bezeichnen.«

»Wie viele?«, fragte ich matt.

»Hm, ich glaube vier. Nein, doch eher sechs.«

Ich raufte mir die Haare. »O Gott.«

»Ach, du hast so ziemlich alles wieder ausgekotzt.«

»O Goooott!«

Jan musterte mich interessiert. »Wenn du die Folgen schon kennst, warum hast du ihn dann überhaupt getrunken?«

»Du wirst mich schon dazu überredet haben!«

»So, jetzt bin also ich wieder schuld? Eigentlich war es eher so, dass nur die erste Runde auf mich ging. Die anderen hast du bestellt, mit den Worten – ich zitiere: ›Den Mexikanern werd ich's zeigen. Keine Macht den Sombreros!‹ Gestern habe ich nicht kapiert, was du damit sagen wolltest, aber jetzt im Nachhinein … du wolltest dem Tequila wohl den Kampf ansagen.«

»Scheiße.«

Charly war unterdessen buckelig in der Küche umhergewandert, um Ausschau nach eventuellen Feinden zu halten.

»Ist der immer so nervös?«, fragte Jan nach einer kurzen Redepause.

»Nein. Erst seit im Nachbargarten ein riesiges Ungeheuer wohnt«, antwortete ich vorwurfsvoll.

»Er führt sich wegen Lilly so auf? Sogar hier im Haus?«

»Tja. Die erste Zeit hat er das obere Stockwerk gar nicht mehr verlassen.«

»Hm.« Jan machte tatsächlich ein bedauerndes Gesicht, sagte aber nichts mehr dazu. Er nickte zu den beiden Katzennäpfen am Boden. »Wo hast du sein Futter?«

Ich wies mit dem Daumen auf eine Tür. »In der Speisekammer. Gleich geradeaus, drittes Regal. Löffel sind dort drüben, in der mittleren Schublade. Du kannst das Zeug danach einfach in die Spüle stellen. Ach, und heute ist übrigens Thunfisch dran.«

»Sag bloß, du verfolgst einen strengen Speiseplan.«

»Ja. Ist das ein Problem?«

Jan rollte mit den Augen und öffnete die Tür. Er verschwand vor sich hin murmelnd in der Kammer. Es hörte sich verdächtig nach *Katzenmenschen* an. Was auch immer das bedeuten sollte.

Ich beschloss, dass er der ehrenvollen Aufgabe, Charlys Futter aus der Dose in seinen Napf zu verfrachten, auch ohne meine Anweisungen gewachsen war. Hüpfend machte ich mich auf den Weg ins Schlafzimmer, um mich umzuziehen. Am unteren Absatz der Treppe stand ich einem großen Problem gegenüber: Ich hatte keine Ahnung, wie ich da hochkommen sollte.

Mein Knöchel tobte unentwegt und war in der Zwischenzeit fast auf das Doppelte seiner Normalgröße angeschwollen. Das konnte nichts Gutes bedeuten. Ächzend sank ich auf der untersten Stufe auf die Knie und begann, auf allen vieren nach oben zu krabbeln. Das war zwar mühselig, sehr schmerzhaft, aber effektiv.

»Was wird das, wenn's fertig ist?«, wollte Jan wissen.

Ich war gerade mal so weit gekommen, dass er mir durch das Geländer direkt in die Augen sehen konnte.

»Ich muss mich anziehen«, erklärte ich schnaufend und schleppte mich weiter.

»Du bist doch total verrückt! Warum musst du dich anziehen? Du hast doch was an.«

Das war nun wirklich typisch Mann. Die Herren der Schöpfung konnten solche Dinge einfach nicht verstehen.

»Meine Klamotten sind zerknittert und stinken. In diesem Aufzug fahre ich nirgendwo hin.«

Jan schüttelte verständnislos den Kopf und wandte sich von mir ab. Leider nur, damit er hinter mir die Treppe hinaufgehen konnte.

Erst versuchte ich noch, ihn zu ignorieren und krabbelte verbissen weiter. Da er mir aber bei jeder Stufe schweigend folgte, fauchte ich schließlich nach hinten: »Hör endlich auf, mir auf den Hintern zu glotzen!«

Er grinste nur frech und zuckte mit den Achseln.

»Geh einfach ins Wohnzimmer. Oder mach dir einen Kaffee oder so was!«, zeterte ich weiter. »Mit deinem Gegaffe machst du es mir auch nicht leichter!«

»Ich bewundere nur deinen Kampfgeist«, sagte er leger.

Na klar, und nur den …

Knurrend sah ich wieder nach oben. Ich hatte noch nicht einmal die Hälfte geschafft. Verdammter Mist! Wütend schob ich mich auf die nächste Stufe.

»Okay, jetzt reicht's.« Jan hielt mir eine Hand hin. »Steh auf.«

Ich haderte kurz mit meinem Stolz. Dann ergriff ich sie doch.

Eigentlich hatte ich geglaubt, dass er sich wieder als Stütze zur Verfügung stellen wollte, doch kaum stand ich aufrecht, bückte er sich ein wenig, drehte mich um und warf mich anschließend einfach über seine Schulter. Wie ein Getreidesack hing ich darüber und wusste nicht, wie mir geschah.

»Hey! Lass mich runter!«, kreischte ich und begann zu zappeln.

»Halt still.«

In meiner jetzigen Haltung blickte ich kopfüber in den gähnenden Abgrund der Treppe. Sofort erstarrte ich.

»Bitte! Lass mich!«, flehte ich. »Ooooooh, ich fall' runter!«

»Entspann dich und vertrau mir. Ich hab dich.«

Wimmernd schloss ich die Augen und krallte mich ängstlich an Jans Shirt. Ich spürte, wie er langsam die Stufen emporstieg. Mit mir auf seiner Schulter. Ohne merkliche Anstrengung.

Krass …

»Ich finde übrigens überhaupt nicht, dass du stinkst«, erwähnte er beiläufig.

Da ich derzeit nicht in der Lage war, mich darüber aufzuregen oder gar zu wehren, gab ich nur ein lang gezogenes »Biiiitteee« von mir.

Jan lachte leise. Ich konnte spüren, dass sein Brustkorb dabei vibrierte.

»Wo ist das Schlafzimmer?«

»Lass mich einfach im Gang runter.«

»Nein. Also, wo ist es?«

Ich seufzte laut. »Nach links. Dritte Tür.«

Seine Schritte veränderten sich. Sie wurden schneller und flacher und das Schaukeln wurde schwächer. Probehalber öffnete ich die Augen und stellte fest, dass wir uns bereits auf dem Gang befanden.

»Du kannst mich wirklich hier runterlassen«, versuchte ich es noch einmal.

»Nein. Weißt du, mir gefällt es irgendwie, dich auf meiner Schulter zu tragen. Aus dieser Perspektive sieht dein Hintern nämlich noch besser aus.«

Wie bitte?

Sofort begann ich wieder zu zappeln und trommelte wild mit meinen Fäusten auf Jans Rücken herum. »Du bist so ein Idiot! Und jetzt lass mich in Ruhe, du Scherzkeks!«

Jan ging unbeeindruckt von meinem Gebaren weiter, während ich zornig einen ganzen Schwall unschöner Worte auf ihn losließ. Im Schlafzimmer stellte er mich auf mein gesundes Bein und wartete geduldig darauf, dass ich meine Schimpftirade beendete.

»… ist wirklich ungeheuerlich. Du bist über alle Maßen ungehobelt und außerdem ein eingebildeter Blödmann!«, schnaubte ich zum Abschluss.

Er betrachtete mich ausdruckslos und sagte: »Ja, meine Mutter hat erwähnt, dass du so über mich denkst.«

Mir verschlug es direkt die Sprache.

»Na ja«, fuhr er fort und sah sich kurz um, »ich denke, hier kommst du alleine zurecht.« Er verließ das Zimmer und schloss die Tür hinter sich.

Ich blieb mit einem schlechten Gewissen zurück. Warum verhielt ich mich Jan gegenüber immer wie die größte Zicke? Klar, mit seinen unangebrachten Scherzen machte er es mir nicht gerade einfach, Ruhe zu bewahren, aber im Grunde war er bisher immer recht nett zu mir gewesen. Vielleicht nicht gerade höflich, aber auch nicht böse oder so was. Trotzdem brachte er mich mit seinen Bemerkungen ständig auf die Palme.

Wieder fragte ich mich, was gestern Nacht wohl zwischen uns vorgefallen war.

Ich war so unbändig wütend auf mich selbst, weil ich die Kontrolle über mich verloren hatte. Und ich war genauso wütend auf Jan. So unschuldig, wie er tat, war er ja wohl auch nicht. Natürlich hatte ich den Alkohol selbst in mich hineingeschüttet, aber ein guter Freund hätte rechtzeitig die Notbremse ziehen müssen.

Da konnte man mal sehen, dass wir keine Freunde waren. Jan hatte zugelassen, dass ich meine ganze Selbstachtung ablegte. Und dann hatte er mich auch noch zu sich nach Hause mitgenommen, um dort mit mir … was auch immer zu machen. Er hatte doch sicherlich bemerkt, dass ich ganz und gar nicht bei Sinnen war!

Aufgebracht hüpfte ich zu meinem Schrank, zerrte frische Klamotten heraus und hopste damit in das kleine Bad, das direkt ans Schlafzimmer grenzte. Ein Luxus, der sich jetzt voll und ganz bezahlt machte.

Der erste Blick in den Spiegel brachte Schreckliches zutage. Meine Haare standen mir im wahrsten Sinne zu Berge. Meine Wimperntusche war verschmiert und mein Gesicht kreidebleich, geschmückt mit hässlichen roten Flecken. Wutflecken, wahrscheinlich.

Auf einem Bein balancierend machte ich mich an die Arbeit, dem Elend ein Ende zu bereiten.

Durch mein Handicap dauerte das natürlich eine ganze Weile und es verging beinahe eine halbe Stunde, bis ich schließlich einigermaßen zufrieden auf den Gang hinaushüpfte.

Jan saß im Schneidersitz auf dem Boden. Charly ruhte entspannt auf seinem Schoß und schnurrte so laut, dass es durch das ganze Haus hallte.

Mieser Verräter.

»Bist du endlich fertig?«, fragte Jan und gähnte demonstrativ.

»Du hättest dir ruhig einen Kaffee machen können«, erwiderte ich schnippisch und hopste an ihm vorbei zur Treppe. Charly würdigte ich dabei keines Blickes.

»So, kleiner Mann«, sagte Jan leise zu dem Verräter, »jetzt muss ich mich wieder um dein Frauchen kümmern. Obwohl es das zum Kotzen findet.«

Nun, da konnte ich wirklich nicht widersprechen.

Skeptisch sah ich nach unten und überlegte kurz, ob ich es schaffen würde, auf nur einem Bein die Stufen zu überwinden.

Jan stellte sich mit verschränkten Armen neben mich. »Und jetzt?«

Trotzig rümpfte ich die Nase und ließ mich auf meinen Hosenboden nieder. Was ich damals als Kleinkind geschafft hatte, würde ich heute ja wohl auch noch hinbekommen. Stufe für Stufe rutschte ich also auf meinem Hintern die Treppe hinunter und versuchte, mir das Brennen in meinem Fuß nicht allzu sehr anmerken zu lassen.

»Ist das dein Ernst?«, wollte Jan wissen.

»Siehst du doch.«

Er runzelte die Stirn. »Du machst dich also lieber zum Affen, als dich von mir tragen zu lassen?«

»Anscheinend.«

»Wie du willst.«

Ich konnte ihn nicht sehen, aber sein abschätziges Schnaufen genügte mir als Antrieb. Mit relativ guter Geschwindigkeit plumpste ich stufenweise nach unten und kam überraschend schnell ans Ziel. Wenn auch unter höllischen Schmerzen. Jeder Aufprall übertrug sich von meinem Knöchel, über meinen Hintern, direkt hoch in meinen Kopf. Als würde mir jedes Mal ein böser Wichtel mit einem kleinen Hammer gegen die Stirn schlagen. Es war wirklich eine Tortur, aber das hätte ich natürlich niemals zugegeben.

Ich zog mich am Geländer hoch und sah triumphierend zu Jan, der kopfschüttelnd am oberen Treppenabsatz verweilte.

»Sehr elegant«, kommentierte er und folgte mir bedächtig nach unten. »Brauchst du deine Handtasche?«

Ich nickte. Jan verschwand in der Küche, um sie zu holen. Als er außer Sichtweite war, erlaubte ich mir, mich kurz vor Schmerzen zu krümmen und leise zu fluchen.

»Können wir jetzt endlich fahren?«

Mist. Er war schneller zurückgekehrt, als ich gedacht hatte, und begutachtete meine Schmerzhaltung mit zusammengepressten Lippen. Schnell straffte ich die Schultern und richtete mich auf, ohne nochmals auch nur mit der Wimper zu zucken. »Ja, können wir.«

»Na, Gott sei Dank.« Er hielt mir die Tasche hin. »Hätte ich den BH auch mitnehmen sollen?«

Mit hochrotem Kopf riss ich meine Handtasche an mich und hüpfte schweigend an ihm vorbei.

Blöder Idiot. Genau diese Sprüche brachten mich zur Weißglut. Warum konnte er nicht einfach mal die Klappe halten?

Die Fahrt zum Krankenhaus verlief ohne größere Vorkommnisse. Jan startete ein paar Mal den Versuch, Small Talk zu betreiben, doch ich starrte nur mit grimmigem Blick geradeaus und brachte im Höchstfall ein genervtes Brummen als Antwort zustande. Irgendwann gab er resigniert auf und drehte das Radio so laut, dass ein Gespräch nicht mehr möglich war. Die Musik hallte durch mein tequilageschädigtes Gehirn und machte meine Kopfschmerzen nicht gerade besser.

Trotzdem war's mir recht. So konnte ich mich wenigstens voll und ganz auf meine Wut konzentrieren.

Kapitel 10

Rund zwei Stunden später verließen wir das Krankenhaus.

Mein rechtes Bein steckte von den Zehen bis knapp unters Knie in einem dicken Plastikgips, der in dezentem Neonpink erstrahlte.

Als mich die Schwester gefragt hatte, welche Farbe ich denn haben wolle, war ich nicht ganz bei mir gewesen. Zu geschockt war ich von der Diagnose des Arztes: Bruch des Außenknöchels.

Er versicherte mir, dass dies keine Katastrophe war. Der Bruch wäre nicht verschoben und sollte ohne Operation nach vier Wochen Ruhigstellung vollständig ausgeheilt sein.

Vier Wochen im Gips? Das sollte keine Katastrophe sein?

Beinahe apathisch hatte ich mir den geplanten Behandlungsablauf angehört und nur schweigend dazu genickt.

Die erste Woche sollte ich am besten gar nicht mit meinem kaputten Fuß auftreten. Nach einer weiteren Röntgenkontrolle würden wir dann weitersehen. Bis dahin hochlagern, kühlen, Schmerzmittel und jeden Tag eine Spritze in den Bauch, die mich vor einer Thrombose bewahren sollte. Und die ich mir anscheinend irgendwie selber verpassen musste (Wäh!).

Das Ganze war definitiv eine Katastrophe!

Wenigstens wurden mir Gehstützen ausgehändigt, mit denen ich mich nun auch ohne Jans Schulter fortbewegen konnte. Außerdem musste ich zugeben, dass sich die Schmerzen in meinem Knöchel durch den Gips nun in einem erträglichen Maß hielten.

Trotzdem …

Ungelenk ließ ich mich auf den Beifahrersitz fallen und schaffte es nach einigen Verrenkungen, die Krücken zwischen meinen Beinen unterzubringen. Ich kaute unentwegt an der Innenseite meiner Wange. Erst auf der Hauptstraße unterbrach Jan das eisige Schweigen zwischen uns.

»Es hätte schlimmer kommen können«, versuchte er, mich aufzumuntern.

»Ach so? Was könnte denn bitte schön noch schlimmer sein?«, fragte ich. Meine Stimme bebte vor unterdrückter Wut.

»Na ja, stell dir vor, man hätte es operieren müssen. Das wäre schon schlimmer, oder?«

»Pah! Das wäre doch genau der gleiche Mist.«

»Das glaube ich nicht. Mit einer Operation würde es bestimmt noch länger dauern.«

Ich überging seinen Einwand und fluchte herzhaft: »So ein beschissener Scheißdreck!«

»Und die Farbe von dem Gips ist klasse. So, wie der leuchtet, brauchst du keine Angst zu haben, in der Nacht aus Versehen überfahren zu werden.« Jans darauffolgendes Lachen ließ mich endgültig die Beherrschung verlieren.

»Du findest das natürlich lustig, schon klar. Weißt du was? Ich finde das absolut nicht zum Lachen! Wahrscheinlich werde ich nach dieser ganzen Scheiße überhaupt nie mehr lachen können!«

»Jetzt übertreibst du aber.« Er grinste schief.

»Ich übertreibe?«, fragte ich grell. »Ganze vier Wochen bin ich jetzt behindert und kann nicht mehr richtig arbeiten! Ich kann ja nicht einmal mehr Auto fahren, wie soll ich denn da ins Büro kommen, hä? Ich bin total invalid und abhängig. Und das alles nur wegen diesem beschissenen Tequila! Hätte ich mir nicht das Hirn weggesoffen, dann wäre ich niemals bei dir gelandet und … Na, dann wäre diese ganze Scheiße nicht passiert! Ich habe komplett die Kontrolle verloren, mich wie ein Flittchen aufgeführt und ich hasse mich dafür!«

Während ich tobte, veränderte sich Jans Gesichtsausdruck merklich. Seine anfängliche Erheiterung war verschwunden. Angespannt starrte er auf die Straße.

»Also, wenn es dich beruhigt«, sagte er dann, »wir hatten gestern keinen Sex.«

Schnaufend sah ich ihn an. »Hatten wir nicht?«

»Nein.«

Sagte er die Wahrheit? Ich musterte sein Profil und forschte kurz nach den Anzeichen einer möglichen Lüge. Er sah zwar weiterhin geradeaus, wirkte aber durchweg ehrlich.

Erleichtert sank ich in meinen Sitz zurück. »Oh, Gott sei Dank!«

Ich war zwar immer noch invalid, aber diese Information beruhigte mich tatsächlich ungemein. Zumindest war ich kein invalides Flittchen mehr. Dass ich nackt neben meinem Nachbarn geschlafen hatte, war zwar auch nicht ladylike, aber immer noch besser, als *mit* ihm geschlafen zu haben.

Eine Weile sagten wir beide nichts mehr und hingen unseren eigenen Gedanken nach.

»Was wäre eigentlich so schlimm daran, wenn wir es getan hätten?«, fragte Jan plötzlich.

»Wie bitte?«

»Du hast mich schon verstanden.«

Er gab sich gelangweilt, doch ich bemerkte durchaus, wie sehr ihn meine Antwort interessierte.

»Na, das liegt doch wohl auf der Hand«, meinte ich verwundert.

»Also findest du One-Night-Stands im Allgemeinen schrecklich?«, hakte er nach.

Was soll das denn jetzt?

Vorsichtig schielte ich zu ihm hinüber. »Sag mal, worauf willst du eigentlich hinaus?«

Er sah mich kurz nachdenklich an. Dann winkte er ab. »Ach, vergiss es.«

Obwohl er keine Miene verzog, fühlte ich, dass ihn irgendetwas beschäftigte. Gerade als ich ihn danach fragen wollte, begann meine Tasche zu vibrieren. Ich zog mein Handy heraus und sah auf das Display. Es war Nici.

Ich nahm das Gespräch an. »Hallo?«

»Hey, Partyqueen! Hast du deinen Rausch ausgeschlafen?«

Ich überlegte kurz, ob ich gleich an Ort und Stelle ein Donnerwetter über ihr loslassen sollte, entschied mich aber dann doch dagegen.

»Am besten kommst du in einer halben Stunde bei mir vorbei«, sagte ich knapp.

»Ist alles in Ordnung?«

»Nein. Aber das klären wir später.«

Sie war hörbar irritiert, fragte aber nicht weiter nach. »Ähm, okay. Bis dann!«

»Ciao.«

Kaum hatte ich das Gespräch beendet, drehte Jan das Radio lauter. Er wollte sich offensichtlich nicht weiter mit mir unterhalten. Ich fand das zwar seltsam, akzeptierte aber seinen Wunsch.

Auch als ich kurze Zeit später aus seinem Audi kletterte, gab er sich ungewohnt reserviert. Während ich noch meine Krücken sortierte, räusperte er sich vernehmlich.

»Brauchst du noch irgendetwas?«

»Nein. Nici kommt dann eh gleich vorbei.«

»Okay, bis bald.«

Er wandte sich bereits zum Gehen. Ich gab mir selbst einen Ruck.

»Vielen Dank!«, rief ich ihm nach.

»Hey, wozu sind Nachbarn denn da?«, meinte er schulterzuckend und lächelte mich an.

Das Lächeln war nicht richtig. Es sah nicht nach Jan aus. Keine Grübchen weit und breit.

»Ähm. Ja. Trotzdem. Danke noch mal«, stotterte ich irritiert.

Er hob nur kurz eine Hand zum Gruß und verschwand in seinem Haus. Kopfschüttelnd humpelte ich auf meinen Gehstützen hinüber zur Nummer 24 und fragte mich, was Jans notorische gute Laune so plötzlich getrübt haben könnte.

War es mein – zugegeben – anstrengendes Gezeter, das ihm schlichtweg auf die Nerven gegangen war, oder hatte es doch eher etwas mit der gestrigen Nacht zu tun?

Je mehr ich darüber nachdachte, umso seltsamer kam mir seine Frage von vorhin vor. Was wollte er damit herausfinden? Und warum gab er sich daraufhin so verschlossen?

Er war doch nicht etwa beleidigt, weil ich dem vermeintlichen Sexabenteuer zwischen uns nicht mit einem Jubelschrei begegnet war?

Tatsächlich passte diese Erklärung am ehesten zu Jans Verhalten. Er war wohl in der Tat gekränkt, dass eine Liebesnacht mit ihm für mich nicht infrage kam. Eine solche Reaktion seitens der Frauenwelt war er anscheinend nicht gewohnt.

Tja, mein Mitleid hielt sich in Grenzen. Für sein Selbstwertgefühl war ich ja nun wirklich nicht zuständig. Sollte er doch Oriental-Tina nach ihrer Meinung fragen, die würde bestimmt anders reagieren!

Nici lümmelte mit großen Augen in meinem Sessel und hörte mir zu. Ich schilderte ihr mit knappen Worten das, was ich über die letzte Nacht wusste, und den bisherigen Verlauf des Tages und machte sie eindringlich auf die Verletzung ihrer Aufsichtspflicht als beste Freundin aufmerksam. Die Dramatik meines Vortrags wurde durch meinen Beinbruch erheblich gemindert. Eigentlich wäre ich wild gestikulierend auf und ab gelaufen, doch jetzt thronte ich eingebettet zwischen unzähligen Kissen, den pinken Gips fürsorglich hochgelagert, auf meinem Sofa. Gestikulieren tat ich zwar trotzdem, doch direkt eindrucksvoll wirkte das wohl eher nicht.

Als ich letztendlich wutschnaubend die Arme verschränkte, war das Erste, was Nici dazu einfiel: »Ihr hattet wirklich keinen Sex?«

Na, aber hallo! Was war daran so verwunderlich?

»Entschuldige mal! Ich bin schwer verletzt und das ist das Einzige, was dich interessiert?«, maulte ich.

Sie grinste frech. »Ja. Weil – gestern habt ihr nämlich schon so ausgesehen, als würdet ihr euch blendend verstehen. Wenn du weißt, was ich meine …«

»Das weiß ich eben nicht! Besser gesagt, nicht *mehr*. Also, wenn du bitte so gnädig wärst, mich aufzuklären?«

Charly trottete unterdessen gemächlich heran. Er schnupperte misstrauisch an dem pinken Ungetüm, das an meinem Knie befestigt war. Nach einer Weile stufte er es als ungefährlich ein und sprang zu mir auf das Sofa, um sich kraulen zu lassen.

»Na ja, so richtig viel erzählen kann ich dir da auch nicht«, meinte Nici langsam. »Gaby und ich haben uns extra von dir ferngehalten, weil ihr euch allem Anschein nach prächtig unterhalten habt. Irgendwann sind Jans Leute dann abgezischt. Die Schwarzhaarige kann dich übrigens nicht ausstehen … Jedenfalls haben wir dir kurz darauf gesagt, dass wir auch gehen. Du wolltest unbedingt noch bleiben, deswegen sind wir dann halt ohne dich nach Hause.«

»Und da hast du nicht bemerkt, dass ich vollkommen besoffen war?«, fragte ich grimmig. »Da war ich es nämlich bestimmt schon. Sonst könnte ich mich ja noch daran erinnern.«

»Ja freilich hab ich das bemerkt! Das wäre ja noch schöner!« Sie kicherte verhalten. »Du hast schließlich schon wie eine Klette an seinem Arm gehangen, um nicht umzufallen.«

Was daran so witzig war, entzog sich meiner Kenntnis. Ich war stinksauer.

»Warum hast du mich dann nicht nach Hause gebracht?«, fuhr ich sie an.

Nici schürzte beleidigt die Lippen. »Du wolltest doch unbedingt dableiben. Außerdem hatte Jan mir versprochen, sich gut um dich zu kümmern. Und das habe ich ihm geglaubt. Er war nämlich nicht einmal halb so betrunken wie du.«

»Waaas? Ja, das wird ja immer besser! Da konnte er mich ja erst recht manipulieren!«

»Wie meinst du das denn jetzt?«

»Wenn Jan nicht betrunken war, dann hat er mich sozusagen vollkommen bewusst mit zu sich genommen, um mich auszunutzen!«

»Sollte das seine Absicht gewesen sein, dann hat er aber irgendwas falsch gemacht«, meinte Nici trocken.

»Hä?«

Sie seufzte und verknotete ihre Beine zum Schneidersitz. »Denkst du nicht, dass er es hätte tun können, wenn er gewollt hätte? Mit dir schlafen, meine ich.«

»Niemals!«, rief ich entrüstet, wobei ich davon selbst nicht ganz überzeugt war. Nur die Raupe in der Flasche wusste, wozu ich nach ausgiebigem Tequila-Konsum tatsächlich fähig war.

Nici dachte genauso, denn sie schüttelte energisch den Kopf. »Süße, im Suff hättest wahrscheinlich selbst du nicht mehr Nein sagen können zu diesem Schnuckelchen.«

»Pfff!«

»Nix ›Pfff‹! Dein Nachbar ist so heiß, dass sich jede Frau gerne die Finger an ihm verbrennen würde.«

»Tu dir keinen Zwang an.«

Sie winkte ab. »Ach nee, unter Freundinnen teilt man nicht. Außerdem gefällt mir sein blonder Kumpel sogar noch besser. Weißt du zufällig, wie der heißt?«

»Stefan. Was meinst du überhaupt mit *teilen*? Da gibt's nichts, was wir teilen könnten!«

»*Stefan* …«, wiederholte Nici verträumt. »Hat er eine Freundin?«

Eigentlich wollte ich nicht vom Thema abschweifen, aber ihr hoffnungsvolles Gesicht machte es mir nicht leicht. »Keine Ahnung. Warum hast du ihn denn nicht selbst gefragt?«

»Tja, dumme Sache. Ich hab den Adonis leider erst so richtig wahrgenommen, als er gerade zur Tür raus ist.«

Ob man Stefan nun wirklich als Adonis bezeichnen konnte, ließ ich einfach mal im Raum stehen.

»Wenn ich ihn wieder mal sehe, frag ich ihn«, bot ich an.

»Oh, das würdest du tun?«

»Natürlich«, antwortete ich und rümpfte pikiert die Nase. »*Ich* lasse meine Freundin nämlich nicht im Stich.«

Nici hatte für meinen Vorwurf nur ein mildes Lächeln übrig. »Gut. Wenn du willst, kann ich Jan gerne mal fragen, warum er dich eigentlich mit nach Hause genommen hat …«

»Untersteh dich!«

»Wieso? Freundinnen sollten sich doch gegenseitig helfen, oder?«

Zur Strafe warf ich ein Kissen nach ihr. Sie fing es geschickt auf und knetete es wie einen Pizzateig.

»Jetzt im Ernst«, sagte sie dann. »Warum fragst du ihn nicht einfach, was wirklich passiert ist? Vielleicht gibt es ja eine simple Erklärung für deine Übernachtung bei ihm.«

Ich wölbte die Brauen und sah sie vielsagend an. »Mein BH hing an der Deckenlampe.«

»Nein!«

»Die Erklärung dafür möchte ich gar nicht wissen.«

Nici hielt sich das Kissen vors Gesicht und prustete hinein. »Ach, du Scheiße! Also *ich* würde nur zu gern erfahren, was du da gestern getrieben hast.«

»Schon klar.« Ich lehnte mich nach hinten und sah an die Decke. »Aber erst müssen wir uns etwas für die Arbeit einfallen lassen. Autofahren kann ich ja schlecht, deshalb müsstest du mich jeden Morgen abholen und ins Büro fahren. Die Außentermine muss ich wohl streichen, aber alles andere kann ich auch im Sitzen erledigen.«

»Das kannst du gleich wieder vergessen. Du bist krank – und aus. Die paar Wochen schaffen Gaby und ich auch ohne dich«, widersprach Nici überzeugt.

»Du kannst mich doch hier nicht verrotten lassen!«

»Oh, das kann ich sehr wohl. Und Gaby wird dich auch nicht holen, da brauchst du gar nicht so zu gucken. Du wirst schön brav zu Hause bleiben und deinem Bein Ruhe gönnen.«

»Aber …«

»Nix, aber! Wenn dir das nicht passt, dann must du halt Jan fragen, ob er dich fährt!«

Das würde ich natürlich niemals tun, das wusste Nici ganz genau. Diese Ziege! Eine Weile fixierten wir uns gegenseitig kampflustig. Irgendwann musste ich mir eingestehen, dass ich hierbei zweifellos den Kürzeren zog.

»Na toll!«, rief ich aus. »Und was soll ich die ganze Zeit über machen? Ich werde mich zu Tode langweilen!«

»Meine Güte, du hörst dich an wie ein kleines Kind! Das wirst du schon überleben!«, herrschte Nici mich an.

Das Argument zog. Wie ein Baby wollte ich mich auf gar keinen Fall aufführen. Trotzdem konnte ich es nicht unterlassen, meiner Freundin einen Flunsch zu zeigen und beleidigt aus dem Fenster zu glotzen.

Nici versprach mir unterdessen hoch und heilig, dass sie täglich einmal vorbeischauen würde, damit es mir an nichts fehlte. Außerdem gäbe es ja immer noch eine Erfindung namens Telefon, die man im Notfall benutzen könnte. Und überhaupt hätte ich zudem noch einen überaus hilfsbereiten Nachbarn, der sich bestimmt gerne um mich kümmern würde …

Ich bockte nur vor mich hin, badete in Selbstmitleid und fragte mich, warum Nici eigentlich meine beste Freundin war.

Als sie sich verabschiedet hatte, rief ich erst mal meine Eltern an.

Meine Mutter war über meinen Beinbruch geradewegs schockiert. Nur mit Mühe konnte ich sie am Telefon davon überzeugen, dass es absolut nicht nötig war, sofort in den Flieger zu steigen und zu mir zu eilen. Meine Nerven waren so schon strapaziert genug, da wäre es geradezu fatal, wenn sie wie eine aufgescheuchte Glucke um mich herumwuseln würde. Ein Amoklauf meinerseits wäre gewissermaßen vorprogrammiert.

O nein, da wollte ich mich lieber alleine durchbeißen. So ein Gips war schließlich kein Beinbruch … ähm, oder so.

Von so einer Lappalie würde ich mich nicht zermürben lassen!

Obwohl ich mir schon bald gewisse Schwächen eingestehen musste …

Zum Beispiel wollte ich mich gleich nach dem Gespräch mit meinen Eltern mit einer Tasse Kaffee auf die Terrasse begeben, um wenigstens aus dem Rest des sonnigen Tages das Beste herauszuholen. Die Schmerztabletten für mein Bein hatten den tollen Nebeneffekt, mein alkoholbedingtes Kopfweh beinahe besiegt zu haben. Eine gehörige Portion Koffein sollte wohl den Rest ausmerzen können. Das Bedienen des Vollautomaten stellte hierbei keinerlei Schwierigkeiten dar. Kompliziert wurde es erst, als ich feststellen musste, dass es vollkommen unmöglich war, eine volle Tasse zu tragen, wenn man gleichzeitig auf zwei Gehstützen angewiesen war.

Verdammter Kackmist!

Eine Zeit lang stand ich fluchend in der Küche herum und trommelte wütend mit den Händen auf die Arbeitsplatte. Mein Rumpelstilzchen-Getue wurde schließlich sogar Charly etwas zu viel, deswegen floh er vorsorglich in den ersten Stock.

Na schön. Erst mal tief durchatmen!

Ich befolgte meine eigene Anweisung und bemühte mich um Ruhe. Was sollte es bringen, auf alles und jeden wütend zu sein? Gar nichts.

Seufzend wischte ich mir die Haare aus der Stirn und blickte nachdenklich auf die Tasse. Ein Plan musste her. Ich sah gar nicht ein, dass ich keinen Kaffee in der Sonne genießen sollte. So ein paar Krücken würden mich davon bestimmt nicht abhalten!

Entschlossen kramte ich meine Thermoskanne heraus, befüllte sie mit frisch aufgebrühtem Kaffee und packte sie, zusammen mit einer Tasse, einer Packung Keksen und zwei Zeitschriften in meine Handtasche.

Zufrieden humpelte ich mit meinem behelfsmäßigen Picknickkorb auf die Terrasse. Hoch motiviert stelzte ich anschließend noch ums Haus herum zum Briefkasten und holte die Sonntagszeitung. Voller Stolz, als hätte ich gerade das olympische Feuer getragen, ließ ich mich schließlich, ein wenig außer Atem, auf der Gartenbank nieder.

Nichts konnte mich bezwingen!

Auch nicht das gescheckte Ungeheuer, das meine Anstrengung neugierig von Nachbars Garten aus beobachtete. Ungerührt breitete ich mein Picknick auf dem Tisch aus. Ich nahm einen Keks, sah zu Lilly und biss genüsslich hinein.

»Mhmhm«, schwärmte ich laut.

Lilly wedelte hoffnungsvoll mit dem Schwanz.

Gehässig schüttelte ich den Kopf. »Das kannste vergessen!«

Die Minikuh winselte leise.

Ich starrte sie böse an. »Geh Platz!«

Lilly legte den Kopf schräg. Hätte sie Augenbrauen gehabt, dann hätte sie diese fragend hochgezogen. Da war ich mir sicher.

»Jaaa! Geh Platz! Platz!«

Die Hündin bellte und ging spielerisch auf die Vorderpfoten. Ich verdrehte über so viel Dummheit die Augen und ging wieder in die altbewährte Ignorationshaltung über, bis der Köter endlich sein Interesse verlor und von dannen zog.

Kapitel 11

Ich war gelangweilt. Und gefrustet.

Mein neues Leben mit Gipsbein ging mir tierisch auf die Ketten und ich sehnte verzweifelt den Tag herbei, an dem ich das pinke Ungetüm wieder loswurde.

Dabei waren gerade einmal die ersten vierundzwanzig Stunden vergangen …

Nach meinem dritten Anruf im Büro erließ Nici, ich dürfe ab sofort das Telefon nur noch für Notfälle benutzen. Danach ging sie einfach nicht mehr ran, was mir im Notfall ja kaum was nützen würde. Wütend wies ich sie per SMS auf diesen Umstand hin, was sie nur mit *Gib endlich Ruhe!* beantwortete.

Gaby erklärte mir am Handy, Nici hatte ihr verboten, mit mir zu sprechen. Ich solle doch bitte meinen unerwarteten Urlaub genießen und auf das Können meiner Mitarbeiter vertrauen.

Das zeigte mir recht deutlich, dass ich in meiner eigenen Firma nicht wirklich viel zu sagen hatte. Ich sollte mich dringend mit konsequenter Personalführung beschäftigen. Zeit genug hatte ich ja jetzt.

Viel Zeit.

Viel zu viel Zeit – Zeit, mit der ich absolut nichts anfangen konnte, weil ich körperlich komplett eingeschränkt war.

Das hielt mich freilich nicht davon ab, andauernd herumzuwuseln und mir verzweifelt irgendwelche sinnvollen Beschäftigungen zu suchen. Solche gab es in Haus und Garten zwar zur Genüge, aber die meisten davon verlangten Standfestigkeit und zwei freie Hände. Für mich war es unbegreiflich, wie manche Menschen mit nur einem Arm oder gar keinem ihren Alltag bewältigen konnten. Wirklich unglaublich. Diese Leute verdienten uneingeschränkten Respekt.

Ich war schon mit meinem vergleichsweise lächerlichen Handicap komplett überfordert.

Bei dem Gedanken an diese starken Menschen schämte ich mich für mein eigenes Gejammer und das brachte mich schließlich auch dazu, endlich die Zähne zusammenzubeißen.

Eigentlich konnte ich doch alles machen, was mir einfiel! Ich brauchte nur eine wohlüberlegte Vorgehensweise und etwas mehr Zeit als sonst. Und von der hatte ich, wie bereits erwähnt, nun reichlich.

Zu allererst musste ich mir überlegen, wie ich ohne meine Hände verschiedenste Dinge mit mir herumtragen konnte. Da ich mit meinem gebrochenen Bein nicht auftreten durfte, war ich komplett auf die beiden Gehstützen angewiesen. Bräuchte ich nur eine, wäre vieles leichter gewesen. Die ärztliche Anweisung beachtete ich aber trotzdem gewissenhaft, wenn auch nur aus dem Grund, dass mein Knöchel höllisch zu pochen anfing, sobald ich meinen Fuß belastete.

Mir fiel auf, dass ich wohl der einzige Mensch in Deutschland war, der keinen Rucksack besaß. Nur zu gut konnte ich mich daran erinnern, wie ich meinen alten Rucksack einst aus meinem Haushalt verbannte, in der Annahme, ihn sowieso nicht mehr zu benutzen. Und wenn, dann würde ich mir einen neuen kaufen. Einen, auf den nicht mit Filzstift diverse Teenagersprüche gemalt waren. Tja, jetzt wäre ich froh darüber gewesen …

Wenigstens hatte ich in weiser Voraussicht meine Gürteltasche behalten. Eigentlich mit dem Gedanken, sie vielleicht einmal bei einer Radtour gebrauchen zu können. Ich war zwar nie dazu gekommen, mir ein Fahrrad anzuschaffen, aber jetzt barg ich das dunkelblaue Täschchen aus den Tiefen meiner Garderobe wie einen verlorenen Schatz.

Glückselig schnallte ich mir meinen Fund um die Taille. Dass ich den Gurt um einiges weiter machen musste, trübte meine Laune nur ein wenig. Viel betrüblicher war das doch recht bescheidene Fassungsvermögen. Im Grunde passte wohl in meine Hosentaschen dasselbe rein.

Aufgeben wollte ich trotzdem noch nicht. Schließlich musste dringend der Garten gegossen werden und ich hatte keine Lust zu warten, bis Nici sich heute endlich zu einem Krankenbesuch herabließ. Einen winzigen Augenblick lang dachte ich daran, einfach Jan um Hilfe zu bitten. Den Gedanken verwarf ich jedoch genauso schnell wieder, wie er gekommen war. Auf keinen Fall würde ich meine Hilflosigkeit vor ihm demonstrieren! Mein werter Herr Nachbar würde nur wieder seine unterbelichteten Witze auf mich abfeuern und mich restlos in den Wahnsinn treiben. O nein, bis es so weit käme, würde ich mir schon was Besseres einfallen lassen!

Halloho! Ich hab schließlich Abitur!

Durfte doch wohl nicht wahr sein, dass meine Bildung zu gar nichts nütze sein sollte, oder?

Grübelnd durchforstete ich die Schubladen meiner Kommode im Flur, in der Hoffnung von einem Geistesblitz erhellt zu werden.

Sieben Jahre Gymnasium, die Kenntnis von binomischen Formeln und der Satz des Pythagoras ließen mich letztendlich nach einer Rolle Allzweckschnur greifen. Zufrieden wog ich sie in der Hand und fragte mich, warum mir zuvor nie das bahnbrechende Ausmaß dieser Erfindung bewusst gewesen war. Mit dieser braungrauen Kordel konnte man wahnsinnig tolle Sachen machen! Wie zum Beispiel Schlaufen an die unterschiedlichsten Dinge knoten, damit man sie sich um den Hals hängen konnte. Der Erfinder hatte damals hoffentlich den Nobelpreis bekommen.

Völlig überwältigt von meiner Entdeckung gickelte ich laut und verstaute die Rolle in meiner Gürteltasche. Dazu noch eine handliche Schere und schon war ich bereit.

Im Krankenhaus hatte mich die Schwester mindestens zwanzigmal darauf hingewiesen, dass der Gips nicht und auf gar keinen Fall nass werden durfte. Was beim Gartenbewässern aber unweigerlich vorkam. Deswegen stülpte ich kurzerhand eine Plastiktüte über mein Gipsbein und schnürte diese mit meiner neuesten Lieblingserfindung fest. Zufrieden betrachtete ich meinen Designer-Aldi-Tüten-Stiefel. Da sollte noch mal einer sagen, dass Abiturienten reine Theoretiker waren!

Charly fand mein neues Schuhwerk auch total klasse. Wobei er hauptsächlich den zwei Enden der Schnur zugetan war, statt dem tollen Look an sich. Eine Weile war ich schwer damit beschäftigt den Kater davon abzuhalten, mein adrettes Beinkleid mit seinen Krallen gleich wieder zu zerstören. Er war so fasziniert von den wedelnden Schnüren vor meinem Schienbein, dass er mir sogar in den Garten folgte und darüber hinaus die vom Nachbargrundstück drohende Gefahr vollkommen vergaß. Der erste Käfer, der seinen Weg kreuzte, lenkte ihn dann endlich doch von mir ab, sodass ich meinen Plan ausführen konnte.

Mit meiner Wunderschnur bastelte ich an meinen Hosenbund eine Schlaufe, in die ich die Handbrause des Gartenschlauchs wie eine Pistole einhakte. Ich drehte den Außenhahn auf und marschierte entsichert und geladen zu meinem ersten Einsatz – dem Kräuterbeet.

Mein Gott, ich war ein verdammtes Genie!

Gebt mir eine Schnur und nichts kann mich mehr aufhalten!

Ach nein, das klang dann doch zu sehr nach MacGyver …

Beet für Beet zog ich meine Runde durch den Garten und fühlte mich unbezwingbar. Ha, von so einem bisschen Gips ließ ich mich nicht unterkriegen! Ich nahm mir fest vor, das später dann auch Nici klarzumachen, damit sie mich morgen doch ins Büro mitnahm. Wenn ich fähig war, mit meinem gebrochenen Bein den Garten zu wässern, dann würde ich doch wohl auch ein bisschen Schreibarbeit bewältigen können. Dagegen konnte selbst Nici nichts einwenden.

Systematisch schritt ich mein Grundstück ab, der Gartenschlauch wie eine anhängliche Boa hinter mir her schlängelnd. Der letzte Abschnitt war die Bepflanzung am Nachbargrundstück entlang. Erst jetzt blickte ich hinüber und vergewisserte mich, dass Jan mich nicht schon die ganze Zeit beobachtete. Das tat er nicht. Zumindest konnte ich ihn nirgends sehen. Erleichtert besprenkelte ich eilig meine Rosen, um Operation Gartenschlauch schnellstmöglich abzuschließen.

Leider nicht schnell genug.

Als hätte er meine Befürchtung geahnt, trat Jan aus seinem Haus und blickte sofort zu mir. Erst legte er kurz seine Stirn in Falten, doch dann winkte er mir grinsend zu. Weil ich mit einer Hand die Krücken hielt und mit der anderen die Wasserbrause, konnte ich ihm nur grüßend zunicken. Jan schlenderte gemächlich an den Gartenzaun, während die Minikuh wenig anmutig um ihn herumsprang. Charly fuhr vor Entsetzen senkrecht in die Luft, schmiss einen Buckel und floh wild fauchend ins Haus.

Ich bedachte Jan daraufhin mit einem vorwurfsvollen Blick, den er gekonnt ignorierte. Lässig stützte er sich mit seinen Unterarmen auf den Zaun und betrachtete interessiert meinen improvisierten Schlauchhalter.

»Brauchst du Hilfe?«, fragte er.

»Ich komm klar«, antwortete ich, trotziger als eigentlich beabsichtigt. »Sieht man das nicht?«

Seine Augen wanderten tiefer und blieben an meinem Gips-Schutz hängen. Er schmunzelte. »Du hast recht. Wie bin ich nur auf den Gedanken gekommen, dass du Hilfe brauchen könntest?«

»Keine Ahnung«, murmelte ich.

Sein Tonfall bewegte sich bereits gefährlich nahe zur Provokation und ich musste mich ernsthaft zusammenreißen, um nicht auszuflippen. Ich verstand eigentlich selbst nicht, warum Jan mich mit seinen Spötteleien so derart aus der Bahn warf. Er hatte ja noch nicht einmal etwas wirklich Schlimmes gesagt und schon begann ich, an der Innenseite meiner Wange zu kauen. Er hatte irgendetwas an sich, das meine Nerven schon durch sein pures Antlitz bis aufs Äußerste strapazierte. Und wenn er dann auch noch sein schelmisches Grinsen aufsetzte – so wie jetzt –, machte er aus mir sozusagen eine tickende Zicken-Bombe.

»Hey, ich steh auf deinen neuen Look«, feixte Jan und deutete auf meine Gipstüte. »Wie nennt man das? *Ed Aldi*?«

Gelangweilt humpelte ich zum nächsten, ungegossenen Beetabschnitt. »Musst du eigentlich irgendwann mal arbeiten?«, fragte ich anstelle einer Antwort. (Obwohl »Ed Aldi« schon ziemlich witzig war …)

»Ich arbeite von zu Hause aus, weißt du nicht mehr?«

Natürlich wusste ich das, aber darum ging's ja auch gar nicht.

»Und hast du heute nichts zu erledigen? Außer mir auf die Nerven zu gehen?«

Jan schüttelte tadelnd den Kopf und schnalzte missbilligend mit der Zunge. »Ach, sei doch nicht immer so hart zu mir, Susilein!«

Susilein? Allein dafür hatte er eine Kopfnuss verdient!

»Übrigens bin ich gerade am Arbeiten«, sprach er weiter, weil ich nur verbissen auf den Wasserstrahl starrte. »Ich wollte nur eine kleine Pause machen und da kommt mir so ein kleiner Nachbarschaftsplausch ganz gelegen.«

Na klar …

»Musst du nicht mal auf Tour gehen, oder so was?«, wollte ich hoffnungsvoll wissen.

»Auf Tour?« Er sah mich kurz verständnislos an. »Ach so! Du meinst die Sache mit der Band?«

Jetzt war ich an der Reihe verständnislos zu gucken. Was sollte ich denn sonst gemeint haben?

»Nein, ich habe momentan … Tourneepause«, erklärte Jan.

Aha? Aber was trieb er denn dann die ganze Zeit, wenn er von Arbeit sprach?

Ich wollte ihn gerade danach fragen, doch er kam mir zuvor. »Noch mal zurück zu deinem neuen Style. Ich wollte dir nur sagen, dass dir die Aldi-Farben hervorragend stehen. Sie bringen deine Knie so richtig schön zur Geltung.«

Sofort ärgerte ich mich, dass ich mich heute Morgen für meine knappen Shorts entschieden hatte. Und gleichzeitig ärgerte ich mich darüber, dass ich mich ärgerte. Sollte ich mich vor meinem Nachbarn auch noch für meine kurzen Hosen rechtfertigen?

»Ich habe hübsche Knie!«, hörte ich mich selbst laut sagen.

Waaaaaas?

»Na, daran besteht kein Zweifel, Susi«, bestätigte Jan wohlwollend.

»Du sollst mich nicht so nennen!«

»Och, ich dachte, du hättest dich langsam daran gewöhnt …«

»NEIN! Und hör sofort auf, meine Knie anzustarren!«

Jan lächelte amüsiert. Bemerkte er denn nicht, dass er kurz davor war, das Opfer einer Affekttäterin zu werden?

Das tat er offensichtlich nicht, denn er sagte mit bedeutungsschwerem Blitzen in den Augen: »Nichts gegen deine Knie, aber ich habe schon interessantere Teile deines Körpers ges…«

Der Rest des Satzes ging in ein überraschtes Keuchen über, als ihn der Strahl meines Gartenschlauchs direkt im Gesicht traf.

»Dein Hirn braucht wohl öfter mal eine Abkühlung!«, höhnte ich noch, bevor ich die Brause in dem selbst gebastelten Halfter verstaute und würdevoll davonhumpelte.

Sofern man überhaupt würdevoll humpeln konnte.

Ich war noch nicht sehr weit gekommen, als ich von einem Schwall eiskalten Wassers zwischen den Schulterblättern getroffen wurde. Automatisch machte ich einen Ausfallschritt nach vorne, der sofort mit einem scharfen Schmerz in meinem kaputten Knöchel bestraft wurde. Fluchend fuhr ich herum zu meinem Angreifer.

»Was soll der Scheiß? Ich hab ein gebrochenes Bein, Mann!«, keifte ich.

Jan zwinkerte mir mit erhobener Schlauchpistole über den Zaun hinweg zu. »Ach, ich hatte eigentlich nicht den Eindruck, als würde dich das aufhalten können.«

Meine Güte, wo hatte er den Schlauch so schnell hergehabt?

»Der Gips darf nicht nass werden!«, zitierte ich streng die Worte der Krankenschwester.

»Hast du gar kein Vertrauen in deine eigene Konstruktion?« Er zielte auf meinen Tüten-Stiefel und machte Anstalten, das Wasser aufzudrehen.

»Untersteh dich!«, mahnte ich, während ich unauffällig an meiner Handbrause herumschraubte, um den Strahl härter zu stellen.

»Was ist denn? Hast du etwa Angst?«, fragte Jan in dem Tonfall eines Kleinkindes.

»Vor dir etwa? Ha! Du legst dich gerade mit einer Einbeinigen an! Das ist schon ziemlich schwach, findest du nicht?«

»Jetzt bist du also doch hilflos? Nein, ich glaube eher, dass du feig bist!«

Er lachte laut auf, und mir legte es kurzerhand einen Schalter im Gehirn um.

Feig?

Ich stieß meine rechte Gehstütze von mir, zog blitzschnell meine Handbrause aus der Schlaufe und drückte ab.

Wieder traf ich Jan mitten im Gesicht, doch diesmal erwiderte er meinen Angriff umgehend. Kreischend versuchte ich, mich vor dem feindlichen Wasserstrahl zu schützen und dabei gleichzeitig meinen Nachbarn von den Beinen zu pusten. Keine leichte Aufgabe, wenn man wegen mangelnder Hände nicht einmal in Deckung gehen kann.

Es war wirklich ein unfairer Kampf. Trotzdem standen wir einander in puncto Treffsicherheit in nichts nach. Obwohl Jan durchaus hätte ausweichen können, waren wir beide schon nach Sekunden gleichermaßen pudelnass. Und eines stand für mich fest: Niemals würde ich meine Position verlassen und klein beigeben!

Deswegen war ich doch froh, als Jan endlich rief: »Brake! Brake! Waffenstillstand!«

»Du zuerst!«, forderte ich gurgelnd in den Wasserstrahl hinein.

»Okay!«

Das feindliche Feuer verebbte. Etwas widerwillig löste ich meinen Finger vom Auslöser der Handbrause und wischte mir hastig die Augen frei.

Jan kicherte unterdessen ausgelassen vor sich hin. Lilly sprang aufgeregt um ihn herum und freute sich über die lustigen Wasserspielchen.

Ich war fuchsteufelswild und völlig außer Atem. Außerdem war mir saukalt.

»Bist du jetzt zufrieden?«, schnaufte ich wutentbrannt über den Zaun und klaubte umständlich meine zweite Krücke vom Boden auf.

»O ja«, gluckste mein Nachbar. Er legte seinen Kopf schief und zeigte seine Grübchen. »Kann es sein, dass du keinen BH anhast?«

Bitte was?

Entsetzt sah ich an mir herunter.

Uääääh!

»Du Mistkerl!«, keuchte ich atemlos.

Mit glühenden Ohren verabschiedete ich mich mit einer unwirschen Geste von Jan, der sich daraufhin komplett kugelte vor Lachen. So schnell ich konnte, hoppelte ich davon. Bloß weg von dem teuflischen Nachbarn, weil:

a) Nein, ich hatte tatsächlich keinen BH an,

und

b) ein hellrosa T-Shirt wird seeehr durchsichtig, wenn es nass wird …

Nici weigerte sich beharrlich, mich mit ins Büro zu nehmen. Sie würde mich natürlich zu den ärztlichen Kontrollen fahren, aber das war's dann auch schon mit dem Herumkutschieren. Schließlich sollte ich mein Bein so wenig wie möglich belasten und sie wollte dafür sorgen, dass ich mich daran hielt.

Blöde, fürsorgliche Freundin …

Wenigstens konnte ich sie nach einer Weile überreden, mich zum Einkaufen mitzunehmen, wobei ihrer Meinung nach ein Einkaufszettel vollkommen ausgereicht hätte. Nachdem ich ihr mit einem Hungerstreik gedroht hatte, gab sie schließlich klein bei: »Na, dann steh auf, du elender Sturkopf. Wir fahren.«

Glückselig humpelte ich eine Weile später neben ihr durch ein großes Kaufhaus und genoss das lebhafte Treiben um mich herum. Nici schob brav den Einkaufswagen und packte alles hinein, was ich im Vorbeigehen mit dem Zeigefinger antippte.

Hm, an diese Form des Einkaufens könnte man sich glatt gewöhnen.

Die benötigten Lebensmittel waren schnell vollzählig. Etwas zu schnell, denn ich hatte noch gar keine Lust, schon wieder in mein häusliches Gefängnis zurückzukehren. Um Zeit zu schinden, ließ ich mir die verschiedensten Dinge einfallen, die ich angeblich zwingend zum Überleben benötigte.

Als Erstes fiel mir mein Rucksack-Problem wieder ein. Nach reiflichen Überlegungen und zahlreichen Anproben wählte ich ein überdimensionales Exemplar, was ich in gefülltem Zustand vermutlich gar nicht mehr tragen konnte. Wahrscheinlich würde ich nach hinten umkippen und hilflos wie eine Schildkröte liegen bleiben. Nici meinte sarkastisch, dass wir uns doch gleich noch nach dem passenden Packesel für meine Errungenschaft umsehen könnten. Man könnte aber auch auf ein Alpaka ausweichen, falls ich zukünftig mal Lust bekommen würde, die Anden zu erkunden.

Interessante Idee, wie ich fand. Wobei ich Alpakas grundsätzlich etwas skeptisch gegenüberstand. Die Mimik dieser unförmigen Tiere hatte für mich etwas Unvorhersehbares. Irgendwie psychotisch.

Also, lieber kein Alpaka …

Danach dirigierte ich Nici in die Körperpflegeabteilung. Dort kann frau sich ja bekanntlich eine kleine Ewigkeit aufhalten. Systematisch arbeiteten wir uns durch das Angebot. Von Augen-Make-up bis Zahnpasta – alles wurde abgeklappert und das ein oder andere lebensnotwendige Produkt wanderte in den Einkaufswagen.

Nachdem mein Beauty-Bedarf gedeckt war, peilte ich die Elektroecke an. Schließlich brauchte ich etwas, womit ich mir die Zeit vertreiben konnte, und da waren DVDs eine tolle Sache. Mich bei Hunderten von verschiedenen Titeln für zwei Filme zu entscheiden, dauerte natürlich.

Was konnte ich denn noch brauchen? Ah ja, Bücher! Oh, und das Sortiment des Kaufhauses war beeindruckend. Ich stöberte begeistert durch die Regale, während Nici langsam ungeduldig wurde. Sie war keine große Leseratte, weshalb ihr hier schnell langweilig wurde.

In der Deko-Abteilung beendete sie schließlich mein kleines Spielchen.

»Jetzt reicht's aber!«, schimpfte sie. »Ich hatte heute einen anstrengenden Tag und möchte irgendwann mal nach Hause. Du brauchst keine neuen Vorhänge! Wir gehen jetzt bezahlen!«

Mit vorgerecktem Kinn schob sie den übervollen Wagen an mir vorbei und raste regelrecht zur Kasse. Ich humpelte hinterher, so schnell ich konnte und kam gerade noch rechtzeitig an, um meinen Krempel zu bezahlen.

Nici bog gerade in meine Einfahrt ein, als ich unverkennbar ein Unheil auf mich zukommen sah.

Jan und Stefan schleppten gerade ein recht schwer anmutendes Paket in die Garage und wirkten beide aus irgendeinem Grund hocherfreut, uns zu sehen.

»Ooooh, da ist Stefan«, kommentierte Nici aufgeregt. »Hast du ihn denn schon nach seinem Beziehungsstatus gefragt?«

»Nein, ich hab ihn seither nicht gesehen.«

»Macht nichts, jetzt kann ich das ja selber übernehmen.«

Freudestrahlend parkte sie ihren überfüllten Corsa und stellte den Motor ab. Bei ihrem entschlossenen Gesichtsausdruck schwante mir nichts Gutes. Natürlich hatte ich kein Problem damit, dass sie Stefan anbaggern wollte. Mein eigentliches Problem war Jans Anwesenheit, auf die ich so gar keine Lust hatte. Mein Bedarf an peinlichen Begegnungen mit meinem Nachbarn war mehr als gedeckt.

Nach einem kurzen Kontrollblick in den Rückspiegel war Nici auch schon aus dem Wagen gehopst. Obwohl ich inzwischen eine recht gute Taktik im Umgang mit meinen Gehstützen entwickelt hatte, dauerte es seine Zeit, mich aus dem Auto zu hieven. Bis ich mich in einer aufrechten Position befand, hatte Nici bereits Kontakt zu den Herren jenseits des Gartenzauns hergestellt.

»Na? Immer fleißig, was?«, flötete sie hinüber und tänzelte leichtfüßig um den Corsa, um den Kofferraum zu öffnen.

»Aber immer doch!«, rief Jan zurück.

Stefan musterte Nici mit unverhohlener Neugier. In einer Tierdokumentation würde man sagen: Das Männchen nahm die Witterung auf.

Das dazugehörige Weibchen bemerkte das natürlich auch und versuchte sofort, möglichst attraktiv zu wirken. Ich konnte mir ein Kichern nicht ganz verkneifen, als Nici sich in die Tiefen des Kofferraums beugte und ihren Hintern dabei weit mehr herausstreckte, als notwendig gewesen wäre.

Grinsend humpelte ich zur Haustür und schloss auf. Charly stand schon bereit, um mir um meine vier Beine zu streichen. Er spähte neugierig in die Einfahrt und lauschte dem verheißungsvollen Rascheln der Einkäufe, wagte es aber nicht, die Schwelle des schützenden Hauses zu überqueren, obwohl die Nachbarsbestie nirgends zu sehen war.

Als ich mich wieder umwandte, hatte die Neugier die beiden Herren bereits an den Zaun herangetrieben. Jan sah mir entgegen, was mein Grinsen schlagartig verschwinden ließ. Hatte er mir da gerade auf die Brüste geglotzt? Zumindest zuckten seine Mundwinkel und ein schelmischer Ausdruck legte sich über sein Gesicht.

Was für ein Penner …

Widerwillig wackelte ich zurück zum Wagen und versuchte dabei, möglichst abweisend zu wirken, damit mein Nachbar gar nicht erst auf die Idee kam, mich anzusprechen.

»Wart ihr einkaufen?«, wollte Jan wissen.

Gut kombiniert, Watson … angesichts des übervollen Kofferraums ja wohl eine extrem pfiffige Hypothese.

Nici fand das wohl nicht, denn sie erklärte freundlich: »Ja, damit unsere Invalide da nicht verhungert. Ich bin quasi der Transporter.«

»So wie Jason Statham?«, meinte Stefan scherzhaft.

»Besser«, säuselte Nici mit einem kessen Zwinkern.

Die beiden lachten ausgelassen und nahmen sich dabei gegenseitig in Augenschein.

Ich schüttelte kaum sichtbar meinen Kopf über das menschliche Paarungsverhalten und begann damit, meinen neuen Rucksack mit Lebensmitteln vollzupacken.

»Sollen wir euch beim Reintragen helfen?«, bot Stefan an.

»Sehr gerne«, sagte Nici eifrig.

»Nicht nötig«, sagte ich laut.

Sie rammte mir strafend ihren Ellbogen in die Seite. »Das wäre wirklich nett von euch.«

Die zwei Ritter galoppierten sogleich um die Ecke, um die beiden Jungfrauen aus ihrer Not zu befreien. Die eine Jungfrau begrüßte ihren Retter mit dem Strahlen tausender Sonnen in ihren Augen.

Die andere Jungfrau bemühte sich, ihren Mageninhalt nicht oral in den Kofferraum zu entleeren …

Grimmig stopfte ich weiter meinen Rucksack mit Konservenbüchsen voll. Jan sah mir schweigend über die Schulter. Er stand dabei so nahe hinter mir, dass ich seinen warmen Atem auf meinem Nacken spürte. Unwillkürlich überkam mich ein nervöses Kribbeln. Wohl so eine Art allergische Reaktion auf meinen Nachbarn.

»Hast du für den dritten Weltkrieg vorgesorgt?«, fragte Jan, amüsiert über das Ausmaß meiner Einkäufe.

»Man kann nie wissen«, erwiderte ich abweisend.

Er machte keinerlei Anstalten, von mir abzurücken. Eine Weile versuchte ich noch, seine Nähe zu ignorieren, bis ich schließlich herausplatzte: »Hörst du bitte mal auf, mir so auf die Pelle zu rücken?«

»Ist dir das unangenehm?«, fragte er so leise, dass nur ich es hören konnte.

Spinnt der?

»Nein. Ich atme nur gerne«, brummte ich.

»Verschlägt dir denn meine Nähe den Atem?«

Eindeutig – der Kerl spinnt!

Ich sah mich kurz prüfend nach Nici und Stefan um. Die beiden hatten nur Augen füreinander und interessierten sich nicht die Bohne für das Schauspiel am Kofferraum.

Gut so.

»Was wird das hier?«, wollte ich gedämpft von Jan wissen. »Baggerst du mich etwa an?«

»Vielleicht ...«

Unwirsch schubste ich ihn zur Seite und richtete mich zu voller Größe auf. Mit überheblich gehobenen Brauen taxierte ich Jan. »Ach ja? Wie komm' ich denn zu dieser Ehre?«

»Tja, dein durchweichter Anblick von neulich hat's mir einfach angetan«, erklärte er schmunzelnd.

»Aha. Du machst mich also an, weil du einmal meine Brüste gesehen hast? Erbärmlich.«

»Zweimal«, korrigierte er, ohne mit der Wimper zu zucken.

Ich war sprachlos über so viel Unverfrorenheit. Jan besah unterdessen nochmals meine Einkäufe.

»Du hast ja gar keinen Tequila gekauft«, stellte er fest. Verschwörerisch neigte er sich ein wenig vor. »Also, wenn du mal Lust verspüren solltest – ich hab jederzeit ein Gläschen für dich übrig.«

Bitte was?

»Hast du mich gerade zum Beischlaf eingeladen?«, fragte ich fassungslos.

»Na, was du gleich wieder denkst! Ich hab doch nur von Tequila gesprochen!«, rief er aus, doch sein Grinsen strafte ihn Lügen.

»Du bist so ein unverschämter Arsch!«, fauchte ich, darauf bedacht, dass die beiden Turteltäubchen hinter uns nichts mitbekamen.

»Nein«, widersprach er seelenruhig, »du bist nur überaus empfindlich und verklemmt, liebe Susi. Aber das wird schon noch.«

»Verklemmt?«, wiederholte ich mit hoher Stimme. »Du hast sie doch nicht mehr alle!«

Wütend zerrte ich den Rucksack aus dem Kofferraum. Die enthaltenen Dosen waren schwerer als gedacht, deswegen krachte er lautstark auf den Boden.

Mist!

Verzweifelt zog ich an den Riemen und versuchte, unbeholfen den Rucksack hochzuheben und ihn dann auch noch irgendwie zu schultern. Jan beobachtete mein Treiben interessiert.

»Ganz schön schwer, was?«, fragte er.

Ich war den Tränen nahe.

»Soll ich dir vielleicht helfen?«

Weil ich keine Antwort gab, ergriff er schließlich ungefragt die Träger und warf sich den Rucksack auf den Rücken. Noch bevor ich überhaupt protestieren konnte, ging er damit an mir vorbei in mein Haus.

Als ich mit finsterer Miene hinter ihm hergewackelt war, stand er bereits in meiner Speisekammer und räumte die Konserven mit überraschender Ordentlichkeit in das Regal. Ich sah ihm eine Weile mit mahlendem Unterkiefer zu, bis ich endlich über die Lippen brachte: »Danke.«

»Schon okay«, sagte er, ohne sich umzudrehen. »Aber es würde mich sehr freuen, wenn du meine Hilfe einfach annehmen würdest, ohne ein Gesicht zu machen, als hättest du Verstopfung.«

»Du machst es mir nicht gerade leicht«, entgegnete ich angesäuert.

»Falsch. Du machst es dir selbst schwer.« Er drehte sich um und stützte sich mit dem Ellbogen am Türrahmen ab. »Denk mal darüber nach.«

Ich wollte etwas dagegensetzen, ohne eigentlich genau zu wissen, was ich sagen wollte. Gott sei Dank kamen in diesem Moment Nici und Stefan gackernd hereingepoltert, bepackt mit den restlichen Tüten und Taschen, darum konnte ich meinen Mund unverrichteter Dinge wieder zuklappen und so tun, als wollte ich die klugen Worte, die gerade hätten folgen sollen, vor den beiden verbergen.

Jans dunkle Augen wichen keinen Zentimeter von den meinen ab, als er fragte: »Welche Sorte ist heute dran?«

Verwirrt blinzelte ich ihn an. »Was?«

Er lächelte schief und deutete zu Charly hinunter, der sich um meine Krücken schlängelte. »Na, welche Sorte Katzenfutter steht heute auf dem Speiseplan?«

»Äh … ach so. Ja, ähm. Hühnchen.«

»Okay.«

Mit völliger Selbstverständlichkeit holte Jan die gewünschte Dose aus dem Regal, ging an mir vorbei, um sich zielstrebig einen Löffel aus der Schublade zu angeln, und fütterte meinen Kater. Ich beobachtete ihn schweigend dabei und wusste beileibe nicht, was ich grundlegend von dem Kerl halten sollte.

Vielleicht sollte ich mich in Zukunft wirklich mehr bemühen, über seinen seltsamen Humor hinwegzusehen. Zumindest insofern es für ein entspanntes Nachbarschaftsverhältnis nötig war …

Ein überaus entspanntes Verhältnis hatten sich unterdessen Nici und Stefan geschaffen. Mit gemeinsamen Kräften bestückten sie meinen Kühlschrank und verstauten die restlichen Lebensmittel im Vorratsschrank. Die Chemie zwischen den beiden war beeindruckend, fast schon greifbar. Wie ich sie so an meiner

Küchenbar miteinander flirten sah, konnte ich bereits die Hochzeitsglocken läuten hören.

Ich räusperte mich vernehmlich. »Also, danke für eure Hilfe.«

Ruckartig wandten Nici und Stefan sich zu mir um und zogen die gleichen langen Gesichter wie die Partywütigen, wenn der DJ um vier Uhr morgens verkündete: »Leute, das letzte Lied für heute Abend!«

Sofort kam ich mir vor wie der größte Spielverderber auf Erden. Unbehaglich kratzte ich mich am Kinn und kramte meine soziale Ader hervor: »Ähm … Ja! Gut, dass ich Kuchen gekauft habe! Wollt ihr vielleicht noch einen Kaffee?«

Natürlich wollten sie. Und wie sie wollten! Glückselig deckten Nici und Stefan den Terrassentisch und taten fast schon so, als hätte ich ihnen gerade freiweg ein Wellnesswochenende geschenkt.

Während ich nacheinander die Kaffeetassen befüllte, sah ich im Augenwinkel, dass Jan mich mit seltsamer Zufriedenheit betrachtete. Ungefähr so, wie man eine junge Katze beobachtet, die zum ersten Mal das Katzenklo anstelle des Bettvorlegers benutzt. Ich wusste nicht, wie ich das zu deuten hatte, und spürte bereits wieder meine altbekannte Verärgerung in mir aufsteigen. Und das, obwohl ich mir doch erst vor wenigen Minuten vorgenommen hatte, ruhiger zu werden.

Mit einiger Überwindung schluckte ich meinen Groll hinunter und reichte Jan die ersten zwei befüllten Tassen. »Kannst du die schon mal raustragen? Bitte?«

Er nickte wohlwollend. »Natürlich.«

Meine Güte! Fehlte gerade noch, dass er *braver Hund* zu mir sagte!

Mit leichtem Kopfschütteln stellte ich die nächste Tasse unter den Vollautomaten und drückte auf den Knopf. Die Maschine war kaum angelaufen, da stand Jan auch schon wieder neben mir und glotzte mich weiterhin an. Langsam aber sicher wurde es mir dann doch zu blöd.

»Was ist denn?«, krittelte ich entnervt. »Hab ich einen Popel an der Nase, oder was?«

»Nö.«

»Was starrst du dann so?«

Jan formte seine Lippen zu einem unbezwingbaren Lächeln. »Du hast sehr schöne Haare, weißt du.«

Uh!

Ich verschränkte meine Arme und sah ihn fuchtig an. »Genau das meinte ich vorhin. Warum provozierst du mich schon wieder?«

»Ich provoziere dich doch nicht! Ich hab dir gerade ein Kompliment gemacht. Dass du damit nicht umgehen kannst, ist wirklich nicht meine Schuld.«

»Mit Komplimenten im Allgemeinen kann ich sehr wohl umgehen, solange sie ernst gemeint sind!«, schnappte ich.

»Ich *habe* es ernst gemeint, Susi«, sagte Jan ruhig.

»Klar. Und das soll ich glauben? Seit wir uns kennen, verarschst du mich und schleuderst mir deine doofen Witze um die Ohren.« Mit meinem Zeigefinger pikste ich ihn drohend in die Brust. »Ich trau dir keinen Meter weit, Freundchen, und hör endlich auf, mich so zu nennen!«

Jan packte meine attackierende Hand und hielt sie fest. Dabei sah er mir so intensiv in die Augen, dass mir beinahe schwindelig wurde.

»Ich habe dich noch kein einziges Mal *verarscht*. Dass du mir so wenig Vertrauen schenkst, tut mir ehrlich leid. Ich kann dir nur eines sagen, Susi – ich mag dich wirklich und ich bin davon überzeugt, dass wir uns sehr gut verstehen könnten, wenn du einfach mal hinter deiner Barrikade hervorkommen würdest.«

Ich biss mir auf die Unterlippe und zog meine Hand aus der seinen. Um seinem durchdringenden Blick zu entgehen, stellte ich die letzte Tasse unter die Maschine und startete den Mahlvorgang. Danach schnappte ich mir meine Gehstützen und sah Jan abschätzig an.

»Das waren sehr eindrucksvolle Worte«, sagte ich laut, um die Geräusche des Vollautomaten zu übertönen. »Ich wette, dass du damit schon haufenweise Weiber aufgerissen hast. Bei mir reicht das aber nicht. Da musst du dich schon mehr ins Zeug legen!«

Während ich überheblich davonstöckelte, spürte ich immer noch seinen warmen Handabdruck auf meiner Haut. Es fühlte sich an wie ein leichtes Kribbeln.

Offenkundig war ich wirklich auf meinen Nachbarn allergisch …

Kapitel 12

Seit unserem Kaffeeklatsch waren nun schon einige Tage vergangen und er zog dramatische Folgen nach sich.

Zum einen hatte Nici seit diesem Nachmittag keinerlei Zeit mehr für mich. Ich hörte nur noch: *Heute geh ich mit Stefan da hin, heute geh ich mit Stefan dort hin … Stefan, Stefan, Stefan. Bla, bla, bla!* Einzig für die erste Nachkontrolle meines Beinbruches und einen weiteren Einkauf räumte sie sich gnädigerweise für mich frei.

Nein, im Grunde freute ich mich ehrlich für Nici. Ich gönnte es ihr von Herzen, endlich jemanden gefunden zu haben, mit dem sie eine ernsthafte Beziehung eingehen konnte. Ihre bisherigen Lover waren allesamt, nun ja, mehr als bescheiden gewesen. Trotzdem fühlte ich mich vernachlässigt. Ich saß in meiner Bude fest und wartete täglich nervös auf den Bericht aus dem Büro. Mein alltägliches Highlight, sozusagen. Nachdem mir jeweils versichert wurde, dass in der Firma alles bestens lief, war ich wieder auf mich allein gestellt.

Zum anderen war mein Verhältnis zu Jan reichlich angespannt. Soweit man das bei unseren sporadischen Begegnungen überhaupt beurteilen konnte. Ich versuchte die meiste Zeit über, ihm aus dem Weg zu gehen und ich hatte ganz und gar den Eindruck, als würde er sich umgekehrt genauso verhalten. Wenn wir dann doch mal aufeinandertrafen, begegneten wir uns gleichermaßen freundlich, aber reserviert. Mehr als ein Hallo war meistens nicht drin.

Ich gab mich so, weil ich nicht im Geringsten wusste, was ich von unserem letzten Gespräch halten sollte. Jans Worte hatten mich mehr beeindruckt, als ich zugeben wollte. Einerseits klangen sie für mich zu sehr nach Aufreißer-Spruch, doch der Blick, den er dabei an den Tag gelegt hatte, brachte mich andererseits tatsächlich ein wenig ins Schlingern. In den dunklen Augen mit den hellen Pünktchen hatte sich reine Überzeugung gespiegelt. Die Frage war nur, ob er es wirklich ernst meinte oder ob er nur ein grandioser Schauspieler war.

Dass Jan sich mir gegenüber ebenso zurückhaltend gab, war ein Punkt, der mich an seinen Worten zweifeln ließ. Wäre ihm tatsächlich daran gelegen, sich mit mir anzufreunden, dann müsste er doch eher das Gespräch mit mir suchen, anstatt mir aus dem Weg zu gehen, oder?

Sein Verhalten und seine Gedankengänge blieben für mich in jeder Hinsicht ein Rätsel.

Ich wusste nur eins – meine Geranien wollten dringend aus dem Gewächshaus raus an die Luft!

Eine Aufgabe, die mit Gipsbein und Krücken unüberwindbar erschien. Nicht einmal mein toller Trekking-Rucksack konnte mir beim Tragen der Blumenkästen behilflich sein. Mein Ideenreichtum war also mal wieder gefragt.

Voller Elan wühlte ich im Gartenschuppen nach einer rettenden Erfindung. Ich brauchte irgendwas, womit ich die Kästen aufrecht transportieren konnte. So etwas wie eine Schubkarre, nur zum Ziehen. Also einen Leiterwagen oder Ähnliches.

Es wurde Ähnliches. Und zwar mein alter Puppenkinderwagen, den ich unter einem staubigen Berg unterschiedlichsten Plunders herauszerrte. Das Gerümpel hatte ich schon längst einmal entsorgen wollen, mir jedoch bisher nie die Zeit dazu genommen. Jetzt war ich froh darum.

Der Puppenwagen diente geradezu perfekt seinem entfremdeten Zweck. Es passte zwar nur einer der großen Blumenkästen hinein, aber ich konnte mir mit wenigen Handgriffen ein praktisches Zuggeschirr für meine Hüften basteln.

Wie ein Kutschpferd zog ich das Wägelchen holpernd hinter mir her und war wieder einmal außerordentlich stolz auf mich. Durch mein gipsbeinbedingtes Schneckentempo würde ich zwar eine ganze Weile beschäftigt sein, aber an Zeit mangelte es mir ja bekanntlich nicht.

Charly begleitete mich treuherzig, wobei er immer wieder nach den wippenden Blütenköpfen auf dem Puppenwagen hangelte. Mittlerweile verhielt sich der Kater schon fast wieder ganz normal. Er hatte inzwischen festgestellt, dass er auch im Garten vor der Bestie sicher war. Selbst wenn Lilly wieder einmal über den Zaun hinweg winselte, ließ er sich nahezu nichts mehr anmerken. Es schien ihm sogar Spaß zu machen, ganz nahe an der Hündin vorbei zu stolzieren, ohne sie auch nur eines Blickes zu würdigen. Nur wenn die Minikuh ihn anbellte, stob er sicherheitshalber davon.

Der erste Blumenkasten kam völlig unversehrt beim Fenster an – mit Ausnahme einiger weniger Katzenattacken, doch über die konnte ich gerade noch hinwegsehen. Zufrieden stellte ich die Geranien in die Halterung und betrachtete entzückt mein Kunstwerk. Mein Fenster sah mit den roten Blüten so hübsch aus, dass ich es am liebsten fotografiert und das Bild eingerahmt hätte.

Vielleicht morgen … jetzt warteten erst noch sieben weitere Kästen darauf, ihre Plätze in dem häuslichen Stillleben im Erdgeschoss einzunehmen. Die Geranien für den ersten Stock mussten leider noch warten, denn ich sah keine Möglichkeit, sie die Treppe hinaufzubringen. Zumindest vorerst nicht. Könnte gut sein, dass mich wieder einer meiner Geistesblitze ereilte.

Ich ratterte mit dem leeren Puppenwagen zurück zum Gewächshaus, belud die Transportfläche und schirrte mich an. »Hüühott«, sagte ich leise zu mir selbst und zog mein Gespann hinaus.

»Hallo, Susanne«, grüßte mich eine freundliche Stimme.

Ich hielt mitten in der Bewegung inne und suchte nach der dazugehörigen Person. Sie stand im Nachbargarten und lächelte mich an.

»Oh! Hallo, Rosi!«, rief ich überrascht und winkte freudig. Bis mir die Peinlichkeit unserer letzten Begegnung im Wartezimmer wieder einfiel. Verlegen ließ ich meine Hand sinken und wusste plötzlich nicht mehr, was ich sagen sollte.

Rosi war unterdessen an den Zaun herangetreten. Sie hatte eine Gartenschere in der Hand und Lilly eng an ihrer Seite. Mitfühlend blickte sie auf meinen Gips.

»Mensch, du machst ja Sachen! Wie geht's dir denn?«

Sie sprach in normalem, unverbindlichem Plauderton. Trotzdem zögerte ich kurz, bevor ich mit meinem Fuhrwerk zu ihr hinüberhumpelte.

»Ähm, ja. Na ja, könnte besser sein«, antwortete ich und lächelte verhalten.

»Jan hat's mir schon erzählt. Du bist die Treppe hinuntergefallen, richtig?«

Ich bejahte misstrauisch.

Was hat dein Sohn dir denn noch so alles erzählt?

»Deine Mutter hat damals auch schon immer über eure Marmortreppe geschimpft«, meinte Rosi lachend. »›Die ist so verdammt rutschig, da bricht sich noch mal einer das Genick‹, hat sie immer gesagt. Gott sei Dank war es nur der Fuß, nicht wahr?«

Erleichtert stieg ich in ihr Lachen mit ein. Im Stillen dankte ich Jan für seine umsichtige Notlüge. »Stimmt. Das hat sie mir am Telefon auch erklärt, als ich ihr von meinem Unfall erzählt habe.«

Das hatte sie wirklich. Ich hatte nämlich auch geflunkert, was den Unfallort betraf …

»Wie lange musst du denn den Gips tragen?«, wollte Rosi wissen.

»Noch fast drei Wochen.« Leidend verzog ich das Gesicht. »Mir geht das Ganze jetzt schon tierisch auf die Nerven. Wenigstens tut's jetzt nicht mehr so sehr weh. Drauftreten darf ich aber trotzdem noch nicht, deswegen bin ich auf die blöden Dinger hier angewiesen.« Erklärend hob ich meine Gehstützen.

»Och, du Arme …«

Ihr Tonfall war so bemitleidend, wie ihn nur eine Mutter beherrschte. Einen Augenblick suhlte ich mich regelrecht in ihrem Mitgefühl und musste sogar ein leises Schniefen unterdrücken. Am liebsten hätte ich ihr meinen Kopf hingehalten, damit sie ihn tätscheln konnte. Ob sie mir einen Kakao machen würde, wenn ich sie darum bat?

Dann kam Jan um die Ecke.

Sofort verbannte ich die Kleinkindschnute aus meinem Gesicht und straffte die Schultern.

Rosi folgte meinem Blick. Ein Lächeln legte sich auf ihre Lippen.

»Ich habe meinen Sohnemann gezwungen, heute einen Gartentag einzulegen«, erzählte sie.

Tatsächlich hatte Jan einen Sack Rindenmulch geschultert, den er bei der Terrassenumrandung ablegte. Er grüßte mich kurz, machte aber keine Anstalten, näher zu kommen. Stattdessen riss er den Sack auf und begann, den frischen Mulch auf der Rabatte zu verteilen.

Ich runzelte die Stirn. Das frisch sprießende Unkraut zwischen den Hortensien konnte ich sogar von hier aus sehen. Man musste es natürlich erst gründlich entfernen und nicht einfach nur eine neue Schicht Rindenmulch darüber schütten. Da konnte man sich die Mühe ja gleich sparen.

Rosi erkannte den Fehler ebenfalls. »Jan!«, rief sie kopfschüttelnd. »So einfach geht das nicht! Du musst erst das Unkraut rausreißen, sonst sieht's doch in zwei Tagen wieder genauso aus!«

Jan kratzte sich am Kopf und sah seine Mutter ratlos an. »Kann man da nix draufsprühen?«

»Nee, mein Lieber. Da musst du schon manuell ran!« Rosi kicherte und wandte sich wieder zu mir. »Ach, was würden die Männer nur ohne uns Frauen machen, was? Der Gute muss noch einiges lernen, was Haus und vor allem Garten betrifft. Wenigstens kann er sich bei dir vieles abgucken. Ich beherrsche ja auch nur die Grundhandgriffe. Solche Gartenparadiese, wie du und Annemarie sie euch geschaffen habt, bringe ich selbst auch nicht zustande. Dafür fehlt mir wohl die Leidenschaft. Bei mir zu Hause wachsen nur hartgesottene Stauden. Die habe ich im Griff. Trotzdem wollen Jan und ich natürlich alles geben, damit wir Annemaries tolle Bepflanzung erhalten. Sie hat so viel Liebe hier hineingesteckt, das dürfen wir keinesfalls verkommen lassen.«

Überwältigt sah ich Rosi an. Ich war so unsagbar dankbar für ihre Einstellung, dass mir fast schon eine kleine Freudenträne entwich.

»Ja, das wäre wirklich … schade drum«, sagte ich heiser und seufze schwer.

»Was treibst du da eigentlich?«, fragte Rosi und deutete auf meinen Blumenwagen. Meine Melancholie hatte sie nicht bemerkt.

»Na ja, Not macht erfinderisch«, erklärte ich achselzuckend. »Die Geranien wollen endlich raus und tragen kann ich sie nicht, deswegen …«

»Meine Güte«, unterbrach Rosi mich tadelnd, »für was hat man denn Nachbarn, hm?«

Tja, für was denn? Momentan zum Ärgern und Haareraufen.

Den Gedanken behielt ich natürlich für mich und winkte stattdessen eilig ab. »Ach was. Mir ist eh die ganze Zeit langweilig. Da ist es ganz gut, wenn ich …«

»Quatsch. Jan? Kommst du mal, bitte? Wir helfen Susanne kurz mit ihren Geranien.«

O nein!

»Äääh, Rosi, ich …«, stammelte ich los und registrierte alarmiert Jans erheiterten Gesichtsausdruck.

»Du Mama, die Susi lässt sich nicht so gerne helfen«, erklärte er unvermittelt.

Ich sah ihn böse an. »Es ist wirklich nicht notwendig.«

»Papperlapapp«, widersprach Rosi. »Auf geht's, Jan!«

Schon stand sie auf der anderen Seite des Zauns, hob den Blumenkasten aus meinem Puppenwagen und marschierte damit zu einem freien Fenster. Jan schlenderte grinsend durch das Gartentürchen. Lilly blieb mit einem leisen Winseln auf der anderen Seite zurück.

»Du guckst schon wieder, als hättest du Verdauungsstörungen«, sagte Jan leise zu mir.

»Halt die Klappe, du Blödmann«, knurrte ich zurück.

Er schürzte kurz die Lippen »Och, Susi. Solch harte Worte geziemen sich nicht für eine zarte Dame.«

»Hör sofort auf damit, sonst sag ich's deiner Mama«, äffte ich seinen kindischen Tonfall nach. »Dann kriegst du bestimmt Hausarrest.«

»Alte Petze!«

Weil Rosi sich wieder näherte, streckte ich ihm nur noch kurz die Zunge raus.

»Im Gewächshaus, nehme ich an?«, vermutete sie und steuerte, ohne auf eine Antwort zu warten, darauf zu. »Jan, komm schon. Sei nicht so faul!«

»Genau, sei nicht so faul«, näselte ich und schenkte Jan eine Grimasse.

»Park du mal lieber dein Fuhrwerk ein, du gehbehinderter Klepper«, höhnte er flüsternd, bevor er brav seiner Mutter hinterhertrottete.

Ich sog lautstark die Luft ein und sah ihm mit zusammengekniffenen Augen nach.

Vorlautes Muttersöhnchen!

Am Abend eierte ich im Obergeschoss herum und versorgte mithilfe einer Wasserflasche meine frisch angebrachten Geranien. Rosi hatte es sich nämlich nicht nehmen lassen, auch die Kästen für den ersten Stock zu verteilen. Sie hatte eigentlich gar nicht erst gefragt, sondern war einfach mit den übrigen Blumenkästen in mein Haus marschiert, bevor ich überhaupt protestieren konnte. Jan hatte mir noch eine Empfehlung für ein Abführmittel zugeflüstert, wofür ich mit einer Gehstütze nach ihm schlug. Leider verfehlte ich ihn.

Trotzdem freute ich mich sehr darüber, dass mein Haus nun endlich wieder in voller Schönheit erstrahlte. Die bunten Blumen vor den Fenstern hatten mir schon sehr gefehlt. Jetzt war wieder alles komplett und von mir aus konnte nun der Sommer beginnen.

Die Türglocke schellte.

Eilig verschloss ich das Fenster und humpelte zur Sprechanlage im Flur. In der Annahme, bei dem Besucher müsse es sich um Nici handeln, die wohl doch ihren Pflichten als beste Freundin nachkommen wollte, drückte ich auf den Türöffner. Es summte leise und ich hörte das typische Klacken, als daraufhin jemand die Haustür aufdrückte.

»Ich komme gleich runter«, rief ich und hopste ins Bad, um die Wasserflasche dort abzustellen.

Als ich zurückkehrte, blieb mir am obersten Treppenabsatz beinahe das Herz stehen.

Rene stand unten im Flur und blickte lächelnd zu mir hoch. In seiner Rechten trug er einen Strauß Frühjahrsblumen, in seiner Linken eine Schachtel Pralinen.

»Was willst *du* hier?«, blaffte ich entgeistert.

Sein Lächeln wich nicht einen Wimpernschlag lang. »Ich habe von deinem Unfall gehört und wollte sehen, wie es dir so geht«, erklärte er.

»Wer hat dir davon erzählt?«

»Deine Angestellte. Wie heißt sie noch gleich? Gaby? Ich habe sie zufällig getroffen und mich kurz mit ihr unterhalten. Da hat sie es erwähnt.«

Unterhalten, soso. Ausgefragt hast du sie, du elender Schleimer! Und Gaby, die olle Tratschtante, würde was erleben!

Aber vorher musste ich mir noch überlegen, was ich jetzt tun sollte. Am liebsten hätte ich Rene einfach rausgeschmissen. War ja wohl mehr als nur dreist von ihm, hier einfach so aufzukreuzen. Ich hatte trotz meines Filmrisses seinen Auftritt in der

Orange Lounge nicht vergessen. Er hatte sich aufgeführt wie ein eifersüchtiger Irrer und jetzt mimte er den besorgten Freund? Meine Güte, was für ein Arschloch!

»Aha«, sagte ich gedehnt. »Wo habt ihr euch denn getroffen?«

»Willst du denn nicht runterkommen? Dann können wir besser miteinander reden.«

Nein, ich wollte nicht runterkommen und reden schon gleich zweimal nicht. Trotzdem wollte ich Würde bewahren, weshalb ich mich langsam an den Treppenabstieg machte. Bisher hatte ich dies der Einfachheit halber weiterhin mit meiner Auf-dem-Hintern-Rutschtechnik bewerkstelligt, aber diesen Anblick wollte ich Rene ganz gewiss nicht bieten. Langsam und bedächtig kämpfte ich mich darum Stufe für Stufe mithilfe meiner Krücken hinunter.

Bis ich endlich unten angekommen war, war ich völlig außer Atem und spürte leichte Schweißtropfen auf meiner Stirn.

»Ach, Susanne. Das tut mir wirklich schrecklich leid für dich«, heuchelte Rene und hielt mir seine Mitbringsel hin. »Gute Besserung.«

»Gibt Schlimmeres«, meinte ich nur und humpelte an ihm vorbei in die Küche. Seine Geschenke ignorierte ich demonstrativ. Selbst wenn ich sie hätte nehmen können, hätte ich es nicht getan. Außer, um sie ihm in seinen schleimerischen Hintern zu schieben, vielleicht …

»Du hast das Wohnzimmer neu gestrichen«, stellte er im Vorbeigehen fest. »Sieht hübsch aus.«

»Ich weiß.«

Rene legte Strauß und Pralinen auf die Küchenbar.

»Wo ist denn der liebe Charly?«, fragte er und stützte sich auf der erhöhten Theke ab.

Ich runzelte die Stirn. Rene hatte meinen Kater noch nie leiden können und kaum einen Hehl aus seiner Abneigung gemacht. Und jetzt würde er ihn plötzlich interessieren?

»Der *liebe* Charly schläft irgendwo«, antwortete ich und lehnte mich neben den Kühlschrank.

»Aha. Hast du vielleicht einen Kaffee für mich übrig?«

»Nein.«

Jetzt verschwand sein aufgesetztes Lächeln doch. Zweifelnd betrachtete er den bis oben gefüllten Bohnenbehälter meines Vollautomaten. Er holte tief Luft und wischte sich elegant eine Strähne aus der Stirn. Früher fand ich diese Bewegung zum Anbeißen, heute verursachte sie einen starken Brechreiz.

»Susanne«, begann Rene und sah mich ernst an, »die Sache in der Orange Lounge tut mir wirklich wahnsinnig leid.«

Ah ja. *Der reumütige Köter kommt um Vergebung heischend zurückgekrochen …*

»Ich habe einfach nicht damit gerechnet, dass du auch da sein könntest«, sprach er weiter. »Ansonsten wäre ich natürlich niemals mit Isabella dort aufgetaucht. Ich wollte dich keineswegs provozieren und konnte ja nicht ahnen, dass unsere Emotionen so dermaßen stark aufflammen würden.«

Hä? Wovon redet der, bitte schön?

»*Unsere* Emotionen?«, wiederholte ich ungläubig. »Wohl eher *deine* Emotionen!«

Rene schüttelte beharrlich den Kopf. »Nein, nein. Du warst genauso durcheinander, das weiß ich genau.«

»Einen Scheiß weißt du!«, rief ich aufgebracht. »*Du* hast dich aufgeführt wie ein wahnsinniger Chauvi, nicht ich! Was willst du überhaupt von mir?«

»Das weißt du ganz genau«, sagte er leise. »Ich will, dass du mir verzeihst.«

Er legte einen nahezu perfekten Hundeblick auf. Jeder anderen hätte es vermutlich das Herz erweicht, doch mir trieb sein Getue nur noch die Zornesröte ins Gesicht.

»Du bettelst darum, dass ich dir verzeihe, und gleichzeitig bumst du weiterhin mit deiner Affäre«, fauchte ich. »Was soll ich denn bitte davon halten?«

»Hey, ich bin eben auch nur ein Mann«, witzelte er dreist.

»Ein Arschloch bist du!«, schrie ich. »Nie wieder werde ich mich auf dich einlassen. Da kannst du von mir aus noch jahrelang auf deinen Knien umherrutschen, du erbärmlicher Mistkerl! Nie wieder, hörst du? Ich hab deine Schleimerei so satt. Und jetzt zieh Leine und lass mich gefälligst in Ruhe!«

Während ich ihn anbrüllte, merkte ich nicht, dass seine Fassade nach und nach abbröckelte, bis nur noch eine wütende Grimasse übrig blieb. Dahin war die engelsgleiche Aura des Traummannes und ehe ich mich versah, stand wieder der fremde Dämon aus der Orange Lounge vor mir. Ein ungutes Gefühl beschlich mich.

Gefährlich langsam kam er auf mich zu. Er fixierte mich mit seinen Augen, in denen unberechenbarer Zorn loderte. Furcht legte sich um meinen Brustkorb und schnürte mir die Luft ab. Ich atmete schwer und wich automatisch vor Rene zurück, bis ich mit dem Rücken an die Küchenzeile stieß.

»Was fällt dir eigentlich ein, so mit mir zu sprechen?«, zischelte er, als er knapp vor mir stand. Seine geballte Faust krachte neben mir auf die Arbeitsplatte. »Mit *mir*?«

Ich zuckte verängstigt zusammen und sah mit zittrigen Knien zu ihm auf. Meine Hände krallten sich um die Griffe der Gehstützen, um im Notfall damit auf ihn einzuprügeln.

»Rene, hör auf«, sagte ich und bemühte mich um einen ruhigen Tonfall. »Du machst mir Angst.«

Er lachte hämisch. »So, die ach so toughe Susanne Kollmann hat also Angst. Mensch, so kenne ich dich ja gar nicht.«

Erst jetzt bemerkte ich, dass mit seinen Augen etwas nicht stimmte. Es war nicht die unbändige Wut, die sie so unberechenbar erscheinen ließ, sondern die unnatürlich geweiteten Pupillen, die beinahe die gesamte Iris einnahmen.

»Mein Gott!«, entfuhr es mir. »Hast du etwa Drogen genommen?«

»Warum so entsetzt, Sweety?«, fragte er amüsiert. »Du weißt doch ganz genau, wie das in unserem Job so läuft. Der ständige Stress, die Konkurrenz … da braucht man eben ab und zu mal einen kleinen Aufputscher.«

Ich konnte es nicht fassen. Niemals wäre ich auf den Gedanken gekommen, dass Rene dem Leistungsdruck seines Berufs nicht gewachsen sein könnte.

»Verdammt, Rene«, fluchte ich leise. »Was ist es? Koks? Heroin?«

Er winkte ab. »Ist doch scheißegal.«

»Ist es nicht!«, widersprach ich heftig. »Du musst damit aufhören! Vielleicht sogar eine Therapie machen!«

»Herrgott, das sind doch nur ein paar kleine Hilfsmittelchen! Dein Samaritergetue kannst du dir sparen.«

»Du bist nicht du selbst!«

»Ha, ich bin mehr ich selbst, als ich es je war, meine Süße. Mir geht es hervorragend! Das Einzige, was mir zu meinem Glück noch fehlt, bist du.«

Beinahe andachtsvoll strich er mit seinem Zeigefinger über meine Wange. Hastig drehte ich meinen Kopf weg. »Lass das.«

»Wieso denn? Früher hast du das doch so gern gemocht.«

»Ja. Früher!«, sagte ich laut. »Die Zeiten sind aber vorbei und sie werden nicht wiederkommen. Was du auch tust, ich empfinde nichts mehr für dich. Du hast mir einfach viel zu sehr wehgetan, verstehst du? Ich könnte dir nie wieder vertrauen.«

Seine Augen verengten sich. »Stell dich nicht so an. Du vermisst mich doch auch.«

»Nein, das tue ich nicht! Bitte geh jetzt.« Ich wich seinem stechenden Blick aus. »Bitte.«

Er streichelte mir über den Scheitel und flüsterte: »Ach, Sweety. Sei doch nicht so.«

»Du sollst das lassen«, forderte ich, ohne ihn anzusehen und wollte meinen Kopf wegziehen.

Blitzschnell krallten sich Renes Finger grob in meine Haare und zwangen mein Gesicht in seine Richtung. Panik überkam mich. Die Drogen machten Rene zu jemandem, den ich ganz und gar nicht wiedererkannte.

»Lass mich los«, flehte ich und verstärkte erneut meinen Griff um die Gehstützen. »Du tust mir weh.«

»Du tust mir weh!«, äffte er mich nach. »Ha! Weißt du eigentlich, wie sehr du mir jeden Tag wehtust? Ach, was rede ich denn da … jede – Minute – verletzt – du – mich – mit – deinem – dämlichen, – nachtragenden – Getue!« Bei jedem Wort zog er schmerzhaft an meinen Haaren.

»Lass mich los!«, schrie ich.

Mit aller Kraft rammte ich ihm meine rechte Krücke auf die Fußspitze und schubste ihn gleichzeitig heftig von mir. Rene war von meiner Attacke so überrascht, dass er mich tatsächlich freigab und einen Schritt zurücktaumelte.

»Scheiße, du hast mir den Zeh gebrochen!«, brüllte er und schüttelte mit schmerzverzerrtem Gesicht seinen verletzten Fuß. »Verdammt noch mal!«

Ich ließ eine Gehstütze fallen und umklammerte die andere wie einen Baseballschläger. Um mehr Standfestigkeit zu haben, stellte ich mich breitbeinig hin und ignorierte das scharfe Brennen in meinem gebrochenen Knöchel.

»Ich brech' dir noch mehr, wenn du mich noch einmal so anfasst«, drohte ich.

Mein Atem ging stoßweise. Meine Hände bebten vor Aufregung. Doch Rene sah nicht im Geringsten beeindruckt aus. Eher belustigt.

»Ja, das ist die kämpferische Susanne. So habe ich dich kennen- und lieben gelernt!«

»Verschwinde endlich!«

»Du willst dich mit mir prügeln?«, fragte er erheitert. »Glaubst du wirklich, du hättest eine Chance gegen mich?«

Die hatte ich natürlich nicht und das wussten wir beide. Deswegen entfuhr mir auch ein erstickter Aufschrei, als er einen Schritt auf mich zu machen wollte.

»Klopf, klopf!«

Rene und ich erstarrten gleichzeitig zur Salzsäule.

Jan trat unbekümmert durch die Terrassentür, sah uns mit einem breiten Lächeln an und fragte: »Oh, komme ich etwa ungelegen?«

Sein lockeres Auftreten konnte nicht darüber hinwegtäuschen, dass er die Situation sofort durchschaut hatte. Sein Blick war mehr als nur wachsam und seine Haltung angespannt, jederzeit bereit einzugreifen.

Wir starrten immer noch. Rene mit mahlendem Unterkiefer und ich mit erhobener Gehstütze.

»Na ja, ich wollte dir die hier noch vorbeibringen«, plauderte Jan und stellte die roten Pumps auf den Tresen, die ich an dem Filmriss-Abend getragen hatte. »Die hast du neulich bei mir vergessen.«

Neulich war gut. Vergessen hatte ich sie in der Tat und zwar vollkommen.

Rene stierte die Pumps an. Sein Gesicht nahm langsam, aber sicher die Farbe der Schuhe an, was nichts Gutes bedeuten konnte.

»Du vögelst also wirklich mit ihm!«, schrie er mich an. »Was zum Teufel soll das?«

»Nun, soweit ich im Bilde bin, hat Sie das nicht zu interessieren«, antwortete Jan an meiner statt.

Rene ignorierte ihn einfach. »Mit dem da? Ist das dein Ernst?«

»Das obliegt wohl allein Susis Entscheidung«, sagte Jan.

»Der ist doch vollkommen unter deiner Würde!«, spie Rene aus.

»Na, na, na«, krittelte Jan fröhlich. »Jetzt mal nicht gleich beleidigend werden!«

»Ach, halt deine verdammte Fresse, Müller! Das hier geht dich einen Scheißdreck an, also verpiss dich!«

Mit beinahe übermenschlicher Geschwindigkeit stand Jan plötzlich direkt vor Rene und packte ihn am Kragen. Ich beobachtete das Ganze mit entsetztem Schweigen, unfähig, mich von der Stelle zu rühren.

»Jetzt pass mal auf, du aufgeblasener Fatzke«, sagte Jan gefährlich leise zu Rene. »Ich hab mich schon mit Typen geprügelt, die weit größer waren als du. Wenn du auch nur einen kleinen Rest

Verstand in dir trägst, dann verpisst *du* dich jetzt, bevor dein hübscher Designeranzug noch schmutzig wird.«

Renes Hände formten sich zu Fäusten, was mich endlich zu meiner Sprache zurückfinden ließ.

»Hört auf!«, kreischte ich. »Hier wird sich nicht geprügelt! Wir sind doch hier nicht im Kindergarten, Herrgott noch mal!«

Sofort ließ Jan von ihm ab und trat einen Schritt zurück. »Da hast du natürlich vollkommen recht. Wir sind erwachsen und außerdem zivilisierte Leute, nicht wahr, Herr Bergstätter?«

Rene stand kurz vor der Raserei. Mit dunkelrotem Gesicht und pulsierender Ader an der Stirn sah er gehetzt zwischen Jan und mir hin und her.

Ich ließ langsam meine Krücke sinken und fuhr mir mit einer Hand durch meine zerrupften Haare. »Bitte, Rene. Geh jetzt einfach«, forderte ich zum wiederholten Male.

Er warf einen letzten Blick auf Jan, der weiterhin in Habachtstellung vor ihm aufgebaut stand. Dann gab er ein paar undeutliche Flüche von sich und rauschte aus meiner Küche. Jan folgte ihm in einigem Abstand. Ich hörte meine Haustür ins Schloss fallen. Kurz darauf ertönte das klickende Geräusch der Sicherheitsverriegelung.

Völlig durcheinander stützte ich mich mit beiden Händen auf dem Küchentresen ab und versuchte, das gerade Erlebte zu erfassen.

Jan kehrte zurück. »Er ist weg. Ich hab die Tür von innen verriegelt.«

Ich starrte auf die roten Pumps und nickte schwach.

»Ist alles in Ordnung?«, wollte er wissen. Er trat ein wenig näher und wollte mir tröstend eine Hand auf die Schulter legen. Ich wich schnell ein wenig zur Seite, was ihn seinen Arm eilig zurückziehen ließ.

»Gar nichts ist in Ordnung«, sagte ich pampig. »Er ist drogenabhängig! Ein Junkie! Verflucht, wie konnte das nur passieren?«

Er schwieg einen Moment. »Das wusstest du nicht?«

»Nein!« Ich sah Jan scharf an. »Du schon, oder was?«

»Ähm, na ja … Ja, ich hatte von Anfang an den Verdacht, dass er unter Koks steht. Zumindest hat er wie ein typischer Kokser auf mich gewirkt.«

Meine Unterlippe begann zu zittern. Wie konnte es sein, dass ich nichts bemerkt hatte? Wo ich Rene doch viel besser kennen musste als Jan! Wie hatte ich eine solche Veränderung übersehen können? Schuldgefühle überkamen mich, obwohl ich wusste, dass ich für Renes Drogenabhängigkeit nun wirklich nichts konnte.

Aber hätte ich es eher bemerkt, dann hätte ich ihm vielleicht noch helfen können, bevor es so weit kommen konnte …

»Hör mal«, begann Jan mitfühlend, »es ist nicht deine Schuld. Er ist alt genug …«

»Natürlich ist es nicht meine Schuld!«, blaffte ich, wobei ich mich schon sehr darüber wunderte, dass Jan meine Gedankengänge so gut nachvollziehen konnte. »Das geht mir aber trotzdem nicht am Arsch vorbei!«

»Wäre ja schlimm, wenn es so wäre«, sagte er ruhig.

Ich schnaubte nur und kämpfte gegen die Tränen an, die sich langsam ihren Weg nach oben bahnten.

»Willst du dich nicht lieber setzen?«, fragte Jan sanft.

»Nein, ich will mich nicht setzen! Kannst du jetzt bitte gehen?«

Er betrachtete mich mit hochgezogenen Brauen. Ich wich seinem Blick aus. Ich wollte nicht, dass er mich so aufgelöst sah.

»Susi, ich denke …«

»Susanne! SUSANNE!«, schrie ich aufgebracht. »Warum schaffst du das nicht, hä? Und jetzt geh einfach. Bitte! Lass mich alleine!«

Er rieb sich nachdenklich das Kinn. »Was ist eigentlich so schlimm daran, sich ab und zu einmal helfen zu lassen?«

Wütend schlug ich mit der Hand auf die Arbeitsplatte. »Ich brauche keine Hilfe. Nicht von dir! Und jetzt hau ab! Herrgott interessiert es eigentlich gar keinen mehr, was ich sage?«

Jan straffte die Schultern, machte auf dem Absatz kehrt und verschwand durch die Terrassentür.

Ich stand noch einige Zeit zitternd in der Küche und zwang mich selbst zur Ruhe. Annemarie und Falk lächelten von ihrem Foto auf mich herunter.

Der pochende Schmerz in meinem Knöchel brachte mich schließlich dazu, meine Gehstützen aufzuklauben, die Terrassentür zu verriegeln und mich erschöpft auf dem Sofa zusammenzurollen.

Kapitel 13

Stundenlang wälzte ich mich schlaflos in meinem Bett und fragte mich immer wieder, wie ich Renes Drogenproblem übersehen hatte können. Und dann fragte ich mich, was ich jetzt unternehmen sollte.

Ich wollte ihm helfen, so viel war klar. Auch wenn er mir das Herz gebrochen hatte und ein Arschloch war, so verband uns doch das Band einer gemeinsamen Vergangenheit.

Aber wie konnte ich ihm helfen?

Mit ihm reden?

Das wäre zumindest ein Anfang. Das Problem war nur, dass ich mich ehrlich vor ihm fürchtete. Er hatte seine Gewaltbereitschaft nun schon zweimal eindrucksvoll demonstriert. Ich wollte mir gar nicht ausmalen, was in der Küche geschehen wäre, wenn Jan nicht urplötzlich aufgetaucht wäre.

Jan …

Noch so ein Punkt, der mir den Schlaf raubte. Ich wusste genau, wie sehr ich ihm zu Dank verpflichtet war, und doch hatte ich ihn angeschrien wie eine Furie. In seiner Gegenwart verhielt ich mich durchweg irrational, was mich selbst verwunderte. Ich hatte keine Ahnung, warum das so war, doch immer wenn ich meinen neuen Nachbarn sah, glomm sofort ein kleiner Funken Wut in mir auf, den ich nicht kontrollieren konnte.

Diese ganzen Fragen, auf die ich keine Antwort fand, hielten mich nicht nur vom Träumen ab, sondern machten mir langsam, aber sicher auch noch das Atmen schwer. Meine Brust fühlte sich an wie zugeschnürt. Ich rappelte mich auf und setzte mich an den Bettrand. Charly lag am Fußende und öffnete träge ein Auge. Zärtlich beugte ich mich zu ihm und strich über sein samtiges Fell. Er streckte sich kurz durch und rollte sich genüsslich zusammen. Ich seufzte. In meinem nächsten Leben musste ich unbedingt eine Katze werden.

Ich tastete nach meinen Gehstützen, hievte mich schwerfällig hoch und wanderte langsam hinaus auf den Balkon. Es war Vollmond. Ein weiterer Fakt, der mir das Einschlafen erschwerte. Der Himmel war klar und wolkenlos. Abermillionen von Sternen funkelten um die Wette und tauchten die nächtliche Landschaft in geheimnisvolles Licht. Alles erstrahlte in einem gräulichen Blauton, wodurch man trotz der weit fortgeschritten Stunde sämtliche Details der Natur erkennen konnte.

Ich stützte mich an der Brüstung ab und sog gierig die frische Brise ein, die mir um die Nase wehte. Obwohl ich fröstelte, genoss ich die Kälte. Von dem gepunkteten Schlafanzug hatte ich nur das Oberteil an, weil die Hose leider nicht über das Gipsbein passte. Stattdessen trug ich uralte Boxershorts, deren Stoff so dünn war, dass der leichte Windhauch direkt hindurch auf meine Haut drang.

Gedankenverloren betrachtete ich den Garten. Die Forsythie musste ich im Herbst unbedingt radikal zurückschneiden. Ihre Äste drängelten schon den Flieder in den Hintergrund.

Mein Blick glitt weiter und blieb auf dem Nachbarsgrundstück haften.

Was zum …?

Entrüstet starrte ich auf das weit geöffnete Frühbeet. Was war denn so schwer daran, den Deckel zu schließen? Die Salatköpfe wurden bestimmt von Tausenden von Schnecken belagert!

Eilig humpelte ich nach drinnen.

Ich musste Annemaries Salat retten. Sofort!

Ohne mich umzuziehen, rutschte ich die Treppe hinunter und wackelte barfuß zum Schuppen. Dort bewaffnete ich mich mit meiner Schneckenbekämpfungsausrüstung (einem kleinen

Eimerchen, Gummihandschuhen und einem Küchenmesser) und hoppelte umgehend hinüber in Jans Garten.

Dieser blöde Vollidiot! Wie konnte er nur so fahrlässig sein?

Schon von Weitem sah ich einen glitschigen, schwarzen Punkt, der sich an dem Plexiglaskasten hoch schleimte. Fluchend stürzte ich mich darauf und machte dem Angreifer mit dem Messer den Garaus.

Das Mondlicht war hell genug, um das ganze Desaster zu beleuchten. Zig von den ekligen Nacktschnecken hatten bereits ihren Weg zu den köstlichen Salatköpfen gefunden und labten sich daran. Wie in Rage fiel ich auf die Knie und begann ich mit der Bekämpfung. Ein Mistvieh nach dem anderen wanderte in zwei Hälften in den kleinen Eimer. Ein aufgeregtes Bellen erklang aus dem Inneren des Hauses.

Nur noch ein paar …

Der Schein einer Taschenlampe traf mein Gesicht. Geblendet wie ein Reh auf der nächtlichen Straße, blinzelte ich verdattert hinein.

»Susi?«, rief Jan überrascht. Er stand an einem Fenster im ersten Stock und leuchtete hinaus. »Was machst du denn da?«

»Schnecken! Überall Schnecken!«, schrie ich hysterisch und führte hektisch mein Massaker fort.

»Was zum … ach, verdammt«, hörte ich ihn gedämpft fluchen.

Der Schein der Taschenlampe verschwand, dafür gingen im Haus nacheinander die Lichter an. Kurz darauf erschien Jan, bekleidet in Jogginghose und dünnes Sweatshirt, auf der Terrasse.

»Bist du verrückt geworden?«, schimpfte er, als er auf mich zukam. »Es ist arschkalt hier draußen!«

Lilly hatte er im Haus zurückgelassen. Ich konnte sie leise protestieren hören.

»Wie konntest du das nur tun?«, herrschte ich Jan an. »Sieh nur, was du angerichtet hast!«

Vorwurfsvoll hielt ich ihm den Eimer hin. Er sah kurz hinein und dann zweifelnd zu mir.

»Ernsthaft jetzt?«, fragte er.

»Hast du denn gar kein Gewissen?«, kreischte ich. »Sieh dir das an! Der schöne Salat! Annemarie hat so viel Zeit dafür investiert und dann … dann kommst du und zerstörst alles! Du machst alles kaputt, hörst du? Alles!«

Die Worte sprudelten einfach so aus mir heraus, ohne dass ich Kontrolle darüber hatte. Gleichzeitig füllten sich meine Augen mit Tränen und ich schnaufte schwer. Mit zittrigen Händen ermordete ich eine letzte Schnecke und entsorgte die Überreste im Eimer.

Jan betrachtete mich lange Zeit nachdenklich.

»Hier geht es nicht nur um den Salat, oder?«, fragte er schließlich ruhig.

Ich sank zusammen und ließ den Kopf hängen. Mein kaputtes Bein protestierte zwar heftig gegen diese Körperhaltung, aber das war mir egal. Eine dicke Träne rollte langsam über meine Wange und hinterließ eine heiße Spur auf meiner Haut.

»Bitte, rede mit mir«, forderte Jan mich eindringlich auf.

Es war, als hätte er mit seiner Stimme eine Tür geöffnet. Mir entfuhr ein lautes Schluchzen und schon brachen sämtliche aufgestauten Emotionen der letzten Wochen aus mir heraus. Ich heulte und dachte dabei an Annemarie. Ich dachte an ihr Lächeln, an ihre faltigen Hände. Dachte an ihr Lieblingsparfüm … Ich dachte einfach an alles. Mich überraschte selbst, wie sehr ich sie eigentlich vermisste.

Jan verschloss sorgfältig den Deckel des Frühbeets, ging neben mir in die Hocke und nahm mir das Messer ab. Ich ließ es geschehen und schluchzte weiter. Eine Weile verharrte er wortlos neben mir, während ich mich selbst in einen waschechten Heulkrampf hineinsteigerte. Selbst wenn ich gewollt hätte, ich hätte ihn nicht stoppen können, jetzt wo die Schleusen einmal geöffnet waren. Noch vor ein paar Stunden hätte ich mich in Grund und Boden geschämt, wenn Jan mich so gesehen hätte. Doch in diesem Moment fühlte sich seine Nähe unbeschreiblich wohltuend an.

Ich spürte, wie er mir zärtlich über den Kopf streichelte. Seine Hand wanderte ein wenig hinunter und hielt zwischen meinen Schulterblättern inne.

»Du bist eiskalt«, flüsterte er. »Komm, wir gehen rein.«

Ich rührte mich nicht von der Stelle. Mir fehlte schlichtweg die Kraft aufzustehen. Ich schaffte es nicht einmal, mir die Tränen vom Gesicht zu wischen und saß einfach nur da wie ein bebendes Häufchen Elend.

Kurzerhand schob Jan seine Hände unter meine Arme und stellte mich auf die Beine. Automatisch lehnte ich mich matt an ihn. Er ging leicht in die Knie und hob mich mit einem Ruck hoch. Ich protestierte nicht, hing nur schlaff in seinen Armen und heulte weiterhin Rotz und Wasser.

Ohne die geringste Mühe trug Jan mich zum Haus und schob mit dem Fuß die Terrassentür auf.

»Lilly, geh Platz«, beorderte er ruhig.

Das leise Klackern von Hundepfoten auf Parkett erklang und verstummte kurz darauf.

Wie eine überdimensionale Puppe bettete Jan mich auf sein Sofa und wickelte mich in eine Decke ein. Dann verschwand er aus meinem Sichtfeld. Ich blieb reglos sitzen und dachte an Rene. An seine riesigen Pupillen, in denen sich der pure Wahnsinn gezeigt hatte. Wieder fragte ich mich, ob ich irgendetwas hätte tun können, um das Ganze zu verhindern.

Als Jan wieder zurückkehrte, hatten sich meine Schluchzer zu unregelmäßigen Hicksern vermindert. Er trug ein dunkles Bündel unter dem Arm. Schniefend und hicksend schaute ich ihm dabei zu, wie er sich vor mich hinkniete, mein gesundes Bein unter der Decke herauszog und mir eine dicke Wollsocke über den nackten Fuß streifte.

Das war so eine niedliche, umsichtige Geste, dass ich gleich wieder mehr weinen musste. Die ganze Zeit hatte ich meinen Nachbarn behandelt wie ein Riesenarschloch, obwohl er doch so ein lieber Kerl war. Ich fühlte mich schrecklich deswegen.

Er packte meinen Fuß wieder in die Decke und entfaltete einen dunkelbraunen Fleecepullover. Fragend hielt er ihn hoch. Ich nickte schniefend und wurschtelte meine Arme aus der Decke. Erst jetzt bemerkte ich, dass ich die dreckigen Gummihandschuhe noch anhatte. Ich starrte verwundert auf meine Finger, als würden sie nicht mir gehören.

Weil ich keine Anstalten machte, sie auszuziehen, zog Jan sie mir von den Händen. Ich sah ihn an und wusste überhaupt nicht, womit ich seine Zuwendung denn eigentlich verdient hatte. Er lächelte weich und zog mir einfach den Pullover über den Kopf. Hicksend schlüpfte ich mit seiner Hilfe in die Ärmel und ließ mich danach wieder in die Decke einhüllen.

Ich wollte mich bedanken, doch daraus wurde nur ein Unverständliches: »Hihihich … daha … ha …«

Jan legte mir sanft seinen Zeigefinger auf die Lippen. »Später.«

Wieder brachte mich seine fürsorgliche Art dazu, noch mehr zu schluchzen.

Er setzte sich neben mich und zog mich, ohne zu zögern, in seine Arme. Von Dankbarkeit erfüllt ließ ich mich an ihn fallen. Ich drückte mein Gesicht an seine Brust und weinte einfach. Weinte, bis ich gar nicht mehr wusste, warum ich eigentlich weinte.

Es tat einfach nur wahnsinnig gut, in Jans schützender Umarmung zu liegen und den Tränen ihren Lauf zu lassen. Ich genoss die Wärme, die von seinem Körper ausging, und gab mich völlig der wohligen Geborgenheit und dem Trost hin, die er mir spendete. So behütet hatte ich mich schon lange nicht mehr gefühlt. Die Sicherheit, die Jan ausstrahlte, war überwältigend.

Ich hatte keine Ahnung, wie lange ich mich weinend an meinen Nachbarn kuschelte. Irgendwann versiegten meine Tränen und die tiefen Schluchzer verebbten. Als ich nur noch in unregelmäßigen Abständen die Nase hochzog, durchbrach Jan das beinahe andächtige Schweigen.

»Ist dir noch kalt?«

»Nein«, log ich belegt. Eigentlich war mir sogar schweinekalt. Meine Finger und Zehen kribbelten unangenehm, weil die Wärme langsam zurückkroch, und ein leichtes Bibbern schüttelte meinen ganzen Körper.

»Lügnerin«, sagte Jan und wuschelte mir freundschaftlich durch die Haare. »Soll ich dir einen Tee machen? Oder Kaffee? Hm … ein Grog wärmt auch sehr gut.«

Mit einem gequälten Lächeln rappelte ich mich auf, obwohl sich jede Zelle meines Körpers dagegen wehrte, sich aus dieser wohligen Umarmung zu lösen.

»Es geht schon«, murmelte ich und wischte mir verlegen die Spuren meines Heulanfalls aus dem Gesicht.

Jan holte aus der unteren Ablage des Couchtischs eine Packung Taschentücher hervor. Ich nahm sie dankbar an und putzte mir ausgiebig die Nase. Unbeholfen sah ich mich um und wusste nicht, wo ich das vollgerotzte Taschentuch entsorgen sollte.

»Leg es einfach auf den Boden. Das läuft uns bestimmt nicht davon«, sagte Jan, als er mein Dilemma bemerkte.

Seine Feinfühligkeit versetzte mich in Staunen. Ich schniefte leise und nestelte nervös an der Plastikverpackung der Taschentücher herum, in der Hoffnung mir würden endlich die passenden Worte für diese Situation einfallen.

»Danke«, begann ich schließlich. »Tut mir wirklich leid, dass du das hier …«

Er unterbrach mich mit einer Handbewegung. »Nein. Du hast den Ausbruch ganz dringend gebraucht und das ist vollkommen in Ordnung. Jeder braucht das mal.«

Ich sah ihn an und spürte, wie meine Unterlippe wieder zu beben begann.

»Du bist so unglaublich nett zu mir«, murmelte ich. »Ich hab das gar nicht verdient. Ich hab mich dir gegenüber immer wie der größte Arsch benommen!«

»Jaaa, das ist wahr«, seufzte Jan und grinste. »Aber – jetzt weiß ich endlich, warum du mich so dermaßen verachtest.«

»Ich verachte dich doch nicht!«, widersprach ich bestürzt.

»Vielleicht nicht mich persönlich, aber den Umstand, der mich hierhergebracht hat«, erklärte er einsichtig. »Annemarie stand dir sehr nahe, oder?«

Peinlich berührt starrte ich wieder auf die Taschentuchpackung. »Ja.«

Eine Weile sagten wir beide nichts. Mir wollte einfach nichts Gescheites einfallen.

»Sag mir doch mal, was du gerade denkst«, schlug Jan irgendwann hilfreich vor.

Ich atmete tief durch. »Wenn ich nur wüsste, wo ich anfangen soll …«

Jan lächelte mich aufmunternd an und lehnte sich entspannt zurück. Er zeigte mir damit, dass er alle Zeit der Welt hatte.

»Okay«, nuschelte ich und strich mir ein paar Haare aus der Stirn. »Also. Annemarie und Falk, das war ihr Mann, waren schon immer mehr als nur Nachbarn für mich gewesen. Sie waren meine Adoptiv-Großeltern. Als Kind hab ich sehr viel Zeit bei ihnen verbracht. Hier, in diesem Haus. Auch später, als ich erwachsen wurde, haben wir den Kontakt gehalten. Mit ihnen konnte ich über alles reden. Sie gehörten zu meiner Familie. Als meine Eltern nach Spanien ausgewandert sind, waren die beiden plötzlich das einzige Stück Familie, das ich noch um mich hatte. Meine Verwandten tragen alle so was wie ein Fernweh-Gen in sich. Die sind auf der ganzen Welt verstreut, aber na ja … Jedenfalls war Falks Tod damals schon extrem schlimm für mich. Ich glaube, dass ich mich deshalb so sehr an Annemarie geklammert habe. Sie war quasi der gesamte Familienersatz, oder so was. Tja, und jetzt ist sie auch fort. Für immer. Und ich … ich vermisse sie einfach nur so schrecklich. Freilich, ich bin jetzt keine Vollwaise oder so, aber meine Eltern sind halt so weit weg. Die paar Telefonate und kurzweiligen Besuche reichen einfach nicht aus für eine enge Bindung. Ich glaube, ich … ich habe Angst, alleine zu sein.«

Der letzte Satz erschreckte mich. So ehrlich war ich die ganze Zeit über nicht einmal zu mir selbst gewesen. Die Erkenntnis, dass dies die Erklärung für mein gesamtes Gefühlschaos war, ließ mich kurz nach Luft schnappen.

»O Gott!«, sagte ich laut. »Ich bin so was von egoistisch, das ist ja ekelhaft!«

»So ein Quatsch«, widersprach Jan überzeugt. »Mit Egoismus hat das ja wohl mal gar nix zu tun. Kein Mensch auf der Welt möchte alleine sein. Na ja, fast keiner. Ein paar Ausnahmen gibt es wohl, aber gesund ist das nicht. Jeder braucht sozialen Rückhalt. Sei es nun von der Familie oder von Freunden. Also, ich kann deine Gedanken und Ängste sehr gut nachvollziehen. Was glaubst du, warum ich hierhergezogen bin? Ich bin lange genug in der Welt herumgetingelt, aber mein Zuhause war schon immer hier, bei meiner Familie.«

»Wo warst du denn überall?«, wollte ich wissen.

Er lachte. »Hey, nicht vom Thema ablenken, ja? Ich erzähle dir meine Lebensgeschichte gern ein andermal, aber jetzt geht es um dich.«

»Hm.«

»Annemarie war also die letzte Bezugsperson in deiner Nähe. Sie ist gestorben, was an sich schlimm genug ist, aber dann komme auch noch ich daher und reiße die komplette Bude um, an der doch so viele Erinnerungen haften. Richtig?«

»Wenn du das so nüchtern aussprichst, komm ich mir erst recht blöd vor«, meinte ich düster.

»Soll ich dir mal was sagen? Ich bin total erleichtert.«

»Warum?«

Jan grinste breit und zeigte seine hübschen Grübchen. »Weil ich jetzt endlich weiß, was der Grund für dein Verhalten ist. Ich habe schon ernsthaft an meinem Charme gezweifelt.«

»Welcher Charme?«

»Hey!« Er knuffte mich in den Oberarm. »War das gerade ein Witz?«

Ich zuckte unschuldig mit den Schultern und gluckste leise.

»Du musst unbedingt öfter Witze reißen«, sagte er ernst. »Du siehst so hübsch aus, wenn du lachst.«

Wir sahen uns einen Moment an, bis wir uns zeitgleich verlegen räusperten.

»Ähm, ja. Ich werd's versuchen«, murmelte ich und rutschte in eine andere Sitzposition. Ich betrachtete Lilly, die in ihrem Hundekorb lag und mich aus halb geschlossenen Augen beobachtete. In dieser Haltung wirkte sie weitaus weniger bedrohlich als vor meinem Gartentürchen. Fast schon niedlich. Irgendwie. »Übrigens – danke für … du weißt schon. Wegen Rene. Und es tut mir wirklich leid, dass ich dich so angeschrien habe. Ich war einfach total durch den Wind. Also, danke noch mal.«

»Keine Ursache.«

Ich atmete tief durch und dachte wieder an Renes irren Blick. Unwillkürlich fröstelte es mich und ich zog die Kuscheldecke enger um meine Schultern. Jan beobachtete mich aufmerksam, sagte aber nichts dazu.

»Warum bist du eigentlich rübergekommen? Ich meine, also, du wolltest mir doch nicht wirklich nur meine Schuhe zurückbringen, oder?«, fragte ich.

Jan lächelte schief. »Nein. Ich hatte wohl schon so eine Ahnung, als ich Renes Wagen in deiner Einfahrt stehen sah. Nach seinem Auftritt in der Orange Lounge dachte ich mir, ich seh lieber mal nach.«

»Und das keine Sekunde zu spät«, seufzte ich und legte meinen Kopf nach hinten auf die Sofalehne. »Nicht auszudenken, was passiert wäre, wenn …«

»Hör auf. Daran darfst du nicht denken.«

Ich starrte an die Decke. »Ich weiß. Aber ich tu's trotzdem die ganze Zeit. Rene war schon immer ein Arschloch, aber jetzt … Er ist nicht mehr er selbst. Völlig unberechenbar. Und das tut mir unendlich leid und gleichzeitig macht es mir Angst. Ja, ich hatte wirklich eine Scheißangst vor ihm.«

Ein leichtes Zittern schwang in meiner Stimme mit und ich musste die Augen schließen, um nicht wieder loszuheulen.

»Glaubst du, er kommt wieder?«, fragte Jan leise.

Entgeistert richtete ich mich auf. Daran hatte ich noch gar nicht gedacht.

»Keine Ahnung!«, rief ich aufgelöst. »Würde er das tun? Ich weiß es nicht. Was, wenn er nachts bei mir einbricht? Mein Gott!«

»Willst du die Polizei informieren?«

Ich schnaubte abwertend. »Die Polizei? Was würde die denn machen? Nichts.«

»Wenn sie bei ihm Drogen finden, würden sie das bestimmt nicht ignorieren.«

»Reicht denn ein einzelner Verdacht für einen Durchsuchungsbefehl?«, merkte ich an. »Ich glaube eher nicht. Ich kenn mich da zwar nicht aus, aber in den Krimis braucht man dafür schon handfeste Beweise.«

Jan legte zweifelnd seine Stirn in Falten. »Denkst du das wirklich oder willst du Rene schützen?«

Langsam wurde mir Jans Sensibilität ein wenig unheimlich. Tatsächlich kam ich mir bei der Vorstellung, Rene an die Polizei zu verraten, auf eine seltsame Weise schäbig vor. Ganz so, als würde ich ihn in die Pfanne hauen wollen. Das war natürlich Quatsch, aber ich hatte irgendwie das Gefühl, dass das nicht der richtige Weg war.

Und mein Nachbar hatte mich mal wieder durchschaut …

»Sag mal, Jan. Kannst du eigentlich Gedanken lesen, oder so was?«, fragte ich und schnitt eine Grimasse. »An welche Zahl denke ich gerade?«

»Vier?« Er lachte unbeschwert. »Nein. Natürlich nicht. Ich verstehe womöglich langsam ein bisschen, wie du tickst. Außerdem verrät dein Gesichtsausdruck viel mehr von deinen Gedanken, als du vielleicht wahrhaben willst.«

Konzentriert legte ich eine höchst neutrale Miene auf. »Na, ob du dich da mal nicht täuschst.«

»Sehr überzeugend«, meinte er grinsend. »*Das* verrät mir im Übrigen nun eindeutig, dass du nicht durchschaut werden möchtest. Hm, oder du hast Blähungen. Könnte natürlich auch sein.«

»Ha. Ha.«

Jan wurde wieder ernst. »Zurück zu Rene: Bist du dir sicher, dass du nicht zur Polizei gehen willst? Du brauchst kein schlechtes Gewissen zu haben. Im Endeffekt würdest du ihm wohl eher damit helfen. Vielleicht öffnet ihm das ja die Augen und er erkennt, dass er ein Problem hat.«

»Nein«, sagte ich überzeugt. »Dafür gibt es bestimmt eine bessere Lösung.«

»Wofür? Um einem Junkie die Augen zu öffnen? Ein normales Gespräch nützt gar nichts. Glaub mir, ich habe schon genug Süchtige gesehen, um das zu wissen.«

Ich gab mich verständnisvoll. »Ja, auf so Konzerten kursieren bestimmt mächtig viele Drogen. Aber du nimmst doch so was nicht selber, oder?«

»Keine Sorge, meine einzige Droge ist Kaffee.« Er unterdrückte deutlich ein Schmunzeln. »Tatsächlich blieben meine Konzerte von solchen Kreisen bisher relativ verschont.«

»Echt? Das wundert mich aber.«

Jan wirkte kurz so, als wolle er noch etwas dazu sagen, doch dann schwenkte er wieder zum eigentlichen Thema zurück. »Also, wie gesagt – es bringt gar nichts, mit Rene ein vernünftiges Gespräch zu suchen. Das würde ihn nur wieder aggressiv machen. Versprichst du mir, dass du das nicht tun wirst? Vor allem nicht alleine?«

In seinen Augen lag ehrliche Besorgnis. Unwillkürlich überkam mich der Drang, ihm über sein Haar zu streicheln und *Ooooch* zu sagen. Ich widerstand, wenn auch mit einer gewissen Anstrengung.

»So schnell werde ich mich nicht mehr mit diesem Wahnsinnigen alleine in einem Raum aufhalten«, erklärte ich und sortierte meine Beine unter der Decke neu, um mich ein wenig abzulenken.

»Okay.« Er wirkte erleichtert.

Der Drang wurde stärker. Ich glättete die Kuscheldecke über meinen Knien, damit meine Hände eine Beschäftigung hatten.

»Willst du heute bei mir schlafen?«, bot Jan an.

Um Gottes willen!

»Nein!« Ich schrie meine Antwort fast heraus.

Er runzelte die Stirn. »Im Gästezimmer.«

»Oh!«

»Was du gleich wieder denkst«, tadelte er amüsiert.

Ich spürte genau, wie mir verlegene Röte ins Gesicht schoss. Plötzlich interessierte ich mich brennend für einen Fussel auf der Armlehne. Scheinbar gelangweilt schnippte ich ihn von mir weg und sagte lang gezogen: »Na jaaa, bei dir kann man ja nie wissen, was? Hehe. Nein, im Ernst jetzt. Ich will lieber in meinem Bett schlafen, aber ich danke dir für deine Hilfsbereitschaft.«

Wir verfielen wieder in Schweigen. Ein peinlich berührtes auf meiner Seite und ein aufmerksam beobachtendes auf seiner.

»Na schön«, intonierte Jan schließlich. »Wir haben unser Problem inzwischen endlich erläutert. Wie wollen wir weiter vorgehen?«

Unser Problem … Süß von ihm, aber im Endeffekt lag das Problem ja wohl eindeutig bei mir. Worauf ich ihn dann auch hinwies.

»Das ist nicht ganz richtig«, widersprach er kopfschüttelnd. »Jedenfalls würde ich mal sagen, dass wir jetzt endlich eine solide Basis für unsere Nachbarschaft gefunden haben. Ausziehen werde ich nicht und ich werde auch weiterhin das Haus so einrichten, wie ich es möchte. Aber ich verspreche dir, dass ich mich bemühen werde, ein guter Nachbar zu sein. Wenn du mir versprichst, es mich auch sein zu lassen.«

»Okay. Ich verspreche es. Und ich werde versuchen, eine gute Nachbarin zu sein.«

Er lächelte mich zufrieden an. Ich fühlte mich, als wäre ein riesiger Stein von meinem Herzen gefallen.

»Weißt du«, sagte ich leise, »ich möchte gar nicht mehr, dass du ausziehst.«

Jans Freude über diese Aussage war kaum zu übersehen. Sein Lächeln wurde breiter und seine dunklen Augen funkelten regelrecht.

Ich lehnte mich zurück und fügte gedehnt hinzu: »Allerdings hätte ich kein Problem damit, wenn du den Hund ins Tierheim bringen würdest.«

Stirnrunzelnd sah er mich an.

»Das war ein Scherz«, lachte ich.

Ein Kissen flog mir entgegen.

»Schon wieder ein Scherz? Langsam wirst du mir aber gespenstisch«, witzelte Jan.

»Tja, da wirst du dich wohl daran gewöhnen müssen.«

Wir lachten und ich fühlte mich befreit wie schon lange nicht mehr.

Jan hatte vollkommen recht – jetzt hatten wir eine solide Basis für unsere Nachbarschaft. Solide genug, um darauf ein ganzes Hochhaus zu errichten.

Kapitel 14

Am nächsten Morgen, besser gesagt am nächsten Mittag, wurde ich von den gedämpften Motorgeräuschen eines Rasenmähers geweckt. Im Halbschlaf lauschte ich den Klängen und versuchte zu sondieren, aus welchem Garten in der Nachbarschaft sie herübertönten.

Träge schlug ich meine Bettdecke zur Seite und versuchte, mich selbst zu überreden, endlich aufzustehen. Da die Nachteile momentan deutlich überwogen, rollte ich mich eine kleine Ewigkeit herum, ohne auch nur einen Zeh aus der gemütlichen Zone meines Bettes herauszustrecken.

Das Telefon klingelte. Ich seufzte und gab mir einen Ruck.

Eilig kämpfte ich mich aus den Laken, schnappte mir meine Gehstützen und humpelte hinüber ins Büro. Ich war fast ein wenig außer Atem, als ich endlich beim Schreibtisch ankam und das tragbare Telefon aus der Ladestation riss.

»Kollmann«, schnaufte ich in den Hörer.

Keine Antwort. Kein Piepton.

Ich warf einen Blick auf das Display. Unbekannter Teilnehmer. Das Gespräch war aktiv.

»Kollmann«, wiederholte ich. »Hallo? Halloooho?«

Nichts.

Schulterzuckend legte ich auf. Wahrscheinlich hatte der Anrufer das Gespräch im gleichen Moment beendet, als ich es entgegennahm.

Das Summen des Motors drang wieder an mein Ohr. Neugierig trat ich ans Fenster und lugte hinaus. Ich erhaschte gerade noch einen Blick auf Jan, wie er geschäftig mit einem nagelneuen Rasenmäher in Richtung seines Vorgartens marschierte. Der hintere Teil seines Grundstücks war bereits fein säuberlich gestutzt. In der hüfthoch gemauerten Kompostecke für die Gartenabfälle türmte sich ein großer Haufen frisch gemähtes Gras. Lilly machte sich gerade einen riesigen Spaß daraus, in dem Berg herumzuwühlen, wobei sie einen großen Teil rund um den Kompostbereich verteilte. Die Hündin hatte eine solche Freude daran, dass ich bei dem Anblick ihrer ausgelassenen Toberei sogar grinsen musste. Ob Jan das auch so lustig finden würde, wenn er das Desaster sah?

Jan …

In Gedanken ging ich nochmals die Ereignisse der letzten Nacht durch. Ich musste lächeln, als ich an unser klärendes Gespräch zurückdachte. Mich wunderte selbst ein wenig, dass mir mein Heulanfall im Nachhinein nicht peinlich war. Eigentlich ganz im Gegenteil. Ich war geradezu erleichtert über den Verlauf der vergangenen Stunden. Selbst der beängstigende Auftritt von Rene hatte (im Rückblick betrachtet) etwas Gutes an sich gehabt. Wer wusste schon, wie lange ich sonst nichts von seiner Drogensucht erfahren hätte. Jetzt war ich mir darüber wenigstens im Klaren und konnte vielleicht sogar eine Lösung des Problems finden.

Nun, meine heutige Grundeinstellung war schon beinahe beängstigend positiv.

Ich stellte den Hörer zurück in die Ladestation und wackelte ins Bad. Meine Wanne blitzte mich herausfordernd an. Kurz haderte ich mit dem Gedanken, mir ein wohltuendes Schaumbad zu gönnen. Das Gipsbein könnte ich ja über den Rand im sicheren Trockenen baumeln lassen? Die Verrenkungen in der Dusche nervten mich inzwischen schon ganz gewaltig und auch wenn es natürlich Quatsch war, aber ich fühlte mich irgendwie nie richtig erfrischt, obwohl eigentlich nur mein rechter Unterschenkel vom Wasser ferngehalten wurde.

Noch zwei Wochen. Dann würde ich das pinke Ungetüm endlich loswerden.

Kaum war ich mit dem Umziehen fertig, da klingelte das Telefon wieder. Hastig stöckelte ich ins Büro zurück, griff nach dem Hörer und meldete mich.

»Kollmann.«

Keine Antwort.

Na, was sollte das denn jetzt? Diesmal hatte ich wirklich nicht lange gebraucht, um abzuheben. Auf dem Display stand wieder *Unbekannter Teilnehmer*.

Wenn der Anrufer so ungeduldig war, konnte ich ihm auch nicht helfen. Charly kam herein und war wohl der gleichen Meinung. Seinem Miauen entnahm ich, dass ich mich im Moment nur auf eine Sache konzentrieren sollte: der sofortigen Befüllung seines Futternapfes. Alles andere war unwichtig und konnte warten.

Dieser Tatsache konnte ich natürlich nicht widersprechen, deshalb machte ich mich unter Charlys strenger Aufsicht unverzüglich auf den Weg in die Küche.

Nachdem der Kater zufriedengestellt war, schickte ich mich an, mein eigenes Wohlbefinden zu verbessern, indem ich meinen Rucksack mit den Zutaten für ein kleines Terrassenfrühstück bepackte. Während ich frischen Kaffee in die Transportkanne füllte, fiel mir auf, dass sich das Geräusch von Jans Rasenmäher verändert hatte. Nicht das Motorgeräusch selbst, aber die Entfernung. Es hörte sich fast so an, als …

Ich beugte mich vor zum Fenster und staunte nicht schlecht, als Jan direkt daran vorbeimarschierte.

Er mähte doch wahrhaftig in meinem Garten!

Im ersten Moment wusste ich nicht, was ich davon halten sollte. War das nun Hausfriedensbruch oder freundliche Nachbarschaftshilfe?

Mann, Susanne! Ist das dein Ernst? Freu dich doch einfach mal!

Ich hatte natürlich recht. Schluss mit der Zickerei! Dass Jan unaufgefordert meinen Rasen mähte, war einfach nur nett und aufmerksam.

Leise vor mich hin summend verdoppelte ich die Kaffeeration in der Kanne und verstaute zusätzliches Geschirr im Rucksack. Beschwingt humpelte ich anschließend hinaus auf die Terrasse. Jan bemerkte mich nicht gleich, was mir die Gelegenheit gab, ihn kurz ungeniert zu betrachten.

Bis zu diesem Moment hätte ich nicht gedacht, dass Männer beim Rasenmähen sexy aussehen können. Jan belehrte mich diesbezüglich eines Besseren.

Heiliger Bimbam!

Das war das Erste (und Einzige) was mir zu dem Spektakel einfiel.

Jan trug ein ärmelloses, eng anliegendes Shirt, das so ziemlich jedes Detail seines Oberkörpers verriet. Gewissermaßen fasziniert ließ ich meinen Blick über seine kräftigen Arme gleiten. Selbst aus dieser Entfernung konnte ich das Spiel seiner Muskeln erkennen. Seine Haut schimmerte samtig in der Sonne. Sein Haar war zerzaust und glänzte schon fast aufdringlich.

Meine Güte …

Ich merkte, dass mir der Mund offenstand. Hastig klappte ich ihn zu und wandte mich schnell von meinem Nachbarn ab, bevor er noch auf mein Geglotze aufmerksam wurde. Ich begann, meinen Rucksack auszupacken und den Tisch zu decken. Um mich möglichst lange von dem verwirrenden Anblick mit dem Rasenmäher zu schützen, ließ ich mir dabei viel Zeit.

Als ich wieder aufsah, traf ich direkt auf Jans Blick. Ich hielt fragend eine leere Tasse hoch. Er nickte und setzte ein Lächeln auf, das noch mehr strahlte als seine glänzende Haarpracht.

Was war bitte geschehen? Hatte der Kerl schon immer so verdammt heiß ausgesehen?

Sein gesamtes Erscheinungsbild grenzte ja schon fast an eine Unverschämtheit!

Mit einem leisen Seufzer ließ ich mich auf einen Stuhl fallen und bemühte mich dabei um einen unbeteiligten Gesichtsausdruck. Während ich meine Tasse mit frischem Kaffee befüllte, achtete ich geflissentlich darauf, die Rasen mähende Testosteronbombe in meinem Garten zu ignorieren. Dies gelang mir nur durch ein immenses Maß an Selbstbeherrschung.

Erst als der Motor des Rasenmähers erstarb, wagte ich einen erneuten Blick. Mann, war ich froh, dass die Sonne sich hinter einer Wolke versteckte! Dadurch blendete Jans strahlendes Antlitz wenigstens nicht ganz so stark. Trotzdem war ich ungewohnt nervös, als er langsam auf mich zuschritt. Zu allem Überfluss wischte er sich auch noch mithilfe seines Shirts den Schweiß von der Stirn, wobei er einen nicht unerheblichen Teil seines Bauches entblößte.

Uh!

Dummchen, den hast du doch schon mal gesehen!

Das schon, aber da hatte ich andere Probleme. Also noch mal: Uh!

Ich versenkte meine Nase in der Kaffeetasse und hoffte inständig, meine Ohren wären hoffentlich nicht so rot, wie sie sich anfühlten. Der Anstand zwang mich jedoch, baldigst wieder aufzusehen und ein unverbindliches Lächeln aufzusetzen.

»Hallo, Herr Nachbar!«, grüßte ich beschwingt. »Vielen Dank fürs Mähen! Das war wirklich schon bitter nötig.«

Das war zwar übertrieben, aber geschadet hatte der Schnitt gewiss nicht …

»Kein Problem.« Jan platzierte sich unbefangen auf dem Stuhl mir gegenüber. »Ich war sowieso schon dabei. Das ging praktisch in einem.«

»Klasse. Sobald ich wieder normal gehen kann, werde ich mich revanchieren«, versprach ich und befüllte seine Tasse.

»Hm, das könntest du auch jetzt schon, wenn du willst«, bemerkte er und zwinkerte mir zu.

Bitte was?

»Ach?« Ich erhob misstrauisch eine Braue und fragte scharf: »An was genau hättest du denn dabei gedacht?«

»Nun ja, ich wollte dich fragen, ob du mich beim Rückschnitt der Rosen anleiten könntest.«

»Oh!«

Er lehnte sich lässig zurück. »Und an was genau hättest *du* jetzt dabei gedacht?«

Gute Frage …

Anstatt zu antworten, winkte ich ab und kaute verlegen an meiner Unterlippe. Jan musterte mich verschmitzt. Um unauffällig das Thema zu wechseln, bot ich ihm eine Scheibe Brot an. Er nahm sie dankend entgegen, fixierte mich aber nach wie vor mit seinem schelmischen Grinsen.

»Also?«, fragte er.

Ich tat recht verwundert und blinzelte ihn an. »Also, was?«

»Was ist nun mit den Rosen?«

»Ach so. Ähm, ja. Du bist ein bisschen spät dran. Mit den Rosen, meine ich. Ich glaube, es wäre besser, die erste Blüte abzuwarten«, erklärte ich fachmännisch und schob ihm die Butter hin. »Aber der Buchs müsste unbedingt mal wieder in Form gebracht werden.«

Jan sah mich ratlos an. »Wer?«

»Der Buchs«, wiederholte ich geduldig.

Doch weil er allem Anschein nach immer noch nicht wusste, von was genau hier die Rede war, beugte ich mich weit über den Tisch und deutete mit dem Zeigefinger in seinen Garten. »Die Bäumchen da. Die deine Gartenhütte säumen.«

Er folgte meinem Fingerzeig. »Ah! Du meinst das Gestrüpp.«

Ich verzichtete nachsichtig darauf, ihn zu korrigieren. Derzeit sahen die eigentlich schlanken Bäumchen mit ihren verwilderten Trieben nämlich tatsächlich mehr nach Gestrüpp aus.

Ein Grunzen lenkte unsere Blicke auf Jans Komposthaufen. Oder eher auf das, was von dem Haufen übrig war. Lilly wälzte sich hingebungsvoll auf der von ihr geschaffenen dunkelgrünen

Matte. Dann sprang sie auf, schüttelte sich, sodass die Grashalme nur so flogen, und tobte gleich darauf wieder schnaubend und buddelnd darin herum.

»Tja, ich hab dir gleich gesagt, dass dein Bello nicht gerade förderlich für die Gartenarbeit ist«, tönte ich.

»Und ich wusste gleich, dass du ungeheuer schadenfroh bist«, entgegnete Jan.

»Das stimmt gar nicht!«, behauptete ich steif. Nach einer kurzen Überlegung lenkte ich ein: »Ich hab eben nur gerne recht.«

»Ist mir auch schon aufgefallen.«

»Das ist ja auch nichts Schlimmes«, verteidigte ich mich automatisch. »Das zeugt von Zielstrebigkeit und Selbstbewusstsein.«

»Ich habe nie behauptet, dass diese Eigenart etwas Schlimmes ist, Susi.«

Sein Tonfall klang aufrichtig und in einem verwirrenden Maß gefühlvoll. Den gleichen Ausdruck trug er in seinen Augen, die besonnen auf mir ruhten. Für einen kurzen Moment war ich wie gefangen in diesem Blick. Ein unerklärlicher Schauer, unsagbar wohltuend und gleichzeitig auf eine diffuse Weise unangenehm, rieselte meinen Rücken hinunter und hinterließ dabei eine Gänsehaut.

Was war denn heute los mit mir? Machte mein krankheitsbedingter Hausarrest aus mir ein Sensibelchen?

Oder bekam ich vielleicht nur eine Grippe?

Charly sprang ohne Vorwarnung auf meinen Schoß und schreckte mich damit aus meiner Starre. Dankbar über seine unerwartete Unterstützung drückte ich den Kater an mich und versteckte kurz mein Gesicht in seinem weichen Fell, in der Hoffnung, dass Jan mir meine Verwirrung nicht anmerkte.

Ob mein Schauspiel funktionierte, konnte ich nicht einschätzen. Jan gab sich jedenfalls vollkommen unkompliziert und fröhlich. Doch was hieß das schon? Mein Nachbar war immer unkompliziert und fröhlich. Zumindest wirkte er nach außen hin so. Was sich hinter dem hübschen Gesicht mit den schönen Augen abspielte, blieb für mich ein Rätsel.

»Am Samstagabend um sieben gebe ich endlich meine Einstandsparty«, plauderte Jan, »und du bist selbstverständlich herzlich eingeladen.«

Ich setzte den schnurrenden Kater auf den freien Stuhl neben mich und wiegte in gespielter Skepsis meinen Kopf. »Ach, ich weiß nicht. Es ist schließlich so ein weiter Weg …«

Jan nickte schwermütig. »Ja. Das verstehe ich natürlich.«

Wir grinsten uns an.

»Freilich komme ich«, versprach ich schließlich.

»Wo würdest du auch sonst hingehen, nicht wahr?«, scherzte er. »Nein, im Ernst – ich freue mich sehr, dass du kommen willst.«

Das tat er wirklich. Sein Gesichtsausdruck ließ keinerlei Zweifel zu.

»Wer kommt denn noch?«, fragte ich schnell, bevor ich wieder nervös werden konnte. »Den ich auch kenne, mein ich.«

»Mal sehen … du kennst auf jeden Fall Stefan und Nici«, begann Jan aufzuzählen.

Ich nickte bestätigend. Obwohl ich bei dem Namen *Nici* fast schon überlegen musste, weshalb mir dieser so bekannt vorkam. Ach ja, das war doch die Frau, die einst meine beste Freundin gewesen war, bevor sie sich in einer hormonellen Supernova aufgelöst hatte!

»Und dann wären da noch Tom und Tina.«

»Ooh«, stöhnte ich automatisch und verzog das Gesicht.

»Ooh?«, wiederholte Jan verdutzt.

»Tina«, meinte ich nur.

»Was ist mit ihr?«

»Ich hatte nicht den Eindruck, als würde sie mich sonderlich gut leiden können«, erläuterte ich, als wäre dieser Umstand nicht offensichtlich.

»Habt ihr euch denn schon mal unterhalten?«

Hä?

»Nein. Wieso?«, fragte ich vorsichtig, obwohl ich die Antwort bereits ahnte.

»Woher willst du dann wissen, dass sie dich nicht leiden kann?«

Alles klar. Ein Hoch auf die männliche Wahrnehmung. Selbst eine blinde Frau hätte sofort gespürt, dass Tina mich von unserer ersten Begegnung an verabscheute. Weil ich aber keine Lust hatte, Jan über die weibliche Intuition aufzuklären, zuckte ich nur mit den Schultern.

»Na also«, sagte er zufrieden. »Ich bin mir sicher, dass ihr zwei euch gut verstehen werdet.«

Alles klar …

Obwohl – in einer anderen Dimension, zu einer anderen Zeit und als andere Lebensform werden Tina und ich bestimmt wirklich die besten Freundinnen!

Um Jans beneidenswerten Optimismus nicht zu bremsen, verbiss ich mir eine Aufklärung und schenkte mir lieber nochmals Kaffee nach.

Ein kurzes Kläffen ertönte. Ich ließ vor Schreck beinahe die Kanne fallen.

»Meine Güte, daran werd ich mich wohl niemals gewöhnen«, murmelte ich leise und wischte mit dem Finger ein paar danebengegangene Kaffeetropfen weg.

»Ach, das würde ich nicht sagen«, meinte Jan. »Selbst Charly scheint sich langsam mit Lilly anzufreunden. Guck!«

Verwundert folgte ich seinem Blick.

Ich werd verrückt!

Charly saß in auffällig mutiger Nähe vor dem hölzernen Gartentürchen und starrte Lilly an. Er blickte dem Feind quasi geradewegs ins Auge, ohne auch nur mit einer Wimper zu zucken.

Ich war stolz auf ihn.

Immer wieder duckte Lilly sich spielerisch nach unten und winselte. Der Kater gab sich die ganze Zeit über völlig unbeeindruckt. Nach einer Weile fing er sogar an, sich demonstrativ relaxt zu putzen.

»Gott sei Dank, dann hat sein blödes Getue jetzt endlich ein Ende«, freute ich mich.

»Siehst du? Charly hat erkannt, dass Lilly nicht gefährlich ist«, sagte Jan lächelnd. »Irgendwann wirst du das auch noch feststellen.«

»Pfff!«, machte ich und rümpfte die Nase. »Wohl kaum.«

Darauf konnte Jan lange warten. Zugegeben – der Köter war vielleicht nicht die reißende Bestie, für die ich sie gehalten hatte. Aber vertrauenswürdig war Lilly deswegen noch lange nicht. Wer wusste schon, was sie im Schilde führte? Den Rücken würde ich ihr so schnell nicht zuwenden!

»Doch, doch«, behauptete Jan amüsiert. »Ab und zu hat nämlich auch mal jemand anderes recht. Ich, zum Beispiel.«

Ich lachte lauthals auf und schüttelte voller Überzeugung den Kopf. »Das kannst du vergessen!«

Erst viel später wurde mir bewusst, dass er mich vorhin zum ersten Mal Susi genannt hatte, ohne dass mir dabei direkt die Galle aufgestiegen war. Tatsächlich war mir der Spitzname nicht einmal aufgefallen. Sollte Jan also wirklich recht behalten und ich hatte mich an den Kosenamen gewöhnt?

Ha! Auf gar keinen Fall!

So einen kurzen Namen konnte man schon mal überhören. Ein zweites Mal würde das bestimmt nicht passieren …

Am späten Nachmittag humpelte ich gähnend nach Hause. Wirklich erstaunlich, wie schnell man an Kondition verlor, wenn man sich nur noch in Abschnitten von wenigen Metern bewegte. Das Trimmen von Jans Buchsbäumen hatte mich tatsächlich angestrengt. Und das, obwohl ich im Endeffekt nur Anweisungen erteilt und ein paar vereinzelte Zweige aufgesammelt hatte. Trotzdem fühlte ich mich auf eine angenehme Weise ausgelaugt und ich freute mich bereits auf einen gemütlichen Fernsehabend auf der Couch.

Ein mahnendes Blinklicht lenkte meine Aufmerksamkeit auf die Telefonstation in der Küche. Drei Anrufe in Abwesenheit. Allesamt von einem unbekannten Teilnehmer. Ob es sich hierbei um den bereits bekannten Unbekannten handelte?

Ich warf einen Blick auf mein Handy.

Fünf Anrufe in Abwesenheit! Ebenfalls Rufnummer unbekannt.

Insgesamt also acht Anrufe. Irgendwer wollte allem Anschein nach ganz dringend mit mir sprechen. Die Frage war nur – wer?

Meine Mailbox war leer. Eigentlich ein Hinweis darauf, dass es dem Anrufer wohl doch nicht so wichtig war, mich zu erreichen. Ohne Nachricht und Nummernanzeige konnte ich ihn ja schlecht zurückrufen. Direkt ignorieren konnte ich die vielen Anrufe aber dann auch nicht, weshalb ich schließlich zum Hörer griff und die Nummer des Büros eintippte.

»Kollmann Immobilien, Nicole Schmidt am Apparat, was kann ich für Sie tun?«, ratterte Nici monoton herunter.

»Hey, ein bisschen mehr Elan bei der Arbeit, bitte!«, scherzte ich zur Begrüßung.

Nici stöhnte laut. »Welch eine Überraschung, die Chefin will mal wieder nerven … Mann, Susanne! Hier läuft alles prima! Wenn es was Wichtiges gäbe, würden wir dich anrufen!«

»Jetzt halt mal die Luft an!«, schimpfte ich. »Ich hatte tausend Anrufe in Abwesenheit, deshalb wollte ich nur wissen, ob jemand im Büro mit einer dringenden Angelegenheit angerufen hat.«

»Was zum Beispiel eine dieser Wichtigkeiten wäre, bei der wir dich anrufen würden«, murmelte Nici gelangweilt.

Gut, dass sie so weit weg war, sonst hätte sie jetzt direkt eine Kopfnuss von mir bekommen.

»Also hat niemand für mich angerufen«, schlussfolgerte ich genervt. »Vielen Dank für die freundliche Auskunft.«

Meine Freundin kicherte versöhnlich. »Sei nicht gleich beleidigt. Meine Ungeduld hast du dir selbst zuzuschreiben! Na schön, hier noch mal offiziell: Nein, es gab keinerlei dringende Anrufe für dich. Zeigt's dir denn keine Nummer an?«

»Sonst würde ich ja wohl nicht so dumm fragen, oder?«

»Schon klar. Übrigens: Hat Jan dich schon zu seiner Party eingeladen?«

»Jap.«

»Cool. Das wird bestimmt gemütlich. Fährst du selber, oder soll ich dich abholen? … kleiner Scherz. Hey, du hast voll den Heimvorteil! Du kannst dir die Birne zuknallen und brauchst nur zweimal umzufallen, schon liegst du in deinem Bett.«

»Nein. Danke. Mein Bedarf an zugeknallten Birnen ist für mindestens hundert Jahre gedeckt.«

»Och, warum denn? Hast du Angst, dass du nur einmal umfällst und wieder im falschen Bett landest?«, stichelte Nici, die wohl plötzlich an Todessehnsucht litt.

»Pass nur auf, dass *du* nicht auf einmal umfällst!«, drohte ich.

Nici war leider nicht im Mindesten beeindruckt und tönte munter weiter: »Hm, jetzt bist du noch bissig, aber mit ein paar Gläschen wird der sexy Nachbar …«

»Klappe jetzt!«, schnaubte ich dazwischen.

»… dich bestimmt wieder zähmen«, schloss sie und gackerte wild über ihren eigenen geistigen Erguss.

»Okay, jetzt hast du es geschafft. Ich werde nie wieder im Büro anrufen.«

»Interessant. Dass mir das nicht früher eingefallen ist?«

»Ich verrate dir mal was: Du bist bei Weitem nicht so witzig, wie du glaubst.«

»Na, jetzt wirst du aber gemein!« Nici schniefte dramatisch. »Du hast gerade mein Selbstwertgefühl zerstört.«

Wohl kaum. Wenn es auf dieser Welt etwas gab, das man als unzerstörbar bezeichnen konnte, dann war das Nicis Selbstwertgefühl.

»Alles klar. So erfrischend unser Gespräch auch ist, aber ich habe auch noch andere Dinge zu tun«, meinte ich großtönig.

»Zum Beispiel? Auf der Couch fläzen und dein Gipsbein hochlegen?«

»Tsas! Apropos – ich hoffe, du hast meinen Kontrolltermin morgen nicht vergessen.«

»Wie könnte ich! Ich hol dich pünktlich um halb drei ab.«

»Um halb zwei!«

»Sag ich doch. Also dann, bis morgen!«

Ich seufzte schwer. »Bis morgen. Halb zwei!«

»Jaja«, quäkte Nici noch. Dann erklärte ein Piepton das Gespräch für beendet.

Umgehend tippte ich die spanische Rufnummer meiner Eltern auf dem Zahlenfeld. Wenn bei ihnen alles in Ordnung war, konnten mir die vielen entgangenen Anrufe wirklich egal sein.

Meine Mutter versicherte mir, dass alles bestens war. Wie immer, eigentlich. Seit meine Eltern in Spanien lebten, war nach ihren Angaben alles superklasse. Das war wirklich gut zu wissen. Sollte ich einmal in einer ernsthaften Lebenskrise stecken, würde ich auch einfach nach Spanien auswandern. Dann würde bei mir hoffentlich auch wieder alles superklasse werden.

Nachdem ich nun wusste, dass bei meiner Mutter alles im grünen Bereich, mein Vater bei bester Gesundheit, das Wetter prima, das Meer fantastisch warm und das Essen exquisit war, konnte ich mich endlich in aller Ruhe auf die Couch fläzen und mein Gipsbein hochlegen.

Wenn es dem Anrufer so wichtig war, dann hätte er eine Nachricht hinterlassen sollen. Ansonsten würde er gewiss noch mal probieren, mich zu erreichen.

Vermutlich war es eh nur einer dieser nervigen Callcenter-Mitarbeiter, der mir etwas verkaufen wollte. Wahrscheinlich spanisches Olivenöl, oder so was.

Kapitel 15

Der unbekannte Teilnehmer rief wieder an.

Und zwar um Punkt zwei Uhr morgens …

Ich brauchte eine Weile, bis ich kapierte, dass das unablässige Piepkonzert nicht von meinem Wecker herrühren konnte, weil ich a) krankgeschrieben und weil es b) wie bereits erwähnt mitten in der Nacht war.

Wer zur Hölle rief um diese Uhrzeit bei mir an?

Schlaftrunken und verwirrt stolperte ich aus dem Schlafzimmer in Richtung Büro. Mit jedem Humpelschritt schoss mir ein schrecklicheres Horrorszenario durch den Kopf. Ich dachte an meine Eltern, Nici und Gaby, sogar an das Immobilienbüro … Irgendetwas Schlimmes musste passiert sein, denn warum sollte mich jemand sonst um zwei Uhr morgens anrufen?

Gehetzt riss ich den Hörer aus der Ladestation und schnaufte ein »Hallo?« hinein.

Keine Antwort.

»Hallooo!«

Wieder nichts.

Verwirrt legte ich auf und fuhr mir durch die Haare, die mir vom Schlaf und durch die Aufregung zu Berge standen. Es war wohl kein Anruf von der Polizei, einem Krankenhaus oder sonst irgendwem, der mir eine schreckliche Mitteilung zu machen hatte. Gott sei Dank.

Ich stockte und blinzelte mit verschlafenen Augen auf den Hörer in meiner Hand.

Wenn dieser Anruf keinen lebenswichtigen Grund gehabt hatte, dann blieb eigentlich nur eine einzige Möglichkeit übrig: Jemand wollte mich ärgern.

Wütend stöckelte ich zurück ins Schlafzimmer. Das tragbare Telefon nahm ich vorsichtshalber gleich mit. Sollte dieser Idiot noch einmal anrufen, müsste ich wenigstens nicht riskieren, mir vor lauter Hast mein zweites Bein zu brechen. Ich könnte einfach das Gespräch annehmen und in den Hörer brüllen. *Wenn* er denn noch mal anrief.

Charly wälzte sich genüsslich auf dem Rücken und sah mich schläfrig an. Sein Gesichtsausdruck forderte Folgendes: Jetzt hör auf rumzustressen. Leg dich lieber hin und kraul mich. Und mach gefälligst das Licht aus!

Ich tat wie geheißen und streichelte gedankenverloren über den kuschligen Bauch des Katers. Kurz darauf hallte sein zufriedenes Schnurren durch den Raum, was für mich einem Schlaflied gleichkam.

Während ich ins Land der Träume glitt, grübelte ich, ob es sich bei dem Anrufer vielleicht um Rene handeln könnte. Zumindest fiel mir sonst niemand ein, der überhaupt einen Grund haben könnte, mich zu terrorisieren, und gleichzeitig gestört genug war, um dies auch noch durchzuziehen. Je mehr ich spekulierte, umso überzeugter war ich von meiner These. Die Frage war nur, was er mit solchen Kinderstreichen eigentlich erreichen wollte. Glaubte er ernsthaft, dass nächtlicher Telefonterror mich wieder zu ihm zurückbringen würde? Dämlicher Junkie … Ich hoffte schon beinahe, er würde gleich noch mal anrufen, damit ich ihm gehörig meine Meinung geigen konnte.

Doch er tat es nicht.

Mit dem Telefonhörer in der Hand schlief ich schließlich wieder ein.

Am Morgen war ich schon nicht mehr ganz so überzeugt von meiner Theorie bezüglich der Anrufe. Es war bereits nach Mittag und bisher hatte mich kein weiterer Anruf eines unbekannten Teilnehmers erreicht. Vielleicht waren die vielen Anrufe einfach Zufall und in der Nacht hatte sich doch nur jemand verwählt. Ich beschloss, mir darüber nicht länger den Kopf zu zerbrechen.

Momentan hatte ich sowieso ganz andere Probleme.

Es war nämlich 13.50 Uhr und ich sollte eigentlich schon vor zwanzig Minuten in ein Auto gestiegen sein, das aber leider nicht aufgetaucht war. Was bedeutete, dass Nici doch tatsächlich meinen Termin im Krankenhaus verschwitzt hatte.

Stinksauer humpelte ich nun schon seit geraumer Zeit auf und ab und hörte in regelmäßigen Abständen einer freundlichen Dame am Handy zu, die mir immer wieder das Gleiche erzählte: »Der gewünschte Gesprächspartner ist zurzeit leider nicht erreichbar.«

Blöde, unzuverlässige, verliebte Freundin!

Das war sie wirklich. Gaby hatte mir nämlich (unter unmissverständlicher Androhung von Folter meinerseits) am Telefon verraten, Nici wäre zum Mittagessen mit Stefan verabredet gewesen. Woraus ich wiederum schlussfolgerte, dass sie momentan wohl zu beschäftigt war, um auf die Uhr zu sehen. Womit genau auch immer …

Prinzipiell hatte ich kein Problem damit, wenn meine Mitarbeiterinnen sich ab und an mal eine längere Mittagspause gönnten. Sie wurden schließlich nicht nach Arbeitszeit, sondern nach Leistung bezahlt. Wie lange sie für die gewünschte Leistung im Endeffekt brauchten, war mir egal und im Grunde konnte ich mich auf die Einhaltung ihrer Pflichten auch immer verlassen.

Nun ja, zumindest war das so, bevor Nici in ihre rosarote Welt entschwebt war und mich hilflos auf dem Boden der Tatsachen zurückgelassen hatte.

Und jetzt?

Gaby hatte mir zwar angeboten mich zu fahren, hätte dafür aber einen überaus wichtigen Besichtigungstermin absagen müssen, was natürlich absolut nicht infrage kam.

Verdammter Mist!

Mir wurde schmerzlich bewusst, wie sehr mein soziales Umfeld seit der Trennung von Rene geschrumpft war. Eigentlich hatte es sich sogar komplett in Luft aufgelöst. Einerseits konnte ich ja froh darüber sein, dass sich herauskristallisiert hatte, wer meine wahren Freunde waren und wer lieber auf Renes Seite überschwappte. Andererseits blieb von meiner alten Clique *nur* noch Nici übrig, was bei näherer Betrachtung schon ziemlich dramatisch war, weil es anschaulich zeigte, in welch heuchlerischen Kreisen ich mich damals bewegt hatte. Dem Himmel sei Dank! Ich war den Fängen der oberflächlichen Snobs rechtzeitig entflohen, bevor ich auch noch zu einem hohlherzigen Mitglied dieser Freakshow werden konnte.

Ich schüttelte mich bei dem Gedanken daran und sah zum gefühlten tausendsten Mal auf die Uhr, die ungeachtet meines derzeitigen Dilemmas fröhlich weitertickte.

Scheiße.

Okay, noch einmal tief durchatmen und die Lage checken. Mir blieb immerhin noch eine Handvoll Möglichkeiten:

1. Den Termin verschieben. – Ausgeschlossen. Ich wollte schließlich wissen, wie es um mein Bein stand.
2. Selber fahren. – Ausgeschlossen. Das konnte nur schiefgehen. Es wäre was anderes, wenn mein linkes Bein gebrochen wäre und mein Wagen zudem über ein Automatikgetriebe verfügen würde.
3. Ein Taxi nehmen. – Zu erwägen. Es würde zwar noch etwas mehr Zeit in Anspruch nehmen, weil das Taxi ja erst mal zu mir herfahren müsste, und würde zudem nicht billig werden, aber die eigene Gesundheit sollte mir dies dann doch wert sein.
4. Jan fragen. – Hm …

Tja, warum eigentlich nicht? Sein Auto stand in der Einfahrt, also war er zu Hause. Und wie oft hatte er mir denn nun schon erklärt, für was gute Nachbarn denn nicht alles da wären? Außerdem war er nach wie vor mitverantwortlich für das Fiasko, obwohl ich diesen Fakt inzwischen beinahe erfolgreich verdrängt hatte.

Ich lauschte ein letztes Mal der Automatenstimme, die mir nichts Neues bezüglich Nicis Erreichbarkeit zu berichten hatte. Dann hängte ich mir meine Handtasche um den Hals und wackelte entschlossen hinüber zu meinem guten, alten Nachbarn, um an dessen Haustür zu klingeln.

Während ich darauf wartete, eingelassen zu werden, zupfte ich nervös an meinem Pullover herum. Wobei ich für sich betrachtet gar nicht sagen konnte, warum ich eigentlich nervös war. Vielleicht war es mir einfach nur peinlich, vor Jan zugeben zu müssen, eigentlich gar keine Freunde zu haben? Oder hatte ich Angst, wieder diesen seltsamen Schauer zwischen meinen Schulterblättern zu spüren?

Bevor ich mir selbst eine Antwort geben konnte, wurde die Haustür einen Spaltbreit geöffnet. Jan kam halb verdeckt dahinter zum Vorschein. Er formte mit seinem Knie eine Barriere, welche die gefleckte Bestie davon abhalten sollte, mich zu zerfleischen. Und das wollte sie, keine Frage. Ihre Vorfreude auf das bevorstehende Festmahl war ihr deutlich anzusehen. Sie quiekte und begann sogar zu sabbern. Ich trat erschrocken einen Schritt zurück und bereitete mich innerlich auf lebenserhaltende Fluchtmaßnahmen vor.

»Hey, was gibt's denn?«, begrüßte mich Jan und lenkte damit meinen Blick ein Stückchen höher. Er freute sich sichtlich, mich zu sehen. Ich hoffte inständig, dass er in mir nicht auch den nächsten Festbraten sah. Zumindest sabberte er nicht.

»Hi. Ich wollte dich …«, begann ich, doch ein durchdringendes Winseln der Minikuh ließ mich verstummen.

Jan erkannte meine aufkeimende Panik und sprach ein Machtwort: »Lilly, ist gut jetzt! Geh Platz!«

Einmal mehr beobachtete ich ungläubig, wie die Hündin ohne Meckern und Murren kehrt machte und sich ins Wohnzimmer verzog.

»So, jetzt kannst du dich entspannen«, meinte Jan freundlich und öffnete die Haustür gänzlich. »Also, was verschafft mir die Ehre?«

Ich schluckte und begann ungewollt wieder, an meinem Pullover herumzuzupfen. Von Entspannung war ich weit entfernt, denn nun hatte mich Jans Antlitz mit vollstem Ausmaß getroffen.

Er sah toll aus.

Und das, obwohl er diesmal nicht vom direkten Sonnenschein erleuchtet wurde und ausnahmsweise ein Shirt trug, das sich nicht wie eine zweite Haut um seinen Astralkörper schmiegte. Das eigentliche Problem war, dass er allem Anschein nach gerade aus der Dusche gestiegen war …

Seine Haare waren feucht und zerzaust. Die Haut seiner Wangen schimmerte aufregend weich, wie es nur die eines frisch rasierten Männergesichts konnte. Außerdem umgab ihn ein wogender Duft von Herrenduschgel, der meine Sinne vollends zum Durchdrehen brachte.

Mein Gott!

Hör auf zu starren und sag etwas, bevor er dich für eine komplette Idiotin hält!

»Ähm … Hallo«, würgte ich heraus.

Ja, damit hast du deine Intelligenz jetzt eindrücklich dargestellt …

»Hallo auch«, antwortete Jan und stützte sich entspannt mit einem Arm am Türrahmen ab. Dann zeigte er zu allem Überfluss auch noch seine Grübchen. Der Kerl wollte mich offensichtlich fertigmachen.

Ich gab mir eine mentale Ohrfeige und straffte würdevoll die Schultern.

»Ich habe ein Problem«, brachte ich endlich hervor und bewunderte selbst meine erstaunlich feste Stimme.

Sein Mundwinkel zuckte, doch er klang ganz neutral, als er mich fragte, wo denn der Schuh drücke. Ich schilderte meine Situation und achtete dabei sehr darauf, nicht zu viel durch die Nase einzuatmen.

Kaum hatte ich meinen Bericht abgeschlossen, hangelte sich Jan einen Schlüsselbund von einem Haken neben der Tür und trat zu mir hinaus, obwohl ich noch gar nicht dazugekommen war, meine Bitte an ihn überhaupt zu formulieren.

»Fahren wir«, sagte er nur, zog die Haustür ins Schloss und ging an mir vorbei.

Ich folgte seiner Duftwolke und ertappte mich selbst dabei, wie ich dümmlich vor mich hin grinste. Keine Ahnung, was die Hersteller als Geheimzutat in Jans Duschgel gemischt hatten, aber ich verspürte plötzlich den Drang, herumzuhopsen und dabei fröhlich zu pfeifen. Zum ersten Mal war ich froh darüber, mir ein Bein gebrochen zu haben, denn das war das Einzige, was mich davon abhielt.

Jan lenkte den Audi gerade aus der Siedlung auf die Hauptstraße, als Nici anrief.

»Susanne! Ich hab's verschwitzt! Tut mir so leid!«, brabbelte sie aufgelöst ins Telefon. »Ich bin unterwegs!«

»Nicht mehr nötig«, antwortete ich und bemühte mich darum, möglichst beleidigt zu klingen. »Ich bin schon auf dem Weg.«

»Was? Du fährst doch hoffentlich nicht selber?«

»Quatsch. Jan fährt mich.«

Kurzes Schweigen am anderen Ende der Leitung. Mir schwante Unheil.

»Ooooh, der sexy Nachbar macht also einen auf Retter in der Not.«

Gütiger Himmel! So wie Nici brüllte, war nicht auszuschließen, dass Jan jedes Wort gehört hatte. Ich schielte zu ihm hinüber, doch seine Miene war ausdruckslos.

»Wie konntest du mich überhaupt vergessen?«, zischte ich ins Handy. »Das war echt ätzend von dir!«

Nici gickelte, völlig unbeeindruckt von meinem Vorwurf. »Ach, jetzt tu nicht so beleidigt. Mit Jan fährt sich's doch bestimmt interessanter. Hey, das könnte man doch fast schon als Date betrachten!«

Ich spürte deutlich, wie mir die Röte ins Gesicht stieg. Hastig wechselte ich ans andere Ohr und tat so, als würde die Verbindung schlecht werden. »Hallo? Nici? Ich kann dich nicht richtig hören! Hallo?«

Nici grölte noch eine Antwort, doch ich würgte sie unauffällig ab, indem ich kurzerhand auflegte.

»Hm, hat wohl kein Netz mehr«, erklärte ich unschuldig und stellte mein Handy beiläufig auf lautlos.

Er antwortete mit einem Lächeln. »Kann passieren.«

»Ja. Kann passieren.«

Wow, dieser Dialog in einem Essay und der Literaturnobelpreis war uns sicher …

Wir schwiegen eine Weile. Ich, weil ich nicht wusste, was ich sagen sollte, und zudem als reine Vorsichtsmaßnahme, da ich meine Atmung immer noch auf ein Minimum reduzierte. Und er, weil er damit beschäftigt war, einen Radiosender zu finden, auf dem zur Abwechslung keine Werbung lief.

»Hast du keine CD?«, fragte ich irgendwann. Obwohl er ein sicherer Autofahrer war, wäre mir dann doch wohler gewesen, hätte er seinen Blick mehr auf die Straße als auf das Display gerichtet.

»Doch, na klar.« Er zögerte kurz. »Ich weiß allerdings nicht, ob dir das gefällt.«

Tja, das wusste ich auch nicht. Was hörte das Mitglied einer Heavy–Metal-Band denn privat im Auto?

»Finden wir es doch heraus«, schlug ich mutig vor.

Er nickte und drückte einen der vielen Knöpfe. Die nervtötende Stimme der näselnden Moderatorin wich abrupt dem mechanischen Knirschen des CD-Wechslers. Kurz darauf wies das Display auf Track eins hin und fing an, die ersten Sekunden des Titels zu zählen. Ich wappnete mich innerlich bereits auf das Kreischen von E-Gitarren und das Dröhnen von Basssaiten.

Die zarten Töne einer Violine erklangen.

Ich traute meinen Ohren kaum.

»Was ist das denn?«, entfuhr es mir.

Jan wirkte irgendwie betroffen. »Du magst also keine klassische Musik. Okay, ich schalte es aus.« Sein Finger wanderte zurück zum Autoradio.

»Warte!«, rief ich schnell. »So habe ich das nicht gemeint.«

Er sah fragend zu mir und legte seine Hand wieder auf das Lenkrad. »Das hat sich aber gerade anders angehört.«

»Na ja«, begann ich langsam und rutschte verlegen auf meinem Sitz herum, »ich war nur gerade etwas ... überrascht.«

»Aha.« Jan entspannte sich. »Das musst du mir aber jetzt etwas genauer erklären.«

»Ja, du siehst eben nicht so aus, als würdest du dir so was anhören«, meinte ich fahrig.

»Wie sehe ich denn aus?«

Attraktiv, männlich, genial ... Moment, das war gerade nicht gefragt, oder?

Ich zuckte mit den Schultern. »Keine Ahnung. Aber wie ein Opern-Typ bestimmt nicht.«

Er lachte so ausgelassen, dass ich fast ein bisschen erschrak.

»Wie sieht ein Opern-Typ denn deiner Meinung nach aus?«, fragte er glucksend.

»Ich weiß auch nicht ... einfach anders.« Jan wartete offensichtlich auf eine ausführlichere Beschreibung, darum brabbelte ich weiter: »Ähm ... irgendwie ... intellektuell? Blass und schlaksig. Mit Brille. Hm, ja, so stell ich mir einen Opern-Typ vor.«

Nicht so muskulös und sexy wie du, fügte ich heimlich noch hinzu und knackste dabei laut mit meinen Fingerknöcheln, aus Angst, er könne meine Gedanken sonst vielleicht hören.

Jan wirkte immer noch hochgradig amüsiert. »Du kennst nicht viele *Opern-Typen*, was?«

»Nicht wirklich. Ich kenne eigentlich gar keine Musiker, egal welchen Genres. Moment, stimmt nicht. Einen kenne ich ja jetzt.« Ich grinste breit. »Welches Instrument spielst du denn in deiner Band? Und wie heißt die überhaupt?«

»Ach ja, die Band-Sache …« Er zögerte kurz. »Weißt du was? Wenn wir wieder zu Hause sind, zeig ich's dir einfach.«

Ich stimmte zu, obwohl er mich jetzt erst recht neugierig gemacht hatte. Warum erzählte er es mir nicht gleich? Was war so kompliziert daran?

Das Spiel der Violine wurde unterdessen allmählich lauter. Nach und nach setzten weitere Instrumente mir fremder Gattungen ein und vereinten die verschiedenen Takte zu einer einzigen gefühlvollen Melodie. Meine Spekulationen zu Jans Band-Geheimnis flachten ab, bis ich nur noch diese wundervolle Musik wahrnahm. Wie eine Welle nahm mich die Symphonie auf und trug mich sanft fort in eine mir unbekannte Welt.

Natürlich war ich schon des Öfteren in den Genuss von klassischer Musik gekommen. Die Empfänge und Vernissagen, auf die Rene mich aus Prestigegründen so oft geschleift hatte, waren stets untermalt von solchen Klängen gewesen. Allerdings wurden diese dabei immer vom nichtssagenden Geschwätz der Ach-so-kultivierten Gäste übertönt, was selbst der hinreißendsten Melodie ihren Zauber nahm. Nie zuvor hatte ich ohne jegliche Ablenkung einem solchen Zusammenspiel gelauscht.

Es war beeindruckend.

Das Tempo des Stückes veränderte sich stetig. Es war, als würden die Töne eine Geschichte erzählen. Eine sehr gefühlvolle und traurige Geschichte, die mich vollkommen in ihren Bann zog. Mich erstaunte zutiefst, dass man ganz ohne Worte so viel sagen konnte. Ich lauschte dieser fremdartigen Sprache und blickte aus dem Fenster, ohne dabei etwas zu sehen. Die Landschaft zog wie ein bunter Schatten an mir vorbei und formte eine verschwommene Kulisse für die Hauptdarsteller der melodischen Darbietung.

»Wir sind gleich da«, sagte Jan und riss mich damit aus meiner Verzauberung. Trotz seiner gesenkten Stimme war mir, als hätte er mich angeschrien.

Ich blinzelte und starrte auf das weiße Schild, welches das Krankenhaus ankündigte.

»Okay«, murmelte ich belegt.

Die Tragik der Musik hatte tatsächlich einen Kloß in meinem Hals gebildet. Ich war geradezu enttäuscht, als Jan das Radio leiser stellte und auf den Parkplatz fuhr. Den Ausgang der Geschichte zu erfahren, kam mir viel wichtiger vor als der Heilungsfortschritt meines Beinbruchs. Gab es ein Happy End oder endete das Stück so abrupt und dramatisch, wie sich der Tod eines geliebten Menschen in die Seele rammte? Unwillkürlich musste ich an Annemarie denken und schluckte schwer.

Jan rangierte in eine Parklücke und stellte den Motor ab. Er musterte mich analysierend. »Ist alles in Ordnung?«

»Was? Oh. Ja, na klar.«

Ich ordnete unter lautem Geklapper meine Gehstützen zwischen den Knien, damit ich bequem aussteigen konnte. Bei meinen zerstreuten Bewegungen könnte man fast meinen, Jan hätte mich gerade bei etwas Verbotenem erwischt.

»Du willst wissen, wie es ausgeht, nicht wahr?«, stellte er fest.

Ertappt fuhr ich zu ihm herum und landete in einem Lächeln, das mir durch und durch ging. Seine Augen ruhten funkelnd auf mir, seine Lippen kräuselten sich sanft. In seinem Gesichtsausdruck spiegelte sich eine Zuneigung, die mir kurzzeitig den Atem raubte.

»Ja«, hauchte ich, reglos gefangen in seinem Blick.

»Das ist schön«, sagte er leise, »denn das bedeutet, dass du verstanden hast. Nicht jeder tut das.«

Meine Hände begannen zu schwitzen. Seine raue Stimme verursachte einen wahren Wirbelsturm in meinem Innersten. Ein paar Sekunden lang badete ich genüsslich in Jans offenkundiger Anerkennung, doch immer wieder klopfte ein kleiner Teil meines Verstandes an mein Gehirn und fragte: *Was zum Teufel wird das, wenn's fertig ist?*

Keine Ahnung!

Mit einem Ruck befreite ich mich aus dem schmeichelnden Urteil. Ich wandte mich von Jan ab und murmelte: »Wer es nicht versteht, hat nicht richtig zugehört.«

Dann kletterte ich eilig aus dem Wagen und stöckelte davon, so schnell mich meine Krücken trugen. Dabei wurde mir selbst bewusst, dass ich in diesem Moment in Wahrheit regelrecht die Flucht ergriff. Die Frage war nur:

Wovor?

Obwohl ich es mehrmals versucht hatte, ließ Jan sich nicht überreden, während meiner Untersuchungen in die Cafeteria zu gehen. Er flankierte mich wie mein persönlicher Bodyguard und begleitete mich lieber geduldig auf den Wegen zwischen Wartezimmer, Röntgen und Sprechzimmer, anstatt sich mit einer Zeitung auf die sonnige Terrasse zu setzen.

Das war freilich lieb von ihm, aber damit nahm er mir auch die Chance, gründlich über die Situation von gerade eben zu sinnieren. Sein aufreibender Duft, gepaart mit dem Anblick seiner Grübchen, die jedes Mal erschienen, wenn ich ihn ansah, machten mir ein rationales Denken unmöglich. Nicht einmal das Gemisch aus Krankenhaushektik und desinfektionsmittelgeschwängerter Luft schaffte es, mich von Jans Präsenz abzulenken. Wenigstens verwehrte ihm der Anstand, mich in die Behandlungsräume zu begleiten, und nur deshalb schaffte ich es, mich ausreichend auf das Gespräch mit meinem behandelnden Arzt zu konzentrieren.

Jener hatte ausschließlich Gutes zu verkünden. Die Heilung meines Bruches schritt ganz wunderbar voran. Wie ihm Lehrbuch, behauptete der Doktor. Der Knochen wäre inzwischen sogar schon stabil genug, dass ich ihn mit zwanzig Kilo teilbelasten dürfe. Auf meinen verständnislosen Blick hin erklärte er mir: »Das bedeutet im Endeffekt, dass Sie beim Gehen das verletzte Bein auf dem Boden absetzen können. Direkt damit auftreten aber noch nicht!«

Okay, das Wort »teilbelasten« hätte er sich quasi sparen können. So hatte er jetzt für eine Sekunde Hoffnungen geschürt mich wenigstens ein bisschen bequemer fortbewegen zu können, die er im nächsten Augenblick gleich wieder zerstört hatte. Dementsprechend enttäuscht sah ich wohl auch aus, denn der Arzt tätschelte mir aufmunternd den Unterarm.

»Keine Sorge, Frau Kollmann«, sprach er zuversichtlich. »In einer Woche kommen Sie bitte noch mal vorbei. Wenn es nach dem Röntgen wieder entsprechend gut aussieht, können wir die Belastung bestimmt weiter steigern. Und dann haben Sie es ohnehin fast schon geschafft.«

Ich nickte tapfer, weil mir ja doch nichts anderes übrig blieb.

»Passt denn der Gips noch oder drückt er irgendwo?«, fragte eine Krankenschwester beiläufig. Sie hatte sich bisher im Hintergrund mit einem Stapel Papieren beschäftigt und ließ nun einen flüchtigen Blick über das pinke Gebilde unterhalb meines Knies schweifen.

»Drücken tut er nicht, aber …«

»Aber?«

»Die Farbe macht mich fertig«, seufzte ich und sah die Schwester so Hilfe suchend an, wie ich nur konnte. Bereits ihr Stirnrunzeln verriet mir, dass die Chance auf einen neuen Gips vertan war.

»Wenn er passt, dann wird nichts daran geändert«, sagte sie streng und zog ohne einen weiteren Kommentar von dannen.

Mist. Ich haderte kurz mit dem Gedanken meine Aussage zu revidieren, doch der Arzt durchschaute meine Mimik sofort.

»Na, die Farbe ist doch super!«, lobte er. »Sehr weiblich. Ich wünsche Ihnen noch einen schönen Tag. Auf Wiedersehen.«

Damit war mein Fall für ihn erledigt und ich humpelte zurück zu dem Mann, dessen Anblick mich wieder einmal vollkommen durcheinanderbrachte.

Jan stach komplett aus der Masse im Wartezimmer hervor. Nicht nur weil er unglaublich gut aussah und vor Kraft nur so strotzte, sondern weil allein seine Ausstrahlung schlichtweg so beeindruckend war, dass jeder neben ihm automatisch unscheinbar wirkte. Ihn umhüllten ehrliche Lebensfreude und eine gesunde Portion Ehrgeiz, wie eine Aura, wodurch man den

Eindruck hatte, er könne einfach alles im Leben erreichen, was er sich wünschte. Allein seine Art, gleichzeitig lässig und doch kerzengerade dazusitzen, war schier faszinierend.

Ich fragte mich, warum ich diesen Umstand erst jetzt bemerkte oder ob ich mir das gerade nicht doch einfach nur einbildete.

Als er sich jedoch erhob, um mir entgegenzukommen, und dabei so ziemlich jedes anwesende weibliche Augenpaar schmachtend seinen Bewegungen folgte, wurde mir klar, dass nicht nur ich ihn so wahrnahm.

Aufregend. Und interessant.

Dass dieser aufregende, interessante Mann seine Aufmerksamkeit ausschließlich auf mich richtete, fühlte sich toll an. Wenn mich dieses Gefühl auch irgendwie verstörte, so genoss ich in diesem Moment die teils neugierigen, teils neidischen Blicke der anderen Frauen, die Jan und mir bis auf den Parkplatz hinaus folgten.

Als Jan den Motor startete, spielte das Autoradio automatisch das zuletzt gehörte Lied weiter. Mit einem wissenden Lächeln drehte er die Musik lauter und überließ mich abermals dem tragischen Verlauf der Geschichte, die mich sofort wieder in sich gefangen nahm.

Die gesamte Heimfahrt über sprachen wir kein Wort miteinander, sondern lauschten gemeinsam der Sprache der harmonischen Klänge.

Kapitel 16

Jan parkte den Wagen in seiner Einfahrt und stellte den Motor ab. Umsichtig wartete er das Ende des gerade gespielten Stückes ab, bevor er das Radio ausmachte.

Die letzten zwanzig Minuten hatte mein Geist in einer anderen Welt geweilt und die Stille der Realität, die mich nun umfing, fühlte sich unwirklich an. So als wäre ich gerade aus einem Traum erwacht, von dem ich noch nicht wusste, ob er nicht vielleicht doch die Erinnerung an etwas Erlebtes war. Mein Gehirn brauchte eine ganze Weile, um sich neu zu orientieren.

Die gehörten Lieder standen nicht in direkter Verbindung zueinander. Jedes einzelne erzählte eine eigene Geschichte. Die Botschaft der jeweiligen Erzählung, ob nun fröhlich oder traurig, war jedoch bei jedem Stück von derselben Intensität und Klarheit gewesen, welche mich nachhaltig beeindruckten.

Während ich meine Gedanken sortierte, beobachtete Jan mich schweigend. Geduldig gab er mir die Zeit, die ich brauchte. Hingegen meiner eigentlichen Gewohnheiten schämte ich mich nicht für meine Empfindungen. Rene hätte mich in einer solchen Situation bestimmt ausgelacht und für mädchenhaft erklärt, doch bei Jan war das etwas ganz anderes.

Er verstand mich. Wusste genau, was ich gerade fühlte.

Bedächtig drehte ich den Kopf zur Seite und sah ihn an.

»Das ist wirklich beeindruckend«, flüsterte ich verklärt.

»Ja, das ist es.«

»Von wem sind diese Lieder? Ich kenn mich damit ja überhaupt nicht aus, aber ist das Wagner oder so was?«

»Nein, das waren Kompositionen von *Hans Zimmer* und *Howard Shore*.«

Ich überlegte. »Nie gehört«, gab ich schließlich zu.

»Die beiden zählen zu den größten Filmmusikern unserer Zeit«, erklärte Jan. Mit einem sanften Lächeln fügte er noch hinzu: »Allerdings können wohl die meisten Leute mit diesen Namen nichts anfangen. Doch wenn ich dir sage, dass Howard Shore die Musik zu *Herr der Ringe* und Hans Zimmer die zu *Gladiator* komponiert hat, dann kannst du dir vielleicht eher ein Bild von ihrem Bekanntheitsgrad machen.«

»Oh? Ja, das sagt mir schon etwas«, murmelte ich verlegen über meine mangelnde Allgemeinbildung, obgleich Jan diese offensichtlich nicht als schlimm empfand.

Noch so ein Unterschied zwischen ihm und meinem Ex. Rene hätte mir mit unverhohlenem Genuss meine Unwissenheit unter die Nase gerieben, damit ich mir auch ja dumm vorkam. So etwas machte er ständig – seine Mitmenschen niederbuttern, um daneben selbst möglichst groß zu wirken. Erbärmlich. Jan hatte solche Spielchen hingegen nicht nötig.

Wobei ich mich allmählich fragte, warum ich dauernd Vergleiche zwischen den beiden zog …

»Du hast mich vorhin nach meiner *Band* gefragt«, unterbrach Jan meine Grübelei. Er wirkte mit einem Mal nicht mehr ganz so selbstbewusst wie üblich. Fast schon ein bisschen nervös.

»Ja?«, hakte ich nach und beobachtete interessiert sein ungewöhnliches Verhalten.

»Wenn du willst und es nicht eilig hast, dann zeige ich dir, was ich beruflich mache.«

Obwohl mich nicht zuletzt sein durchdringender Blick vor Neugierde beinahe platzen ließ, gab ich mich betont gelassen.

»Klar«, sagte ich. »Warum nicht? Ich habe heute sowieso nichts Besseres mehr vor.«

Jan nahm mein Schauspiel mit einem Lächeln hin. »Da bin ich ja froh, dass ich dich nicht deiner kostbaren Zeit beraube! Na, dann komm mal mit, nicht dass dir doch noch ein wichtiger Termin dazwischen kommt.«

Ich hievte mich aus dem Audi und folgte Jan gespannt zur Tür.

Er machte ein solches Tamtam aus der Sache, dass ich mir kaum vorstellen konnte, was mich nun erwartete. Die Sache mit dem Heavy Metal erschien mir immer unwahrscheinlicher. Doch mit welcher Art von Musik könnte Jan sich denn sonst sein Geld verdienen? Rock? Country?

Oh, Country! Ja, ein Cowboyhut und eine Westerngitarre würden ihm gewiss gut stehen. Dazu noch Bluejeans und ein weit aufgeknöpftes Hemd … yippie yai ho.

Ein hochgradig erotisches Bild von Jan auf einem Heubündel entstand unweigerlich in meinem Kopf. Erschrocken schüttelte ich die Fantasie genauso schnell wieder ab, wie sie entstanden war.

Jesses, was war denn heute los mit mir?

Ich fixierte Jans breite Schultern, was nicht wirklich zur Verdrängung meiner schmutzigen Gedanken beitrug. Dafür waren die Schultern auf jeden Fall zu breit.

Und zu männlich.

Und zu …

Halloho?? Kannst du bitte mal deine Hormone unter Kontrolle bringen?

Ja, das würde bestimmt helfen. War aber auch nicht so einfach.

Verdammt!

Wann hatte ich eigentlich zum letzten Mal Sex? Hm, gute Frage …

Ach, ja. Vor etwa einem halben Jahr hatte ich einige Male einen jungen Rechtsanwalt gedatet. Die Beziehung zwischen uns startete mit einem vielversprechenden Restaurantbesuch und endete zwei Wochen später in der beschissensten Liebesnacht meines Lebens. Ohne auf Details eingehen zu wollen: Der

Geschlechtsakt vollzog sich ungefähr genauso aufregend wie eine Gerichtsverhandlung in seinem Fachgebiet – Verwaltungsrecht. Nach eben jener Nacht, deren Temperament dem einer Erdnuss glich, kamen wir beiderseits zu der stillen Übereinkunft, das Desaster aus unserem Leben zu verbannen, indem wir gegenseitig die Existenz des jeweils anderen verleugneten. Mit Erfolg. Diese kleine Exkursion hatte ich nun tatsächlich schon fast vergessen gehabt.

Kurzum: Mein letzter, zufriedenstellender Hormonausgleich lag so weit zurück, dass man ihn fast schon historisch nennen konnte.

Erschreckenderweise hatte ich diesen Rene zu verdanken, weshalb ich *zufriedenstellend* gleich wieder etwas relativieren musste. Renes Vorstellung von hervorragendem Sex beinhaltete nämlich nicht unbedingt, dass die Partnerin voll auf ihre Kosten kam. Da ich allerdings bei meinen doch recht überschaubaren Bettgeschichten niemals etwas Erfreulicheres erfahren durfte, hatte ich mich einfach mit dem Wenigen, was ich bekam, arrangiert und gefühlvolle, aufmerksame Männer als Mythos eingestuft.

»Lilly, sei brav!«, wehte die autoritäre Stimme Jans an mein Ohr.

Ich versteinerte sofort und starrte furchtsam das gefleckte Ungetüm an. Der Köter bemerkte dies natürlich sofort und sprang nun im Flur im Kreis herum, als könne er sich nicht entscheiden, wen er zuerst fressen sollte.

Jan opferte sich heldenhaft. Er ging in die Hocke und kraulte die Hündin. Dabei murmelte er in leisem Singsang diverse Lobeshymnen, wie *Ja, du bist eine ganz eine Braaave!* oder *Ja, sooo eine liebe Maus!* oder *Du Hübsche, du!*

Ich beobachtete das Szenario mit einem Kopfschütteln und dachte nur: *Hundemenschen …*

Erst als er das Monster endlich auf seinen Platz verwiesen hatte, wagte ich es, mich wieder zu bewegen. Zögernd trat ich über die Schwelle.

Obwohl ich schon zweimal in Jans Haus gewesen war, nahm ich erst jetzt die Details seiner Einrichtung zur Kenntnis. Diesmal war ich nicht durch körperlichen oder seelischen Schmerz abgelenkt und konnte mich deshalb mit vollster Konzentration umsehen.

Mein erster Eindruck schwankte zwischen positiver Überraschung und tiefstem Entsetzen.

Das Haus von Annemarie und Falk war nicht wiederzuerkennen. Was an und für sich zu erwarten war. Trotzdem focht das Gesehene einen kleinen Kampf mit den Bildern der Vergangenheit aus.

Nüchtern betrachtet war Jans Stil angenehm und stimmig, stand aber im krassen Gegensatz zu der urigen Gemütlichkeit von früher. Eiche rustikal gegen modernes Furnier. Wo früher dunkles Holz die Vormacht hatte, herrschte nun ein helles Ambiente mit gezielter Farbakzentuierung.

Ich spürte Jans Blick auf mir ruhen und atmete einmal tief durch.

»Schön«, kommentierte ich knapp aber höflich. Zu mehr war ich beileibe nicht imstande. Dafür war ich zu aufgewühlt.

Jan neigte kurz sein Kinn und gab sich in vollster Linie verständnisvoll. Wie er es eben immer tat. So langsam wurde mir dies wirklich suspekt. Wahrscheinlich, weil ich es einfach nicht glauben konnte, dass jemand derart feinfühlig war. Noch dazu ein Mann.

»Hier rein«, wies er an und deutete auf den Raum, den Falk und Annemarie zu Lebzeiten als Arbeitsraum und Bibliothek genutzt hatten.

Ich beäugte kritisch die Tür, die mir auf eine undefinierbare Weise anders vorkam als die nebenstehenden. Farbe und Größe waren gleich, doch irgendeine Kleinigkeit irritierte mich, wenn ich auch nicht sagen konnte, welche.

Jan öffnete das Zimmer und forderte mich mit einer eleganten Handbewegung zum Eintreten auf.

Und dann staunte ich.

Und danach staunte ich noch mehr.

Was auch immer ich erwartet hatte – bestimmt nicht das. Nicht dieses beige gestrichene Zimmer, mit den vielen Filmplakaten an der Wand. Nicht den Notenständer vor dem Fenster, nicht den Gitarrenkoffer in der Ecke und auch nicht das Keyboard in der anderen. Des Weiteren nicht den ausladenden Arbeitstisch mit dem PC und dem Mischpult darauf. Auch nicht das Mikrofon, das von der Decke baumelte. Und vor allem nicht die Violine, die, als wäre sie nur kurz beiseitegelegt worden, auf einem hellblauen Zweisitzer thronte.

»Ähm …«, begann ich zögernd und wagte mich einen weiteren Schritt in diesen unerwarteten Raum. »Okay. Also, in welcher Band spielst du, sagtest du noch gleich?«

Jan trat von hinten an mich heran und flüsterte mir ins Ohr: »Ich habe nie gesagt, dass ich in einer Band spiele.«

Mit aller Kraft versuchte ich, die Empfindungen zu ignorieren, die sein warmer Atem auf meinem Nacken auslöste, während ich gleichzeitig mein Gedächtnis durchforstete.

»Hast du nicht?«, fragte ich und hoffte, er würde das leichte Beben in meiner Stimme nicht bemerken.

Um der kribbelnden Gänsehaut auf meinem Rücken zu entrinnen, ging ich hastig zu dem Notenständer und tat so, als würde ich das Papier darauf genauestens studieren. Das Geschreibsel ergab für mich ungefähr den gleichen Sinn wie Hieroglyphen in der Cheops-Pyramide.

»Nein, habe ich nicht«, meinte Jan und packte die Violine mit routinierten Handgriffen in einen unscheinbaren Koffer.

»Hä? Ich meine … was hast du dann gesagt?«

»Ich habe dir nur erzählt, dass ich Musiker bin. Die Sache mit der Band stammt von Anfang an von dir.«

»Was?« Empört schürzte ich die Lippen. »Heißt das, du hast mich angelogen?«

Er hob beschwichtigend die Hände. »Nein. Ich habe dich nur in deinem Glauben gelassen.«

»Das ist doch das Gleiche!«

»Ach, das würde ich so nicht sagen …«

Normalerweise hätte ich nun meine Arme verschränkt und überheblich die Stirn gerunzelt. Aufgrund meines Handicaps musste ich mich alleinig auf das Stirnrunzeln konzentrieren und tat dies umso ausdrucksvoller.

»Oh, doch. Das ist sehr wohl das Gleiche!«, behauptete ich nach Luft schnappend. »So würde *ich* das sagen!«

»Mensch, Susi, wie habe ich unsere kleinen Streitereien vermisst«, stöhnte er und ließ sich auf das Sofa fallen.

Mit dem Kosenamen wollte er mich nur noch weiter auf die Palme bringen, deswegen ging ich gar nicht erst darauf ein. Aufgebracht stierte ich Jan an. Er hielt meinem stechenden Blick trotzig stand. Doch da schimmerte noch ein ganz anderer Ausdruck in seinen schönen Augen. War es Enttäuschung? Ich konnte es nicht genau sagen, aber es erinnerte mich an mein Versprechen, das ich ihm erst vor wenigen Tagen gegeben hatte: Eine gute Nachbarin zu sein. Was wohl auch beinhaltete, sich nicht immer gleich so fürchterlich aufzuregen, wie ich es gern tat.

Unter Aufbietung meiner gesamten Selbstbeherrschung würgte ich meinen Ärger hinunter und plumpste schnaufend neben Jan auf den Zweisitzer.

»Na, schön. Dann frage ich dich hiermit ganz offiziell«, intonierte ich. »Was machst du beruflich?«

Jan entzückte sich so offensichtlich über meine Bemühungen, dass meine Wut tatsächlich endgültig verrauchte. Vergnügt grinste er mich an und verkündete: »Ich bin Filmkomponist.«

»Bitte, was?« Heute war wohl mein persönlicher Tag des Staunens. »Filmkomponist? Etwa so wie dieser Franz Zimmer?«

»Hans Zimmer«, korrigierte Jan. »Genau. In etwa so wie er. Nur ein paar Stufen weiter unten. Bisher habe ich nur für TV-Produktionen gearbeitet, aber die Leinwand ist mein großes Ziel.«

»Wow. Ich meine … wow«, stammelte ich, ehrlich fasziniert.

Meine Bewunderung ließ Jan stolz die Schultern straffen. Außerdem wirkte er irgendwie … erleichtert. Wieder traf er mich mit diesem innigen Ausdruck in den Augen, der meine Beine zu Wackelpudding machte.

»Erzähl mal, wie wird man denn bitte Filmkomponist?«, wollte ich wissen und war mehr als nur froh, dass ich bereits saß und mich nicht auf die Standfestigkeit meiner Kniegelenke verlassen musste. »Wolltest du das schon immer machen oder hat dich der Zufall dorthin verschlagen?«

Er wiegte leicht seinen Kopf. »Teils, teils, sag ich mal. Eine Musikkarriere war wohl vorprogrammiert. Schon als Kind habe ich ein außerordentliches Talent im Umgang mit der Gitarre gezeigt, was von meinen Eltern entsprechend gefördert wurde. Musik war und ist mein Leben. Ich möchte jetzt nicht überheblich klingen, aber manchmal fühle ich mich, als wäre ich für die Welt der Klänge geboren worden.«

»Hm, das klingt allerdings überheblich«, schob ich lachend dazwischen.

»Du hast recht. Tut mir wirklich leid, aber ich bin über alle Maßen von mir selbst überzeugt.«

»Das habe ich bereits bemerkt.«

Jan zeigte seine unvergleichlichen Grübchen und erzählte schmunzelnd weiter: »Nun ja, wie gesagt, ich lebte schon immer für die Musik. Nach dem Abitur ging ich für mein Studium nach München auf die Musikhochschule. Ich studierte dort im Hauptfach Violine und im Nebenfach Klavier. Danach folgten zwei Jahre Ausbildung an der Orchesterakademie der Staatsphilharmonie Nürnberg. Dort ergatterte ich schließlich auch eine der begehrten Festanstellungen. Vier Jahre war ich da Stimmführer bei der zweiten Violine. Das Komponieren war zu der Zeit für mich eher eine Nebenbeschäftigung. Ich erhielt immer wieder kleinere Aufträge für Werbesendungen und habe mir damit fleißig etwas dazuverdient. Irgendwann bat mich ein Freund um Mithilfe bei der Komposition für eine TV-Produktion. Das gefiel mir so gut, dass ich mich näher mit dieser Sparte vertraut machte. Ich habe schnell gemerkt – das ist es, was ich machen will! Ja, und so habe ich mich langsam hochgearbeitet, bis ich meine

Anstellung in Nürnberg kündigen konnte. Obwohl mir diese Entscheidung wirklich schwerfiel. Meine Zeit beim Orchester war toll und aufregend, beanspruchte mich aber voll und ganz. Für größere Kompositionen nebenbei bleibt kaum Spielraum, zwischen den vielen Proben, Auftritten und Gastspielen in aller Herren Länder. Deshalb musste ich schweren Herzens dort aufhören, um meinen eigentlichen Plan weiterzuverfolgen.«

Gebannt lauschte ich seiner Lebensgeschichte. Wie ein wissbegieriges Kind hing ich an Jans Lippen und konnte nur mit Mühe ein anhimmelndes Seufzen unterdrücken, als er aufhörte zu sprechen. Weil ich vom melodischen Klang seiner Stimme noch lange nicht genug hatte, fragte ich eilig: »Was genau gefällt dir am Komponieren von Filmmusik?«

»Hast du dir schon einmal einen Film ohne jegliche musikalische Begleitung angesehen?«

»Nein. Gibt es so was überhaupt?«

»Nicht viele. Vermutlich nur eine Handvoll und ich kann dir auch sagen, warum das so ist. Ein Film lebt und stirbt mit seiner Musik. Nehmen wir mal den Klassiker *Psycho* als Beispiel. Stell dir vor, bei der berühmten Duschszene mit dem tödlichen Messerangriff, würde anstelle von abgehackten, schrillen Tönen, plötzlich ein beruhigendes Klavierspiel erklingen. Es wäre nicht schlüssig, würde die gesamte Stimmung verändern und im krassen Gegensatz zum Bild stehen.«

»Das wäre fatal«, pflichtete ich ihm bei.

»Genau. Und das ist es, was mir so daran gefällt. Du musst mithilfe von Musik die gleiche Geschichte erzählen, wie sie die Kamera erzählt. Musst herausfinden, in welcher Sekunde der jeweiligen Szene du sie am besten einsetzt und wann du sie wieder ausklingen lässt. Das alles dann auch noch möglichst unauffällig, sodass der Zuschauer die Melodie eigentlich nur im Unterbewusstsein wahrnimmt. Eine echte Herausforderung, also.«

Die Begeisterung, mit der er sprach, ließ keinen Zweifel daran, dass sein Beruf gleichzeitig seine Leidenschaft war. Das

Funkeln in seinen Augen ebenso. Ich konnte einfach nicht anders, als ihn anzuschmachten.

»Warum bist du eigentlich Single?«, platzte es aus mir heraus, bevor ich auch nur annähernd merkte, wie diese Frage in meinem Kopf eine Form angenommen hatte.

Jan war darüber genauso überrascht wie ich selbst, denn er wusste einen Moment lang nicht, was er darauf sagen sollte.

»Na ja, ich war immer viel unterwegs und …«, er stockte kurz und fixierte einen scheinbar höchst interessanten Fleck an der Wand gegenüber, »… und hatte wohl nicht genügend Zeit für eine Beziehung.«

Er verschwieg mir etwas. Das wusste ich genau. Und er wusste, dass ich es wusste.

Eine recht unangenehme Stille legte sich über uns.

Ich zog kurz in Erwägung, weiter zu bohren, entschied mich dann aber mit ungewohnter Großzügigkeit dagegen. Jan hatte mir gerade so offen über sich berichtet, dass er einen guten Grund für seine Zurückhaltung haben musste.

»Das ist eine Schallschutztür, oder?«, vermutete ich zusammenhangslos.

Jan nickte eifrig, dankbar für den Themenwechsel. »O ja!«, ging er sofort darauf ein. »Die war zwar schweineteuer, aber ich brauchte unbedingt einen schallisolierten Raum für meine Arbeit. Die Wände habe ich mit zusätzlichen Platten verkleidet. Ebenso die Decke. Ach, und das Fenster ist mit einem hochmodernen Lärmschutzglas ausgestattet.«

»Aha. Das erklärt, warum ich noch nie etwas von deinen Kompositionen mitbekommen habe.« Und warum mir die Tür so seltsam vorgekommen war. Sie hatte nämlich kein Schlüsselloch.

»Nun, das war der Grund für den ganzen Aufwand hier drin. Ich wollte einem Nachbarschaftsstreit vorbeugen.« Er gluckste. »Gut, und mich auch ein bisschen vor gartenwütigen Nachbarinnen schützen. Bei der Hausbesichtigung kursierte nämlich das Gerücht, dass du jeden Sonntagmorgen deine Runden mit dem Rasenmäher drehst.«

»Wirklich? Ts! Wer erzählt denn so einen Quatsch?«, empörte ich mich.

»Ich weiß nicht genau, aber ich habe da eine Vermutung«, mutmaßte Jan und zwinkerte mir verschmitzt zu.

»Ach?« Ich beugte mich verschwörerisch vor und flüsterte: »Bitte, sag es nicht weiter.«

»Dein Geheimnis ist bei mir sicher«, wisperte er zurück.

Wir lachten gleichzeitig los.

»Soll ich dir etwas zu trinken holen?«, bot Jan mir an, sobald wir uns wieder beruhigt hatten.

Widerwillig warf ich einen Blick auf meine Armbanduhr. Mir war, als würde mir das vorwurfsvolle Gesicht meines Katers entgegenblicken. Der arme Charly war bestimmt schon am Verhungern.

»Nein, danke«, lehnte ich ab und erhob mich umständlich von dem niedrigen Sofa. »Ich muss unbedingt nachsehen, ob meine Katze schon vom Fleisch gefallen ist.«

»Darüber würde ich mir an deiner Stelle mal keine Sorgen machen.«

»Hey, Charly ist nicht dick. Nur flauschig!«

Jan grinste breit. »So nennt ihr Katzenliebhaber das also.«

Anstelle langer Abschiedsworte streckte ich meinem Nachbarn nur die Zunge raus und wackelte hinaus. Im Flur fiel mein Blick auf die Stelle unterhalb der Treppe, an der ich vor etwa genau zwei Wochen wie ein Häufchen Elend gelegen hatte.

Damals konnte ich nicht schnell genug von Jan wegkommen. Heute fiel es mir schwer, ihn zu verlassen.

Kapitel 17

Um 1.27 Uhr nachts klingelte mein Telefon. Da ich es in weiser Voraussicht auf meinem Nachtkästchen deponiert hatte, drang der Rufton in ungewohnter Lautstärke an mein Ohr. Das schrille Gedudel weckte mich ungefähr so sanft, als hätte mir jemand eine dieser lärmenden Gas-Hupen ans Gesicht gehalten. Ich fuhr entsetzt hoch. Gleichzeitig sprang Charly erschrocken über mich hinweg und fauchte empört. Mit rasendem Puls und gehetztem Atem saß ich aufrecht im Bett und brauchte einen Moment, um mich zu beruhigen.

Dann wurde ich sauer. Aber so richtig!

Ich grapschte nach dem Hörer und brüllte hinein: »Verdammte Scheiße! Was soll das?«

Stille antwortete mir.

»Wer ist da? Wenn du schon ständig hier anrufst, dann sei wenigstens Manns genug, dich zu offenbaren!«

Ich machte eine kleine Pause und lauschte.

Nichts.

»War ja klar«, fauchte ich zornig. »Weißt du was? Du bist ein Schisser! Wenn du mir irgendetwas zu sagen hast, dann rede gefälligst! Jetzt!«

Wieder hielt ich inne und wartete auf eine Antwort. Eine Zeit lang war gar nichts zu hören, dann plötzlich ein abfälliges Schnauben. In der Leitung klickte es und mein Telefon bezeichnete das Gespräch als beendet.

Obwohl es nur ein Schnauben war, hatte ich Rene zweifelsfrei erkannt. Dieses arrogante, überhebliche Geräusch hatte ich schon zu oft gehört. Dieses Schnauben, ich würde es unter Tausenden erkennen.

Dieser Arsch!

Mit zittrigen Händen tastete ich nach meiner Nachttischlampe und knipste sie an. Umgehend tippte ich Renes Handynummer ein. Ich wusste sie immer noch auswendig. Alte Gewohnheiten legte man leider nicht so schnell ab.

»The person you are calling …«

Oh, diese Kröte! Dieser elende Feigling!

Vor Wut drosch ich mit meinem Telefon ein paarmal auf mein Kissen ein. Das störrische Schweigen meines Anrufers regte mich bei Weitem mehr auf als der nächtliche Anruf an sich.

Plötzlich wurde mir klar, dass genau dies Renes Absicht war. Er wollte mir nicht einfach nur den Schlaf rauben, sondern mich durch wütende Hilflosigkeit in den Wahnsinn treiben.

Herzlichen Glückwunsch, Herr Bergstätter! Sie waren erfolgreich!

Mist und verflucht! Ich durfte mich nicht so verhalten, wie dieser Mistkerl es von mir erwartete!

Mit kreisenden Bewegungen massierte ich meine Schläfen und suchte nach innerer Ruhe, bevor ich das Licht ausknipste. Das Telefon stellte ich absichtlich nicht aus. Nur den Klingelton drehte ich auf die unterste Lautstärke. Ich war schließlich kein solcher Feigling wie mein Ex. Jeden einzelnen Anruf würde ich entgegennehmen, egal wie lange dieses Spielchen noch dauern würde. Ich würde rangehen und ebenfalls schweigen, ruhig und bedächtig darauf warten, dass der andere auflegte. Mal sehen, wie lange Rene diesen Blödsinn durchziehen wollte.

Der nächste Anruf kam um 2.14 Uhr.

Ich wurde schon beinahe von Vorfreude erfasst, als ich im Dunkeln nach dem Telefon tastete und das Gespräch wortlos entgegennahm. Wahrscheinlich bildete ich mir das nur ein, aber das Schweigen am anderen Ende der Leitung wirkte daraufhin nicht mehr eisern, sondern irritiert.

Das war gut!

Mit einem Grinsen registrierte ich das Klicken und legte fröhlich den Hörer beiseite.

2.17 Uhr bereits ein weiterer Anruf. Rene dachte wohl, ich wäre im Halbschlaf dran gegangen und hatte deswegen nichts gesagt. Ha! Ich war hellwach und gut gelaunt.

2.24 Uhr, 2.56 Uhr, 3.18 Uhr. Der letzte dann um 4.29 Uhr.

Vor dem letzten Klick glaubte ich, ein gemurmeltes »Scheiße« zu hören, was mich unbändig freute und mich ganz und gar für den versäumten Schlaf entschädigte. Überhaupt schnitt sich Rene mit seinem nächtlichen Terror mehr ins eigene Fleisch. Schließlich musste er am darauffolgenden Tag arbeiten und ich nicht. Noch so ein handfester Beleg dafür, dass seine Denkweise jeglicher Logik entbehrte. Ich war ehrlich gespannt, wie oft sich diese Anrufe noch wiederholen würden.

Am nächsten Vormittag war ich mehr als nur überrascht, als mein Handy klingelte und *Ex-Arsch* auf dem Display stand.

Rene rief mich vollkommen offenkundig an? Hatte er vergessen, seine Rufnummer zu unterdrücken?

Schadenfroh nahm ich das Gespräch an. »Hallo, Rene!«

»Hi, Sweety«, antwortete er prompt. Das verwunderte mich. Er hatte sich also mit Absicht zu erkennen gegeben. Welchen Plan verfolgte er denn damit?

Gleich beim nächsten Satz verriet er es mir. »Ich hatte einen entgangenen Anruf von dir. Was gibt's denn?«

Aha. Er wollte das Unschuldslamm mimen. Was für ein Idiot … Eilig passte ich meine Vorgehensweise an sein dämliches Spielchen an.

»Ach, weißt du«, begann ich bedächtig und machte es mir am Esstisch bequem, »seit ein paar Tagen ruft irgend so ein Trottel ständig bei mir an und traut sich aber dann nichts zu sagen.«

»Echt? Das ist bestimmt nervig!«

»Hm, nicht unbedingt. Da ich krankgeschrieben bin und sowieso nichts Besseres zu tun habe, ist es fast schon ein netter Zeitvertreib. Außerdem geht das Ganze ja nicht auf meine Rechnung, also was soll's.«

»Aha.« Er war sauer. Man konnte es hören, wie er auf seiner Unterlippe kaute. »Und warum hast du nun bei mir angerufen?«

»Na ja, ich hatte gehofft, du könntest mir helfen herauszufinden, wer da immer anruft.«

Sofort veränderte sich seine Tonlage wieder. »So, das hattest du also gehofft? Du weißt doch, Sweety, ich bin immer für dich da.«

O Gott, ich muss gleich kotzen …

»Natürlich weiß ich das«, säuselte ich und ballte meine freie Hand zu einer Faust. »Also, was meinst du? Was könnte ich gegen diesen Stalker unternehmen?«

»Nicht viel. Du könntest bei deiner Telefongesellschaft nachfragen, ob sie die Nummer zurückverfolgen können. Falls er ein Prepaid-Handy benutzt, werden die aber keine Chance sehen.«

»Herrje!«, rief ich aus. »Kannst du denn gar nichts machen?«

»So leid es mir tut, aber ich fürchte, du bist diesem Anrufer ausgeliefert«, seufzte er mitleidsvoll.

Das hättest du wohl gern …

Nur mit Mühe konnte ich den Zorn aus meiner Stimme verbannen, der sich langsam an die Oberfläche drängte. »Fällt dir denn sonst nichts mehr ein? Ich hatte da etwas anderes im Sinn.«

»Ja? Was geht dir denn durch dein hübsches Köpfchen?«

So, jetzt reicht's!

»Du könntest zum Beispiel DAMIT AUFHÖREN, MICH ANZURUFEN!«, spie ich aus.

Rene wusste einen Augenblick nicht, was er sagen sollte. »Ähm … wie bitte?«

»Du hast mich schon verstanden, du verlogener Mistkerl!«

»Ich habe keine Ahnung, wovon du da sprichst«, versuchte er, sich rauszureden, doch seine Fassade bröckelte hörbar.

»Sag mal, für wie blöd hältst du mich eigentlich?«, knurrte ich. »Glaubst du denn, dass ich nicht sofort darauf gekommen bin, wer mich da ständig belästigt? Bist du wirklich so bekloppt?«

Am Ende der Leitung war es eine ganze Weile still. Rene musste sich mit der neuen Situation scheinbar erst arrangieren. Tja, von mir aus! Wenn er nichts zu sagen wusste, dann redete ich halt weiter: »Was willst du mit deiner Anruferei überhaupt erreichen? Ich meine, außer einer hohen Handyrechnung und zu wenig Schlaf bringt dir das doch gar nichts! Oder dachtest du ernsthaft, mich würde das in irgendeiner Weise zu dir zurückbringen? Ist das Junkie-Logik? Sag es mir endlich: Was soll das bringen?«

Er nuschelte etwas Undeutliches. Obwohl er es nicht sehen konnte, ließ ich drohend meine Faust auf den Tisch krachen. »Rene! Herrgott! Jetzt sag's mir endlich!«

»Ich wollte doch nur wissen, ob du zu Hause bist!«, schrie er plötzlich.

Mir fiel buchstäblich die Kinnlade herunter.

»Du wolltest wissen, ob ich zu Hause bin?«, wiederholte ich ungläubig und kratzte mich an der Nase. »Ist das dein Ernst?«

»Natürlich ist das mein Ernst! Woher hätte ich denn sonst wissen sollen, ob du dich herumtreibst?«, rief er aufgebracht. »Ich wollte einfach nur wissen, ob du in deinem Bett schläfst!«

Ich war absolut fassungslos. »Das ist doch bescheuert!«, stieß ich hervor.

»O nein. Weißt du, was bescheuert ist? Dass du dich mit diesem *Musiker* vergnügst, wo du doch etwas viel Besseres haben könntest!«

»Ach ja, und dieses Bessere wärst du, oder was? Ein drogensüchtiger Irrer?«

»Nur weil ich ab und an etwas mehr Energie brauche, bin ich doch noch lange nicht drogensüchtig. Behauptet *er* das? Dass ich süchtig bin? Susanne, hör nicht auf ihn! Er will uns doch nur auseinandertreiben, merkst du das nicht?«

»Er kann uns nicht auseinandertreiben, weil wir uns nicht nahestehen! Wohin verrennst du dich hier überhaupt plötzlich? Unsere Beziehung liegt schon lange zurück. Wie kommt es, dass du mich jetzt auf einmal wiederhaben willst? Ich versteh das nicht. Was ist passiert?«

»Ich habe nie aufgehört dich zu wollen, Susanne«, sagte er leise.

Das verletzte Beben in seiner Stimme ging mir unweigerlich durch und durch.

»Rene … es ist zu spät«, flüsterte ich. »Mach's gut.«

Ich legte auf und schüttelte langsam meinen Kopf. Ich fuhr mir durch die Haare und atmete lautstark aus. Der Mann, mit dem ich gerade telefoniert hatte, war mir ebenso fremd wie der Psychopath, der mich vor zwei Tagen bedroht hatte. Rene hatte sich so verzweifelt und traurig angehört, dass es mir ehrlich in der Seele wehtat. Seine beeindruckende Stärke von früher war verschwunden und hatte eine gebrochene Persönlichkeit hinterlassen. Das beunruhigte und verwirrte mich. Ein schlechtes Gewissen machte sich in mir breit, obwohl mein Verstand mir eindringlich erklärte, dass ich keinerlei Schuld in mir trug. Trotzdem hatte ich das Gefühl, etwas falsch gemacht zu haben, und das machte mir schwer zu schaffen.

Das Telefonat beschäftigte mich den ganzen Tag über. Ununterbrochen zerbrach ich mir den Kopf darüber, wie ich Rene helfen könnte, doch eine rettende Idee blieb aus. Ihn zu hassen war mir sonst immer leicht gefallen. Mitleid zu haben, war viel, sehr viel schwerer.

Gedankenverloren wanderte ich mit dem Gartenschlauch meine Beete entlang und versorgte die Erde mit kühlem Wasser.

»Hallo, Frau Nachbarin!«

Ich vollführte vor Schreck einen kleinen Hüpfer und lenkte den Wasserstrahl aus Versehen dabei auf meine Füße.

»Wuah! Mist!«, fluchte ich und drehte die Schlauchpistole ab. Prüfend schüttelte ich mein Gipsbein und stellte erleichtert fest, dass sich Ed Aldi wieder einmal bewährte.

»Wegen mir musst du dich doch nicht gleich nass machen«, ertönte Jans freche Stimme.

Angesäuert sah ich auf. »An deiner Stelle würde ich mir nichts darauf einbilden, wenn Frauen bei deinem Anblick nasskalte Füße bekommen!«

Er lachte herzhaft und stütze sich lässig am Zaun ab. Das zauberhafte Funkeln in seinen Augen stimmte mich automatisch milde.

»Brauchst du Hilfe?«, fragte er und deutete auf den Gartenschlauch.

»Nein, nein«, wehrte ich ab.

»Dachte ich mir bereits«, sagte er weich.

Ein schummriges Kribbeln breitete sich in meinem Bauch aus. Das Lächeln, mit dem er mich bedachte, wirkte sich wieder gravierend auf die Stabilität meiner Beine aus. Ich versuchte, standfest zu bleiben, was sowohl meine Knie als auch den Blickkontakt betraf. Das wäre ja gelacht, wenn ich mich von einem kleinen Lächeln aus der Bahn werfen ließe.

Oder?

So klein war das Lächeln eigentlich gar nicht. Es war genau genommen gewaltig. Atemberaubend. Auf eine aufregende Weise verheißungsvoll. Wobei ich mir nicht sicher war, was genau es eigentlich verheißen wollte. Ich wusste nur, dass ich gerade dümmlich meinen Nachbarn anglotzte und mir seltsame Gedanken machte. Das war nicht gut.

Das war gar nicht gut!

»Ähm, na ja«, wand ich mich aus meiner Starre, »ich brauche sowieso eine sinnvolle Beschäftigung. Da ist es gar nicht so schlecht, dass ich für's Gießen viermal so lange brauche als normalerweise. So wird mir wenigstens nicht langweilig.«

»Wenn dir heute Abend langweilig ist, könntest du doch mit mir Essen gehen«, schlug Jan charmant vor.

Ich sog scharf die Luft ein. »Waaaaas?«

»Nun, ich dachte nur, wenn du sonst nichts vorhast, dann …«

»Nein!«, entfuhr es mir schrill. »Ich hab was vor! Und zwar … äh … was ganz Wichtiges!«

»Okay.« Ein Schatten der Enttäuschung huschte kurz über sein Gesicht und dieser brachte mich nun vollends zur Hysterie.

»Ich muss weg! Tschüss!«, stieß ich hervor, ließ achtlos den Gartenschlauch fallen und humpelte panikartig ins Haus.

Ich plumpste auf mein Sofa und raufte mir die Haare.

Was war geschehen?

Jan hat mich um ein Date gebeten!

Na, und?

Na, was sollte das denn? Warum will er ein Date?

Warum macht mir das Angst?

Weil … weil … Weil ich ihn mag.

Ich stöhnte aufgrund dieser Erkenntnis auf und rieb mir heftig über das Gesicht.

Ja, ich mochte ihn. Sogar sehr. Viel mehr, als es für ein gutes Nachbarschaftsverhältnis erklärlich war. Jan verdrehte mir zusehends den Kopf und erweckte Gefühle ihn mir, die mich vollkommen durcheinanderbrachten. Sein Wesen und seine Art faszinierten mich mit jedem Tag mehr. Nie hatte mich ein Mann mehr überrascht als er. Dazu kam noch diese geradezu animalische körperliche Anziehungskraft, die meine Weiblichkeit förmlich vibrieren ließ. Sogar jetzt verursachte allein der Gedanke an seine Gestalt ein wehmütiges Ziehen in meinen unteren Bauchregionen. Der Drang, zu ihm zu gehen und mich einfach in seine Arme zu werfen, erfasste mich, doch etwas in meinem Innersten hielt mich zurück.

Es war, als würde mir mein Selbsterhaltungstrieb ins Gewissen reden. Er sagte mir, dass die Intensität meines Verlangens nicht gut für mich war. Dass ich damit nur riskierte, verletzt zu werden. Dass es mir genauso ergehen würde wie damals mit Rene.

Aber Jan war nicht wie Rene …

Die beiden könnten eigentlich kaum unterschiedlicher sein und doch konnte ich diese warnende Stimme in meinem Kopf nicht einfach ausblenden.

Schnaufend rappelte ich mich auf. Meine Aktion gerade war mir mehr als nur peinlich. Ich sollte zu Jan gehen und mich dafür entschuldigen. Doch wie sollte ich ihm meine Flucht erklären? Ihm die Wahrheit sagen?

Ausgeschlossen. Ich konnte ihm doch nicht einfach so erzählen, wie sehr er mich verwirrte!

Zum einen wäre ich viel zu feige, die Worte überhaupt über die Lippen zu bringen, zum anderen schämte ich mich für meine fehlende Entschlossenheit. Ich musste mir erst einmal selbst darüber im Klaren sein, was ich wirklich empfand, beziehungsweise, was ich empfinden wollte, bevor ich ihn daran teilhaben ließ. Alles andere erschien mir geradezu lächerlich.

Kapitel 18

Das Durcheinander in meinem Kopf hielt mich vom Schlaf ab. Geschlagene drei Stunden wälzte ich mich nun schon unruhig in meinen Laken herum. Charly fand das gar nicht lustig und war inzwischen auf den flauschigen Bettvorleger ausgewandert, um nicht ständig durchgeschüttelt zu werden.

Genervt setzte ich mich an den Bettrand und stützte das Kinn auf meine Hände. So lange Zeit war ich von Problemen mit der Männerwelt verschont geblieben und jetzt beschäftigten mich gleich zwei von dieser Sorte. Womit hatte ich das denn verdient?

Ach, wie sehr wünschte ich mir, jetzt einen von Annemaries klugen Ratschlägen zu hören! Aber sie war nicht hier. Wäre sie noch hier, hätte ich ohnehin ein ganzes Problem weniger. Dann hätte ich Jan nämlich nie kennengelernt.

Ist das dein Ernst?

Nein. Natürlich nicht. Es war nur einfacher, so etwas zu denken.

Ich brummte und stand auf, ohne zu wissen, warum. Automatisch wackelte ich Richtung Balkon, um ein wenig frische Luft zu schnappen.

Kaum hatte ich die Tür geöffnet, klingelte mein Handy. Es war fast wie ein Omen.

Mit krauser Stirn humpelte ich zurück zu meinem Nachtkästchen. Wollte Rene sein Spielchen ernsthaft weitertreiben? Eigentlich hatte ich geglaubt, dass unser Gespräch ihn eines

Besseren belehrt hatte. Nun, offensichtlich nicht, denn der Name *Ex-Arsch* blinkte mir auf dem Display entgegen.

Ich sah auf die Uhr – 0.21 Uhr – und überlegte, was ich nun tun sollte.

Sollte ich mit ihm sprechen? Oder den Anruf einfach ignorieren?

Irgendwie fühlte ich mich weiterhin für Renes Wandlung schuldig, deswegen ergriff ich mit einem Seufzen das Telefon.

»Rene, was willst du?«, fragte ich ergeben.

Er lachte bitter. Schon an diesem Lachen erkannte ich, dass ich es nicht mit dem Rene von heute Vormittag zu tun hatte.

»Ich wollte sichergehen, dass du zu Hause bist«, erklärte er.

Ich stöhnte auf. »Tja, bist du jetzt zufrieden?«

»Nicht ganz. Aber ein wenig beruhigt.«

»Das kann doch unmöglich dein Ernst sein!« Ich klemmte das Handy zwischen Ohr und Schulter und setzte meinen Weg auf den Balkon fort.

»Es ist mir sogar sehr ernst mit dir, liebe Susanne.«

Begierig atmete ich die kühle Nachtluft ein, in der Hoffnung, sie möge mir beim Denken helfen. Umständlich lehnte ich meine Gehstützen gegen die Balkonbrüstung und stütze mich mit meiner freien Hand darauf ab. »Wie lange soll das denn noch weitergehen?«

»So lange es eben dauert.«

»*Es*? Was soll das denn sein, *Es*?«

»Ich werde nicht aufgeben, bis du zu mir zurückkommst.«

»Sag mal, schnallst du's wirklich nicht?«, erzürnte ich mich. »Ich werde nicht zu dir zurückkommen! Egal, wie oft du noch darum bettelst! Man kann Liebe nicht erzwingen und ich liebe dich einfach nicht! Daran werden auch deine Anrufe nichts ändern, hörst du? Du kannst doch nicht erwarten, dass ...«

»Du siehst müde aus.«

Ich stockte. »Was?«

»Ich sagte: Du siehst müde aus.«

Meine Gedanken überschlugen sich. Hektisch suchte ich mit den Augen den Garten ab und war schon halb darauf gefasst, Rene zu mir hochwinken zu sehen. Dunkel und ruhig lag mein Grundstück vor mir. Nur schemenhaft zeichneten sich die Einzelheiten im trüben Licht des abnehmenden Mondes ab. Die gesamte Landschaft schien nur noch aus Schatten zu bestehen. Genügend Schatten, in dessen Schutz sich ein Mann verstecken könnte …

»Willst du mich verarschen?«, zischte ich in mein Handy.

Eine kleine Windbö rauschte an mir vorüber. Fröstelnd zog ich meine Schultern hoch.

»Du solltest besser reingehen«, schlug Rene munter vor. »Es ist kalt draußen.«

»Was zum …? Willst du mir damit sagen, dass du mich gerade beobachtest? Wie krank ist das denn?«

Er schnalzte missbilligend mit der Zunge. »Na, ich achte doch nur darauf, dass *du* nicht krank wirst!« Während er sprach, lauschte ich mit meinem anderen Ohr angestrengt in die Dunkelheit, doch ich konnte seine Stimme nur durchs Handy vernehmen. Sollte er mich wirklich beobachten, musste er ein ganzes Stück weiter weg sein. Vermutlich irgendwo in dem Feld, das an die Grundstücke grenzte. *Falls* er da war.

»Du riskierst gerade eine saftige Erkältung«, plauderte er unbekümmert weiter. »So spärlich bekleidet. Mit deinem dünnen, hellblauen Nachthemdchen. Steht dir übrigens sehr gut. Für mich hast du so was nie getragen.«

Ich riss die Augen auf. Dass ich mich auf dem Balkon befand, hätte er ja gerade noch erraten können, aber dass er nun auch meine Kleidung benennen konnte … vor allem, weil er das hellblaue Nachthemd tatsächlich noch nie gesehen hatte.

»Du bist ja total gestört, Rene! Glaubst du, du könntest mir damit Angst machen?«, schrie ich. Meine Beunruhigung konnte ich dabei leider nicht ganz verdecken. »Ich hoffe, du hast es auf deinem Beobachtungsposten gemütlich. Ich für meinen Teil gehe jetzt wieder ins Bett und leg mich schlafen!«

»Ich hoffe, du träumst von mir.«

»Leck mich, du Psycho!« Bevor ich auflegte, würgte ich ihm aus einem Impuls heraus noch eine rein. »Mein *Hemdchen* habe ich übrigens für Jan gekauft!«

Wütend reckte ich meinen Mittelfinger in die Nacht hinein. Dann sah ich zu, dass ich schnellstens den Balkon verließ. Erst als ich die Tür verriegelt hatte, wurde mir bewusst, was da gerade geschehen war.

Beklommenheit erfasste mich.

Rene stand mitten in der Nacht in einem Feld und beobachtete mich.

Was würde als Nächstes kommen?

Ich pfefferte mein Handy beiseite und stürmte in den Flur hinaus. Mein Atem ging schwer und hektisch. So schnell ich mit meinem Gipsbein konnte, hastete ich hinunter zur Haustür. Dabei knipste ich jeden Lichtschalter an, den ich auf meinem Weg passierte.

Mit zitternden Händen kontrollierte ich, ob die Eingangstür verschlossen war, und legte zusätzlich noch den Sicherheitsriegel vor. Das war das erste Mal, dass ich mich über diese kostenintensive Anschaffung freute.

Schon im Wohnzimmer legte sich meine Freude wieder. Was nutzte denn ein Sicherheitsriegel an der Haustür, wenn man eine riesige Glasfront an der Rückseite hatte, die man problemlos einschlagen konnte? Was für eine Fehlplanung!

Fiebrig ließ ich die breiten Rollläden herunter.

Na klar, als könnten diese Lamellen mich vor einem Wahnsinnigen schützen …

Mein Blick fiel auf die Katzenklappe. Wo war Charly? Doch nicht etwa draußen? Bei diesem Irren?

Verängstigt quälte ich mich die Treppe wieder hinauf und fand den Kater friedlich schlummernd auf meinem Bettvorleger. Gott sei Dank!

Das Handy lag auf meinem Kopfkissen. Kaum sah ich es an, brummte es wie auf Kommando und kündigte damit eine

SMS an. Ich starrte darauf, als könnte es jederzeit explodieren. Die Nachricht war von *Ex-Arsch*.

Langsam setzte ich mich auf den Bettrand und hangelte mit spitzen Fingern nach dem Telefon, um die SMS zu lesen.

Ex-Arsch schreibt:

Glaubst du wirklich, die Rollläden könnten mich aufhalten? :-)

Ein leises Wimmern entfuhr mir. Der Smiley hinter den Worten zeigte höhnisch, wie sehr Rene meine Panik genoss. Ich empfand das grinsende Bildchen beinahe noch bedrohlicher als den Text an sich. Panik legte sich auf meine Brust und schnürte mir die Luft ab.

Was sollte ich jetzt tun?

Mein erster Gedanke war: Jan! Er würde sofort herübereilen und mich beschützen.

Ich hatte bereits das Zahlenfeld meines Smartphones geöffnet, als ich mit Schrecken feststellte, dass ich seine Nummer gar nicht kannte. Frustriert rieb ich mit meiner freien Hand über einen Oberschenkel. Da wohnte meine Rettung nur ein paar Meter von mir entfernt und war doch unerreichbar.

Ich tippte die 110 ein. Über dem Anrufbutton verharrte ich allerdings.

Sollte ich wirklich die Polizei anrufen? Was würden die machen? Mit einem Sondereinsatzkommando anrücken und das Feld nach einem Stalker durchkämmen?

Wohl kaum.

Oft genug hatte ich im Fernsehen gesehen, dass die Polizei gegenüber Stalkern geradezu machtlos war. Solange sie nicht handgreiflich wurden, hatte man kaum eine Chance, sie dranzukriegen.

Wirklich *beruhigend …*

Mein Handy vibrierte erneut. Vor Schreck ließ ich es fallen und stieß einen erstickten Schrei aus. Noch eine SMS vom *Ex-Arsch*.

Ich bückte mich und öffnete angespannt die Nachricht.

Ex-Arsch schreibt:

Du solltest das Licht ausmachen. Strom ist teuer! :-)

Reglos betrachtete ich das Handy in meiner Hand und konzentrierte mich auf eine ruhige Atmung. Rene verhöhnte mich. Labte sich an meiner Hilflosigkeit. Freute sich, weil ich genau das tat, was er wollte.

Dieser elende Drecksack!

Ein anderes Gefühl kroch hervor und mischte sich mit der Angst. Wut loderte in mir auf.

Ich reagierte also genau so, wie er es wollte? Das wäre ja noch schöner!

Der pure Trotz trieb mich dazu nach unten zu gehen und sämtliche Lichter nacheinander wieder zu löschen, bis nur noch meine Nachttischlampe brannte. Ich kroch in mein Bett und kaute eine Weile zögernd an einem Fingernagel. Schließlich holte ich mein Handy hervor und tippte eine Antwort auf Renes Verhöhnung ein.

Susanne schreibt:

Du hast recht. Das ist es nicht wert.

Zufrieden löschte ich meine Nachttischlampe und damit gleichzeitig das letzte Licht im gesamten Haus. Stinksauer und gleichzeitig beunruhigt lag ich stocksteif in meinem Bett und starrte in die Dunkelheit. Das Telefon behielt ich vorsichtshalber in der Hand. Falls ich doch noch die Polizei anrufen musste.

Während ich nach verdächtigen Geräuschen lauschte, fragte ich mich immer wieder, womit ich diesen ganzen Unsinn eigentlich verdient hatte.

Die ganze Nacht verbrachte ich angespannt und schlaflos in meinem Bett und wartete darauf, dass der neue Tag anbrach. Während ich dem anschwellenden Getratsche der Vögel lauschte, beobachtete ich das goldene Licht, das die Morgensonne in mein Schlafzimmer warf. Mit jeder Minute kletterte es Zentimeter für Zentimeter an der Wand entlang. Als mich die Helligkeit des frühen Morgens genügend in Sicherheit wiegte, quälte ich mich aus dem Bett und schlurfte müde in mein Bad. Eigentlich konnte man mit einem Gipsbein gar nicht schlurfen, doch durch meine geistige Verfassung brachte ich das trotzdem irgendwie zustande.

Mein Spiegelbild sah genauso beschissen aus, wie ich mich fühlte. Selbst nachdem ich mir einige Male eiskaltes Wasser ins Gesicht geklatscht hatte, änderte sich daran nichts. Die dunklen Ringe unter meinen Augen wollten partout nicht weichen. Seufzend ergab ich mich meinem Schicksal und tauschte Nachthemd gegen einen topmodischen Schlabberlook, der ausgezeichnet zu meiner ausgemergelten Visage passte.

Es war kurz nach sechs Uhr. Viel zu früh für jemanden, der nichts zu tun hatte und nur darauf wartete, dass ein gebrochener Knochen wieder zusammenwuchs. Nur einer freute sich ganz unbändig über meine morgendliche Aktivität – Charly. Glückselig genoss er sein zeitiges Frühstück, während ich energielos in einer Tasse Kaffee rührte.

Irgendwann erinnerte mein Kater mich lautstark daran, dass die Rollläden im Wohnzimmer seine Katzenklappe blockierten. Mit protestierendem Maunzen saß er davor und starrte mich auffordernd an.

Bevor ich den Weg frei machte, warf ich noch einen vorsichtigen Blick aus dem Fenster. Nicht dass Rene auf meiner Terrasse herumlungerte, um mich abzufangen. Inzwischen traute ich ihm so eine Aktion nämlich durchaus zu.

Da der Garten ruhig und verträumt im morgendlichen Sonnenschein glitzerte, lupfte ich die Läden und verschaffte Charly damit seinen Weg in die Freiheit. Nun, da die Landschaft wieder hell und freundlich aussah, fühlte sich die ganze Sache irgendwie unrealistisch an. Obwohl ich keine Sekunde geschlafen hatte, kam es mir fast so vor, als wäre ich nur einem hässlichen Traum erlegen. Leider bewiesen Renes Nachrichten das Gegenteil …

Mir fiel auf, dass mein Gartenschlauch nach wie vor achtlos auf dem Rasen lag. Gestern hatte ich mich nicht mehr getraut, mein Bewässerungswerk zu vollenden, aus Angst, Jan nochmals in die Augen blicken zu müssen.

Hastig schnürte ich Ed Aldi um meinen Gips und wieselte hinaus, um noch schnell die Beete zu gießen, bevor mein Nachbar aufstand. Dabei wollte ich mich am liebsten selbst backpfeifen, so sehr schämte ich mich für meine Feigheit. Überhaupt wanderte ich durch meinen Garten, als wäre ich auf der Flucht. Mein Blick huschte ständig zwischen Jans Haus und Renes vermutlichem Beobachtungsposten hin und her, in der ständigen Furcht, einer von den beiden könnte plötzlich erscheinen.

Vor dem einen hatte ich Angst, weil ich ihn zu sehr mochte, und vor dem anderen hatte ich Angst, weil er mich zu sehr mochte.

Wie idiotisch war das denn überhaupt?

Sehr idiotisch. Idiotischer ging's ja wohl kaum.

Ich trieb mich selbst zur Eile an und versteckte mich bereits wieder im Haus, kaum dass die Sonne ganz aufgegangen war.

Ich verbrachte den ganzen Tag mit dem sinnlosen Verfolgen eines noch sinnloseren Fernsehprogramms. Auch wenn ich nicht wusste, ob ich danach noch in ganzen Sätzen sprechen konnte, so trieben diese stupiden Sendungen meine Sorgen doch ein wenig in den Hintergrund. Ein paarmal döste ich sogar ein, was allerdings kaum dem Effekt eines erholsamen Schlafes gleichkam.

Bei Anbruch der Dämmerung verschloss ich vorsorglich wieder alle Rollläden im Erdgeschoss. Charly monierte zwar einige Zeit über die ungewohnte Sperrstunde, aber das war eine Art automatische Reaktion auf das Unbekannte. Solange ich mich erinnern konnte, hatte der faule Kater nämlich noch nie eine Nacht draußen verbracht, weshalb ich sein Geraunze geflissentlich ignorierte.

Nachdem ich drei Mal kontrollierte hatte, ob der Sicherheitsriegel auch wirklich vorgelegt war, mümmelte ich mich wieder zurück auf die Couch und passte meine Gehirnaktivität dem geistlosen Geplänkel des Flimmerkastens an.

Ins Bett zu gehen erschien mir wenig sinnvoll. Ich hätte ja doch keine Ruhe gefunden. Wofür sollte ich den anstrengenden Aufstieg dann überhaupt riskieren? So dümpelte ich in einem psychischen Dämmerzustand auf dem Sofa vor mich hin und wartete auf einen erneuten Angriff von Rene, der mit Sicherheit kommen würde. Daran hatte ich absolut keinen Zweifel.

Und er kam … Um 3.24 Uhr.

Hingegen aller Erwartungen war ich wohl eingeschlafen, denn als mein Handy brummte, konnte ich mich beim besten Willen nicht daran erinnern, zuletzt einen Softporno angesehen zu haben. Die fleischfarbenen Eindrücke auf dem Bildschirm waren schnell wieder vergessen, als ich mit klammen Fingern nach meinem Smartphone hangelte.

Ex-Arsch schreibt:

Du solltest nicht so viel fernsehen. Das ist schlecht für die Augen. :-)

Mein Puls raste und ich war unfähig, mich zu bewegen. Alle Rollos waren heruntergelassen. Das bedeutete, dass Rene schon sehr nahe an ein Fenster gekommen sein musste, um das Flimmern des Fernsehers zu sehen, was wiederum hieß, dass er höchstwahrscheinlich noch immer da war.

Rene war hier und schlich um mein Haus!

Und ich war vollkommen alleine und invalid noch dazu.

Eine Panikattacke überkam mich. Mir wurde heiß und kalt gleichzeitig und ich glaubte, keine Luft mehr zu bekommen. Ich fuhr hoch und schnappte hysterisch nach Sauerstoff, bis ich ernstlich einer Ohnmacht nahe war.

Ich sah bereits schwarze Pünktchen am Rande meines Blickfelds, als ich etwas Flauschiges an meinem Arm spürte.

Charly.

Der Kater kletterte auf meinen Schoß und schmiegte sich an meinen Bauch. Meine Hände fanden wie von selbst zu dem weichen Körper und strichen sanft über dessen Konturen. Die

Vibrationen des tiefen Schnurrens übertrugen sich auf mein Innerstes und brachten mich dazu, ihm selben Rhythmus zu atmen. Dankbar klammerte ich mich an Charly und drückte mir meinen pelzigen Retter liebevoll an die Brust.

»Du hast recht«, flüsterte ich ihm zu. »Hier drin sind wir sicher.«

Charly antwortete mit einem undefinierbaren Laut und rollte sich in meinen Armen zu einem Knäuel zusammen.

Von Entspannung war ich zwar weit entfernt, aber die mechanischen Bewegungen, mit denen ich in einem fortwährend gleichen Takt über Charlys Rücken strich, halfen mir, auch diese Nacht zu überstehen.

Vor allem lag es aber daran, dass Rene es bei dieser einen Nachricht beließ.

Achtundvierzig Stunden ohne nennenswerten Schlaf forderten einen gewissen Tribut.

Ich sah aus wie eine dieser modernen Untoten – kreidebleich, mit tiefen Ringen unter den Augen und wächsernem Gesichtsausdruck. Sogar meine Haare sahen irgendwie blass aus. Außerdem war mir schlecht und ich wurde von übelsten Kopfschmerzen geplagt.

Meine Güte, wie lange sollte ich diesen Terror denn durchhalten?

Leider stand ich Renes Nachstellungen nach wie vor wehrlos gegenüber. Ich hatte mich auf der Suche nach einer Lösung durch die unendlichen Weiten des Internets gequält, nur um dann festzustellen, dass ich die groben Punkte des Stalkings bereits kannte.

Ernsthafte Sanktionen würden hierbei nur erfolgen, wenn der Täter sein Opfer zumindest in Lebensgefahr oder in die Gefahr einer schweren Gesundheitsschädigung brachte. Zuvor konnte die Polizei den Störer lediglich der Wohnung verweisen sowie einen Platzverweis erteilen.

Tja, so wie ich den neuen Psycho-Rene einschätzte, würde ein offizieller Platzverweis ihn nur noch mehr zur Weißglut bringen. Von solchen Fällen hatte ich sogar gelesen.

Freilich könnte ich versuchen, der Polizei nahezulegen, wie unberechenbar und damit gefährlich Rene war, damit sie ihn wegen Personengefährdung hinter Gitter brachten. Allerdings schätze ich meine Chancen hierbei auf schlecht bis ganz schlecht ein. Schließlich war Rene Bergstätter ein Mann, der einen hohen gesellschaftlichen Status in unserer Stadt genoss. Wer würde mir glauben, wenn ich plötzlich daher kam und behauptete, er würde mein Leben bedrohen? Vor allem, weil er dies ja eigentlich kein einziges Mal getan hatte. Sogar seine SMS wirkten (nüchtern betrachtet) alles andere als bedrohlich. Mit diesem blöden Smiley hatte er sie geradezu freundschaftlich aussehen lassen.

Wie könnte ich also meine Angst vor ihm begründen? Zumal ich nicht einmal beweisen konnte, dass er nachts um mein Haus schlich und mich beobachtete. Außerdem traute ich mich zu behaupten, dass dieser Mistkerl für jeden Abend ein wasserdichtes Alibi vorzuweisen hatte. Er war zwar komplett verrückt, aber dumm war er nicht. Ein intelligenter Irrer, sozusagen.

Super! Ich hatte mir quasi die schlimmste Sorte von Verbrecher ausgesucht, die es gab!

Scheiße noch eines, ich bewegte mich jetzt schon am Rande des Wahnsinns entlang, dabei sah ich bei Weitem kein Ende in Sicht. So lange Rene seinen Spaß an dieser Sache hatte, würde er gewiss nicht aufhören, womit es ernsthaft schlecht um mich stand. Mir fiel partout nichts ein, womit ich ihm diesen Spaß verderben konnte und ihn nicht gleichzeitig zu schlimmeren Taten anstacheln würde. Würde ich es schaffen, meine Angst zu verbergen, würde er mich attackieren, bis ich wieder panisch nach Luft japste. Würde ich die Polizei einschalten, würde er erst richtig ausrasten, und ich wollte gar nicht wissen, wie das dann aussah.

Was blieb also noch übrig?

Nichts. Außer natürlich, dass er bekam, was er wollte. Nämlich mich. Und das war ausgeschlossen. Lieber sah ich mich als psychisches Wrack in einer Heilanstalt in der Ecke kauern, als mich Renes krankem Willen zu beugen.

Bevor ich mir aber eine Zwangsjacke zulegte, hatte ich noch das dringende Bedürfnis, mit jemandem über mein derzeitiges Problem zu sprechen. Aufgrund meines nichtvorhandenen sozialen Umfelds kamen dafür nur zwei Personen infrage.

Zum einen wäre da Nici. Ob sie einen Ausweg aus meiner Lage kannte, bezweifelte ich zwar, aber ich war mir sicher, dass sie mir zumindest helfen könnte, meine Panik in Hass umzuwandeln. Blanker Hass wäre garantiert angenehmer als nackte Angst.

Zum anderen hätten wir da noch Jan, meinen stets hilfsbereiten, verständnisvollen Nachbarn. Inwiefern er mir in diesem Fall beistehen konnte, vermochte ich nicht zu sagen, aber er war einer der wenigen, die um Renes psychopathische Unberechenbarkeit wussten und er hatte mir bereits zwei Mal wegen ihm aus der Klemme geholfen.

Bei beiden traf meine Hilfesuche jedoch auf eine kommunikative Barriere. Nici war mal wieder nicht erreichbar und Jan … nun, da stand ich mir gelinde gesagt selbst im Weg.

Heute war seine Einweihungsparty. Ich war eingeladen. Ich war immer noch beschämt. Und ich hatte nach wie vor keine Ahnung, was sich da zwischen uns anbahnte.

Seit dem Morgenrauen wanderte ich inzwischen rastlos durch alle Zimmer und versuchte, diverse Entscheidungen zu treffen.

Sollte ich zu der Party gehen?

Sollte ich mich seiner Ausstrahlung stellen?

Sollte ich ein Kleid oder Jeans anziehen?

Hoppla, die letzte Frage kam nur auf, wenn ich die erste mit Ja beantwortete. Und das hatte ich scheinbar, sonst würde ich mich wohl nicht bereits um die Kleiderordnung sorgen, oder?

Ja, ich würde hingehen. *Musste* sogar hingehen. Je länger ich meinem Nachbarn aus dem Weg ging, umso beschämender wurde diese Peinlichkeit. Außerdem bot die Feier eine gute Gelegenheit, mich ein wenig von Renes Bedrohung abzulenken.

Also – Kleid oder Jeans?

Kapitel 19

Vollgepumpt mit Espresso, Kopfschmerztabletten und Nervosität klingelte ich um Punkt neunzehn Uhr an Jans Haustür. Unablässig nestelte ich am Rock meines geblümten Sommerkleides herum. Wieder einmal verfluchte ich meine Gehstützen, denn sie hinderten mich daran, meine Hände in den Taschen meiner Jeansjacke zu vergraben, was ich am liebsten getan hätte.

Die Tür schwang auf und zwei Paar braune Augen empfingen mich. Das eine auf Hüfthöhe blutrünstig und mordlustig, das andere eine Etage weiter oben mit deutlicher Überraschung.

»Susi?«, fragte Jan erstaunt, fast schon ungläubig.

Verlegen zog ich den Kopf ein und stammelte: »Ähm, ja. Hi. Ich … äääh … ist die Einstandsfeier abgesagt?«

»Was? Nein, ich habe nur nicht damit gerechnet, dass du …«, er hüstelte, »… dass du schon so früh kommst.«

»Aber es hieß doch um sieben«, meinte ich mit einem verzeihungsheischenden Lächeln, weil ich genau wusste, dass er eben etwas ganz anderes hatte sagen wollen.

»Na ja, wenn man eine Party um sieben ankündigt, kommen die Ersten im Regelfall immer um halb acht.«

Jans breites Grinsen ließ mich innerlich aufatmen. Offensichtlich war er nicht sauer über meine lächerliche Fluchtaktion von neulich. Umständlich kramte ich aus meiner Handtasche eine Flasche Rotwein hervor und hielt sie ihm schüchtern entgegen.

»Ein kleines Einweihungsgeschenk.«

»Danke schön. Ah, spanischer Rotwein!« Aufmerksam studierte Jan das Etikett. »Die Sorte kenn ich gar nicht. Haben den deine Eltern geschickt?«

»Nee, den gibt's bei *Netto*.«

Belustigt sah er auf. »Ach?«

»Tut mir echt leid, aber was Besseres hatte ich nicht zu Hause«, murmelte ich beschämt. »Sobald ich wieder Autofahren kann, werde ich ein würdigeres Geschenk besorgen, versprochen.«

»Quatsch. Dass du hier bist, ist Geschenk genug.«

Kaum hatte er den Satz zu Ende gesprochen, erschrak er darüber genauso sehr wie ich. Ein paar Sekunden sahen wir uns gleichermaßen bedröppelt an, bis uns die Stimme von Rosi erlöste.

»Susanne! Wie schön, dass du da bist. Du bist früh dran!«, rief sie quer durch den Flur.

Ich zuckte unbeholfen mit den Schultern. »Um sieben, hat's geheißen …«

»Ach, wenn man zu den jungen Leuten sagt, um sieben, trudeln die doch immer erst um halb acht ein«, erklärte sie fröhlich, wobei ich milde darüber hinwegsah, dass sie mich offensichtlich nicht zu den *jungen Leuten* zählte. »Lass sie doch endlich eintreten, Jan!«

Der Sohn tat wie geheißen und schickte das gescheckte Monster auf seinen Platz, damit ich gefahrlos hineingehen konnte. Obwohl mich Jans schiefes Lächeln ausnahmsweise mehr in Angst und Schrecken versetzte als der Köter. Es bedurfte einer großen Portion Mut, meinen Körper dazu zu bringen, so nahe an ihm vorbeizugehen. Kaum war ich auf seiner Höhe, feuerte er dann auch noch einen zusätzlichen Schuss auf mich ab, der mich fast zu Fall brachte.

»Du siehst hübsch aus«, bemerkte Jan so ganz nebenbei.

Ich brachte die Reihenfolge meiner Gehstützen-Fortbewegung durcheinander und machte einen wenig eleganten Ausfallschritt. Zur Bestätigung meiner Unfähigkeit kicherte ich noch dazu schrill. »Ach, der alte Fetzen? Pff! Ist doch nur ein Kleid.«

Und vier Kilo Make-up, drei Kartuschen Wimperntusche und eine ganze Flasche Glanzspülung fürs Haar …

»Du siehst trotzdem hübsch aus.«

Ich gackerte dümmlich und stöckelte eilig in Richtung Küche, wo ich Rosi vermutete.

Meine Güte, was hatte ich mir nur dabei gedacht, hierherzukommen? Ich war noch keine fünf Minuten in Jans Nähe und schon machte ich mich zum Deppen. War aber auch nicht normal, wie sehr mich so ein kleines Kompliment ins Straucheln brachte. Zumindest hatte ich bisher auf kein anderes Geschmeichel der Männerwelt derart heftig reagiert. Wobei genau darin auch der Unterschied lag – Jan schmeichelte nicht. Er vertrat einfach nur seine Meinung, was bedeutete, dass er mich nicht nur als »hübsch« bezeichnete, um damit etwas zu erreichen, sondern weil er es eben so empfand. Fertig. Und dieser Umstand war verantwortlich für die enorme Wirkung seiner Worte.

Bevor Jan einen weiteren Treffer in meinem rosaroten Mädchenherzen landete, stolperte ich in den Raum, in dem jahrelang stets eine Tasse heiße Schokolade auf mich gewartet hatte.

Doch diese wunderschönen Zeiten waren vorbei.

Unschlüssig stand ich nun mitten in der Küche, die mir gleichzeitig vertraut und doch grundlegend fremd war. Die dunklen Holzfronten waren verschwunden, stattdessen glänzte die neue Einrichtung in romantischem Vanille und mit modernen Geräten. Der Durchgang zum Wohn- und Essbereich war verbreitert worden und durch eine doppelflügelige Schwingtür verschlossen. Dort wo einst die urige Eckbank gestanden hatte, thronte nun ein riesiger Kühlschrank aus Edelstahl.

Insgesamt war alles sehr amerikanisch, also eigentlich genau mein Stil. Hätte ich mich in einem anderen Raum, in einem anderen Haus befunden, wäre mir vermutlich ein »Wow!« entschlüpft, doch in diesem Fall konnte ich mir lediglich ein undefinierbares »Hmpf« abringen.

Ich spürte Jans Blick im Nacken, doch er verzichtete darauf, mich nach einer ausführlicheren Meinung bezüglich der neuen Einrichtung zu fragen.

Mit einiger Mühe schluckte ich die Emotionen hinunter, die der Anblick der Küche in mir auslöste, ließ meine Tasche achtlos zu Boden gleiten und trat zu Rosi, die auf der überfüllten Arbeitsplatte herumwerkelte.

»Kann ich dir was helfen?«, fragte ich höflich und bestaunte die beachtliche Auswahl an frischem Gemüse.

»Ja, sehr gerne. Du könntest zum Beispiel den Salat hier vorbereiten.« Sie sah zweifelnd hinunter zu meinen Gehstützen. »Wenn das geht?«

»Klar.« Ich lehnte die Krücken neben mich und zog ein großes Schneidebrett heran. »Wo soll er denn rein?«, wollte ich wissen und schälte mich aus meiner Jeansjacke.

Als Antwort stellte Jan von hinten eine große Schüssel vor mich. Dabei streiften sich unsere Arme und ein wohliger Schauer rieselte meinen Rücken hinab.

»Ah ja«, nuschelte ich und wagte es nicht, ihn anzusehen.

Unaufgefordert nahm er mir die Jacke ab und verschwand damit durch die Schwingtür.

»Hast du schon eins?«, fragte Rosi.

»Was?« Verdattert blinzelte ich das große Messer an, das sie mir vor die Nase hielt. »Äh, nein.« Mit feuerroten Wangen nahm ich es und betete, dass Rosi meine Verlegenheit nicht bemerkte.

Sie tat es nicht. Zumindest nicht offensichtlich.

»Das ist wirklich super, dass du mir noch ein wenig zur Hand gehst«, plauderte sie. »Je schneller wir fertig sind, umso früher kann ich nach Hause.«

»Bleibst du denn nicht zur Party?«

»Nein, um Himmels willen! Bei euch jungen Leuten hab ich doch nichts verloren!«

Ich winkte ab. »Ach, so ein Käse!«

»Doch, doch. Ich möchte nur sichergehen, dass auch alle satt werden. Dann verzieh ich mich, wie es so schön heißt!«

Ich versuchte noch ein paarmal, sie zum Bleiben zu überreden, doch Rosi ließ sich nicht beirren. Na, wenigstens hatte sie mich wieder ein paar Altersklassen herabgestuft …

Das ungezwungene Gespräch brachte mich unweigerlich in gute Laune. Wie die Wiener Waschweiber tratschen wir fröhlich über die belanglosesten Sachen, während wir Salat und Gemüse schnippelten. Jan schaute in unregelmäßigen Abständen bei uns vorbei, nur um stets sofort wieder von Rosi für eine neue Aufgabe weggescheucht zu werden. Kaum setzte er einen Fuß in die Küche, rief sie: »Trag schon mal die Teller raus!« oder »Bring den Kartoffelsalat nach draußen!« oder »Hast du den Grill schon angeheizt?« Geschäftig kam er jeder einzelnen Aufforderung nach, wodurch ich von weiteren Blamagen meinerseits verschont blieb. Irgendwann fragte ich Rosi, wie viele Hundert Leute denn eigentlich kämen, bei der Menge, die wir an Salaten produzierten.

»Na, so viele auch wieder nicht«, versicherte sie lachend, »aber es soll schließlich jeder satt werden.«

Wir beendeten unser Werk mit einem Krautsalat und Rosi brachte die Schüssel persönlich hinaus. Ich dackelte hinter ihr her und sah mich dabei verstohlen in dem großen Wohnbereich um. Alles war hell und einladend gestaltet. Eine Wand war mit sandfarbenen Steinen verkleidet worden, was eine beruhigende Gemütlichkeit ausstrahlte. Ich war kurz versucht, zu überprüfen, ob das Mauerwerk echt oder eine dieser Plastikverkleidungen war. Ob nun echt oder nicht, eines stand fest: Jan hatte einen erstaunlich guten Geschmack. Inzwischen fühlte ich mich entspannt genug, dies auch anzuerkennen. Zumindest vor mir selbst. Es laut auszusprechen würde wohl noch einige Zeit dauern.

Ich trat auf die Terrasse und zog beim Anblick der vier Biertischgarnituren eine Schnute. Nach einer kleinen Runde sah das ja nicht gerade aus. Rosi hantierte an einem langen Tisch, der zum Buffet umfunktioniert war, und arrangierte die Salate neu, weil sie mit der Arbeit ihres Sohnes nicht ganz zufrieden war. Jan stocherte in einem Grill herum, neben dem Lilly hockte und immer wieder hinaufschielte, in der Hoffnung, etwas Leckeres könnte zu ihr hinunterfallen. Obwohl noch nicht einmal der Rost über der Glut angebracht war. Der typische Geruch von brennenden Holzkohlen stieg mir in die Nase. Aus einem tragbaren Radio dudelten die aktuellen Charts. Der Maiabend präsentierte sich mit ungetrübtem Sonnenschein und angenehmen Temperaturen. Alles zeugte von Vorfreude auf einen heißen Sommer.

Wohltuende Ausgeglichenheit erfasste mich und verdrängte die Sorgen der letzten Tage vollends aus meinem gequälten Gemüt.

Rosi klatschte in die Hände und nickte, zufrieden über ihr Werk. »So, Kinder. Dann werde ich mich jetzt mal verkrümeln.«

Na, jetzt übertrieb sie es aber mit der Altersreduktion!

»Mama, ich hab dir doch gesagt, dass du uns nicht störst«, murrte Jan. »Willst du nicht wenigstens noch was essen?«

»Nein, nein. Außerdem langweilt sich dein Vater bestimmt schon«, wehrte Rosi ab.

»Dann soll er eben auch herkommen!«

»Nix da. Wir machen es uns lieber auf der Couch gemütlich, als mit euch über *WhatsApp* und *Google* zu quatschen.«

Jan rollte hingebungsvoll mit den Augen. »Dir ist schon klar, dass ich inzwischen auch schon zu den Erwachsenen zähle?«

»Wirklich?« Neckisch zwickte sie ihm in die Wange. »Ist mir gar nicht aufgefallen.«

Ich beobachtete lächelnd den liebevollen Umgangston der beiden. Auf ein solch harmonisches Familienbild konnte man glatt neidisch sein.

»Wie du meinst«, seufzte Jan übertrieben und gab seiner Mutter einen Abschiedskuss auf die Stirn. »Vielen Dank für deine Hilfe.«

Gott, war das niedlich!

»Also dann, viel Spaß euch beiden! Man sieht sich, Susanne!« Winkend verschwand Rosi im Haus, um sich auf den Weg zu machen.

Moment.

Ließ sie mich jetzt etwa alleine mit ihrem Sohn?

Hilfe! Rosi, komm zurück!

Völlig überfordert stand ich auf der Terrasse und versuchte, Coolness zu bewahren. Solange ich Jan nicht direkt ansah, würde das wohl einigermaßen zu bewerkstelligen sein. Seltsamerweise schien er ähnliche Absichten zu hegen. Eine ganze Weile starrten wir gezielt aneinander vorbei und warteten auf bessere Zeiten.

»Willst du ein Bier?«, fragte er mich schließlich.

Bier? Wäh!, dachte ich.

»Bier? Klar!«, sagte ich.

Jan sauste davon. Ich blieb zurück wie bestellt und nicht abgeholt. Noch bevor ich den Punkt mit meiner Coolness richtig ausarbeiten konnte, war er schon wieder da und hielt mir einladend ein Pils hin. Mit mäßiger Begeisterung nahm ich es. Wir stießen an, tranken und starrten wieder.

Als ich Nicis lautes Organ vernahm, war es beinahe wie ein Geschenk des Himmels. Sie und Stefan näherten sich uns durch den Garten. Seltsamerweise durch meinen.

»Huhu!«, trällerte Nici und trat schwungvoll durch das Holztürchen. »Ich hab bei dir in der Einfahrt geparkt. Ist doch kein Problem oder musst du heute noch weg? Hehe, kleiner Spaß.«

Lilly stürmte auf die Neuankömmlinge zu, die sich der Gefahr dieser reißenden Chimäre offensichtlich nicht bewusst waren. Herzlichst wurde getätschelt und gekrault, gewinselt und gejault, bis der Köter erneut seinen Fleischbeobachtungsposten am Grill bezog.

Stefan und Nici überreichten Jan einen ganzen Korb voll kulinarischer Köstlichkeiten als Einstandsgeschenk. Diese Angeber. Ich prägte mir Größe und Umfang des Präsents genauestens ein, um es bei Gelegenheit deutlich zu überbieten.

»Hey du«, begrüßte Nici mich, »bist du schon lange hier?«

»Nun, seit sieben. Diese Uhrzeit wurde mir nämlich bei der Einladung genannt.«

»Was? Wenn man sagt, um sieben, kommt doch kein Mensch um sieben!«

Langsam konnte ich diese Erklärung wirklich nicht mehr hören …

»Ich schon«, widersprach ich beleidigt.

Nici wies mit dem Kinn zu meinem Haus. »Warum hast du denn alle Rollläden geschlossen? Das machst du doch sonst nie.«

»Äh … na jaaaa«, begann ich lang gezogen und spielte mit dem Gedanken, sie zur Seite zu nehmen und ihr von Renes Fanatismus zu erzählen. Ich wollte natürlich mit ihr darüber sprechen, aber der Zeitpunkt erschien mir irgendwie ungünstig.

»Was ist bei deiner Untersuchung eigentlich rausgekommen?«, fragte Nici gleich darauf und erlöste mich damit aus der Verlegenheit, eine Erklärung für meine abgedichteten Fenster zu erfinden.

»Alles bestens«, sagte ich erleichtert. »Der Bruch heilt gut. Auftreten darf ich zwar trotzdem noch nicht, aber es könnte schlechter sein.«

»Und weiter?«

»Nix weiter.«

»Mann, ey!« Sie wackelte verschwörerisch mit den Brauen. »Sexy Nachbar?«

»Musst du so schreien?«, flüsterte ich aufgebracht und warf eilig einen Kontrollblick zu Jan. Er war jedoch abgelenkt, weil er Stefan gerade fachmännisch seinen neuen Grill erklärte.

»Warum so nervös, Fräulein Kollmann?«, zog Nici mich erheitert auf. »Also?«

»Was, also?«

»Der Nachbaaaar!«

»Pscht! Verdammt!« Ich zog sie ein Stück von der Terrasse weg und wisperte: »Ich muss zugeben, dass ich mich vielleicht ein wenig geirrt habe, was Jan angeht. Er ist anscheinend doch ganz nett. Zufrieden?«

»Ganz nett?«

»Okay, er ist schon arg nett.«

Nici gab ein erstauntes »Uh!« von sich. Sie grinste von einem Ohr zum anderen und pikste mich unsanft in die Rippen. »Du bist verknallt!«

»Was?«, rief ich laut. Erschrocken schraubte ich die Lautstärke wieder herunter. »Bist du verrückt? Ich meine … ähm … verknallt? Tsss! Quatsch. Ich mag ihn. Ein bisschen.«

»Aha. Oh, ich kenne dich sehr gut und du *bist* verknallt! Ich freu mich für dich. Das ist toll!«

Was war toll daran, ständig sprachlos zu sein, das Atmen zu vergessen und nicht zu wissen, wohin dieses Theater einen führte? Mein Blick wanderte automatisch zu dem Hauptthema unseres Gesprächs. Nein, ich war nicht verknallt. Nein, nein. Ich wusste zwar nicht, wie man mein derzeitiges Befinden nennen konnte, aber »verknallt« bestimmt nicht! Wer hatte sich eigentlich so ein seltsames Wort ausgedacht?

Und was hatte es überhaupt mit diesem warmen Gefühl auf sich, das sich in meinem Bauch ausbreitete, während ich gedankenverloren Jan beobachtete?

War doch eigentlich egal. Es fühlte sich gut an und deswegen ließ ich es einfach geschehen.

Die Party war in vollem Gange. Ich war genau vierunddreißig Personen vorgestellt worden, deren Namen ich inzwischen leider wieder vergessen hatte. Es waren einfach zu viele Informationen auf einmal, als dass sie sich langfristig in meinem Hauptspeicher niederlassen konnten. Dafür, dass Jan sein halbes Leben fern der Heimat verbracht hatte, war sein Freundeskreis wirklich beeindruckend groß. Oder erschreckend, je nach Betrachtungsweise.

Als Tina eintrudelte, war ich mehr als froh, Nici bereits an meiner Seite zu haben. Sie in meiner Nähe zu wissen, ließ mich gelassen auf die giftigen Blicke reagieren, die mich immer wieder trafen. Sollte die Haremsdame doch glotzen, denn ich fühlte mich trotz der vielen Fremden sehr wohl auf dieser Feier.

Eine ehemalige Musikerkollegin von Jan setzte sich zu mir. Sie war extra aus Nürnberg angereist und die einzige Person, die ich wohl so schnell nicht mehr vergessen würde. Eigentlich war sie mehr ein Persönchen, klein und zierlich, und sie hörte auf den gewaltigen Namen Adelheid von Großstadeln. Stellte man sich hierbei vielleicht eine edle Dame aus reichem Hause vor, so war sie eher das komplette Gegenteil davon. Heidi, wie sie sich selbst nannte, war etwas jünger als ich, gekleidet in flippige Klamotten und von einer solch quirligen Art, dass sie sich sogar zu bewegen schien, wenn sie ganz stillstand. Selbst ihre knallroten Locken wollten irgendwie nie richtig aufhören herumzuhüpfen.

Wir verstanden uns auf Anhieb. Sie erzählte mir, dass sie Jans Party nutzte, um ein Wochenende bei ihrer Verwandtschaft in unserer Stadt zu verbringen. Ansonsten wohnte sie in Nürnberg und war hauptberuflich Sängerin. Opernsängerin. Das konnte ich kaum glauben. Eine Opernsängerin war bisher in meiner Vorstellung immer eine Frau mittleren Alters von stattlichen Ausmaßen, mit wogendem Busen und massiger Stimmgewalt gewesen. Ich konnte mir kaum vorstellen, dass die winzige Heidi ein solches Volumen in ihrem schmalen Brustkorb verbarg.

Nachdem alle gegessen hatten, kam Bewegung in die Gesellschaft. An unserem Tisch blieben nur Nici, Heidi und ich zurück. Einige Frauen opferten sich heldenhaft, für Ordnung in der Küche zu sorgen. Jan führte kleine Grüppchen durch sein Haus, um stolz sein Eigentum zu präsentieren. Stefan und ein paar bereits wieder namenlose Männer schleppten eine große Metallschale und Brennholz aus dem Gartenschuppen. Lilly schaffte es irgendwie, während des gesamten Trubels ständig im Weg zu liegen, sodass jeder mindestens einmal über sie drübersteigen musste. Eine beachtliche Leistung bei der Menge an Leuten.

»Ist er nicht goldig?«, fragte Nici mich und meinte damit ihren Liebsten.

Ich folgte ihrem verklärten Blick und sah Stefan an, als er sich gerade auf die Brust klopfte und mit Neandertalerstimme grunzte: »Ich habe Feuer gemacht!«

»Echt goldig«, kommentierte ich schmunzelnd.

»Hach, ich bin so froh, dass ich ihn kennengelernt habe. Susanne, ich glaube wirklich, diesmal den Richtigen getroffen zu haben.«

»Ja, das glaube ich auch«, sagte ich überzeugt.

»Es ist, als wären wir füreinander bestimmt«, schwärmte Nici hingebungsvoll.

»Auf jeden Fall«, mischte Heidi sich ein. »Ich kenn euch ja nicht wirklich, aber die Zuneigung zwischen euch ist offensichtlich.«

Nici reckte sich voller Stolz und begann, mit Heidi hingebungsvoll über die Liebe und deren Bedeutung zu sinnieren. Ich kam mir vor wie an einem Philosophenstammtisch.

»Na, kaut die Diva euch ein Ohr ab?«, meldete Jan sich hinter meinem Rücken zu Wort und wuschelte Heidi freundschaftlich durchs Haar.

»Was soll das denn heißen?«, beschwerte sie sich und wehrte seinen Angriff halbherzig ab. »Willst du damit sagen, dass ich zu viel rede, oder was?«

»Genau«, bestätigte Jan. »Wisst ihr, seit Heidi in puncto Atemtechnik ausgebildet wurde, kann sie fast eine halbe Stunde quasseln, ohne auch nur einmal Luft zu holen.«

»Echt? Das ist ja cool«, staunte Nici. »Das würde ich auch gern können.«

»Gott bewahre!«, japste ich. »Dann käme ich ja gar nicht mehr zu Wort!«

»Was natürlich katastrophal wäre«, bestätigte Jan verschmitzt. »Nicht auszudenken, welche Weisheiten der Welt dann verwehrt blieben.«

»Du hast es erfasst«, sagte ich blasiert.

»Siehst du, Nici? Das kannst du Susi unmöglich antun. Also, Heidi, behalte dein Geheimnis bitte für dich.«

»Na schön«, seufzte Heidi mit gespielter Enttäuschung. »Zum Wohle der Menschheit.«

Irgendjemand rief nach Jan. Er sah kurz auf und nickte in die Richtung der Stimme. Mit der vollen Macht seiner Grübchen strahlte er wieder in unsere Runde. »Leider wird nach mir verlangt. Bis später, die Damen!«

Mit einer vornehmen Verbeugung verließ er uns und ging hinüber zu der Lagerfeuerstelle. Ich folgte jeder seiner Bewegungen, ohne mir dessen bewusst zu sein. Erst als ich Nicis penetranten Blick bemerkte, wandte ich mich von ihm ab. Abwartend taxierte meine Freundin mich.

»Hab ich was im Gesicht?«, fragte ich unfreundlich, als es mir zu blöd wurde.

»*Susi*«, wiederholte sie bedeutungsschwer.

Huch, diese Kleinigkeit hatte ich tatsächlich überhört!

»Ach, wenn ich mich darüber aufrege, nennt er mich doch gerade extra so«, tat ich ab. »Deshalb ignorier ich das jetzt einfach.«

»Soso«, höhnte Nici. »Ich denke aber, das hat andere Gründe.«

»Dann denkst du falsch.«

»O nein, ich denke vollkommen richtig!«

»Das denkst aber auch nur du!«

Heidi unterbrach unsere Kabbelei. »Nun, *ich* denke, hier schwirrt eindeutig was in der Luft!«

»Was meinst du?«, hakte ich verdutzt nach.

Nici giggelte. »Na, bestimmt keine Glühwürmchen.«

»Nö, die habe ich nicht gemeint«, gluckste Heidi. Sie sah mich voller Neugier an. »Jetzt sag schon. Was läuft da zwischen dir und Jan?«

Ich sog lautstark die Luft ein. War das denn wirklich so offensichtlich? *Was* war überhaupt offensichtlich?

»Was meinst du?«, fragte ich wieder, diesmal argwöhnisch.

»Jetzt tu nicht so«, tadelte Heidi milde. »Ich kenne Jan schon lange genug, um zu wissen, dass ihr nicht nur Nachbarn seid. Also: Was läuft da?«

Ich wand mich unbehaglich unter den gespannten Blicken der beiden. Heidis wissender Gesichtsausdruck ließ mich schließlich kapitulieren.

»Keine Ahnung«, schniefte ich ergeben.

»Tsas!«, rief Nici triumphierend und rieb sich die Hände wie ein verrückter Professor. »Ich wusste es!«

»Ich weiß nicht, was du glaubst zu wissen«, gab ich kryptisch von mir, »denn ich weiß selber nicht, was ich wissen sollte.«

Heidi schüttelte verwirrt ihre Locken. »Das ergibt jetzt keinen Sinn, aber egal. Fakt ist, dass ihr euch andauernd anstarrt, wenn ihr glaubt, dass der andere es nicht bemerkt.«

»Er starrt mich an?«, flüsterte ich heiser.

»Ja. Und eins kannst du mir glauben: Jan ist kein Typ, der ständig irgendwelchen Weibern hinterherglotzt, verstehst du?«

Ich sah überfordert drein. Heidi rieb sich verzweifelt die Stirn.

»Der steht auf dich!«, platzte Nici heraus. »Der fährt voll auf dich ab, kapierst du das nicht?«

»Ooooh …« Ich bekam knallrote Ohren. Mein Blick verirrte sich wie von selbst zu Jan, der sich mit Tom unterhielt. Unsere Augen trafen sich. Ertappt wandte ich mich wieder ab und bekam noch rötere Ohren (wenn das überhaupt möglich war).

»Tja, und offensichtlich beruht das auf Gegenseitigkeit«, amüsierte Heidi sich. »Wo liegt jetzt also dein Problem?«

»Na ja, zum Beispiel …«, begann ich zögernd. »Na, zum Beispiel, kenne ich ihn doch kaum.«

»Was willst du wissen?«, bot Heidi an und grinste breit.

Ich biss mir auf die Unterlippe. »Hm, vielleicht, warum er keine Freundin hat?«

»Ah! Ich verstehe«, meinte Heidi und tippte sich an die Stirn. »Du fragst dich, wie es sein kann, dass so ein toller Fang noch immer im Wasser schwimmt. Der muss doch einen Haken haben, richtig? Nun, den hat er auch. Er ist ein gebranntes Kind. Seine letzte Beziehung war gewissermaßen eine Katastrophe. Es gibt nämlich auch unter den Frauen Arschlöcher. In unserem Fall hieß sie Britta. Meine Güte, er hätte für diese dämliche Ziege wirklich alles getan, doch sie war nur darauf aus, sich mit ihm als begnadeten Geigenvirtuosen zu brüsten. Sein Charakter war ihr scheißegal. Ich wusste von Anfang an, dass sie ein Miststück ist, doch er wollte nicht auf mich hören. Na ja, irgendwann ist er schließlich dahintergekommen, dass sie ihn regelmäßig betrog. Das hat ihm Gott sei Dank die Augen geöffnet und er hat sie verlassen. Seitdem ist er keine ernsthafte Beziehung mehr eingegangen. Ich denke aus Angst, wieder derart enttäuscht zu werden.«

»Das kommt mir irgendwie bekannt vor«, sagte Nici mit einem Seitenblick auf mich.

Wie recht sie doch hatte. Jans Vergangenheit schien eine Kopie meiner eigenen zu sein.

»Wann war das?«, wollte ich von Heidi wissen.

»Lass mich kurz überlegen … hm, vor zwei Jahren ungefähr.«

Uff, das war jetzt aber schon fast ein wenig gruselig. Nici dachte wohl ähnlich, denn sie pfiff leise durch die Zähne. Heidi konnte unserer Reaktion natürlich nicht folgen und sah mich neugierig an. Bevor ich sie aufklären konnte, wurden wir von Stefan unterbrochen.

Schwungvoll setzte er sich neben Nici und zog sie zu sich. »Na, ihr Hübschen? Über was unterhaltet ihr euch denn so angeregt?«

»Mädchensachen«, gurrte Nici und schmiegte sich an ihn.

Ich beobachtete das verliebte Pärchen und wünschte mir plötzlich, Jan würde jetzt neben mir sitzen. Tatsächlich setzte sich im selben Moment jemand neben mich. Allerdings handelte es sich dabei um Tom. »Da ist ja die Maklerin meines Vertrauens! Hast du schon eine Wohnung für mich gefunden?«

»Na, so einfach geht das nicht. Da musst du schon erst mal einen vernünftigen Suchauftrag stellen«, erklärte ich fachlich.

»So? Okay, wann hast du Zeit?«

»Oh, ähm, ich bin derzeit leider außer Gefecht.« Ich deutete unter den Tisch zu meinem Gipsbein. »Aber du könntest mit Nici einen Termin vereinbaren, wenn es eilt.«

Nici lächelte bekräftigend, doch Tom schüttelte beharrlich den Kopf.

»Nein. Nichts gegen deine Kompetenz, Nici, aber ich habe mich schon auf spannende Besichtigungen mit deiner Chefin eingestellt«, sagte er bestimmt und legte besitzergreifend einen Arm um meine Schultern. »Nicht dass dein neuer Freund noch eifersüchtig wird.«

»Ach. So umsichtig kenne ich dich ja gar nicht«, bemerkte Stefan. Es sollte belustigt klingen, doch in seiner Stimme schwang unüberhörbar ein missbilligender Unterton mit.

Ich versuchte, mich derweil unauffällig aus Toms Umarmung zu befreien. Meine Bemühungen hatten jedoch nur zur Folge, dass sein Arm nach unten wanderte, um letztendlich an meiner Taille zu verweilen. Da ich nicht zu unhöflich wirken wollte, ließ ich ihn kurze Zeit gewähren.

»Entschuldigt mich, bitte«, sagte ich dann und stand auf. »Bin gleich wieder da.«

»Aber lass mich nicht zu lange warten«, bat Tom mit einem kessen Blick.

Grundgütiger! Das war ja schon fast grauenvoll, wie offensichtlich er mich anbaggerte. Kopfschüttelnd humpelte ich zur Toilette im Erdgeschoss und nahm mir vor, mich den restlichen Abend von Tom fernzuhalten.

Ich bewunderte die neuen Fliesen und die elegante Badausstattung im mediterranen Stil. Dann freute ich mich über die gesunde Farbe meiner Wangen, als ich mir die Hände wusch und mich dabei im Spiegel betrachtete. Dieser nette Abend tat mir ausgesprochen gut. Mein rosiger Teint könnte aber auch vom Rotwein herrühren, auf den ich nach dem Pils umgestiegen war. Fakt war: Ich sah zur Abwechslung mal wieder richtig gesund aus.

Beschwingt stöckelte ich zum Wohnzimmer. Im Flur stellte sich mir plötzlich Tina in den Weg.

»Suchst du was?«, blaffte sie herrisch, geradezu so, als hätte sie mich dabei erwischt, wie ich Jans Schubladen durchwühlte.

Die hat doch echt einen an der Klatsche!

»Keine Sorge, ich bin nicht zum ersten Mal hier«, entgegnete ich herablassend.

Sie hob verächtlich ihre Brauen und betrachtete meinen Gips, als wäre er etwas Ekliges. »Ja. Davon habe ich schon gehört.«

»So? Was genau hast du denn gehört?«, zischte ich feindselig.

»Genug«, sagte sie nur und stapfte mit vorgerecktem Kinn an mir vorbei.

Verärgert ging ich weiter. Machte sie nur Sprüche oder kannte sie wirklich die Geschichte hinter meinem Unfall? Ihr dummes Getue machte keinen Hehl daraus, für welche Art von Frau sie mich offensichtlich hielt. Also, vermutete ich, wusste sie tatsächlich, wie mein Beinbruch zustande gekommen war. Nur der Umstand, dass in dieser Nacht nichts Körperliches zwischen mir und Jan gelaufen war, schien ihr unbekannt. Im Endeffekt war es völlig egal, was Tina glaubte zu wissen. Sie hasste mich ja so oder so, also konnte sie mich ruhig für ein Flittchen halten. Mein Gewissen war rein und das war die Hauptsache.

Im Wohnzimmer blickte ich mich suchend nach meiner Jacke um, denn inzwischen war es draußen doch recht frisch geworden. Ich fand allerdings nur Lilly vor, die in ihrem Korb lag und laut schnarchte.

Ich vernahm Jans Stimme aus der Küche und wackelte los, um ihn nach dem Verbleib meiner Jeansjacke zu fragen. Unbekümmert trat ich durch die Schwingtür und störte Tom und ihn inmitten einer hitzigen Debatte. Bei meinem Anblick verstummten sie schlagartig. So ertappt, wie mich die beiden anstarrten, hatten sie ohne Zweifel gerade über mich gesprochen.

Tom versuchte gar nicht erst, diesen Umstand zu vertuschen. »Na, sieh mal einer an. Wie heißt es doch so schön? Wenn man von der Sonne spricht, geht sie auf!«

Jan ließ ihm einen warnenden Blick zuteilwerden, sagte aber nichts dazu.

»Ich wollte nur kurz …«, begann ich meine Anwesenheit zu rechtfertigen, doch Tom fiel mir sofort ins Wort.

»Weißt du, Susi, Jan hat mir gerade erklärt, dass ich mich gefälligst von dir fernhalten soll. Warum das so ist, soll er dir selber erläutern«, sagte er gehässig und verließ mit einem schadenfrohen Gesicht die Küche.

»Tom!«, rief Jan ihm entgeistert hinterher. Er rieb sich über die Stirn und gab ein genervtes Ächzen von sich.

»Ähm … Wo hast du meine Jacke hingetan?«, fragte ich unbeholfen.

Jan schaute mich an, als hätte er sich verhört. Dann lachte er leise. »Willst du denn gar nicht wissen, worüber wir gerade gesprochen haben?«

»Nicht unbedingt.«

»Wieso nicht?«

»Weil es mir ganz recht ist, wenn Tom sich von mir fernhält.«

»Ach ja?« Er trat einen Schritt näher. »Warum?«

Nervös zuckte ich mit den Schultern. »Ich hab kein Interesse … Äh, genau. Und, warum soll er sich *deiner* Meinung nach fernhalten?«

»Nun ja, das hat zwei Gründe«, sagte er gemessen und betrachtete mich mit diesem verhängnisvollen Blick, der mich beinahe vom Boden abheben ließ. »Erstens: Tom ist zwar ein guter Freund von mir, aber gleichzeitig ist er ein Arschloch, das keine Gelegenheit auslässt, dies auch zu beweisen. Hat man ja gerade gesehen. Und zweitens …«

Er stockte und kam noch näher. Ich bräuchte nur die Hand auszustrecken, um sein schönes Gesicht zu berühren, doch ich wagte es nicht. Reglos stand ich vor ihm und spürte wieder dieses wohlige Gefühl in meinem Bauch.

»Zweitens?«, hakte ich erwartungsvoll nach.

Jan öffnete seine geschwungenen Lippen für eine Antwort. Ein angespanntes Beben erfasste mich.

Eine schrille Stimme ließ uns beide zusammenzucken.

»Hey, was treibt ihr denn hier drin?«, plärrte Tina und holte sich ein Bier aus dem Kühlschrank.

»Wir unterhalten uns«, sagte Jan gepresst.

Selbst ein Idiot hätte in dieser Situation erkannt, dass er gerade mehr als unerwünscht war. Tina hingegen lehnte sich lässig gegen die Wand und öffnete in aller Seelenruhe ihre Flasche.

»Worüber denn?«, wollte sie wissen und trank einen großen Schluck.

Verpiss dich, du bescheuerte Kuh!

Obwohl alles in mir danach schrie, die Haremsdame zu verprügeln, bewahrte ich meine Würde. Ich schenkte Jan ein charmantes Lächeln und meinte zu ihm: »Kein Problem. Wir reden nachher weiter.«

Er wollte widersprechen, doch ich ließ ihn einfach stehen.

Meine Jacke fand ich schließlich im Esszimmer, feinsäuberlich über einen Stuhl gehängt. Ich schlüpfte hinein und trat hinaus auf die Terrasse.

Das wohlige Gefühl in meinem Bauch begleitete mich dabei.

Eine Gelegenheit, unser Gespräch unter vier Augen fortzusetzen, wollte sich partout nicht einstellen. Obwohl wir gleichermaßen versuchten, uns scheinbar zufällig in die Nähe des anderen zu begeben, schwirrten ständig irgendwelche Leute um uns herum. Es war wie verhext.

Ihn einfach auf einen Moment in einen einsamen Raum zu bitten, traute ich mich nicht.

Inzwischen hatte sich die Nacht über die Party gelegt. Der Himmel war sternenklar und wunderschön anzusehen. Leider war es sehr kalt draußen geworden, kaum dass die Sonne hinter dem Horizont verschwunden war. Die Gäste hatten sich in kleineren Gruppen in Haus und Garten verteilt. Jemand hatte Bänke um die Feuerschale gestellt und ich gesellte mich zu dieser gemütlich aussehenden Runde, obwohl ich für die nächtliche Temperatur denkwürdig schlecht gekleidet war. Das knisternde

Feuer wärmte zwar die Vorderseite, doch mein Rücken kühlte nach und nach immer weiter aus. Wieso hatte ich eigentlich ein Kleid angezogen? Na ja, ich hatte einfach nicht damit gerechnet, des Nachts noch draußen zu sitzen. Fröstelnd verschränkte ich die Arme vor der Brust.

Ich haderte gerade mit mir selbst, ob ich den weiten Weg zu mir auf mich nehmen sollte, um mich wärmer anzuziehen, als jemand von hinten eine Decke über mich legte. Dankbar legte ich den Kopf in den Nacken und blickte zu meinem Retter empor.

»Du legst es wohl ständig darauf an, dir in meinem Garten eine Erkältung zu holen, was?«, sagte Jan sanft. Seine Hände ruhten auf meinen Schultern.

»Und du wirst es einfach nicht leid, mich davor zu bewahren.«

»Die schönste Aufgabe, die ich je hatte.«

Wir lächelten uns an. Ich richtete meinen Kopf wieder nach vorne und traf direkt auf Heidis aufmunterndes Zwinkern. Mutig lehnte ich mich ein bisschen zurück. Jan ließ seine Hände dort, wo sie waren und das ließ mein Herz einen kleinen Hüpfer machen.

»Jan, spiel uns doch ein bisschen was vor!«, bat jemand und löste damit einen kleinen Ansturm aus.

»Au ja!«

»Spiel für uns!«

»Bitte, bitte!«

»Oooh, das würde so toll zum Lagerfeuer passen!«

Jan lachte amüsiert. »Leute, ich hab doch aber Urlaub!«

Ich wandte mich leicht zu ihm um. »Ich würde es auch gerne hören.«

Er beugte sich ein wenig zu mir hinunter und flüsterte mir ins Ohr: »Okay. Aber nur für dich.«

Seine Hände lösten sich von meinen Schultern. Ein Kribbeln fuhr über meinen Rücken und ich wickelte mich fest in die Decke ein, obwohl mir selbstverständlich klar war, dass die Gänsehaut auf meinen Armen nichts mit der Nachtluft zu tun hatte.

Heidi rutschte zu mir herüber. »Hast du Jan schon einmal spielen hören?«

»Nein.«

»Ah! Du wirst staunen, glaub mir.«

Das stellte ich keineswegs infrage. Dieser Mann hatte mich schon so oft in Staunen versetzt, dass es allmählich zu einer Gewohnheit wurde.

Jan kehrte mit seiner Violine zurück, im Schlepptau fast alle restlichen Partygäste. Keiner wollte sich das nächtliche Konzert entgehen lassen. Er setzte sich mir gegenüber ans Feuer. Die Zuschauer verteilten sich lautstark gackernd und tratschend um uns herum. Kaum hatte Jan die Violine angelegt, verstummten die Gespräche. Erwartungsvolle Blicke traktierten ihn von allen Seiten, doch er ließ sich Zeit. Nur das Knacksen der brennenden Scheite war mehr zu hören.

Dann schloss er seine Augen und begann zu spielen.

Ich erkannte die Melodie sofort. Es war jene aus seinem Auto, die mich so sehr beeindruckt hatte. Und jetzt wirkte sie sogar noch sehr viel eindrucksvoller.

Wie gebannt starrte ich Jan an. Der Schein des Feuers erleuchtete seine Gestalt und warf einen mysteriösen Schimmer auf sein Gesicht. Mit geschmeidigen Bewegungen führte er den Bogen über die Saiten, als hätte er niemals etwas anderes getan. Die Schönheit seiner Silhouette, die Hingabe zur Musik, das alles ließ ihn aussehen, als wäre er nicht von dieser Welt.

Er öffnete die Lider und sah mich an, ohne die Melodie zu unterbrechen. Die Flammen spiegelten sich in seinen Augen und drohten, mich zu verbrennen. Alles um mich herum wurde bedeutungslos. Es gab in diesem Moment nur noch ihn und die Musik.

Er spielte nur für mich …

Ich war gefangen, unfähig mich zu bewegen. Mit atemberaubender Gewissheit drängte sich mir ein Gedanke auf. Eine Erkenntnis, die sich unmissverständlich in mir breitmachte.

Ich war in Jan verliebt.

Eindeutig und ganz offiziell verliebt. In meinen Nachbarn. Den Nachbarn, der mir am Anfang den letzten Nerv und am Ende mein Herz geraubt hat. Den Nachbarn, der mir gegenübersaß und einem hölzernen Instrument Klänge entlockte, die mir Tränen des Glücks in die Augen trieben.

Meine Güte …

Ein Lächeln umspielte Jans Lippen. Ich hatte das Gefühl, er blickte mir wieder einmal direkt in die Seele und wusste genau, was ich gerade dachte. Ich versuchte gar nicht erst, meine Emotionen vor ihm zu verbergen. Ganz im Gegenteil. Ich bemühte mich sogar, die gesamte Zuneigung, die ich für ihn empfand, in meinen Gesichtsausdruck zu legen und ihm somit eine wortlose Liebeserklärung zu machen.

Ob er mich verstand, vermochte ich in diesem Moment nicht zu sagen. Seine Augen blitzten noch ein letztes Mal im Schein des Lagerfeuers zu mir, bevor er mit einem kaum merklichen Übergang ein anderes Lied anstimmte. Er sah auffordernd zu Heidi. Sie lachte, stand auf und wippte einige Takte mit dem Kopf zu der nun viel fröhlicheren Musik. Sie wartete auf den Einsatz, fand ihn und begann zu singen. Hell und klar schallte ihre Stimme durch die Nacht.

Ein Raunen ging durch die Partygäste. Niemand hatte mit einer solchen Kraft gerechnet, die sich in Heidis zierlicher Erscheinung verbarg. Bewundernd sah ich zu ihr auf. Ich hatte zwar keine Ahnung, in welcher Sprache sie sang, aber der Ausdruck ihrer Klänge genügte vollkommen. Sie zeugte von guter Laune und Lebensfreude, die einen unentrinnbar mit sich riss. Das Tempo steigerte sich rasant und Heidi vollführte eine wahre Stimmakrobatik durch sämtliche Tonlagen.

Die Stimmung am Lagerfeuer war fantastisch. Wir alle klatschten unterstützend zu der Musik. Tosender Applaus brandete auf, als die beiden ihre Darbietung beendeten. Zugabe-Rufe bestürmten Heidi und Jan. Grinsend genossen sie die Aufmerksamkeit, die ihnen zuteilwurde, und ließen sich nicht lange um eine weitere Aufführung bitten. Sie wechselten das Genre von

Klassik zu den typischen Gesellschaftssongs, damit jeder mitsingen konnte. Ich hatte ja keine Ahnung, dass man *Country Roads* auch auf einer Violine spielen konnte! Es war toll. Sogar ich, obwohl ich fernab jeglichen musikalischen Talentes geboren wurde, ließ mich dazu hinreißen, den allbekannten Refrain mitzuschmettern.

So musizierten wir, ob nun talentiert oder nicht, alles zusammen bis tief in die Nacht hinein.

Bis mich ein Vibrieren aus meiner Jackentasche aufschreckte.

Ich verstummte und starrte in das Feuer, während mir gleichzeitig heiß und kalt wurde. Das Gelächter und der Gesang der anderen drangen nur noch wie aus weiter Ferne an mein Ohr.

Wenngleich ich wusste, dass ich es sofort bereuen würde, zog ich mein Handy hervor und las die mitternächtliche Nachricht.

Ex-Arsch schreibt:

Ich hoffe du hast Spaß auf deiner kleinen Party.

Er beobachtete mich also schon wieder.

Meine Hände begannen zu zittern und ich konnte es nicht unterlassen, mich verängstigt umzusehen. Ob er noch hier war? Oder war er beleidigt davongerauscht, als er mich derart ausgelassen und glücklich gesehen hatte?

Prompt kam die Antwort.

Ex-Arsch schreibt:

Ich sehe was, was du nicht siehst …

Kranker Wichser!

Hilfe suchend blickte ich zu Nici, doch die stand neben Jan und gab gerade ihre Interpretation von Tina Turners *Proud Mary* zum Besten. Ich wollte ihnen nicht den Abend verderben (und mir selbst auch nicht), deshalb straffte ich die Schultern, stellte mein Handy aus und schob es mit übertrieben gelangweiltem Gesicht zurück in meine Jackentasche. Den Triumph, mir diese schöne Party zu versauen, wollte ich Rene auf keinen Fall gönnen. Zweifellos hatte er dies bereits geschafft, aber das musste ich ihm ja nicht unbedingt zeigen.

Betont fröhlich klopfte ich mir zum Takt von Nicis, nun ja, Gegröle auf den Oberschenkel. Dass ich immer wieder unauffällig die Dunkelheit nach verräterischen Schatten absuchte, konnte ich leider nicht verhindern.

Es war spät geworden und ich war mir sicher, dass Rene angesichts meiner äußeren Gelassenheit tobte. Ich konnte vor Müdigkeit kaum mehr die Augen offen halten, doch ich wagte es einfach nicht, die wenigen Meter zu meinem Haus alleine zurückzulegen, aus Angst, mein psychopathischer Ex könnte mir irgendwo auflauern. Es war erdrückend.

Gähnend liebäugelte ich bereits damit, mich einfach auf Jans Couch zu legen. Dass im Wohnzimmer immer noch grüppchenweise Leute herumstanden, erschien mir reizvoller als die Aussicht auf einen tätlichen Angriff in meinem Garten. Die meisten Gäste waren noch anwesend und zeigten keinerlei Neigung, in naher Zukunft daran etwas zu ändern. Ich war mir sicher, eine Handvoll davon würde sogar noch die Morgendämmerung bewundern. Wäre ich nicht schon derart am Ende meine Kräfte, würde ich mich ihnen einfach anschließen und somit einem Marsch durch die lauernde Finsternis entgehen.

Meine Rettung wehte in Gestalt von Nicis Stimme an mein Ohr. »Also Jan, wir fahren jetzt. Vielen Dank für die Einladung. Das war wirklich eine tolle Feier! Hoffentlich wiederholen wir das mal!«

Moment mal … Nici und Stefan parkten doch in meiner Einfahrt, oder?

Ich sprang auf und kreischte: »Wartet!« So schnell mich meine Krücken trugen, humpelte ich zu ihr und Jan. Beide runzelten aufgrund meiner panikartigen Hast die Stirn. »Ähm, sorry, aber ich muss unbedingt ins Bett«, erklärte ich eilig. »Ich geh gleich mit euch mit.«

Tapfer stellte ich mich Jans unübersehbarer Enttäuschung. »Jetzt schon?«

»Na, du bist gut! Guck mal auf die Uhr. Ich bin ganz andere Schlafenszeiten gewöhnt«, versuchte ich zu scherzen.

»Das stimmt«, bestätigte Nici grinsend. »Normalerweise steht unsere *Susi* in drei Stunden schon wieder auf. Präsenile Bettflucht nennt man das.«

Ich lachte gekünstelt und überhörte die Betonung meines Kosenamens der Einfachheit halber. Die bleierne Müdigkeit meiner Knochen machte mir ohnehin genug zu schaffen, als dass ich mich über diese Kleinigkeit heute noch aufregen könnte.

»Okay«, meinte Jan zu mir. »Wenn du morgen ein Frühstück willst, brauchst du nur rüber zukommen.«

Diesmal reagierte ich auf seine Einladung nicht mit ausgewachsener Hysterie. Mit ehrlicher Freude und einem breiten Lächeln sagte ich überzeugt: »Sehr gern.«

Stefan kam zu uns und hakte sich bei Nici unter. Wir verabschiedeten uns nochmals alle höflichst von unserem Gastgeber und traten schließlich (endlich) den Heimweg an. Während ich den zwei Turteltauben hinterher trottete, brabbelte Nici ununterbrochen davon, was Jan und ich nicht für ein tolles Paar abgeben würden. Ich horchte ihr nur mit einem halben Ohr zu, weil ich geistig schon in meinem warmen Bett lag. Außerdem war ihrer Meinung nichts entgegenzusetzen.

Obwohl ich schon mehr schlafwandelte als ging, kontrollierte ich mein Erdgeschoss noch auf etwaige Einbruchsspuren, bevor ich mich hoch in mein Schlafzimmer schleppte. Klamotten und Gehstützen landeten auf einem Haufen vor meinem Bett und ich war schon fast eingeschlummert, bevor mein Gesicht überhaupt das Kissen berührte. Im Unterbewusstsein registrierte ich noch ab und an das Gelächter und die wunderschöne Musik aus dem Nachbargarten.

Jans glühende Augen waren das Letzte, was ich vor meinem inneren Auge sah, bevor ich seit einer gefühlten Ewigkeit endlich wieder richtig einschlief.

Kapitel 20

So erholsam mein Schlaf auch war – jeder, der es seiner Katze erlaubt, sich frei im Schlafzimmer zu bewegen, weiß, dass die Nacht nur so lange dauert, wie es das Hungergefühl seines Lieblings genehmigt.

Deshalb wurde ich viel zu früh von pelzigen Ohrfeigen und diversen anderen Angriffen geweckt, als Charly der Meinung war, ich wäre jetzt genügend erholt. Das Ergebnis meiner nicht vorhandenen Katzenerziehung war, dass ich mich schließlich aus dem Bett quälte und zombieartig meiner Aufgabe als Dosenöffner nachkam.

Es war knapp acht Uhr morgens. Folglich hatte ich etwas mehr als vier Stunden geschlafen. Viel zu wenig, um mich von den vorhergehenden Strapazen zu erholen. Ich war komplett schlapp und entkräftet. Mein Kopf brummte und mein Gesicht fühlte sich heiß an. Offenbar hatte ich mir nun wirklich eine Erkältung eingefangen. Echt toll. Ich gratulierte mir selbst und befüllte den Wasserkocher. Ein Tee erschien mir irgendwie passender zu meiner Allgemeinsituation als ein aromatischer Kaffee.

Während das Wasser pfeifend zu kochen begann, schlurfte ich durch das Erdgeschoss und öffnete nacheinander alle Rollläden. Das kraftvolle Licht der Sonne blendete mich und mir kam es praktisch so vor, als wolle das Wetter mich verhöhnen. Warum konnte es draußen nicht so düster und neblig sein wie in meinem Gehirn? Das war doch echt unfair, wenn man in Selbstmitleid baden wollte und gleichzeitig die Welt unbeeindruckt in voller Pracht erstrahlte.

Brummig zog ich die Jalousie vor meiner Glastür hoch. Charly sauste sofort durch die Katzenklappe, blieb aber gleich wieder stehen, um einen undefinierbaren Haufen zu beschnüffeln, der sich mitten auf der Terrasse auftürmte.

Ich brauchte einen Moment, bis ich begriff, um was es sich hierbei handelte.

Erschrocken trat ich hinaus und starrte zwischen dem Gebilde und meinem Rosenbeet hin und her.

Das darf doch nicht wahr sein!

Pures Entsetzen erfasste mich.

Irgendwer hatte all die zarten Knospen meiner Rosenstöcke abgeschnitten, die sich so hoffnungsvoll der Sonne entgegengereckt hatten, um schon bald ihre kraftvolle Blüte zu zeigen. Jemand hatte sie einfach so, auf brutale Weise abgeholzt und achtlos vor meine Tür geworfen. Ich brauchte keine große Fantasie, um zu wissen, wer dieser Jemand war …

Rene, dieses Aas, hatte in der Nacht seiner Wut freien Lauf gelassen. Beängstigend war vor allem, dass er sich dabei nicht einmal von der nahen Gesellschaft abschrecken hatte lassen. Während nur wenige Meter weiter eine Party gefeiert wurde, hatte er in aller Seelenruhe sein Massaker veranstaltet, ohne Bedenken zu haben, erwischt zu werden.

Tränen rollten über meine Wangen, während ich das misshandelte Grün auf dem Kompost beerdigte. Rene wollte mir mein Leben zur Hölle machen, koste es, was es wolle …

Zitternd humpelte ich in die Küche und schaltete mein Handy ein. Insgesamt sieben Anrufe von Rene. Um fünf Uhr schließlich eine SMS.

Ex-Arsch schreibt:

Für dich soll's rote Rosen regnen …

Ich schluchzte auf und setzte mich erschöpft an den Tresen. Er war also tatsächlich noch hier gewesen, als ich mit Nici und Stefan nach Hause gewackelt war. Hatte er zu diesem Zeitpunkt bereits die Gartenschere in der Hand? Oder fasste er erst danach seinen schändlichen Plan?

Meine Hände klammerten sich an das Telefon. Ich war kurz davor, ihn anzurufen. Im letzten Moment entschied ich mich dagegen und knallte das Handy auf die Arbeitsplatte, als wäre es schuld an meinem Unheil. Nein, ich durfte ihn nicht anrufen. Meine aufgelöste Stimme zu hören, würde ihm nur seinen Erfolg aufzeigen.

Völlig erledigt hing ich auf dem Barhocker. Falk und Annemarie lächelten aufmunternd von ihrem Foto auf mich herab. Sie wüssten jetzt genau, was zu tun wäre. Eine ganze Weile blickte ich hoffnungsvoll zu ihnen auf, in der Erwartung, sie würden mir ihre Weisheit irgendwie übertragen. Leider erreichte mich keine mysteriöse Botschaft aus der Zwischenwelt. Eine paranormale Aktivität in meiner Küche wollte sich definitiv nicht zeigen. Einzig der Drang, zu Jan zu gehen, erwachte in mir. Ich wollte mich ihm anvertrauen, ihn um Hilfe bitten, seinen Trost spüren.

Ja, das war eine gute Idee. Vor allem war es die einzige Idee, die ich hatte, und deshalb hielt ich an ihr fest. Allerdings hinderte mich die Uhrzeit daran, sofort zur Bachstraße 26 zu humpeln. Jan schlief bestimmt noch tief und fest und ich wollte ihn nicht mit meinen Problemen aus dem Bett werfen.

Überhaupt eine Art Plan zu haben, beruhigte mich ungemein. Die Aussichtslosigkeit meiner Lage schien plötzlich schon gar nicht mehr so aussichtslos. Ich würde mir jetzt in aller Ruhe einen Tee machen, meine Sonntagszeitung genießen und gegen Mittag zu Jan hinübergehen.

Genau!

Entschlossen wischte ich mir die letzten Tränen aus dem Gesicht und schaltete den Kocher noch mal ein, weil das Wasser inzwischen wieder kalt geworden war. Gekleidet in einen Schlabberlook, mit ungekämmten Haaren und aufgequollenem Gesicht, stöckelte ich zwischenzeitlich nach draußen zu meinem Briefkasten.

Ich hangelte nach der Zeitung und sah dabei ganz automatisch zu Jans Haus hinüber. Alles wirkte lautlos und friedlich. Mit meiner Vermutung, dass er noch schlief, lag ich anscheinend richtig. Ich wollte mich gerade abwenden, als die Haustür leise aufschwang. Hoffnungsvoll blickte ich auf. Mehr als nur enttäuscht erkannte ich jedoch Tina, die katzenartig herausschlich. Vorsichtig verschloss sie die Tür hinter sich. Als sie sich umdrehte, trafen sich unsere Blicke. Ein sichtlicher Ruck ging durch ihren Körper und mit demonstrativer Gelassenheit stieg sie die wenigen Stufen des Eingangsbereichs hinab, ohne mich dabei aus den Augen zu lassen.

Zähneknirschend hielt ich ihrer Miene stand.

Was zur Hölle machte sie noch hier? Und warum zum Teufel sah sie aus, als käme sie direkt aus einem Beauty-Salon?

Ich hingegen wirkte bestimmt genauso, wie ich mich fühlte. Zerknittert, unausgeschlafen, völlig fertig.

Verdammter Mist!

Ein brennendes Gefühl, das ich nicht so recht deuten konnte, machte sich in meiner Brust breit, während ich krampfhaft versuchte, hübsch auszusehen. Tina stolzierte mir mit übertriebener Eleganz entgegen. In ihrem Gesicht stand reine Boshaftigkeit.

»Ach, die Nachbarin ist auch schon wach«, dröhnte sie und ließ einen demonstrativen Blick über meinen recht bescheidenen Aufzug gleiten.

»Tja«, sagte ich nur und rollte meine Zeitung zusammen. Vielleicht könnte ich bald eine Waffe gebrauchen.

Tina blieb stehen. Über den Zaun hinweg funkelten wir uns feindselig an.

»Du scheinst überrascht zu sein«, meinte sie und betrachtete gelangweilt ihre Fingernägel.

»Nun, ich habe tatsächlich nicht damit gerechnet schon so früh mit deinem Antlitz beehrt zu werden«, sagte ich gepresst.

»Weißt du, Susi«, begann sie lang gezogen, ohne von ihren Krallen aufzusehen, »du bist nicht die Einzige, die Jans Schlafzimmer schon von innen gesehen hat. Wenn du verstehst …«

Oh, und wie ich verstand!

»Keine Sorge, du kannst dich ruhig damit brüsten«, keifte ich. »Ich habe zwar bei Jan übernachtet, aber gelaufen ist da gar nichts. Also, herzlichen Glückwunsch, Schlampe.«

Tina riss entrüstet die Augen auf. »Wer von uns beiden die Schlampe ist, ist ja wohl offensichtlich! Erst steigst du mit ihm in die Kiste und dann streitest du das auch noch ab? Wieso? Weil sich so etwas für die feine Businessdame nicht gehört, oder was?«

»Ich habe nicht mit ihm geschlafen!«, polterte ich.

»So? Das habe ich aber anders gehört!«

»Ach ja? Von wem denn, bitte schön?«, verlangte ich zu erfahren.

»Na, von Jan!«, bellte Tina. »Also hör auf zu lügen!«

Ich schnappte ein paarmal nach Luft und versuchte, meine Gedanken zu strukturieren. Tonlos fragte ich schließlich: »Was genau hat Jan denn erzählt?«

Tina erkannte sofort, dass sie hier ein Ass im Ärmel hatte, auch wenn sie den wahren Grund für mein Entsetzen nicht verstand.

»Jan hat *alles* erzählt. Wir sind schließlich Freunde«, höhnte sie genüsslich. »Gute Freunde haben keine Geheimnisse voreinander. Deshalb weiß ich genau, dass du dich ihm nach der Orange Lounge an den Hals geschmissen hast. Und dass da sehr wohl was gelaufen ist! Ebenso weiß ich, dass du, kaum warst du wieder nüchtern, Panik gekriegt hast und dir dabei das Bein gebrochen hast. Ach, und von deinem angeblichen Filmriss weiß ich auch. Aber das kannst du vergessen, dass ich dir das glaube! Damit redest du dich nur raus, weil sich ein One-Night-Stand in deinen Kreisen nicht gut macht. Gott, du bist genauso armselig wie Britta.«

Fassungslos glotzte ich die Haremsdame an. Eine Vielzahl von Gefühlen prasselte auf mich ein. Ich wollte nicht glauben, was Tina mir gerade gesagt hatte. Wollte einfach nicht wahr haben, dass Jan mich angelogen und sich dann auch noch mit dieser Ziege vergnügt hatte.

Tina labte sich unterdessen an meinem Entsetzen. »Damit hast du nicht gerechnet, was? Dass Jan mit seinen Freunden alles teilt. Tja, meine Liebe, hiermit dürfte vor allem klar sein, dass du nicht zu seinen Freunden gehörst. Und so sollte es auch bleiben. Also hör gefälligst auf, Jan zu verarschen, und lass die Finger von ihm. Er hat etwas Besseres verdient!«

Mit diesen Worten ließ sie mich stehen, stieg in einen dunkelblauen Kleinwagen und brauste davon.

Ich blieb wütend, verletzt und enttäuscht zurück. Allmählich erkannte ich auch das Brennen in meiner Brust. Es war Eifersucht. Die Eifersucht auf Tina, die Jan so viel näher stand als ich. Nahe genug, um nicht von ihm angelogen zu werden. Außerdem hatte sie mit ihm die Nacht verbracht. Ich konnte nicht sagen, was davon eigentlich am Schlimmsten für mich war.

Hatte ich mir seine Zuneigung nur eingebildet? Oder hatte er mich auch darin belogen? Hatte er mich also schon betrogen, bevor sich überhaupt eine Beziehung entwickeln konnte?

Ich wusste es nicht. Wusste gar nichts mehr. Ich gehörte nicht zum Kreis der Eingeweihten. Tina hatte recht, als sie behauptete, ich würde nicht zu Jans Freunden zählen.

Ich war nur die Nachbarin.

Den restlichen Tag verbrachte ich zusammengerollt auf der Couch und starrte dumpf vor mich hin. Stimmen und Geklapper drangen hin und wieder zu mir durch, als Jan und seine Freunde gemeinsam die Spuren der Party beseitigten. Ich lauschte, rührte mich aber nicht von der Stelle. Warum sollte ich auch? Ich war schließlich nicht mit Jan befreundet, also war meine Unterstützung wohl kaum erwünscht.

Frustriert verharrte ich auf dem Sofa und fristete mein armseliges Dasein. Jedes Mal, wenn ich Jans Lachen hörte, versetzte mir der Klang einen Stich in mein Herz. Seinen Angriffen hilflos ausgeliefert lag ich da und wartete darauf, innerlich zu verbluten.

Aus irgendeinem Grund weigerte sich jedoch mein Körper zu sterben. Obwohl für mich völlig unverständlich, dass man einen derartigen Schmerz, wie ich ihn in mir trug, überleben konnte, tat ich es. Und dann bekam ich auch noch Hunger. Das war doch echt gemein!

Eine ganze Weile versuchte ich, das Gurgeln meines Magens zu ignorieren. Wenn ich schon nicht an meiner kaputten Seele zugrunde ging, dann würde ich halt verhungern. Genau. Außerdem beliefen sich meine Vorräte inzwischen auf *nicht vorhanden*. Natürlich abgesehen von den farbenfrohen Dosen mit einem glücklichen Katzengesicht darauf. Eigentlich hatte ich Nici schon vor ein paar Tagen bitten wollen, mit mir zum Einkaufen zu fahren, aber ich hatte es bei all dem männlichen Terror um mich herum schlichtweg vergessen. Und jetzt war es eh hinfällig.

Aber ich hab sooo einen Hunger!

Ignorieren. Einfach ignorieren …

Hach, was gäbe ich jetzt für ein Schinkensandwich! Zwei herrliche Scheiben Weißbrot, dazwischen ein Hauch Remoulade, dazu saftigen Schinken und ein frisches Salatblatt zur Abrundung des Geschmacks!

Der Plan war: verhungern!

Hm. Salatblatt. In meinem Garten wächst Salat. Schöner, grüner, knackiger Salat …

Wie war noch gleich der Plan?

Scheiß doch drauf!

Entschieden sprang ich auf. An Herzschmerz sterben konnte ich schließlich später auch noch. Jetzt musste ich erst mal etwas essen. Mein Magen bestätigte meine neue Einstellung mit einem erfreuten Stich.

Vorsichtig kiebitzte ich hinüber zu Jan, bevor ich mich nach draußen wagte. Ich hatte zwar schon einige Zeit keine Geräusche mehr von nebenan gehört, aber Vorsicht war bekanntlich besser als Nachsicht. Von Nachbar und Nachbarsköter war weit und breit nichts zu entdecken, deshalb huschte ich durch die Abenddämmerung hinüber zum Gewächshaus. Mir lief direkt das Wasser im Mund zusammen, als ich mich lüstern über die saftigen Salatköpfe beugte. Am liebsten hätte ich einfach so hineingebissen. Meine Güte, einen solchen Heißhunger kannte ich bisher nur auf Schokolade! Hastig trennte ich das mit Abstand größte Exemplar von seinem Strunk und machte mich mit meiner Beute auf den Rückweg. Ich schob die Plexiglastür des Gewächshauses zu und warf noch einen bedauernden Blick auf die kleinen Früchte meiner Tomatenstauden, die noch eine Weile bis zur Reife brauchen würden.

»Hallo, Frau Nachbarin!«

Ich zuckte zusammen.

Verdammter Mist, verdammter! Warum verhielt sich das Schicksal so grausam zu mir?

Ich starrte das Plexiglas an und hasste mich selbst, weil ich es nicht einmal wagte, mich umzudrehen.

»Was ist mit deinen Rosen passiert?«, fragte Jan verblüfft. Seine Stimme klang näher als zuvor. Höchste Zeit für mich abzuhauen.

Mit einem Ruck fuhr ich herum und stöckelte los, stur darauf bedacht, die Gestalt am Zaun nicht anzusehen. »Hab ich geschnitten«, beantwortete ich neutral seine Frage.

»Geschnitten? Ich dachte, dafür ist es zu spät?«, hakte er verdutzt nach. »Da waren doch schon Knospen dran?«

Blöder, aufmerksamer Nachbar!

Ich fixierte meine Terrassentür, als würde sie einen Ausweg aus der Hölle bedeuten, zu der sich mein Leben entwickelt hatte. »Läuse«, erklärte ich, als ich an Jan vorbeiwackelte. Im Augenwinkel sah ich, dass er sich am Kopf kratzte. Allein seine Silhouette brachte mich vollkommen durcheinander. »Parasiten!«, entfuhr es mir schrill. »Überall Parasiten!«

O Gott, ich muss weg von ihm!

»Ist alles in Ordnung?«, wollte er wissen. Und zu allem Überfluss noch in einem recht besorgten Tonfall.

Oooh, ich muss ganz, ganz dringend weg von ihm, bevor ein Riesenunglück geschieht!

»Jetzt warte doch mal!«, rief er. »Mensch. Was ist denn los, Susi?«

»NENN MICH NICHT SUSI!!!«

Automatisch war ich stehen geblieben. Schnaufend stierte ich meine Terrassentür an, in deren Glas Jan sich verschwommen spiegelte. Sein verzerrtes Abbild wirkte geschockt.

»Ich … ich verstehe nicht …«, stotterte er los.

Zynisch lachte ich sein Spiegelbild an. »Ach, wirklich? Sonst tust du doch immer so, als wüsstest du alles! Was ist denn auf einmal mit dem so verständnisvollen Jan?«

Die Heftigkeit, mit der die Worte meinen Mund verließen, befremdete mich selbst ein wenig. Mein schlechtes Gewissen diesbezüglich hielt sich aus erklärlichen Gründen jedoch in Grenzen.

Jan raufte sich aufgebracht die Haare. »Herrgott, wovon redest du denn überhaupt?«

»Die Wahrheit nicht zu kennen, ist echt scheiße, oder?«, sagte ich bitter und setzte mich wieder in Bewegung. »Und jetzt tu mir bitte den Gefallen und lass mich einfach in Ruhe.«

Leider konnte ich in der Glastür Jans Mimik nicht eindeutig erkennen, aber seine versteinerte Gestalt reichte aus, um mich mit boshafter Genugtuung zu erfüllen. Zur Abwechslung war einmal nicht ich die Person, die ratlos und verwirrt zurückblieb. Ich zweifelte jedoch daran, dass er sich über mein Verhalten lange den Kopf zerbrechen würde. Schließlich konnte er sich jederzeit mit Tina trösten.

Pah, von wegen gebranntes Kind! Ich verfluchte Heidi für ihren Versuch, Jan als Opfer hinzustellen, denn das war er ganz offensichtlich nicht. Oh nein, er war kein gebrannter Junge, sondern einer, der nichts anbrennen ließ!

Verfluchter Herzensbrecher …

Ein Klingeln riss mich um Punkt Mitternacht aus einem Zustand, der die Bezeichnung *Schlaf* nicht einmal ansatzweise verdient hatte. Es war eher so eine Art depressiver Aufenthalt in einer nebligen Zwischenwelt des Geistes. Verdattert knipste ich meine Nachttischlampe an und blickte auf Telefon und Handy. Beide lagen stumm da. Skeptisch kratzte ich mich an der Nase. Hatte ich mir das schrille Geräusch nur eingebildet? Wundern würde es mich ja nicht, wenn ich langsam Wahnvorstellungen bekäme …

Rrrriiiing!

Ich schrak zusammen. Mein Puls raste.

Das Klingeln stammte von meiner Türglocke und es war eindeutig real. Das sagten mir Charlys große Augen. Er war über dieses Geräusch zu einer mehr als ungewöhnlichen Uhrzeit ebenso verdattert wie ich.

Meine Gedanken rasten. Wer stand vor meiner Haustür?

Rene.

Oder auch nicht? Vielleicht war es einer meiner Nachbarn, der meine Hilfe brauchte? Jan? Oder doch Rene. Es könnte auch etwas Schreckliches passiert sein! Die Polizei stand vielleicht vor meiner Tür, um mir eine schlimme Botschaft zu überbringen, und ich saß bewegungsunfähig in meinem Bett und bekämpfte eine Panikattacke! Allerdings … Zu neunundneunzig Prozent konnte es sich doch eigentlich nur um Rene handeln, oder?

Trotzdem ließ mich das eine Prozent Zweifel aus dem Bett krabbeln und mich langsam zur Sprechanlage im Flur schleichen. Ich verharrte kurz, um abzuwarten, ob es der Besucher sich nicht in der Zwischenzeit anders überlegt hatte.

Rrrriiiing!

Großer Gott, so musste sich ein Herzinfarkt anfühlen. Hinter meiner Brust hämmerte es stechend und ich fühlte sogar meine Halsschlagader schmerzhaft pulsieren. Schwer atmend aktivierte ich die Sprechanlage und hauchte hinein: »Wer ist da?«

Ein leises Lachen ließ auf der Stelle das rauschende Blut in meinen Adern gefrieren. Gleichzeitig brach mir der Schweiß aus.

»Guten Abend, Sweety.«

Ich keuchte und lehnte meine erhitzte Stirn neben das weiße Kästchen an die Wand.

»Lass mich in Ruhe«, flüsterte ich.

»Was? Ich hör dich so schlecht. Lass mich rein, dann können wir uns besser unterhalten.«

»Du sollst mich in Ruhe lassen«, wiederholte ich laut.

Einen kleinen Moment war nur Rauschen zu hören. Dann wieder dieses leise Lachen. Diabolisch. Gnadenlos.

»Susanne, Susanne«, tadelte Rene, »hast du es denn immer noch nicht verstanden? Ich *kann* dich nicht einfach so in Ruhe lassen. Wir gehören zusammen und ich werde nicht aufhören, bis du dir das selbst eingestehst.«

Ein erstickter Laut der Verzweiflung entwich meiner Kehle. »Geh weg!«, jammerte ich. »Bitte! Bitte, geh weg!«

Ich schlotterte am ganzen Leib. Meine Beine versagten vor Erschöpfung ihren Dienst. Langsam rutschte ich weinend an der Wand hinab und sackte auf den Boden. Dabei wimmerte ich immer wieder: »Bitte. Bitte! Bitte.«

Meine Hände krallten sich in meine Haare. Ich war vollkommen am Ende meiner physischen und psychischen Kräfte angelangt. Von unkontrollierten Schluchzern gebeutelt, wiegte ich meinen Oberkörper vor und zurück und wartete darauf, dass ich endlich aus diesem Albtraum aufwachen würde.

»Na schön, Sweety«, erklang es kratzig über mir, »überredet. Ich werde jetzt gehen. Aber nur, weil du mich so nett und freundlich darum gebeten hast. Bis morgen, mein Schatz!«

Ja, bis morgen. Und übermorgen. Und überübermorgen … es wird nie enden.

Ich hörte ein gedämpftes Pochen, dann das Brummen eines Motors, der sich rasch entfernte.

Rene war tatsächlich weggefahren. Nur das technische Rauschen erklang noch aus der Sprechanlage.

Das Brennen in meinem Knöchel erinnerte mich daran, dass es nicht gut war, auf meinem Gipsbein zu sitzen. War doch aber eigentlich egal. Ein emotionales Wrack, wie ich es derzeit war, musste doch nicht laufen können. Für was denn auch? Man konnte doch prima im Liegen auf sein Ende warten.

Ich rieb mir die Augen und bemerkte Charly. Er saß vor mir und sah mich mit schräg gelegtem Kopf an. Sein Blick war eindringlich. Der Kater schien mir sagen zu wollen: Wenn du dich aufgibst, was wird dann aus mir?

Ich nickte und zog ächzend das Gipsbein unter meinem Hintern hervor.

»Gutes Argument«, murmelte ich und streckte die Arme nach Charly aus. »Was würde ich nur ohne dich tun?«

Der Kater gurrte und schmeichelte zufrieden um meine Hände.

Was ich ohne meinen Liebling tun würde? Keine Ahnung.

Und eigentlich wollte ich das auch gar nicht wissen.

Kapitel 21

Ich saß an meinem Esstisch und starrte. Starrte einfach vor mich hin.

Das tat ich nun schon, seit ich mich im Morgengrauen vom Boden aufgerappelt hatte. Mit mechanischen Bewegungen hatte ich mich angezogen, Charly gefüttert und mich hingesetzt, um zu starren.

Nach einer Weile erhob ich mich, um die Sonne herein- und den Kater hinauszulassen.

Dann starrte ich wieder.

Später bat ich Nici per SMS, mit mir heute noch zum Einkaufen zu fahren. Sie war im Stress. Angeblich hätte sie einige Besichtigungstermine am Abend. Sie versprach aber, mich am Abend mit Stefan und einer Pizza zu besuchen. Könnte aber zwanzig Uhr werden. Einkaufen würden wir dann morgen. Ich willigte ein, weil mir ja sonst nichts anderes übrig blieb.

Dann starrte ich wieder.

Starrte aus dem Fenster und fragte mich immer wieder, wie sich mein Leben zu einem derartigen Albtraum hatte entwickeln können.

Irgendwann registrierte ich durch meine Lethargie hindurch eine Veränderung im Garten. Es war merklich dunkler geworden. So mitten am Nachmittag war das doch eher ungewöhnlich. Unter Aufwendung meiner letzten Kraftreserven schaffte ich es, aufzustehen und nachzusehen.

Schwüle Luft schlug mir entgegen, als ich die Glastür im Wohnzimmer aufschob und hinaustrat. Mir schien, ich würde durch eine unsichtbare Wand gehen. Bei meiner Starrerei war mir vollkommen entgangen, wie heiß es draußen war. Ein schlechtes Gewissen drängte sich mir auf. Wie konnte ich nur meinen Garten vergessen? Prüfend befühlte ich die Erde meiner Terrassenbepflanzung. Bröseltrocken.

Verdammter Mist!

Ich war sauer. Auf Rene, auf Jan, auf Tina, auf mich selbst … einfach auf alles. Wütend humpelte ich bereits Richtung Gartenschlauch, als ein dumpfes Grollen erklang. Zwangsläufig sah ich in den Himmel und hatte sogleich eine Erklärung für das schwindende Licht. Eine gewaltige Gewitterfront näherte sich unheilvoll aus dem Westen. Bedrohlich türmten sich grauschwarze und dunkelblaue Wolken zu einer eindrückenden Masse. Einzelne Sonnenstrahlen drängten durch das Gebilde und verliehen dem Ganzen einen unheimlichen Ausdruck. Das Naturschauspiel war zugleich entsetzlich und wunderschön anzusehen. Um mich herum war es ganz still, fast schon bedrohlich, und das Fehlen von Vogelgezwitscher verriet, dass in kurzer Zeit die Hölle losbrechen würde.

Das Bewässern des Gartens war also hinfällig, deswegen eilte ich geschäftig zu meinem Gewächshaus. Zum Glück war ich so vorausblickend gewesen, ein paar befüllte Gießkannen darin bereitzustellen. Hastig goss ich meine Salatpflanzen und verschloss das gekippte Dachfenster. Als ich aus der Plexiglashütte stöckelte, fuhr eine einzelne Windbö über meinen Kopf hinweg. Ich sah mich noch flüchtig um, ob alles in meinem Garten sturmtauglich war. Dann wackelte ich zurück ins Haus, damit ich in aller Ruhe vom Esstisch aus das Gewitter anstarren konnte.

Ich wollte mich gerade setzen, als mir auffiel, dass etwas nicht stimmte. Etwas war nicht richtig. Etwas fehlte.

Das Etwas war grau, pelzig, hörte auf den Namen Charly und hasste alles, was mit Wasser zu tun hatte. Unter anderem Regen. Genauso verabscheute es Blitze und Donnerschlag. Und

Wind. Kurzum: Ein Gewitter kam für meinen Kater quasi dem Weltuntergang gleich.

Aber, wo steckte Charly?

Mittags hatte ich ihn zum letzten Mal gesehen. Zumindest hatte ich ihn da bewusst wahrgenommen, wie er durch die Katzenklappe nach draußen stolzierte. Konnte aber auch gut möglich sein, dass er in der Zwischenzeit wieder zurückgekommen war und ich dies wegen akuten Starrzustandes nicht registriert hatte.

»Charly?«, fragte ich laut und lockte mit schmeichelnden Schmatzgeräuschen.

Keine Reaktion.

Nun ja, das musste nicht unbedingt was heißen. Wenn der Kater satt war und sich gemütlich zusammengerollt hatte, interessierte es ihn zumeist wenig, was ich zu sagen hatte.

Trotzdem erfasste mich eine innerliche Unruhe, die mich unverzüglich in den ersten Stock hochtrieb. Ich kontrollierte alle Lieblingsplätze meines Mitbewohners. Die Fensterbank im Arbeitszimmer – leer. Mein Bett – leer. Bettvorleger – leer. Nervosität ergriff mich. Hastig überprüfte ich jedes Zimmer im Obergeschoss auf Charlys Anwesenheit. Nichts. Ich sah sogar in die Räume, bei denen ich eigentlich sicher war, sie heute noch nicht betreten zu haben, nicht dass Charly noch zu Schrödingers Katze mutiert war.

War er nicht. Zumindest nicht hier oben. Olympisch rutschte ich die Treppe hinunter und führte meine Suche im Erdgeschoss fort. Weit und breit kein Charly …

Die Nervosität wandelte sich langsam, aber sicher in Panik.

Ich huschte auf die Terrasse und sah besorgt in den Himmel. Die Wolkenwand arbeitete sich in erschreckender Geschwindigkeit auf das Dorf zu. Der Wind hatte zugenommen und pflügte sich schwallartig durch die Hitze. Die Luft schien zum Zerreißen gespannt. Man konnte sie schon so gut wie Funken schlagen sehen.

»Charly? Charly! Charly? Komm, Charly!«

Abgehetzt wanderte ich durch den Garten und lockte und rief in sämtliche Richtungen. Der Wind schwoll stetig an und wirbelte meine Haare durcheinander.

Inzwischen war ich komplett in Panik.

»CHARLY? CHARLY!«, brüllte ich immer wieder und humpelte wie eine Verrückte im Kreis. Dabei ignorierte ich verbissen, dass Jan in seinem Garten einer leeren Plastikgießkanne hinterhereilte, die der Sturm fröhlich vor sich hertrieb. Lilly sprang bellend um ihn herum und fand das alles wohl irre komisch.

Ich war kurz vorm Überschnappen. »CHARLY! CHAAAARLY!«

Jan kam mit einem Mal auf die irrsinnige Idee, mich beruhigen zu wollen. »Der hat sich bestimmt irgendwo verkrochen«, merkte er an und trug die Gießkanne zu seiner Gartenhütte.

»CHARLY!«, schrie ich weiter, ohne auf den dummen Kommentar einzugehen. »CHARLY!«

»Hast du im Haus nachgesehen? Vielleicht pennt er einfach nur tief und fest.«

Ich fuhr herum und stierte meinen Nachbarn an. »Meine Fresse! Natürlich hab ich drin nachgesehen! Glaubst du, ich bin gehirnamputiert?«

Jan zuckte abgebrüht mit den Schultern. »War ja nur so eine Idee … Wann hast du ihn denn zuletzt gesehen?«

»Irgendwann mittags«, antwortete ich fahrig. »Weiß nicht genau. Charly? CHARLY?«

»Wie gesagt, er hat sich bestimmt schon ein lauschiges Plätzchen gesucht un…«

»Hat er nicht!«, unterbrach ich Jan kreischend. »Charly war noch nie bei einem Gewitter draußen. Noch NIE! Kapierst du das? Charly spürt so ein Gewitter schon, da sieht man noch nicht mal die kleinste Wolke! Hier stimmt was nicht!«

Er wiegte diplomatisch den Kopf. »Na ja, vielleicht hat ihn ja jemand aus Versehen in einen Schuppen gesperrt, oder so?«

»In einen Schuppen gesperrt!?!«, donnerte ich. »Wieso, zur Hölle, sollte das jemand …« Ich verstummte und riss die Augen auf.

Jan hob beruhigend eine Hand. »Ich sagte doch: *aus Versehen.*«

»Oh, mein Gott.«

»Na, so schlimm ist das doch auch wieder nicht«, brabbelte er, während ich hektisch nach meinem Handy kramte. »Das tut doch einer Katze nichts, wenn sie mal eine Nacht im Schuppen verbringen muss.«

»Ach, halt doch die Klappe!«, herrschte ich ihn an und tippte die Nummer ein, die ich so sehr verabscheute. Jan sah mich mit hochgezogenen Brauen an und sagte tatsächlich nichts mehr. Die Verbindung wurde aufgebaut und schon nach dem dritten Klingeln wurde am anderen Ende abgehoben.

»Sweety! Welche Über…«

»Wo ist Charly?«, bellte ich.

»Charly?«, fragte Rene dümmlich. »Dein Kater?«

»Du weiß ganz genau, wen ich meine, du beschissener Psycho! Wo ist er?«

Der Ex-Arsch gluckste amüsiert. »Och, du vermisst dein Miezekätzchen?«

»Rene! Steckst du dahinter? Hast du Charly etwas angetan?«

Er machte eine kleine Pause. Dann sagte er in aller Ruhe: »Wenn du deinen Kater wiederhaben willst, musst du ihn nur bei mir abholen.«

Ich war vollkommen außer mir vor Zorn. »Du mistkrötiger Wichser! Wenn du ihm auch nur ein Haar krümmst, dann bring ich dich um, hörst du? Ich bring dich um! Du armseliges Aas! Du … Hey, was zum …?« Jan war unbemerkt durch das Gartentürchen getreten und hatte mir einfach das Handy abgenommen. Er hielt es sich ans Ohr, während ich ihn fassungslos anglotzte.

Was soll das denn jetzt?

»Hier spricht Jan«, sagte er in das Telefon. »Ich möchte einen Beweis, dass der Kater wirklich bei dir ist.« Er lauschte Renes Antwort und sprach weiter: »Das ist doch ganz einfach. Sag mir nur, wie viele helle Kringel Charly auf seinem Schwanz hat.«

Ich blinzelte und hielt gespannt den Atem an. Jan legte unterdessen seine Stirn in Falten und nickte kaum merklich.

»Das dachte ich mir«, meinte er beherrscht. »Es sind nämlich vier.« Er legte auf und reichte mir gelassen das Handy. »Rene hat deinen Charly nicht.«

Ich war viel zu durcheinander, um mich zu bedanken, geschweige denn, mich darüber zu wundern, dass Jan die Anzahl von Charlys Schwanzkringeln wusste. Ich nahm nur mein Telefon entgegen und fragte verzweifelt: »Aber, aber … wo ist er denn sonst?«

Jan blickte kurz auf den finsteren Wolkenberg. Dann sah er mich gedankenverloren an. Er seufzte schwer und fuhr sich durch sein vom Wind zerzaustes Haar.

»Okay. Keine Sorge, wir finden deinen Charly«, sagte er entschlossen und ging mit großen Schritten davon. Seltsamerweise direkt in mein Wohnzimmer.

»Ich hab doch gesagt, dass er nicht im Haus ist!«, rief ich erbost und humpelte ihm nach.

Bei der Terrassentür prallten wir schwungvoll gegeneinander.

»Schon klar«, meinte Jan kühl und schob mich unsanft zur Seite. Er hielt mir Charlys Kuschelkissen, das normalerweise auf der Fensterbank im Wohnzimmer lag, vors Gesicht. »Ich hab nur das hier geholt.«

»Was willst du denn damit?«, wollte ich wissen.

»Das brauche ich, um Lilly die Fährte zu zeigen«, erklärte er und eilte zum Gartenzaun.

»Wie bitte?« Aufgelöst stöckelte ich hinter ihm her und prallte diesmal an seinen Rücken, als er stehen blieb, um das Türchen zu öffnen.

Lilly begrüßte uns mit erfreutem Winseln. Das nahende Unwetter und der tosende Sturm schienen sie nicht im Geringsten zu interessieren. Jan hob einen Zeigefinger und sagte irgendetwas zu ihr. Sie bellte fidel und setzte sich auf ihren Hintern.

»Wir waren einmal ziemlich sportlich unterwegs«, sagte Jan, an mich gewandt. Er hielt Lilly das Katzenkissen vor die Nase. Sie schnupperte angeregt daran.

»Was?« Ich kapierte gar nichts mehr. Reichte doch schon, wenn *ich* komplett durchdrehte. Jetzt fing Jan auch noch damit an!

»Ich spreche von Hundesport«, erläuterte er. »Wir haben sogar an einigen Turnieren teilgenommen. Nicht wahr, meine Süße? Na, jedenfalls hat Lilly die Gebrauchshundeprüfung abgelegt, darunter fällt unter anderem das Fährtenlesen als Aufgabe. Das war zwar nicht unser bestes Gebiet und Charlys Fährte ist wahrscheinlich schon ziemlich alt, aber einen Versuch ist's wert.«

Ich stand immer noch auf dem Schlauch. Lilly sollte mithilfe eines Kissens meinen Charly finden?

Will der mich verarschen, oder was?

Mein Nachbar überging mein ungläubiges Geschnaube und beobachtete stattdessen seine Hündin. Sie hatte aufgeregt die Nase auf den Boden gerichtet und umkreiste uns grunzend. Wichtigtuerisch trabte sie zur Terrassentür.

»Pffff«, machte ich herablassend. »Sehr beeindruckend.«

»Sei still«, herrschte Jan mich an. »Ich versuche gerade, dir zu helfen, verstanden?«

Ich plusterte mich entgeistert auf. So hatte er noch nie mit mir gesprochen! Sein Tonfall war derartig barsch, mir fehlten direkt die Widerworte. Ich konnte nur nach Luft schnappen und mich wundern.

Jan beachtete mich nicht weiter, sondern gab Lilly knappe, mir unverständliche Kommandos. Irgendwie kapierte sie, dass die Spur nicht ins, sondern aus dem Haus führte, denn nach zwei weiteren Kreiseln um meine Beine, schnüffelte sie sich auf einer geraden Linie Richtung Vorgarten. Jan folgte ihr mit langen Schritten. Ich gab mein Bestes, nicht den Anschluss zu verlieren, hatte aber natürlich nicht den Hauch einer Chance.

»Warte!«, schnaufte ich. »Nicht so schnell!«

»Du bleibst hier«, befahl Jan, ohne anzuhalten. »Dein Gips darf nicht nass werden!«

Wie zur Bestätigung traf mich ein dicker Regentropfen genau auf der Nasenspitze.

Scheiß doch auf den blöden Gips!, dachte ich noch, doch da waren der Spurenhund und dessen Führer schon außer meiner Sichtweite. Sie waren irgendwo hinter der alten Scheune auf dem Nachbargrundstück abgebogen und ich blieb rastlos in meiner Einfahrt zurück.

Verflucht, Charly, wo steckst du nur?

Völlige Hilflosigkeit überschwemmte mich. Das war das Schlimmste, was ich jemals empfunden hatte. Schlimmer noch als meine Panik vor Rene oder der Schmerz in meinem Herzen, den Jan in mir hinterlassen hatte.

Um jemanden zu bangen, den man liebte, sei es nun Mensch oder Tier, und dabei überhaupt keine Ahnung zu haben, was eigentlich los war … das wünschte ich nicht meinen ärgsten Feinden. Nein, nicht einmal Rene hätte so etwas verdient.

Vollkommen machtlos war ich dazu verdammt, nur dumm herumzustehen und abzuwarten.

Ein gleißender Blitz ließ mich zusammenzucken. Nur wenige Sekunden darauf ertönte ein Donnerschlag, der wie ein Peitschenhieb über das Dorf knallte.

Vor meinem inneren Auge sah ich eine ganze Bilderfolge ablaufen.

Charly beim Fressen, Charly beim Schmetterlingjagen, Charly auf meinem Bett, Charly schnurrend auf meinem Schoss … Charly – tot, mit weit aufgerissenen Augen …

Ich würgte und bekam mit einem Schlag keine Luft mehr. Röchelnd stützte ich mich auf meine Krücken.

Er darf nicht tot sein! Nein, nein, nein!

Sein Ende würde mein eigenes bedeuten. Das wusste ich. Er war der Einzige, der mich in den letzten Stunden am Leben gehalten hatte. Ohne ihn wäre auch noch der letzte Sinn aus meinem elenden Dasein verschwunden …

Durch den Schleier der Ausweglosigkeit spürte ich die spitzen Hagelkörner kaum, die auf mich herabprasselten. Auch dass sich der Hagelschauer in einen wahren Sturzbach aus Regen verwandelte und ich innerhalb eines Wimpernschlages vollkommen durchnässt war, nahm ich nur am Rande wahr. Meine Einfahrt wurde zu einem See und ich stand mitten darin, bis knapp zu den Knöcheln im Wasser. Die Nässe drang vorne bei den Zehen in meinen Gips ein und kroch langsam über die Watte darin empor. Meine Finger krallten sich starr vor Kälte um die Gehstützen.

Mir war alles egal.

Dass ich überhaupt noch nach Sauerstoff rang, war einzig auf eine instinktive Reaktion meines Körpers zurückzuführen, die ich nicht willentlich beeinflussen konnte. Wäre es nach mir gegangen, hätte ich in diesem Moment einfach aufgehört zu atmen.

Doch … was war das?

Zwei Schatten zeichneten sich schemenhaft durch den dichten Regen ab. Sie bewegten sich schnell auf mich zu.

Waren das Jan und Lilly? Trug Jan da etwas auf dem Arm?

Hoffnung brandete durch meine Seele wie ein Tsunami. Ein Ruck ging durch meine Glieder und befreite mich aus der Vereisung.

»Charly?«, hauchte ich und steuerte mechanisch auf die beiden Schemen zu. Heiße Tränen liefen über meine Wangen, als ich endlich mehr Einzelheiten erkennen konnte.

Jan kam im Laufschritt näher. Er presste schützend ein Stoffbündel an die Brust, das wie sein Pullover aussah. Was hatte er darin eingewickelt?

»Charly?«, wiederholte ich, diesmal lauter. »Ist das Charly?«

»Steig in meinen Wagen!«, befahl Jan.

Ich zögerte nur eine Millisekunde, bevor ich meinen Kurs änderte und zu dem dunkelgrünen Audi wackelte. Jans Tonfall ließ keinen Platz für eine Diskussion. Ich tat einfach, was er sagte.

Die Zentralverriegelung löste sich wie von Geisterhand, kaum streckte ich eine Hand nach dem Türgriff aus. In beeindruckender Geschwindigkeit schwang ich mich auf den Beifahrersitz und schaffte es in nur einer einzigen Bewegung, meine Gehstützen zwischen meinen Beinen zu verstauen.

»Er ist verletzt«, sagte Jan knapp und übergab mir das Stoffbündel. »Bin gleich wieder da.« Er schloss die Wagentür und verschwand.

Der Regen trommelte schwer auf das Autodach. Ich starrte wie versteinert auf das dunkelgrüne Gebilde in meinen Armen. Mit zitternden Fingern schlug ich den Stoff zur Seite.

Ich schluchzte leise. »Nein, bitte nicht …«

Charly lag kraftlos da. Bis auf eine unnatürlich hektische Atmung regte er sich nicht. Seine Augen waren halb geschlossen und blickten ins Leere. Sein Maul war etwas geöffnet, er hechelte. Das Zahnfleisch war fast so weiß wie seine Zähne.

Ich hatte genügend Tierarztsendungen gesehen, um zu wissen, dass er einen Kreislaufschock hatte. Und, dass es sehr, sehr ernst aussah …

Gütiger Himmel, was war nur geschehen?

Vorsichtig strich ich über sein Fell. Charly war klatschnass, doch das war nicht nur vom Regen. Am Hinterlauf fühlte ich eine klebrig, feuchte Substanz. Ich betrachtete meine Fingerspitzen.

Blut.

O Gott, wo kam nur all das viele Blut her?

Die Fahrertür wurde aufgerissen. Jan sprang herein und startete umgehend den Motor.

»Was ist passiert?«, fragte ich tonlos, ohne den Blick von Charly zu nehmen.

»Eine Tierfalle«, antwortete Jan, während er den Wagen schwungvoll zurücksetzte. »Er ist mit dem Bein in eine verdammte Tierfalle geraten.«

Schockiert riss ich die Augen auf. »Was? Wo kommt die denn her? Jäger?«

»Nein. Das war eine uralte Bärenfalle. Jäger benutzen so etwas schon lange nicht mehr. Das war so ein beschissener Tierhasser«, fluchte er. »Eins dieser bekackten Arschlöcher, die mit ihrem Leben nichts Besseres anzufangen wissen, als Tiere zu quälen. Gott, wenn ich so einen erwischen würde, dann …« Er verstummte und starrte wütend auf die regenverhangene Landstraße. Ich konnte seine Wut nur zu gut verstehen, doch derzeit übertönte die Sorge um Charly alle anderen Emotionen in mir, deswegen sagte ich nichts dazu.

»Wo fahren wir hin?«, murmelte ich erstickt.

»In die Tierklinik. Sein Bein ist bestimmt gebrochen und er hat sehr viel Blut verloren. Wir dürfen keine Zeit verlieren.« Er trat entschlossen das Gaspedal durch und jagte den Wagen ungeachtet der schlechten Sichtverhältnisse Richtung Stadt.

Kapitel 22

Die Tierklinik war hell beleuchtet und es herrschte reger Betrieb. Die grelle Aufschrift über der Tür erschien mir als das Wunderbarste, was ich jemals gesehen hatte.

Jan verschwendete keine Zeit mit einer Parkplatzsuche, sondern hielt einfach quer vor der breiten Schiebetür an. Er sprang aus dem Wagen, entriss mir den schwerverletzten Charly und rannte mit ihm in das Gebäude. Bis ich endlich am Empfangstresen ankam, hatte er den Kater bereits einer Tierarzthelferin übergeben.

»Schon wieder?«, fragte sie kopfschüttelnd und trabte mit Charly davon. »Sie warten hier!« Und weg war sie. Verschluckt von geheimnisvollen Gängen, die ins Innere des Baukomplexes führten.

Ich blieb mitten in der Eingangshalle stehen. Mein Blick huschte immer wieder zwischen dem Flur und Jan hin und her. Er stand mit dem Rücken zu mir. Seine Kleidung war, ebenso wie meine, klatschnass und klebte an seinen wohlgeformten Konturen. Ruckartig drehte er sich herum und sah mich an.

»Ich parke den Wagen«, sagte er monoton und stiefelte an mir vorbei zum Ausgang.

Trotz meiner Sorge um Charly nahm ich den Schatten in Jans Augen deutlich wahr. Er sah traurig aus und das verwirrte mich. Irgendetwas sagte mir, dass diese Trauer nichts mit dem Unfall meines Katers zu tun hatte.

»Entschuldigen Sie? Gehören Sie zu dem grauen Kater?«, fragte die Tierarzthelferin von vorhin. Sie war wie von Zauberhand wieder hinter ihrem Tresen aufgetaucht und sah mich mitleidsvoll an.

»Ja. Er heißt Charly«, antwortete ich und humpelte näher. »Wo ist er jetzt? Was passiert mit ihm?«

»Keine Angst, er ist jetzt in guten Händen«, beruhigte sie mich. »Zuerst wird jetzt sein Kreislauf stabilisiert und dann wird er ausgiebig untersucht. Der Doktor wird sich unverzüglich melden, wenn er mehr weiß.«

Ich nickte gequält und biss mir auf die Unterlippe. Die Helferin erkundigte sich nach meinen Daten und tippte alles in ihren Computer ein. Jan kam zurück und stellte sich schweigend neben mich.

»Okay, das wär's dann so weit«, kommentierte die Tierarzthelferin ihren letzten Klick. »Schräg gegenüber ist der Wartebereich. Da drüben um die Ecke haben wir zwei Getränkeautomaten … Und ich bringe Ihnen jetzt ein paar Handtücher. Da fang ich ja schon an zu frieren, wenn ich Sie und ihren Mann nur ansehe!«

Wen?

»Äh, nein, wir sind nicht …«, versuchte ich verlegen zu berichtigen, doch da war die junge Frau auch schon wieder weg.

»Was hast du denn, *mein Schatz*? Schämst du dich für mich?«, spöttelte Jan ohne viel Humor in der Stimme.

»Nein, aber …«

»Ach, vergiss es. Ich hol was zu trinken.«

Ich klappte den Mund auf, um ihm etwas Gemeines hinterherzurufen, doch die Helferin unterbrach mich, indem sie einen ganzen Stapel Handtücher vor mich auf den Tresen legte.

»Wenn Sie noch mehr brauchen, lassen Sie es mich wissen«, bot sie an.

»Oh, wow. Das ist wirklich unglaublich nett von Ihnen. Vielen, vielen Dank«, sagte ich gerührt.

Ich schulterte das Frottee und stöckelte zu dem offenen Wartebereich, der mich ein bisschen an einen Bahnhof erinnerte. Nur dass hier die Plastikschalen der langen Bänke mit abwischbaren Sitzkissen bezogen waren, in dem Versuch, sie ein wenig komfortabler zu gestalten. Nur drei Tierbesitzer hielten sich derzeit mit ihren Patienten hier auf. Eine penibel gestylte Frau mit einem fledermausartigem Getier, das zitternd aus ihrer Handtasche herauslugte. Ein Mann mit einem schwarzen Hund, der einen dieser seltsamen Trichterkragen umgeschnallt hatte und literweise dort hineinsabberte. Und eine Seniorin mit einem Katzenkorb auf dem Schoß.

Die Entscheidung fiel mir freilich nicht schwer. Ich murmelte ein verhaltenes »Hallo« in die Runde und setzte mich auf die Bank mit der Katzenfrau.

»Ach, du Schreck! Was ist denn mit Ihnen passiert?«, wollte sie sogleich wissen.

»Mein Kater ist mit dem Bein in eine Bärenfalle geraten«, erklärte ich belegt und rubbelte meine Haare behelfsmäßig trocken. »Na ja, und dann kam das Gewitter.«

»Schon wieder? Das ist ja ungeheuerlich!«, rief die Frau aus. Sie konnte mir wohl ansehen, dass ich ihr nicht ganz folgen konnte. »Haben Sie denn in letzter Zeit nicht die Zeitung gelesen? Da scheint es sich jemand zum Hobby gemacht zu haben, solche Fallen im Landkreis aufzustellen. Immer ganz nah an Ortsrändern in Hecken und hohem Gras. Drei Katzen und ein Hund sind diesem Tierhasser schon zum Opfer gefallen. Von den Hasen fange ich gar nicht erst an … Meine Güte, wenn ich so was höre, dann bin ich immer ganz froh, dass meine Mimi schon zu alt ist, um draußen herumzustreunen.«

Sie blickte liebevoll in den Katzenkorb und redete in schmeichelndem Singsang mit dem Inhalt, der ein jammerndes Maunzen ausstieß.

Gewissensbisse überkamen mich. Warum hatte ich die Lokalnachrichten nicht verfolgt? Wäre ich nicht so sehr mit meinen eigenen Problemen beschäftigt gewesen, hätte ich Charly vor seinem Unfall bewahren können! Gott, ich war so erbärmlich …

»Guten Tag!«, sagte Jan laut in den Wartebereich hinein. Dass er aussah, als wäre er in ein Wasserbassin gefallen, schadete seiner Ausstrahlung kaum. Im Gegenteil, es ließ ihn sogar noch interessanter wirken.

Obgleich die Sorge um Charly mich komplett beanspruchte, fühlte ich doch einen Stich in meiner Brust, als Jan mir einen dampfenden Plastikbecher voll Instantkaffee vor die Nase hielt. Erst rammte er mir das Messer des Betrugs in den Rücken und dann mimte er wieder den liebevollen Kerl von nebenan? Das war fast nicht zu ertragen. Zumal ich genau wusste, dass ich ohne seine Hilfe Charly niemals gefunden hätte. Besser gesagt: ohne Lillys Hilfe. Es war nicht gut, in jemandes Schuld zu stehen, den man eigentlich verabscheuen wollte. Ich war hin- und hergerissen und starrte den Becher an, als würde er das Urteil fällen.

»Danke«, nuschelte ich schließlich und nahm den Kaffee, wagte es dabei aber nicht, Jan in die Augen zu sehen.

»Bitte«, erwiderte er nüchtern. Er ließ sich zwischen mir und der Katzendame nieder. Ich reichte ihm ein Handtuch.

»Danke.«

»Bitte.«

Puh. Ja, die Stimmung war wirklich herausragend …

Während ich stumpfsinnig vor mich hin glotzte, schien die Katzendame höchst angetan von Jan. Sie verwickelte ihn in ein angeregtes Gespräch, von dem ich beim besten Willen nicht sagen konnte, um was es dabei ging. Die ungezwungenen Worte flatterten an mir vorüber, ohne einen Sinn zu ergeben, wobei das sowieso keine Bedeutung für mich hatte. Alles war egal. Hauptsache Charly wurde wieder gesund.

Ach, Charly …

»Frau Kollmann?«

Die Helferin vom Empfang stand im Wartebereich und lächelte mich freundlich an. Ich sprang auf. »Ja?«

»Kommen Sie bitte kurz mit.«

Hektisch grapschte ich nach meinen Gehstützen und humpelte der jungen Frau nach. Jan folgte uns unaufgefordert mit einem kleinen Abstand.

Wir wurden in ein Behandlungszimmer geführt, wo ein älterer Herr in grünen Arztklamotten uns erwartete. Charly war nirgends zu entdecken.

»W… wo ist er?«, stammelte ich besorgt und drehte mich noch mal in alle Richtungen, als hätte ich den Kater in dem kleinen Raum übersehen können.

»Er wird für die OP vorbereitet«, antwortete der Mann freundlich, aber bestimmt und zwang mich mit einem Blick dazu, Ruhe zu bewahren. Er reichte mir seine Hand. »Ich bin Doktor Baumann und möchte mit Ihnen das weitere Vorgehen besprechen.«

Ich schluckte schwer.

»Wir haben den Kreislauf ihres Katers wieder in den Griff bekommen«, fuhr er fort. »Die Frage ist nur, wie es mit seinem Bein weitergehen soll.« Er deutete auf eine beleuchtete Wand mit Röntgenbildern und erklärte, was darauf zu sehen war. »Das hier ist die Hüfte, Oberschenkel, Unterschenkel, Sprunggelenk. Wie unschwer zu erkennen, ist der mittlere Teil des Unterschenkels, also Schien- und Wadenbein, zertrümmert. Es gibt nun mehrere Möglichkeiten. Man kann versuchen, die Knochen mit Metallplatten und Schrauben zu fixieren. Allerdings muss ich gleich dazu sagen, dass die Aussichten auf eine Heilung ungewiss sind. Bei dem Trauma wurden einige der größeren Gefäße durchtrennt, deshalb kann ich nicht versprechen, dass wir die Durchblutung vollständig wiederherstellen können.«

»Okay. Und weiter?«

»Man könnte gleich amputieren.«

»Amputieren?«, hauchte ich verzweifelt. »Nein, bitte. Tun Sie alles, was Sie können!«

»Na schön, die dritte Möglichkeit hat sich somit erledigt. Ich melde mich bei Ihnen, sobald die Operation vorbei ist.« Damit rauschte er davon.

Ich wankte leicht und sah mit großen Augen die Helferin an. »Was ist die dritte Möglichkeit?«

»Ist doch egal«, sagte Jan leise und legte beruhigend eine Hand zwischen meine Schulterblätter. »Sie geben ihr Bestes und machen Charly wieder gesund.«

Automatisch lehnte ich mich ein wenig gegen die kleine Stütze, die Jan mir bot. Die Wärme seiner Berührung drang wohltuend durch den klammen Stoff meines durchnässten Shirts und kribbelte auf meiner eisigen Haut.

»Genau«, pflichtete die Helferin Jan bei. »Doktor Baumann ist ein sehr erfahrener Tierarzt. Sie können ihm vertrauen. Er weiß genau, was er tut.«

Ich nickte erschöpft. Erleichterung umwaberte mich. Die Angst um Charly war nach wie vor erdrückend, aber die vielen beruhigenden Worte um mich herum taten ihre Wirkung. Und erst recht diese eine, wärmende Hand auf meinem Rücken …

»Sie sollten jetzt nach Hause fahren. Wir rufen Sie sofort an, wenn die Operation vorbei ist.«

»Ausgeschlossen«, widersprach ich sofort. »Ich werde hier warten.«

»Aber wollen Sie sich nicht lieber etwas Trockenes anziehen?«, fragte die Helferin vorsichtig.

»Das halte ich schon aus.«

Jan mischte sich ein. »Sie hat recht. Du kannst hier sowieso nichts ausrichten.«

»Du kannst ruhig fahren. Ich bleibe hier«, sagte ich viel patziger als beabsichtigt.

Die Hand löste sich unverzüglich von mir und hinterließ eine kahle Stelle. Augenblicklich bereute ich meinen barschen Tonfall und ärgerte mich gleichzeitig darüber, dass jede Zelle meines Körpers Jans Berührung nachtrauerte.

»Frau Kollmann, Sie beide sollten wirklich nach Hause fahren«, versuchte es die junge Frau nochmals. »Der Eingriff wird einige Zeit dauern. Ich schätze mal, so an die zwei Stunden. Sie können danach gerne wieder herkommen, aber …« Sie warf einen professionellen Blick auf mein Gipsbein. »Nun, Sie sollten vielleicht auch ihren Gips überprüfen lassen. Es ist nämlich gar nicht gut, wenn der so nass wird.«

»Ach, das ist doch alles Kunststoff«, wehrte ich ab und bemühte mich diesmal um Höflichkeit, »der wird das schon aushalten.«

»Ja, der Cast hält das freilich aus. Wir arbeiten hier mit dem gleichen Material«, argumentierte sie professionell. »Das Problem ist die vollgesogene Watte. Das ist für Ihr Bein, als würden Sie die ganze Zeit im Wasser stehen. Ich vermute, Sie wissen, wie Ihre Haut aussieht, wenn Sie stundenlang in der Badewanne liegen?«

»Oh.«

Okay, das war also der Grund, warum ein Gips nicht nass werden sollte. Hätte man mir auch gleich sagen können.

»Eben«, kommentierte die Helferin. »Sie könnten versuchen, das Bein mit Wärme zu trocknen, oder Sie fahren gleich ins Krankenhaus, damit der ganze Gips erneuert wird.«

Ich verzog das Gesicht und gestand geknickt meine Niederlage ein. »Dann probier ich's lieber erst mal mit dem Föhn.«

Jans Miene war unergründlich. Als ich zu ihm schielte, hob er nur die Augenbrauen und fragte: »Können wir jetzt fahren?«

»Soll ich Ihnen noch meine Handynummer geben?«, fragte ich die Helferin.

»Das haben Sie schon.«

»Ach so. Und Sie rufen mich gleich an, wenn Sie etwas wissen?«

»Natürlich.«

»Hm …« Erst, als Jan einen ungeduldigen Laut von sich gab, fügte ich mich. »Okay. Dann, bis bald. Und – gleich anrufen!«

Widerwillig dackelte ich meinem Nachbarn hinterher auf den Parkplatz hinaus.

Das Gewitter war längst weitergezogen und hatte eine rein gewaschene Welt hinterlassen. In der Luft lag der einzigartige Geruch von Sommerregen. Die Abendsonne drängte sich beharrlich durch die gräuliche Wolkendecke. Vereinzelte Singvögel stimmten ein letztes Konzert des Tages an.

Wäre die Situation nicht so grauenvoll, hätte ich mich sicher an der natürlichen Frische erfreuen können. Meine Gedanken schwirrten allerdings weiterhin um Charlys Befinden, wodurch ich nur den zarten Wind wahrnahm, durch den sich meine nassen Klamotten sich wie Eisplatten anfühlten.

Bibbernd plumpste ich auf den Beifahrersitz und unterdrückte das Zähneklappern. Jan musste genauso frieren wie ich, doch er ließ sich nichts anmerken. Eigentlich ließ er sich überhaupt nichts anmerken. Er wirkte geradezu versteinert, als er den Motor startete und den Wagen vom Parkplatz lenkte.

»Ich hoffe, dass ich dir nicht die Autositze versaut habe«, sagte ich irgendwann, weil mich das distanzierte Schweigen immer mehr beunruhigte.

»Leder.«

Hä? Und weiter?

»Aha«, meinte ich düster und beobachtete Jan aus zusammengekniffenen Augen. Er zeigte keine weitere Reaktion, sondern drehte einfach das Radio lauter. Ich rümpfte die Nase und wandte mich demonstrativ aus dem Fenster.

Gut. Wenn er nichts zu sagen hatte, dann sollte er es bleiben lassen. Ich hatte ohnehin Wichtigeres zu tun. Mir um Charly Sorgen zu machen, zum Beispiel. Genau.

Aber … Was hatte Jan überhaupt für ein Problem? Wenn hier jemand wütend oder sonst irgendwas sein sollte, dann war das ja wohl ich. Wer hatte sich denn mit Oriental-Tina vergnügt? Na, ich bestimmt nicht. Außerdem war er ein mieser Lügner und Betrüger! Wenn auch ein sehr hilfsbereiter …

Verdammt. Der Kerl bestand im Endeffekt aus einem einzigen Widerspruch. Mir war es schlichtweg unmöglich, seine Gedanken und Beweggründe zu durchschauen.

Musste ich eh nicht. Ging mich quasi gar nichts an.

Aber interessieren würde es mich schon …

Zurück zu Charly: Wie erging es ihm wohl gerade? Ob sie sein Bein retten würden? Egal. Hauptsache, sie würden sein Leben retten. Ich liebte meinen Kater, ob nun mit vier Beinen oder nur mit drei. Irgendwo hatte ich gelesen, dass Katzen mit Amputationen sehr gut zurechtkamen. Überhaupt waren Katzen doch wahre Überlebenskünstler. Das tröstete mich ein wenig.

Ich schauderte bei der Erinnerung an den schrecklichen Anblick Charlys in meinen Armen. Dieses Bild würde ich wohl nie wieder vergessen.

Es war buchstäblich eine Rettung in letzter Sekunde gewesen.

Wobei wir wieder einmal bei Jan angelangt wären ... Mann! Ich war gefangen in einem mentalen Teufelskreis.

Der Audi rollte im Schritttempo durch unsere Straße und anschließend in Jans Einfahrt. Als der Motor erstarb, atmete ich tief durch. Ein schwieriger Teil stand mir nun bevor.

»Okay«, startete ich mit verkrampfter Höflichkeit. »Ich danke dir sehr für deine Hilfe. Und für Lillys Hilfe. Danke.«

Jan sah mich lange an. Ich knibbelte nervös an meinen Fingernägeln.

»Keine Ursache«, presste er nach einer Weile hervor und öffnete die Fahrertür. »Wie immer ein Vergnügen.«

Er stieg aus und ließ mich mit offenem Mund alleine in seinem Wagen zurück. Wie vor den Kopf geschlagen gaffte ich ihm nach, wie er zu seiner Haustür ging und darin verschwand, ohne sich auch nur ein einziges Mal zu mir umzudrehen.

Was sollte das denn jetzt?

»Tsas!«, äffte ich laut und schüttelte aufgebracht meinen Kopf. Ungelenk krabbelte ich aus dem Audi und knallte die Tür zu, so fest ich nur konnte. »Tsas«, wiederholte ich.

Entrüstet marschierte ich mit vorgerecktem Kinn zur Haustür.

Sollte er doch rumspinnen, der werte Herr Nachbar. Ohne ihn war ich sowieso besser dran!

Kapitel 23

Ich stand vor meiner Haustür und stellte fest, dass ich gar keinen Schlüssel dabei hatte. Erst wunderte ich mich noch darüber, doch dann erinnerte ich mich daran, das Haus ja gar nicht über die Vordertür verlassen zu haben.

Ich stöckelte also durch den Garten zur Terrassentür, die weit offen stand, so wie ich sie verlassen hatte. Der nasse Stoff meiner Kleidung fühlte sich mit jedem Schritt ekliger an und ich konnte es kaum mehr erwarten, mich daraus zu befreien.

Im Rahmen der Glastür erstarrte ich mitten in der Bewegung. Reglos ließ ich meinen Blick durch das Wohnzimmer schweifen. Alles wirkte friedlich und unscheinbar.

Die Terrassentür hatte die ganze Zeit über offen gestanden?

Jemand hätte ohne Probleme hineingehen können!

Und mit *jemand* war ausschließlich Rene gemeint …

Mir wurde heiß und kalt gleichzeitig. War er hier? Versteckte er sich irgendwo, um mich in einer unachtsamen Minute anzugreifen?

Würde er mir etwas antun?

Die letzten Tage hatten mir gezeigt, dass ich alle drei Fragen mit *vielleicht* beantworten konnte. Rene war durch seinen Drogenkonsum zu *allem* fähig.

Ich kaute an der Innenseite meiner Wange. Das war doch geradezu bizarr. Die Sonne strahlte, die Vöglein zwitscherten … und ich traute mich nicht mehr in mein eigenes Haus, obwohl ich fast am Erfrieren war.

Scheiße.

So sehr ich mich auch bemühte, meine Beine dazu zu zwingen, über die Schwelle zu treten – sie wollten sich einfach nicht bewegen. Die Angst vor Rene war zu groß und baute sich wie eine unsichtbare Wand vor mir auf.

Scheiße. Scheiße. Scheiße.

Frustriert zog ich mich schwerfällig zurück. Dabei ließ ich das Wohnzimmer keine Sekunde aus den Augen. Sollte Rene tatsächlich aus seinem Versteck springen, würde ich ihn rechtzeitig entdecken. Weil meine Knie ganz erbärmlich schlotterten, zerrte ich kurzerhand einen der Gartenstühle vor die Glastür. Ich kauerte mich darauf und wartete auf eine Eingebung, die mich aus dieser beschissenen Lage führen würde.

Die kam leider nicht.

Dafür aber Jan.

Die Hände in die Hüften gestemmt wie eine verärgerte Ehefrau stapfte er durch das Gartentürchen auf mich zu. Er steckte bereits in trockenen Klamotten und seine Haare standen zerzaust in alle Richtungen, als hätte er gerade erst mit einem Handtuch darübergerubbelt. Automatisch duckte ich mich und versuchte, mich irgendwie unsichtbar zu machen.

»Was wird das hier?«, schnauzte er. »Warum bist du noch nicht umgezogen?«

Wow, er erinnerte mich doch tatsächlich an meine Mutter …

»Na ja, draußen ist es noch so schön, deshalb sitze ich hier«, log ich.

»Du spinnst doch«, schnaubte er.

Moment mal! Das ging jetzt aber zu weit!

Ich straffte die Schultern und verschränkte trotzig die Arme. »Du spinnst! Kann dir doch egal sein, was ich hier mache!«

»Ist es aber nicht!«

»Dann geht's dich eben nix an!«

Ein Geräusch ließ mich zusammenzucken. Es kam zwar eindeutig von dem anderen Nachbargrundstück, aber ich stierte trotzdem verschreckt in mein Wohnzimmer.

Jan ließ die Arme sinken. »Sag schon, warum sitzt du hier?«

Sein Ärger war verraucht. Sein Tonfall besorgt. Meine Unterlippe fing an zu zittern.

»Ich … ähm … Es …«, stotterte ich.

»Susi!«

»Die Tür war die ganze Zeit offen!«, platzte ich beinahe anklagend heraus.

»Na, und?«

»Aber, aber … wenn da jemand drin ist?«

»Wieso sollte jemand am helllichten Tag in dein Haus gehen?«

Ich unterdrückte ein Schluchzen, konnte aber ein leises Schniefen nicht verhindern. Blamiert wandte ich mich zur Seite und kämpfte gegen die aufsteigenden Tränen.

»Mein Gott, Susi, sag mir doch endlich, was mit dir los ist!«, forderte Jan. »Ist es wegen Rene? Bedroht er dich?«

Verwundert sah ich zu ihm auf. »Woher …?«

»Du hast Angst, dass jemand in deinem Haus sein könnte. Dein Kater verschwindet und das Erste, was dir dazu einfällt, ist, dass Rene ihn entführt hat. Nun ja, das nennt man logische Schlussfolgerung.«

Stumme Tränen kullerten über meine Wangen. Ich starrte wieder ins Wohnzimmer.

»Okay. Komm jetzt«, seufzte Jan. Er ergriff meine Unterarme und zog mich auf die Beine. »Ich geh mit rein und pass auf dich auf.«

»Das wäre … nett«, murmelte ich erstickt.

»Jaja.« Er wedelte ungeduldig mit der Hand.

Er schritt forsch voran in mein Haus. Ich folgte ihm mit gemischten Gefühlen. Einerseits war ich wirklich froh, jemanden bei mir zu haben, andererseits war Jan so ziemlich der Letzte, von dem ich mir helfen lassen wollte. Leider hatte ich keine andere Wahl. Entweder er oder Tod durch Erfrieren. Momentan war mein Überlebenswille wieder soweit vorhanden, dass ich Ersteres vorzog.

Jan stieg zielstrebig die Treppe hinauf ins Obergeschoss. Ich spähte im Vorbeigehen in jeden offenen Raum und erwartete hinter jeder Ecke, Rene hervorspringen zu sehen. Mein Nachbar kontrollierte mutig Schlafzimmer und Bad auf etwaige verrückte Ex-Freunde. Sogar im Kleiderschrank und unter dem Bett sah er nach. Das war zwar ein wenig übertrieben, aber auch irgendwie niedlich. Zumindest ein bisschen.

»So, die Luft ist rein«, verkündete er schließlich. »Ich sehe mich noch weiter um und warte dann unten auf dich. In Ordnung?«

»Ja.« Ich betrachtete bedröppelt meine Füße. »Mach dir ruhig einen Kaffee.«

Er sagte nichts mehr dazu, verließ mein Schlafzimmer und schloss sorgfältig die Tür hinter sich.

Nach einer kurzen, aber dafür umso heißeren Dusche rutschte ich, eingepackt in herrlich trockene Klamotten und mit einem Handtuchturban auf dem Kopf, die Treppe hinunter. Voller Stolz zog ich die elektrische Heizdecke hinter mir her, die mir meine Mutter vor ein paar Jahren »für die scheußlich kalten Winter in Deutschland« geschenkt hatte. Damit wollte ich meinen Gips umwickeln und aufwärmen, um meine Haut vor dem Verschrumplungsschicksal zu bewahren.

Boah, war ich genial!

Nur für meinen Nachbarn, der im Wohnzimmer auf mich wartete, hatte ich auf die Schnelle keine intelligente Vorgehensweise entwickeln können. Ich musste mich voll und ganz auf meine Spontanität verlassen. Mit Coolness und Eleganz würde ich mich höflichst für seine Hilfe bedanken und ihn dann freundlich des Hauses verweisen Ich konnte ja Nici anrufen und bitten, mit mir zur Tierklinik zu fahren.

Jawoll!

Entschlossen humpelte ich ins Wohnzimmer und wurde allein von Jans Erscheinung vollkommen aus dem Konzept geworfen.

Er stand leicht abgewandt zu mir und stützte sich mit einem angewinkelten Arm am Rahmen der offenen Terrassentür ab. In der anderen Hand hielt er eine Tasse. Ein paar Strähnen fielen ihm frech in die Stirn. Gedankenverloren blickte er in meinen Garten und sah dabei so dekorativ aus, als würde er zur Einrichtung gehören.

Na bravo …

Ich räusperte mich vernehmlich und stöckelte wortlos zur Couch.

»Was ist denn das?«, fragte er und wies mit dem Kinn auf meine Heizdecke.

»Das nennt man Heizdecke.«

»Ach? Ich wusste gar nicht, dass es solche Dinger überhaupt noch gibt.«

»Diese *Dinger* sind unglaublich praktisch«, behauptete ich pikiert, obwohl ich mein eigenes Exemplar noch nie benutzt hatte. »Ich werde jetzt zum Beispiel meinen Gips damit trocknen.«

Mit gymnastischer Höchstleistung platzierte ich den Stecker in der Buchse hinter dem Sofa. Außer Puste ließ ich mich nieder und stellte den Schalter des Bedienungskästchens auf *On*. Das grüne Lämpchen, das nun vermutlich hätte leuchten sollen, blieb dunkel.

Mist.

Ich drehte an der Temperaturregelung, stellte den Schalter aus und wieder an, klopfte auf das Kästchen, rüttelte an dem Kabel … Nichts passierte.

»Beeindruckend«, bemerkte Jan. Er gab sich zwar Mühe, sein ausdrucksloses Gesicht zu wahren, konnte aber den Ansatz eines Schmunzelns nicht ganz verhüllen.

Griesgrämig zerrte ich den Stecker wieder aus der Wand, warf die nutzlose Heizdecke auf den Boden und ergab mich schmollend dem Schrumpelschicksal.

»Wie lange geht das mit Rene schon?«

Die Frage kam so unvermittelt, dass ich ohne zu überlegen antwortete. »Seit ein paar Tagen.«

Jan nippte an seinem Kaffee und musterte mich dabei eindringlich. Ich stand auf und wackelte in die Küche, weil ich sonst auch nicht wusste, was ich tun sollte.

»Was hat er getan?«, fragte Jan hinter mir.

Erst wollte ich ihn freundlich darauf hinweisen, dass ihn diese Sache einen Scheißdreck anging. Trotzdem war ich ihm doch eine Erklärung schuldig für meine Paranoia. Vielleicht würde es mich außerdem nicht ganz so bekloppt erscheinen lassen, wenn er die Hintergründe meines ängstlichen Verhaltens kannte.

»Psychoterror«, erklärte ich deshalb, ohne mich umzudrehen. Ich holte eine Tasse aus dem Schrank und stellte sie unter den Vollautomaten. »Nächtliche Anrufe, ums Haus schleichen, Rosen abschneiden … das Übliche eben.« Ich drückte auf den Startknopf.

»Das war er mit den Rosen? Hast du die Polizei informiert?«, wollte er wissen, als das Getöse des Mahlwerks wieder verstummt war.

»Nein. Das würde nichts bringen. Selbst wenn sie mir glauben würden, könnten sie nichts machen.« Verbittert fügte ich noch hinzu: »Solange er nichts *Schlimmeres* anstellt.«

Jan ächzte leise. »Wer weiß sonst noch davon?«

»Niemand.«

Ich nahm die volle Tasse und pustete hinein. Nach einer Weile trank ich einen Schluck, ohne den Geschmack überhaupt wahrzunehmen.

»Warum hast du es mir nicht gesagt?« Er klang vorwurfsvoll.

»Warum hätte ich das tun sollen?«, entgegnete ich provokant und drehte mich um. »Warum sollte ich mich dir anvertrauen?«

Jan runzelte die Stirn und stellte seine Tasse auf den erhöhten Tresen. »Ist das dein Ernst?«

»Ja.«

»Herrgott«, fluchte er und fuhr sich mit den Fingern durchs Haar. »Warum bist du nur so wütend auf mich?«

»Dasselbe könnte ich dich fragen«, erwiderte ich trocken.

»Das fragst du noch? Ist dir eigentlich bewusst, dass ich auch Gefühle habe? Im einen Moment machst du mir Hoffnungen, dann läufst du wieder davon. Dann habe ich endlich das Gefühl, dass du für mich etwas empfindest, und am nächsten Tag schnauzt du mich nur noch an! Was sind das für Spielchen? Willst du mich veralbern?«

Waaaaaas???

Schwungvoll stellte ich meine Tasse ab und lehnte mich erbost gegen die Arbeitsplatte, um meine Hände endlich wieder mal zum Gestikulieren benutzen zu können. Ich startete umgehend damit. »Du hast sie doch nicht mehr alle!«, polterte ich fuchtelnd los. »Du willst mir Vorwürfe machen? Weißt du, was? Ich habe deine Lügen so satt! Was erzählst du hier von wegen Gefühlen? Was ist mit *meinen* Gefühlen, hä?«

»Welche Lügen denn bitte schön?«, rief er verärgert.

»Ha! Ich weiß *alles*! Die Haremsdame hat mir die Wahrheit gestern ganz genüsslich um die Nase gerieben!«

»Wer?«

»Tina!«

Er blinzelte stutzig. »Was hat sie denn erzählt?«

»Zum Beispiel, dass sie nach deiner Party mit dir geschlafen hat!«

»Wie bitte? Moment. Das hat sie doch nicht wirklich gesagt?«

»Oh, doch. Und du brauchst dich gar nicht erst dumm zu stellen. Ich hab sie nämlich mit eigenen Augen rausschleichen sehen.«

»Ja, aber sie hat nicht *mit* mir geschlafen, sondern *bei* mir. Das ist dann doch ein kleiner Unterschied.«

»Na, klar«, zischte ich.

»Du glaubst mir nicht? Okay, von mir aus können wir sofort Heidi anrufen, damit sie es bezeugen kann. Sie hat nämlich die ganze Nacht bei mir im Bett verbracht.«

»Das wird ja immer schöner!«, kreischte ich und warf die Arme in die Höhe.

Jan stöhnte und rieb sich das Gesicht. »Nein. Nicht so! Scheiße noch eins. Mit Heidi würde niemals was laufen. Mit keinem Mann, verstehst du? Heidi ist lesbisch.«

Ich keuchte tobsüchtig: »Das ist ja ungeheuerlich, was du hier für ein Lügengebilde aufziehst!«

»Das ist die Wahrheit!«, beteuerte er. »Du kannst sie gerne fragen. Sie fand dich übrigens sehr attraktiv.«

»Geht's noch? Willst du mich verschaukeln, oder was?«

»Sorry, ich wollte nur … ach, keine Ahnung, warum ich das jetzt gesagt habe. Stimmt aber wirklich.«

Ich blies ein paarmal entrüstet die Backen auf und musste feststellen, dass seine Worte durchaus wahr sein konnten. Das würde unter anderem bestätigen, dass Heidi mir tatsächlich mehrmals in den Ausschnitt gegafft und ich mir dies nicht nur eingebildet hatte.

»Und wenn schon!«, motzte ich. »Das ändert nichts an der Tatsache, dass du mich von Anfang an belogen hast. Tina hat mir erzählt, was in dieser beschissenen Tequila-Nacht wirklich passiert ist.«

»Das kann sie nicht, weil sie es gar nicht weiß!«

»Ah? Und wieso nicht?«

»Weil ich niemandem erzählt habe, was wirklich passiert ist.«

»Blödsinn! Sie wusste, dass ich mir das Bein auf deiner verkackten Treppe gebrochen habe, und sie wusste sogar von meinem Filmriss!«

»Das ist richtig. Dafür kannst du dich aber bei Nici bedanken. Die hat das nämlich Stefan erzählt und dieser wiederum Tom, wodurch es letztendlich wohl auch Tina erfahren hat. Davon weiß ich aber auch erst seit Samstag, weil Tom mich darauf angesprochen hat. In der Küche. Du erinnerst dich an unseren Streit?« Er schnaufte dramatisch. »Tja, da hat er mich gefragt, ob es sich *lohnt*, dich in die Kiste zu bekommen.«

»Und? Lohnt es sich?«, fragte ich spitz.

Jan verschränkte die Arme und sagte ernst: »Ja. Für mich schon.«

»Bitte?« Ich raufte mir die Haare und rang entsetzt nach Worten. »Wir hatten also tatsächlich … wir hatten … du hast gesagt, wir hatten nichts miteinander!«

»Das wollte ich damit nicht sagen, aber wo wir gerade dabei sind – ich habe gesagt: Wir hatten keinen *Sex*.«

»Das ist doch das Gleiche!«

»Ist es nicht.«

Ich hob drohend einen Finger. »So Freundchen, du erzählst mir jetzt alles, was in jener Nacht geschehen ist, verstanden? Sonst … sonst …«

»Okay, okay!«, sagte er eilig. Er atmete tief durch. »Also. Nach der Orange Lounge wollte ich dich eigentlich nach Hause bringen, aber du hast darauf bestanden, bei mir noch einen Schlummertrunk einzunehmen. Nun ja, soweit kamen wir gar nicht mehr. Ich weiß, ich hätte es nicht machen sollen. Du warst betrunken, aber ich konnte einfach nicht Nein sagen. Jedenfalls haben wir schon im Flur, na ja, wir haben uns geküsst, okay? Nicht nur einmal. Hm, eigentlich den ganzen Weg bis in mein Schlafzimmer hoch. Und dann in meinem Bett … Ähm, dass wir nichts mehr anhatten, hast du ja bemerkt. Tja. Kurz vor knapp habe ich schließlich die Bremse gezogen, wenn du verstehst. Du warst erst ein bisschen beleidigt, bist aber kurz darauf eingeschlafen. Wir haben also im Endeffekt nur geknutscht und ein bisschen gefummelt. Gott, Susi, es tut mir wirklich leid! Ich wollte deinen Rausch auf keinen Fall ausnutzen, aber ich … ich konnte einfach nicht aufhören! Ich hoffe, du kannst mir diesen Fehler jemals verzeihen.«

Aufmerksam lauschte ich seiner Geschichte und konnte kaum glauben, was ich da hörte. Die Reue stand deutlich in seinen schönen Augen, während er weitersprach: »Als du am nächsten Tag so ausgerastet bist, habe ich mich einfach nicht mehr getraut, dir die ganze Wahrheit zu sagen. Außerdem hat es mir sehr wehgetan, dass es für dich so abwegig erschien, überhaupt etwas mit mir anzufangen.«

Ich forschte in seinem Gesicht nach den Anzeichen einer Lüge, fand darin aber nichts als Ehrlichkeit. Meine Gedanken rasten. Ich war erschüttert.

Konnte das alles wirklich wahr sein? Basierte mein gebrochenes Herz einzig auf Missverständnissen, ausgelöst durch die gehässige Lüge einer Rivalin?

»Was ist zwischen dir und Tina?«, verlangte ich zu wissen.

Er seufzte schwer. »Nichts. Zumindest nicht von meiner Seite aus. Hör zu, ich bin mir durchaus darüber im Klaren, dass sie mehr von mir will als eine reine Freundschaft. Allerdings habe ich ihr deutlich gesagt, dass daraus nichts wird. Und das nicht nur einmal. Leider hat sie sich da total in was verrannt und will es einfach nicht wahrhaben. Nur, was soll ich tun? Sie aus meinem Leben werfen? Wir sind schon so lange befreundet, das brächte ich nicht übers Herz. Ich betrachte sie weiterhin als gute Freundin, wenn auch aus einer gewissen Distanz, und versuche, ihre Avancen weitestgehend zu ignorieren. Dass sie allerdings so weit gehen würde … Das hätte ich ehrlich gesagt nicht gedacht.«

Oh, leichtgläubige Männerwelt! Ich hatte damals nur eine Sekunde gebraucht, um zu wissen, dass diese Frau ein hochkarätiges Miststück war. Durch eine hinterhältige Finte einen Keil zwischen mich und Jan zu treiben, war ihr durchaus zuzutrauen.

Überhaupt ergab alles, was ich in den letzten Minuten gehört hatte, einen Sinn. Einen Sinn, der mir wahrhaftig den Boden unter meiner trügerischen Überzeugung wegzog.

Hatte ich mich geirrt? Mich einmal mehr in Jan getäuscht, weil es einfacher war, den Worten einer Lügnerin zu glauben, als wahrhaben zu wollen, dass dieser wundervolle Mann ehrliche Absichten hegte?

Weil es zu unwahrscheinlich schien, dass er …

Ich senkte den Blick und fragte leise: »Warum konntest du in jener Nacht nicht aufhören?«

Jans Antwort war kaum mehr ein Flüstern, aber seine Worte trafen mich mit der Wucht eines Düsenjets. »Weil es einfach zu schön war, dir so nahe zu sein.«

Einen Moment war ich wie versteinert. Ich starrte Jan an. Mein Puls und mein Atem setzten gleichermaßen aus.

Ein undefinierbarer Laut drang aus meiner Kehle empor.

Dann stolperte ich nach vorne. Ich wollte nur noch eines. Wollte zu ihm und vergaß darüber hinaus, dass ich eigentlich ein gebrochenes Bein hatte. Das Stechen in meinem Knöchel ließ mich straucheln, doch da war Jan schon bei mir. Er fing mich auf und schloss die Arme um mich.

Ich klammerte mich an ihn. Gab mich vollkommen seinem herrlichen Duft und seiner aufregenden Stärke hin. Unsere Lippen fanden sich wie von selbst und vereinten sich zu einer perfekten Symbiose. Das pure Verlangen nach Jan rauschte durch meine Adern. Erst in diesem Moment wurde ich mir bewusst, wie sehr ich mich wirklich nach ihm verzehrt hatte. Unser Kuss kam einer Erlösung gleich. Er befreite mich und überschwemmte mich mit einem einzigartigen Glücksgefühl.

Jan schob mich rückwärts, bis ich an die Küchenzeile stieß, ohne sich von mir zu lösen. Er hob mich stürmisch auf die Arbeitsplatte. Meine Tasse fiel scheppernd in die Spüle, doch das kümmerte uns beide nicht. Ich wickelte meine Beine um seine Hüfte und zog ihn so nah an mich ran wie nur irgend möglich.

Es war unglaublich. So einen Kuss hatte ich noch nie erlebt. Zumindest konnte ich mich nicht daran erinnern. Jan war allgegenwärtig und doch lechzte ich danach, noch mehr von ihm zu bekommen. Es war vergleichbar mit dem Drang nach Sauerstoff unter Wasser – instinktiv und überlebenswichtig. Ich konnte nicht aufhören, *wollte* nicht aufhören, doch dann …

… klingelte das Telefon.

Ruckartig lösten wir uns voneinander und sahen uns an.

»Charly«, wisperte ich besorgt.

Jan war mit wenigen Schritten bei der Ladestation. Ich biss mir auf die Lippen und konnte nicht verhindern, dass ich ein schlechtes Gewissen bekam. Charly kämpfte ums Überleben und ich feierte hier die reinste Endorphin-Party.

»Es ist Nici«, sagte Jan und blickte fragend vom Display auf.

Ich stöhnte und entspannte mich wieder. Ich hatte unsere Verabredung ganz vergessen. Allerdings war es erst halb sieben und nicht acht Uhr, wie vereinbart.

»Geh ruhig ran«, forderte ich Jan munter auf, weil ich genau wusste, dass Nici komplett ausflippen würde, wenn sie ihn hörte.

Seinem Schmunzeln nach dachte er wohl das Gleiche. Er hustete und sprach mit tiefer Stimme in den Hörer: »Hier bei Kollmann.«

Nicis Verwirrung war sogar über die Leitung zu spüren. Ich kicherte hinter vorgehaltener Hand und beobachtete Jan amüsiert beim Telefonieren.

»Mensch Nici, ich bin's«, lachte er. »Jan. Du erinnerst dich?«

Er lachte wieder. Es klang entzückend. Ich war hin und weg. Leider wurde es von Nicis Geplärre abgelöst, die so laut in ihr Telefon schrie, dass ihre Stimme bis zur Küchenzeile herwehte.

»Oh, Pizza hört sich toll an, nur … wann? Ach ja. Nein, könnte sein, dass wir überraschend wegmüssen. Charly wird gerade operiert und sie rufen an, wenn der Eingriff vorbei ist. Ja. Nein. Ähm, lange Geschichte, das erzählen wir euch später, okay? Für mich Salami, bitte.« Jan sah mich an.

»Schinken!«, rief ich fröhlich.

»Hast du's gehört? – Alles klar. Bis dann!« Er beendete das Gespräch und stellte den Hörer zurück in die Ladestation. »Nici und Stefan fahren gleich los.«

»Jetzt schon? Zu mir hat sie gesagt, dass sie es vor acht nicht schaffen würde.«

»Tja, ich kann nur weitergeben, was sie mir gesagt hat. Du hättest sie hören sollen, sie war total aus dem Häuschen, als ich ihr gesagt habe, wer da am Telefon ist.«

Wir grinsten uns an.

»Nun ja, wer hätte denn auch damit gerechnet?«, witzelte ich.

»Stimmt. Ich muss schon sagen, dass ich, als ich heute Morgen aufgestanden bin, mir niemals erträumt hätte, wie dieser Tag enden wird.«

Sein Blick scheuchte die Schmetterlinge in meinem Bauch wieder auf. Hatten wir uns wirklich gerade geküsst? Das war in der Tat unglaublich. Ich strich ein verirrtes Haar aus meinem Gesicht. »Nein, ich auch nicht«, gab ich lächelnd zu. Mein schlechtes Gewissen meldete sich unverzüglich zurück. Sorgenvoll streckte ich den Rücken durch und fragte verhalten: »Glaubst du, Charly wird wieder gesund?«

»Davon bin ich überzeugt.« Jan kam zurück zu mir, strich mit seinen Fingerspitzen über meine Wange und hauchte mir einen Kuss auf die Lippen. »Dein Charly ist doch hart im Nehmen. Der schafft das mit links.«

Seine Zuversicht umhüllte mich wie eine Samtdecke. Ich schmiegte mein Gesicht in seine Hand und schloss die Augen. »Danke«, seufzte ich. »Danke für … für alles.«

Er antwortete mit einer langen Reihe an sanften Küssen. Einer zärtlicher als der andere und jeder einzelne davon jagte mir eine Gänsehaut ein, vom Scheitel bis hinunter zu den Zehenspitzen.

Jan löste sich langsam von mir. Er spielte mit einer meiner Haarsträhnen und betrachtete mein Gesicht so intensiv, als wolle er sich jedes noch so kleine Detail einprägen.

»Du bist wunderschön, Susanne«, sagte er ernst.

Die Unumgänglichkeit seiner Worte brachte mich zum Erröten wie ein junges Mädchen.

»Ach«, winkte ich verlegen ab. »Und nenn mich doch bitte *Susi.*«

Er hob belustigt eine Braue. »So?«

»Na jaaaa, irgendwie hab ich mich jetzt schon an den Namen gewöhnt.«

»Hab ich dir doch gleich gesagt«, schmunzelte er und versetzte mir einen Nasenstüber.

»Jaja …«

Jan gluckste und drückte mir einen Schmatzer auf die Stirn. »Hör mal, ich möchte die Bärenfalle holen. Sie ist zwar nicht aufgespannt, aber mir ist trotzdem nicht wohl dabei, sie einfach so liegen zu lassen. Morgen werde ich sie zur Polizei bringen und den Fall melden. In Ordnung?«

Zwar wehrte sich jede Faser meines Seins dagegen, Jan loszulassen, doch er hatte natürlich recht. Schweren Herzens rutschte ich ein Stück zurück und nickte tapfer.

Er verabschiedete sich mit einem weiteren Nasenstüber. »Okay. Bis gleich!«

»Jan?«, rief ich ihm nach.

»Hm?«, antwortete er vom Flur aus.

»Bringst du Lilly mit rüber? Ich finde es nicht nett, sie einfach alleine zu lassen.«

Er streckte seinen Kopf zurück in die Küche und hakte misstrauisch nach: »Bist du dir sicher?«

»Natürlich«, sagte ich mit übertriebener Coolness. »Sonst würde ich es ja nicht sagen, oder?«

»Wahrscheinlich nicht«, bestätigte er mit offensichtlicher Freude. »Also, bis gleich.«

Ich hörte meine Haustür ins Schloss fallen und seufzte schwermütig. Kaum war Jan eine Sekunde weg, vermisste ich ihn schon. Das war doch nicht normal!

Nein, normal war das nicht. Aber toll. Und aufregend. Und … hach, ich war einfach nur hoffnungslos verliebt. Das sollte doch schon alles sagen, richtig?

Richtig.

Kapitel 24

Ich saß an der Küchenbar, blätterte in einem Modekatalog und versuchte, dabei möglichst unbefangen auszusehen.

Das klappte ganz gut, bis die Haustür schepperte und sich jemand mit schnellen Schritten durch den Flur näherte. Mein Blutdruck explodierte beinahe vor Nervosität und ich war mir sicher, dass sich meine Ohren inzwischen dunkelrot verfärbt hatten. Hastig arrangierte ich meine Frisur darüber und legte ein derart unbeteiligtes Gesicht auf, dass mich jeder Polizist dieser Welt aus reiner Intuition verhaftet hätte.

Gerade fing ich an zu zweifeln, ob diese trippelnden Fußsohlen wirklich zu Jan gehören könnten, als Nici mit wehendem Haar in die Küche stürmte.

»Hey! Was machst du denn da? Du verpasst ja alles!«, rief sie und warf mehr oder weniger schon von Weitem vier Pizzakartons auf die Anrichte. »Schnell, komm mit!«

Schon raste sie wieder aus der Küche. Ich folgte ihr in kompletter Verwirrung und fand sie seltsamerweise auf der Toilette, wo sie die Gardine des kleinen Fensters gelupft hatte und in geheimer Mission hinausspähte.

»Was ist denn los?«, fragte ich aufgeregt.

»Psst!«, mahnte sie und winkte mich hektisch heran.

Angespannt humpelte ich neben sie und lugte ebenfalls durch das Fenster. Eine interessante Szene offenbarte sich. Jan und Tina standen sich in meiner Einfahrt gegenüber. Sie redete geradezu hysterisch auf ihn ein, während er ihr mit abweisender Haltung zuhörte.

»Ich glaub's ja nicht!«, entfuhr es mir. »Was will die denn hier?«

»Psst!«, wiederholte Nici und wisperte: »Ich weiß nicht, aber glücklich schaut sie ja nicht gerade drein. Als wir ankamen, haben sie sich schon ziemlich heftig gestritten, deswegen ist Stefan vorsichtshalber draußen geblieben.«

Warum er das getan hatte, war nicht ganz ersichtlich. Er stand hilflos zwischen den Parteien und tätschelte Lillys Kopf, die neben ihm saß und, genau wie er, unablässig zwischen Jan und Tina hin und her sah.

»Um was geht's denn da?«, fragte ich heiser, als Jan das Wort ergriff und erzürnt einen Finger auf Tina richtete.

»Ich schätze, um dich«, vermutete Nici und knuffte mich in die Seite. »Sie findet das gar nicht toll, dass du ab jetzt mit ihrem Schwarm rumknutschst.«

»Wer sagt denn, dass ich das tue?«

»Ich bitte dich! Deine Wangen sind ja jetzt noch ganz rot! Kann also noch gar nicht lange her sein«, feixte sie.

Ich zuckte grinsend mit den Schultern.

»Mann, bin ich froh, dass du es endlich kapiert hast«, seufzte Nici. »Ich dachte schon, das wird gar nix mehr.«

Etwas beleidigt rümpfte ich die Nase und zog kurz in Erwägung, sie darüber zu informieren, dass sie eine nicht ganz unbedeutende Rolle in der langen Reihe der Verzögerungen gespielt hatte. Gedämpft drangen die Stimmen der Streitenden durch das Fenster und lenkten mich wieder ab.

Tina hatte inzwischen zu weinen begonnen. Stefan wollte scheinbar vermittelnd eingreifen, wurde aber sofort von einem giftigen Kommentar Jans abgewürgt. Betroffen ließ er die Schultern hängen und sah seinen Freund reumütig an.

»Mein Gott, was reden die denn da?«, flüsterte ich und presste mein Ohr an die Scheibe, was freilich überhaupt nichts brachte.

Nici fackelte nicht lange und langte kurzerhand zum Fenstergriff. Langsam, um ja keinen Laut zu verursachen, der unsere Spionage verraten könnte, legte sie den Griff um und kippte das Fenster. Sofort verwandelten sich die aufgebrachten Töne in verständliche Worte. Ich hielt automatisch den Atem an und lauschte.

»… gedacht, dass du zu so was fähig bist«, zischte Jan. »Deine Lügen hätten fast zerstört, was zwischen mir und Susi ist. Nun, das war schließlich auch deine Absicht, nicht wahr? Herzlichen Glückwunsch dazu. Leider muss ich dich enttäuschen. Dein Plan ist nicht aufgegangen. Er hat mir nur gezeigt, dass es nicht möglich ist, die Freundschaft zwischen uns aufrechtzuerhalten.«

»Aber, das habe ich doch nur getan, weil ich dich liebe!«, schluchzte Tina.

»Nein, du hast das getan, weil du egoistisch und bösartig bist. Mit Liebe hat das nichts zu tun.«

Nici kratzte sich begeistert an der Nase. »Was hat sie denn gemacht?«

»Lange Geschichte«, wehrte ich ab und wedelte ungeduldig mit der Hand, weil ich nichts von dem Schauspiel auf der Straße verpassen wollte.

Wie ich Tina so ansah, tat sie mir fast schon leid. Jans Zurückweisung zerriss ihr das Herz, das war offensichtlich. Allerdings bezweifelte ich, dass es wirkliche Liebe war, die sie für Jan empfand. Irgendwie erinnerte mich ihr Verhalten sehr an die notorische Besessenheit, wie sie Rene mir gegenüber zeigte.

Vielleicht sollte ich die beiden verkuppeln, dachte ich zynisch.

»Jan! Mach doch die Augen auf!«, heulte Tina. »Was willst du denn mit *der*? Sie weiß dich doch gar nicht zu schätzen!«

»Das kannst du nicht beurteilen«, erwiderte Jan ruhig.

Genau!

»Tsas! Ich habe doch gesehen, wie sie mit dir umgeht! Sie ist launisch und unfreundlich. Die totale Zicke!«

Na, das sagt ja genau die Richtige …

»Du hast recht.« *Was?* »Das war sie wirklich. Aber sie hatte ihre Gründe.« *Oh.* »Ich durfte hinter ihre Fassade blicken und habe dort eine wunderbare Persönlichkeit gefunden, die mich von Anfang an fasziniert hat.« *Meine Güte!* »Auch wenn es dir schwerfällt, das zu akzeptieren, aber mein Herz schlägt nur für Susi und das mit einer Intensität, wie ich es vorher selbst noch nie erlebt habe.«

Heiliger Bimbam …

»Süüüüüß«, hauchte Nici verzückt.

»Er weiß nicht, dass wir lauschen, oder?«, fragte ich misstrauisch.

»Mann ey! Freu dich doch einfach!«

»Okay.«

Heiliger Bimbam!

Mein Mund wurde trocken, gleichzeitig begannen meine Hände zu schwitzen. Das war mit Abstand die schönste Liebeserklärung, die ich jemals gehört hatte. Außerdem wurde mir mit einem Schlag bewusst, dass ich absolut das Gleiche über Jan sagen konnte. Meine Zuneigung zu ihm war von einer Stärke, die ich niemals vorher empfunden hatte, zu keiner Zeit überhaupt für möglich gehalten hätte! Es war schon beinahe beängstigend. Das hier war nicht nur eine kleine Schwärmerei. Mit dramatischer Gewissheit erkannte ich, dass ich den Rest meines Lebens mit diesem Mann verbringen wollte. Obgleich mich diese Erkenntnis gleichermaßen glückselig wie auch schockiert sein ließ. Liebe auf den ersten Blick hatte ich bisher für ein Gerücht abgetan. Wobei es von meiner Seite aus ja doch mehrere Blicke gebraucht hatte. Zumindest bis ich mir der Sachlage klar wurde.

Mein Gott, konnte man sich wirklich schon nach so kurzer Zeit jemandem bedingungslos hingeben? War dies nicht dumm und leichtgläubig? Auf jeden Fall absolut untypisch für mich. Trotzdem konnte ich die gewaltigen Gefühle, die ich für Jan entwickelt hatte, nicht länger leugnen. Wieso sollte ich auch? Nici hatte mich bereits dezent darauf hingewiesen, mich einfach nur darüber zu freuen. Und das tat ich dann auch. Es war berauschend …

»Schnell! Wir müssen weg!«, flüsterte Nici und zupfte an meinem Ärmel.

Ich erwachte aus meiner Träumerei und sah, dass Tina aufgelöst in ihr Auto stieg und abrauschte. Jan redete leise mit Stefan. Die beiden würden sicher gleich hereinkommen.

Eilig verließen wir unseren Spähposten und drapierten uns mit unschuldigen Mienen in der Küche. Keine Sekunde später kamen die Männer herein.

»Hallo«, begrüßte Stefan mich schüchtern. Ich hatte den Verdacht, dass er inzwischen genau wusste, was er mit seiner Plauderei Tom gegenüber angerichtet hatte.

»Hi! Schön, dass du da bist!«, tönte ich so herzlich wie nur irgendwie möglich und hoffte, ihm dadurch sein schlechtes Gewissen zu erleichtern.

Er lächelte zurückhaltend und schnappte sich die Pizzaschachteln, um damit an den Esstisch zu fliehen. Nici folgte ihm, beladen mit Besteck und Gläsern.

»Nici hat gesagt, Tina wäre draußen«, sagte ich scheinheilig. »Was war denn los?«

Jan sah mitgenommen aus. Das war auch nicht verwunderlich, schließlich hatte er gerade einer langjährigen Vertrauten mehr oder weniger die Freundschaft gekündigt.

»Ich habe ihr gesagt, dass ich um ihre Verlogenheit weiß und ich ihr Verhalten nicht weiterhin ignorieren kann«, erzählte er niedergeschlagen. »Solange sie nicht zur Vernunft kommt, soll sie sich von uns fernhalten.«

»Wird sie denn zur Vernunft kommen?«, fragte ich vorsichtig.

»Ich weiß es nicht, aber ich hoffe es sehr. Es wäre mehr als nur schade, wenn sich unsere Freundschaft einfach in Luft auflösen würde. Wir kennen uns schließlich schon seit dem Kindergarten. Allerdings …« Er machte eine Pause und trat ganz nahe vor mich. Verzaubert blickte ich zu ihm auf und erfreute mich an den bernsteinfarbenen Pünktchen in seinen braunen Augen.

»Allerdings«, fuhr er fort, »sollte ich mich wirklich entscheiden müssen, gibt es für mich nur eine Alternative.«

»Und die wäre?«, hauchte ich, obwohl sein Gesicht bereits mehr sagte als tausend Worte.

»Die bist einzig und allein du«, flüsterte er und beugte sich zu mir herab, um mir einen Kuss zu geben, der mich umgehauen hätte, hätte ich nicht über zwei stabile Gehstützen verfügt.

Ich vergaß komplett, dass wir zwei stumme Beobachter hatten, die uns gleichermaßen verzückt vom Esstisch aus zusahen. Erst, als etwas Feuchtkaltes die Knöchel meiner rechten Hand berührte, riss ich mich von Jan los. Perplex starrte ich auf Lilly hinab, die mich auffordernd anwinselte.

»Ähm … Hallo auch«, sagte ich überfordert zu der Hündin. »Wie geht's?«

Lilly stupste mich erfreut mit ihrer Schnauze an. Nicht panisch davonzulaufen war allerdings schon das höchste Maß an Zärtlichkeit, das ich ihr entgegenbringen konnte.

Jan lachte leise und streichelte der Dogge über den Kopf. »Keine Sorge, Lilly. Das wird schon noch!«

Mit zusammengebissenen Zähnen stand ich später im Aufwachraum der Tierklinik und bemühte mich um Contenance, wobei mir Jans Arm, der auf meinen Schultern lag, sehr von Nutzen war.

Charly bot einen schrecklichen Anblick. Er lag apathisch in einem Käfig, die Augen halb geschlossen und leer. Doktor Baumann versicherte mir mehrmals, dass sein Zustand von der Narkose und einem starken Beruhigungsmittel herrührte, aber ich stand trotzdem kurz vor einem Heulanfall. Eine Pflegerin war so freundlich und öffnete die Käfigtür, damit ich meinen Kater ein wenig streicheln konnte. Ganz vorsichtig fuhr ich mit den Fingerspitzen über sein Fell, den dicken Polsterverband an seinem Hinterbein und kraulte ihn ein bisschen hinter den Ohren. Als Charly kaum merklich zu Schnurren begann, hätte ich vor Freude beinahe einen Luftsprung gemacht.

»Wir mussten zuerst ein großes Gefäß zusammenflicken«, erzählte Dr. Baumann derweil. »Nachdem die Blutversorgung gewährleistet war, haben wir die Knochen wieder gerichtet und mit Metallplatten fixiert. Der hohe Blutverlust ist zum größten Teil durch Infusionen wieder ausgeglichen und sein Kreislauf ist stabil. Jetzt müssen wir sehr darauf achten, dass er keine Infektion bekommt. Er braucht deshalb für mindestens zwei Wochen ein Antibiotikum. Ansonsten sollte er noch drei Tage einen solchen Verband behalten, den wir täglich erneuern müssen. Wenn die Wunde dann gut aussieht, müsste ein strenger Hausarrest für ihn ausreichen, um schon bald wieder vollkommen gesund zu werden. Heute Nacht muss er allerdings hier bleiben.«

Alarmiert sah ich auf. Der Arzt hob beschwichtigend eine Hand. »Nur zur Vorsicht. Wenn es ihm gut geht, können Sie ihn morgen abholen. Dann besprechen wir alles Weitere.«

»Ist gut«, sagte ich matt.

Er lächelte aufmunternd. »Das wird schon wieder, Frau Kollmann. Ihr Charly ist ein kräftiger Bursche.«

Ich nickte erschöpft und rieb mir die Augen. Jetzt, da die gesamte Anspannung von mir herunterrieselte, war ich mit einem Male unsagbar müde. Es war, als hätte mich in den letzten zwei Stunden allein die Sorge um meinen Kater überhaupt noch wach gehalten.

Charly würde wieder gesund werden.

Jan und ich hatten endlich zueinandergefunden.

Mein Leben ergab wieder einen Sinn. Mehr Sinn als je zuvor.

Trotz des schwachen Zustands meines Katers fühlte ich mich so erleichtert, dass ich mich sogar ohne Widerworte aus dem Aufwachraum bugsieren ließ. Auf dem abgedunkelten Flur wechselten Jan und der Tierarzt noch ein paar Worte, während ich schweigend danebenstand und lauschte, ohne etwas davon zu hören. Meine Gedanken waren allein von einem einzigen Satz beherrscht: *Jetzt ist alles gut. Jetzt ist alles gut. Alles ist gut … ooooh, ich bin so müde …*

Eine behutsame Berührung an der Wange weckte mich auf. Verwundert blinzelte ich Jans Garagentor an. Draußen war es inzwischen stockfinster und das Licht der Scheinwerfer spiegelte sich aufdringlich auf der glatten Oberfläche des Tors. Geblendet wandte ich meinen Blick ab und raunzte verdrießlich.

»Du bist eingeschlafen«, erklärte Jan überflüssigerweise.

»Ah, das erklärt natürlich so einiges«, scherzte ich halbherzig.

Er lachte. »Komm, ich bring dich zur Haustür.«

»Hm.« Enttäuscht zog ich eine Schnute. »Nur bis zur Tür?«

Jan betrachtete mich nachdenklich. »Du hast doch nicht heimlich Tequila getrunken, oder?«

»Keine Sorge, ich bin vollkommen im Besitz meiner Zurechnungsfähigkeit.« Ich gähnte verhalten. »Zumindest fast.«

»Na schön. Dann komm, ich bring dich ins Bett.«

Ich kletterte aus dem Wagen und knabberte nervös an meiner Unterlippe. Fiebrige Aufregung hatte die zuvor noch bleierne Müdigkeit mit einem gekonnten Schlag besiegt. Einen Moment war ich versucht, Jan an der Haustür doch wieder abzuwimmeln, weil mich allein der Gedanke an ihn in meinem Schlafzimmer in Panik versetzte. Warum das so war, vermochte ich nicht zu sagen. Ich wollte definitiv, dass er bei mir war. Wollte ihn in meiner Nähe haben. Andererseits wusste ich noch nicht so recht, wie ich mit diesem neuen Verhältnis zu meinem Nachbarn umgehen sollte. Was war das überhaupt für ein Verhältnis? Und was bedeutete dieses Verhältnis für mein Schlafzimmer? O je, ich hatte keine Ahnung.

Fakt war, dass Jan schweigend hinter mir die Treppe hinaufstieg, während ich verzweifelt darüber nachdachte, wie es an der Endstation (Schlafzimmer) weitergehen sollte. Das Beste wäre wohl, nichts zu überstürzen. Unsere – ähm – *Beziehung* war schließlich erst wenige Stunden alt und noch dazu entstanden in einem Zusammenspiel chaotischer und entsetzlicher Umstände.

Wir sollten nun beide erst einmal zur Ruhe kommen und uns gleichermaßen mit dieser neuen Situation auseinandersetzen. Einen klaren Kopf schaffen. Genau!

Zufrieden mit meinem vernünftigen Vorhaben öffnete ich die Schlafzimmertür und drehte mich zu Jan um, damit ich mich bei ihm bedanken konnte. Er stand ein wenig verloren vor mir und knetete seine Finger. Das Kinn leicht geneigt, sah er mich von unten herauf an und wirkte dabei schüchtern wie ein Teenager bei seinem ersten Date. Der Mann, der sonst immer genau wusste, was er zu sagen oder zu tun hatte, war in diesem Moment restlos überfordert. Die Angst, etwas falsch zu machen, stand ihm ins Gesicht geschrieben. Sein Anblick ließ mein Herz flattern und als er sich hilflos auf die Lippe biss, ergriff ich schließlich die Initiative, um ihn aus seiner Verlegenheit zu retten.

Mit einem Seufzer schlang ich die Arme um seinen Nacken und zog ihn zu mir hinab. Meine Gehstützen fielen mit lautem Klappern zu Boden, doch Jan gab mir bereits genug Halt.

Wir küssten uns mit berauschender Intensität und wanderten eng umschlungen immer näher an mein Bett. Sein betörender Duft vernebelte mir die Sinne und ich beschloss, dass wir beide alt genug waren, um die Sache mit dem klaren Kopf auf später zu verschieben. Kaum zu Ende gedacht befand ich mich auch schon rücklings auf der Matratze. Jan stütze sich über mir ab und brachte mich mit seinen Küssen vollends um meine Vernunft.

Rastlos wanderten meine Fingerspitzen über seinen Oberkörper und erkundeten dessen aufregende Konturen. Alles an ihm war so unglaublich männlich. So herrlich stark und gleichzeitig anschmiegsam. Unruhig fuhr ich mit den Händen über seine angespannten Muskeln und erfreute mich seiner schier unfassbar samtigen Haut. Ich konnte gar nicht genug davon kriegen, wünschte, ich hätte noch hundert Paar Hände, um alles an Jan gleichzeitig fühlen zu können. Voller Ungeduld zupfte ich an dem lästigen Shirt, das mich noch blockierte.

Jan gab ein kehliges Lachen von sich und entledigte sich endlich des Kleidungsstückes. Entzückt ließ ich meine Finger erneut auf Wanderschaft gehen und fand es unheimlich erotisch, dass sich unter meiner Berührung auf seinem Rücken eine Gänsehaut bildete.

Eigentlich war so ziemlich alles an Jan erotisch. Sein Geschmack, sein Geruch, seine Haut, seine Muskeln … Meine Güte, dieser Mensch war die pure Erotik!

Er versenkte seinen Kopf in meiner Halsbeuge und stellte dort gänzlich verrückte Dinge mit seiner Zunge an, die meinen gesamten Körper vibrieren ließen. Gleichzeitig fand er den Weg unter meinen Pullover und schickte nun seinerseits eine Hand auf Wanderschaft. Ich drängte nach mehr, bog mich ihm entgegen, während ich mich zugleich in seine Haare krallte und versuchte, dem elektrisierenden Gefühl zu entfliehen, das mich in eine einzige Ekstase versetzte. Als ich schon beinahe glaubte, es nicht mehr auszuhalten, löste Jan sich von mir und richtete sich auf.

»Susi, wir sind jetzt an dem Punkt, an dem ich noch aufhören kann«, sagte er mit rauer Stimme. Sein Blick war zurückhaltend und liebevoll. Ich wusste genau, dass er jede Antwort von mir akzeptiert hätte, egal wie sie lautete.

Mit einem aufreizenden Lächeln zog ich mir meinen Pullover über den Kopf und meinte lasziv: »Diesen Punkt habe ich längst überschritten.«

Um meine Entschlossenheit zu beweisen, legte ich gleich noch meinen BH ab und streckte mich ohne Scham vor Jan aus. Er betrachtete mich wortlos. Seine Augen waren dunkel vor Erregung und liebkosten mit nervenaufreibender Beherrschung Zentimeter für Zentimeter meine Gestalt. Mein Atem ging schwer, als Jan bedächtig einen Arm ausstreckte und langsam mit seinem Zeigefinger über meinen Oberkörper fuhr.

Er begann unter meiner Kehle und strich in einer geraden Linie zwischen meinen Brüsten hindurch, über meinen Bauchnabel bis zum Bund meiner Jeans. Seine Berührung war so dezent, dass sie eigentlich kaum vorhanden war, und doch hinterließ er dabei eine prickelnde Spur schmerzhafter Entzückung. Es kostete mich unbändige Kraft, reglos vor ihm zu liegen. Das Verlangen nach ihm trieb mich langsam, aber sicher in den Wahnsinn. Alles in mir schrie danach, diesem Mann so nahe wie möglich zu sein.

Meine Hände zuckten, als ich meinen Blick über Jans perfekten Brustkorb gleiten ließ. Wir hatten keine Zeit gehabt, das Licht im Schlafzimmer einzuschalten, doch der Schein, der aus dem Flur hereinfiel, genügte vollkommen, um jedes kleine Detail wahrzunehmen. Seine sonnengebräunte Haut schimmerte seidig und seine ausgeprägte Muskulatur warf aufregende Schatten. Jans Erscheinungsbild war von einer solch verführerischen Eleganz, dass ich es kaum fassen konnte. Ich öffnete den Mund, um meine Bewunderung laut auszusprechen, bekam aber kein Wort heraus.

Jans Lippen kräuselten sich zu einem verwegenen Lächeln, das mir nun vollkommen den Rest gab. Ich stieß ein heiseres Stöhnen aus, hangelte nach seinen Schultern und zerrte ihn wieder zu mir hinunter. Er erwiderte meine Leidenschaft inständig. Küsste, streichelte und liebkoste mich mit derselben verzweifelten Erregung wie ich ihn.

»Du bringst mich vollkommen um den Verstand«, knurrte er mir ins Ohr.

Ich war nicht imstande, darauf zu antworten.

Ich war gefangen in einem Sog der Begierde.

Und ich war mir sicher, dass ich *diese* Nacht niemals vergessen würde …

Kapitel 25

Rrrriiiing!

Ich riss die Augen auf. Paralysiert starrte ich in die Dunkelheit und betete zu Gott, dass ich dieses Geräusch eben nur geträumt hatte. Jan schien zu schlafen. Er hatte einen Arm um mich geschlungen und den Kopf an meinen Hals geschmiegt. Sein Atem streifte ruhig und regelmäßig über meine Haut. Eindeutig, er schlief tief und fest. Also hatte ich mir das Schrillen der Türglocke doch nur eingebildet.

Beruhigt schloss ich meine Lider und streichelte sanft über den sehnigen Unterarm, der besitzergreifend auf meinem Bauch ruhte. Eine wohlige Zufriedenheit ergriff mich. Das Gefühl, so vertraut neben Jan zu liegen, war unvergleichlich. Kaum zu fassen, dass ich dies beinahe meinem notorischen Misstrauen geopfert hätte. Die Zuneigung zu Jan erfüllte mich auf eine Weise, die mich erstaunte. Er besetzte einen Platz in meinem Herzen, von dem ich vorher nicht einmal erahnt hatte, dass dessen gähnende Leere mich schmerzlich belastet hatte. Er gab mir etwas, dessen Fehlen mir erst jetzt bewusst wurde, da ich es gefunden hatte.

Verliebt fuhr ich mit den Fingerspitzen durch sein weiches Haar und schnupperte nach dem aufregenden Duft. Ein Geruch, der mir schon jetzt so lebensnotwendig erschien wie Sauerstoff selbst. Mit einem Prickeln in der unteren Bauchregion dachte ich zurück an die vergangenen Stunden. Nein, diese Nacht würde ich niemals vergessen. Endlich wusste ich, wovon die anderen Frauen immer so aufgeregt schnatterten. Der Sex mit Jan war völlig anders gewesen, als ich es bisher erlebt hatte. Seine Berührungen waren einzig darauf bedacht gewesen, mir Befriedigung zu verschaffen. Egoismus war für ihn gänzlich fremd, im Alltag wie auch im Bett. Er hatte mich mit einer Selbstverständlichkeit in ekstatische Höhen getrieben, für die ich keinerlei Worte fand.

Im Einklang mit mir und der Welt driftete ich allmählich zurück ins Land der Träume.

Rrrriiiing!

Alles klar, ich hatte nicht geträumt …

Verflucht!

Ich knipste die Nachttischlampe an und sah auf die Uhr. Es war 2.34 Uhr. Rene wollte mir mein Leben also weiterhin zur Hölle machen. Nur dass sich inzwischen die Umstände geändert hatten. Ich lag nicht mehr alleine und verängstigt in meinem Bett und kämpfte gegen panische Luftnot, nein – ich hatte einen außerordentlich starken Mann an meiner Seite, der mir Kraft und Sicherheit verlieh.

Und ich war stinksauer!

Hastig wälzte ich mich aus Jans Umarmung und fischte nach meinen Gehstützen, die jemand unbemerkt neben mein Bett gelegt hatte. Nun ja, irgendwer hatte schließlich auch das Licht im Gang gelöscht und da ich es nicht gewesen war, blieb eigentlich nur die Person übrig, die sich gerade verdattert aufsetzte und sich die Augen rieb.

»Hat's geklingelt?«, nuschelte Jan verwirrt.

»Ja«, antwortete ich knapp und stand auf.

»Wer is'n das jetzt?«

Nackt, wie ich war, humpelte ich in den Flur und sagte mürrisch: »Dreimal darfst du raten.«

Entschlossen steuerte ich die Sprechanlage an und hatte bereits meine Hand zum Betätigen erhoben, da erschien Jan neben mir.

»Sollten wir ihn nicht lieber ignorieren?«, schlug er vor und wirkte mit einem Schlag hellwach. Dass er ebenfalls vollkommen nackt war, brachte mich kurz ein wenig durcheinander.

Außerdem hatte ich das *Wir* in seiner Frage mit einem kleinen Herzstolpern registriert. Gerade wollte ich meine Hand wieder senken, als die Türglocke erneut erklang.

Wütend drückte ich auf den Knopf und fauchte in das Kästchen: »Rene! Ich sag's dir jetzt zum allerletzten Mal, lass mich in Ruhe!«

»Aber Sweety, sei doch nicht gleich so aufgebracht«, ertönte Renes blecherne Antwort. »Hast du deine Mieze wiedergefunden?«

»Ja.«

»Ach, das ist aber schön! Hey, du hast mich da übrigens auf eine ganz feine Idee gebracht. Die werd ich mir auf jeden Fall merken.«

»Welche Idee?«

»Na, dass du deinem Katerchen überallhin folgst! Ich brauch ihn mir einfach nur zu holen und schon kommst du zu mir. Ist das nicht toll?«

Ich schnappte geschockt nach Luft. »Du spinnst doch!«

»Och, ich mache nur Pläne. Falls du nicht von selbst zu mir kommst, muss ich dich eben anders anlocken.«

Jan raufte sich die Haare und begann auf und ab zu gehen. Ich beachtete ihn kaum.

»Das ist doch wohl nicht dein Ernst!«, schrie ich in das Kästchen. »Du bedrohst Charly, damit ich zu dir zurückkomme? Rene, du brauchst Hilfe, eine Therapie! Du bist komplett wahnsinnig!«

»Ich brauche nur dich. Das ist alles. Und wenn ich dich nicht auf die sanfte Weise bekomme, dann eben auf die harte.«

»Okay, das reicht«, sagte Jan aufgebracht und eilte zurück ins Schlafzimmer. »Ich rufe jetzt die Polizei.«

In der Sprechanlage knackte es. Nach einer kurzen Pause fragte Rene gepresst: »Wer war das?« Obwohl seine Stimme von der Elektronik verzerrt wurde, war sein Zorn unüberhörbar. Seine Unberechenbarkeit ließ meine Sicherheit von vorhin schwinden.

»Was? Was meinst du?«, wollte ich wissen und bemühte mich dabei um Gefasstheit.

»Da ist jemand bei dir!«, blaffte Rene.

»Quatsch.«

Ich hörte Jan gedämpft sprechen und sah ihn an der Schlafzimmertür vorbeihuschen, während er mit der einen Hand telefonierte und mit der anderen seine Jeans über die Hüften zog.

»Ist es der Nachbar?«, zischte Rene. »Der Müller? Ist der Müller bei dir?«

Betont unbeschwert schnatterte ich in den Lautsprecher: »Warum sollte der denn hier sein? Also, ähm, nee, der ist nicht da!«

Ja, das klang ja mal überzeugend …

Rene war nun gänzlich außer sich. »Du verfluchte Schlampe! Du willst mich also für blöd verkaufen? Sag mir endlich, wer bei dir ist!«

Jan tauchte neben mir auf und schob mich zur Seite.

»Ja, hier ist der Müller!«, rief er laut in die Sprechanlage. »Und du verschwindest jetzt, bevor ich mich vergesse! Ab sofort passe ich auf Susanne auf und ich werde nicht zulassen, dass du sie weiterhin belästigst!«

Ohne eine Antwort abzuwarten, drückte er auf den Knopf und unterbrach die Verbindung. Ich sah ihn mit großen Augen an.

»Er wird ausrasten«, flüsterte ich besorgt. »Gott, er wird gleich komplett ausflippen!«

Jan legte mir beruhigend die Hände auf die Schultern. »Hör mal, das war gerade mein voller Ernst. Ich werde nicht untätig zusehen, wie so ein Irrer meine Freundin bedroht. Das muss jetzt aufhören. Hab keine Angst, ich beschütze dich.«

Sein angespannter Unterkiefer stand zwar in komplettem Widerspruch zu seinem lockeren Tonfall, trotzdem glaubte ich ihm sofort. Er würde auf mich aufpassen, seine *Freundin* beschützen.

»Okay«, murmelte ich. Er zog mich in seine Arme und hielt mich einen Augenblick ganz fest, als hätte er die Befürchtung, ich könnte mich plötzlich in Luft auflösen.

»Zieh dich an«, sagte er dann und hauchte mir einen Kuss auf die Schläfe. »Die Polizei ist unterwegs.«

Ich nickte und tappte gehorsam ins Schlafzimmer. Während ich in meine Klamotten schlüpfte, versuchte ich mir vorzustellen, was Rene in diesem Moment tat. Vermutlich wanderte er wütend auf und ab und kaute sich dabei seine Unterlippe blutig. Vielleicht ließ er seinen Zorn auch wieder an meiner Bepflanzung aus.

Das Pfeifen einer Alarmanlage ließ mich zusammenzucken. Jan fluchte herzhaft und trabte auf dem Flur vorbei, zu einem der zur Straße gerichteten Zimmer.

»Verdammtes Arschloch!«, hörte ich ihn sagen.

Ich steckte den Kopf aus der Tür. »Was ist? Was ist los?«

»Er hat irgendwas an meinem Auto gemacht«, antwortete er sauer und ging eiligen Schrittes an mir vorbei. »So was machen doch normalerweise nur betrogene Frauen!«

»Wo gehst du denn hin?«

»Ich stelle den Alarm ab. Mein Schlüssel liegt unten auf der Kommode.«

»Du darfst da nicht rausgehen!«, rief ich aufgelöst, als er bereits einen Fuß auf der Treppe hatte.

»Keine Angst. Ich denke, die Fernbedienung reicht bis hierher. Dann kann ich wenigstens die Sirene ausmachen«, tat er meine Besorgnis ab und sprang leichtfüßig die Stufen hinab.

Beruhigt war ich keineswegs. Rene war immer noch da draußen, so viel war sicher. Die Frage war nur, was er damit bezwecken wollte, den Alarm auszulösen, denn dass er dies mit Absicht getan hatte, war mir irgendwie klar. Ein sehr ungutes Gefühl beschlich mich.

Ich verharrte auf dem oberen Treppenabsatz und spähte nervös hinunter. Jan hatte seinen Schlüssel gefunden und verschwand damit im Gäste-WC. Man konnte hören, wie er das kleine Fenster öffnete. Kurz darauf ertönte ein doppeltes Hupen und die Alarmanlage verstummte.

Erleichtert atmete ich tief durch.

Ein lautes Scheppern und Klirren drang aus dem Wohnzimmer. Dem Geräusch nach war eine Scheibe zu Bruch gegangen. Eine große Scheibe.

Meine Glastür!

Mir entwich ein erstickter Schrei. Schon sauste Jan aus dem WC.

»Verfluchter Irrer«, erzürnte er sich und lief geradewegs auf das Klirren zu.

»Jan! Bleib hier!«, schrie ich und humpelte unbeholfen die Stufen hinunter. »Nicht!«

Dann war er auch schon aus meinem Blickfeld verschwunden.

Mein Herz klopfte mir bis zum Hals. Adrenalin schoss durch meine Adern und ließ meinen gesamten Körper vibrieren. Unfähig, mich zu bewegen, stand ich in der Mitte der Treppe.

»Jan?«, rief ich mit zittriger Stimme.

Anstatt einer Antwort hörte ich einen dumpfen Schlag, etwas polterte zu Boden.

»O Gott.« Ich setzte mich mechanisch in Bewegung und kämpfte mich ungelenk die Stufen hinab. »Jan? JAN?«, wiederholte ich immer wieder.

Alles blieb still. Nur gedämpftes Bellen drang wie aus weiter Ferne heran. Lilly schien geradezu außer sich.

Ich war noch nicht ganz unten angekommen, als ich eine geduckte Gestalt mitten im Flur wahrnahm.

Rene …

Vor Schreck hielt ich mitten in der Bewegung inne.

Hämisch grinsend stand er da, das Gesicht zu einer bösartigen Fratze verzerrt. In einer Hand hielt er ein Stück Holz. Es war weiß lackiert und der Form nach musste es eine Latte von meinem Gartenzaun sein. An einem Ende glänzte frisches Blut. Das Rot stach hervor wie ein Leuchtfeuer in der Dunkelheit.

»Was hast du getan?«, keuchte ich. »Wo ist Jan?«

Rene betrachtete gelassen die Zaunlatte. »Ach, der ruht sich ein wenig aus. Hm, vielleicht ist er auch tot.« Er zuckte mit den Schultern. »Ja, ich denke, dass er tot ist.«

Ich wimmerte leise und konnte meine Augen nicht von der roten Flüssigkeit abwenden, die von dem weißen Holz auf den Boden tropfte.

Jan war … tot?

»JAN? JAN!«, kreischte ich Richtung Wohnzimmer. Darin blieb alles stockdunkel und geräuschlos. Keinerlei Hinweis oder Lebenszeichen. »Jaaan, bitte, sag doch …«

Rene unterbrach mich mit gehässigem Lachen. »Der kann dir jetzt nicht mehr helfen«, höhnte er und kam gemächlich näher.

»Du lügst!«, fuhr ich ihn an, unfähig mich zu rühren. Das Atmen fiel mir schwer. Meine Gedanken rotierten wirr. »Du bist ein verdammter Lügner!«

Jan durfte nicht tot sein. Das durfte einfach nicht sein. Er hatte mir versprochen, mich zu beschützen, auf mich aufzupassen. Sein Versprechen konnte er doch nicht einfach so brechen!

Und wenn er es doch getan hatte? Wenn er mich nun alleine gelassen hatte?

Ich schluchzte und begann, hilflos zu weinen.

Rene beobachtete mich mit Genugtuung. »Tja, Sweety, ich muss dir leider sagen, dass du alleine schuld bist an diesem Verlauf. So hätte es nicht kommen müssen. Ach, wärst du doch nur vernünftig geblieben.«

»Du bist ein Scheusal, Rene«, brachte ich tränenerstickt hervor. »Ich hasse dich.«

»Red nicht so einen Stuss. Du wirst darüber hinwegkommen«, meinte er im Plauderton. »Und jetzt kommst du mit mir, damit du endlich wieder normal wirst.«

Verzweifelt schüttelte ich den Kopf. Er war wirklich komplett schizophren. Absolut wahnsinnig.

Er ließ die blutige Latte fallen und streckte aufmunternd beide Hände nach mir aus, wie man ein weinendes Kind anlockte. »Komm her, mein Schatz. Alles wird gut.«

Es war geradezu grotesk, wie sanft seine Stimme klang. Liebevoll und Trost versprechend. Ich sah auf die schlanken Finger, die mir vor langer Zeit einmal so sehr gefallen hatten. Jetzt erfüllten sie mich mit Ekel und Frustration.

»ICH BIN NICHT DEIN SCHATZ!«, brüllte ich hasserfüllt.

Durch Renes Körper ging ein Ruck. In seinem Gesicht erschien augenblicklich lodernder Zorn. In großen Sätzen sprang er auf mich zu.

Mein Körper schaltete automatisch auf Überlebensmodus und setzte sich wie von selbst in Bewegung. Panisch stolperte ich die Stufen hinauf und wollte vor dem Monster fliehen. Natürlich hatte ich durch mein gebrochenes Bein keine Chance. Schon nach wenigen Schritten bekam Rene meine Haare zu fassen. Grob riss er meinen Kopf nach hinten und fauchte: »Entweder ich oder niemand!«

Ich trat mit aller Kraft mit meinem Gipsbein nach hinten und traf auf sein Knie. Dass mich dieser Tritt wahrscheinlich ebenso schmerzte wie ihn, war egal. Hauptsache war die Wirkung. Rene taumelte ein paar Stufen nach unten und ließ mein Haar los, um sein Gleichgewicht wiederzufinden. Ich nutzte die Zeit, in der er mit den Armen ruderte, drehte mich um die eigene Achse und versuchte, ihn mit dem Ende meiner rechten Krücke endgültig von der Treppe zu schubsen.

Rene reagierte mit faszinierender Geschicklichkeit. Statt sich in den Bauch stoßen zu lassen, ergriff er die Gehstütze und hielt sie fest. Einen Moment standen wir uns so gegenüber, als würden wir eine Art Tauziehen veranstalten.

»Was jetzt, Sweety?«, fragte er belustigt.

»Die Polizei wird gleich hier sein! Sie werden dich verhaften und einsperren. Die Zeitungen werden sich sehr freuen, darüber zu berichten!«

»Das werden wir ja sehen«, tönte er unbeeindruckt und ruckte an der Gehstütze.

Ich kam ins Straucheln, verfehlte dabei eine Stufe und stürzte hinab. Eine meiner außer Kontrolle geratenen Krücken rutschte ihm schräg unter die Beine. Bei dem Versuch, mich abzufangen, trat er darauf und wurde von meiner Wucht nach hinten umgerissen.

Ungebremst polterten wir in einem verworrenen Knäuel zu Boden. Dort blieben wir beide benommen liegen, wobei ich schnell feststellte, dass ich weit besser davongekommen war als Rene. Er lag stöhnend auf dem Rücken und ich halb auf ihm drauf.

Ich ignorierte das Stechen in meinem gebrochenen Knöchel und rappelte mich gehetzt auf. Den Blick fest auf das dunkle Wohnzimmer gerichtet, stolperte ich vorwärts.

Rene hinderte mich an der Flucht, indem er nach meinem Gipsbein trat. Gleißender Schmerz durchfuhr mich. Ich schrie auf und landete hart auf beiden Knien.

Ohne zu stoppen, krabbelte ich auf allen vieren weiter, doch ich kam nicht sehr weit. Rene hatte sich aufgerichtet und packte mich mit einer Hand am Genick, er schüttelte mich wie einen ungezogenen Hund. Ich bohrte meine Fingernägel tief in sein Fleisch und wollte mich zur Seite rollen, um seinem Griff zu entkommen. Er schlang von hinten einen Arm um meinen Hals und zog mich in die Aufrechte.

»Du kommst jetzt mit!«, brülle er wutschäumend und schleifte mich zur Haustür.

Ich kratzte und schlug um mich, so sehr ich nur konnte, während ich röchelnd nach Luft schnappte. Ich musste mich befreien, koste es, was es wolle. Ich musste nach Jan sehen, ihm helfen, den Notarzt rufen, vielleicht war es noch nicht zu spät. Rene verbreitete gern die gehässigsten Unwahrheiten, solange er sich nur daran weiden und in der Verzweiflung anderer baden konnte.

Obwohl sein ganzer Arm schon von blutigen Striemen überzogen war, schien Rene meine Gegenwehr kaum zu spüren. Der Schließmechanismus des Sicherheitsriegels lenkte ihn kurz ab. Das Schloss schnappte auf. Gleichzeitig bekam ich Renes Schopf zu fassen, hielt ihn fest und rammte ihm den Daumen meiner anderen Hand in ein Auge.

Das war genauso eklig, wie es effektiv war.

Er stieß einen animalischen Schrei aus und mich instinktiv von sich. Er griff sich ins Gesicht und brüllte: »Du kleines mieses Biest!«

Eine Hand auf sein Auge gepresst, krallte er sich mit der anderen meinen Pullover und riss mich kraftvoll zurück. Irgendwie nutzte ich den Schwung und schlug mit meinem Ellbogen blindlings nach hinten. Er ächzte schmerzerfüllt und ließ mich los.

Ich taumelte nach vorn und konnte mich gerade noch am Geländer abstützen, bevor ich wieder auf die Knie fiel. Kaum hatte ich mein Gleichgewicht wiedergefunden, packte er mich an der Schulter und schleuderte mich zur Seite. Ich strauchelte mit der Stirn voran gegen die Wand.

Rene vergrub seine Finger in meinen Haaren und stemmte sich mit seinem ganzen Gewicht gegen mich. Meine Hände waren zwischen Wand und meinem Körper eingeklemmt. Er presste meinen Kopf rücksichtlos gegen das Mauerwerk. Ich war gefangen und ausgeliefert.

Der Rauputz schürfte brennend über meine Wange, doch viel schlimmer war der heiße Atem in meinem Nacken. Er kam mir vor wie ein Luftzug direkt aus der Hölle. Teuflisch und dämonisch. Genau wie das Lachen, das tief in Renes Brust grollte, als ich meine ohnehin aussichtslose Gegenwehr schlussendlich einstellte.

»So ist es doch gleich viel angenehmer, findest du nicht?«, kommentierte er meine schlaffen Glieder.

Er hatte gewonnen. Ich gab auf.

Eine einzelne Träne rollte schwer über mein Gesicht.

Ich konnte einfach nicht mehr, hatte keine Kraft mehr – sowohl geistig als auch körperlich. Außerdem hatte das Ganze sowieso keinen Sinn. Sollte Rene mit mir machen, was er wollte. Für mich gab es doch keinen Grund mehr, gegen ihn zu kämpfen, wenn er Jan wirklich …

Ein Schatten fuhr von der Seite heran und riss Rene mit sich.

Plötzlich von seinem Griff befreit sackte ich zusammen wie ein nasser Sack. Noch benebelt von der puren Ausweglosigkeit, saß ich begriffsstutzig auf dem Boden und verfolgte fassungslos das Geschehen vor mir.

Rene war in ein verbittertes Gerangel vertieft mit … »Jan?«, wisperte ich.

Jan, Jan … er lebte. Wie ein Untoter sah er nicht aus (okay, vielleicht ein bisschen), wenn auch ziemlich angeschlagen, im wahrsten Sinne. Seine rechte Gesichtshälfte war komplett von Blut überzogen, dessen Ursprung sich irgendwo unter seinem dichten Haar verbarg.

»Ich dachte, du wärst tot!«, stieß Rene gepresst hervor. Jan hatte ihn fest im Schwitzkasten, weshalb ihm das Sprechen einige Mühe bereitete.

»Tja, hättest du mal fester zugeschlagen, was?«, höhnte der Totgeglaubte.

Das schien für Rene ein Ansporn zu sein. Er versammelte seine letzten Reserven und bäumte sich kraftvoll auf. Er drängte Jan rückwärts, bis dieser hart mit dem Rücken gegen den Rand der Kommode prallte. Rene holte weit aus und ließ seine Faust auf Jan zu schnellen. Jan wehrte sie mit dem Unterarm ab und versetzte Rene einen kräftigen Hieb in den Bauch.

Der krümmte sich und torkelte nach Atem ringend ein paar Schritte zurück. Jan nutzte die Gelegenheit, um besorgt zu mir hinunter zu sehen.

»Alles Okay?«, fragte der Typ, dessen Gesicht aussah, als wäre ein Lastwagen drübergefahren. Wäre ich nicht gelähmt gewesen vor Erstaunen, hätte ich vermutlich kopfschüttelnd genickt und versucht hochzukommen, um Rene …

Im Augenwinkel nahm ich eine Bewegung wahr und öffnete gerade den Mund … doch da war es bereits zu spät.

Rene war mit gesenktem Kopf auf Jan zugestürmt und hatte ihn in Footballmanier brutal umgerannt. Nun kniete er rittlings über ihm und drosch unablässig auf ihn ein. Jan hatte alle Hände voll damit zu tun, sich vor den auf ihn herabregnenden Fäusten zu schützen.

Endlich erwachte ich aus meiner Fassungslosigkeit und realisierte, zwischen den beiden Männern tobte ein Kampf auf Leben und Tod.

Und es stand vollkommen außer Frage, wessen Leben ich mit meinem eigenen schützen wollte.

Mein Blick irrte auf der Suche nach einer Eingebung umher und blieb schließlich an der Zaunlatte hängen. Mit grimmiger Entschlossenheit packte ich das Holz und quälte mich auf. Mein Knöchel fühlte sich bei jedem Schritt an, als würde er gleich zerbersten, doch ich rannte ungehindert auf die beiden Kämpfer zu.

Ich hob die Latte mit beiden Händen und ließ sie auf Renes Hinterkopf niederkrachen.

Jemand schrie.

Erst nach einer Schrecksekunde begriff ich, dass der Schrei von mir selbst stammte.

Rene brach über Jan zusammen und rollte leblos zur Seite.

Das Geräusch, mit dem das Holz auf seinen Schädelknochen getroffen war, brannte sich in meine Ohren. Mir wurde speiübel. Breitbeinig stand ich da, die Zaunlatte erneut zum Schlag bereit erhoben, und starrte auf den Mann hinunter, der mich viele Tage lang in Angst und Schrecken versetzt hatte. Er bewegte sich nicht. Auf seinem blonden Haar zeichnete sich ein Blutfleck ab.

Jan wälzte sich auf und tastete mit zwei Fingern an seinem Hals nach einem Puls. Nach einer Weile nickte er zufrieden.

»Er ist nicht tot, nur bewusstlos«, erklärte er und sah zu mir auf.

Ich erwiderte nichts, sondern stierte wie betäubt auf den immer größer werdenden Fleck auf Renes Hinterkopf. Jan erhob sich und trat zu mir, er entwand mir mit sanftem Nachdruck die Zaunlatte und warf sie achtlos auf den Boden.

»Mach dir keine Sorgen, Susi. Dein Schlag hatte nicht die gleiche Kraft wie seiner. Und sieh mich an, ich hab's auch überlebt«, sagte er leise und lächelte schief. »Der lebt, Unkraut vergeht nicht.«

»Ich mach mir eigentlich nur Sorgen, weil ich nicht weiß, ob ich darüber nun froh bin oder nicht«, murmelte ich.

»Hey.« Jan legte einen Zeigefinger unter mein Kinn und brachte mich dazu, ihn anzusehen. »Solche Gedanken sind vollkommen in Ordnung. Morgen wirst du bereits anders darüber denken und er hat dir genug angetan, um ihn abgrundtief zu hassen.«

Vorsichtig streckte ich meine Hände nach seinem Gesicht aus und strich mit glasigem Blick über seine blutverkrustete Haut. »O Gott, ich dachte wirklich, du wärst tot«, flüsterte ich erstickt.

»Das tut mir leid, Susi.« Er schloss seine Finger um die meinen und hauchte einen Kuss darauf.

Ich begann, gleichzeitig erleichtert zu kichern und zu weinen. »Ja, das war echt scheiße von dir«, schniefte ich. »Richtig, richtig scheiße.«

»Es wird nicht wieder vorkommen«, versprach er und zog mich in seine Arme.

Dankbar lehnte ich mich gegen ihn und blickte auf Rene hinunter. Der Blutfleck hatte aufgehört, sich zu vergrößern. Bewegen tat er sich allerdings immer noch nicht. Je länger ich hinsah, umso deutlicher erkannte ich jedoch, wie sein Brustkorb sich in ruhiger Regelmäßigkeit hob und senkte, so als schliefe er einfach nur tief und fest.

War es nun endlich vorbei?

Konnte ich jetzt wirklich endlich glauben: Alles wird gut?

Charly würde gesund werden. Rene war außer Gefecht. Jan stand quicklebendig vor mir und hielt mich fest …

Es gab nur noch eine Kleinigkeit. Etwas musste ungeachtet dieser seltsamen Situation noch gesagt werden.

»Jan?«, wisperte ich und hob meinen Kopf.

»Hm?«

»Ich liebe dich!«

Sein darauffolgender Blick ging mir durch und durch. Seine Augen staunten für den Bruchteil einer Sekunde und erstrahlten dann in grenzenloser Glückseligkeit.

»Ich liebe dich auch«, antwortete er mit fester Stimme und schloss seine Arme so fest um mich, dass es schon schmerzte.

Rrrriiiing!

Im gleichen Moment klopfte jemand fest gegen die Haustür.

»Polizei!«, ertönte es von draußen.

Jan und ich gaben gleichzeitig ein lang gezogenes Seufzen von uns und grinsten uns an.

»Dein Freund und Helfer«, gluckste Jan amüsiert.

»Es ist offen!«, rief ich auffordernd.

Zwei Polizisten traten schwungvoll herein und erstarrten beinahe synchron, als sie der grotesken Szene in meinem Flur gewahr wurden.

Sie sahen zu Rene auf dem Boden, zu uns, die wir eng umschlungen dastanden und guter Dinge dreinblickten und wieder zu Rene. Dieser begann in just diesem Augenblick, wieder zu sich zu kommen. Er stöhnte, hielt sich seinen Schädel und rollte sich in eine sitzende Position. Kaum in der Aufrechten erkannte er die Männer in Uniform. Er ächzte hingebungsvoll und hob ergeben beide Hände über den Kopf, ohne eine Aufforderung abzuwarten.

»Alles klar«, sagte der eine Polizist, sichtlich um Fassung bemüht. »Was zum Teufel ist hier los?«

Der andere schob nervös seine Kappe nach oben und zückte schweigend ein Handy.

»Guten Abend«, sagte Jan höflich. »Schön, dass Sie kommen konnten.«

Erleichtert vergrub ich meinen Kopf an seiner starken Brust.

Ja, jetzt war alles gut.

Endlich.

Epilog

Ein paar Tage später fläzte ich auf meiner Couch, mein gebrochenes Bein vorbildlich auf einem Stapel Kissen gelagert. Ich wackelte mit den Zehen und erfreute mich an dem neuen Gips in einem hübschen Türkis. Diesmal hatte ich mir sehr viel Zeit gelassen, die neue Farbe auszuwählen und war überaus zufrieden. Das entschädigte mich nahezu für den Umstand, den Gips noch mal für drei volle Wochen tragen zu müssen. Mein Kampf mit Rene hatte nämlich nicht nur den Kunststoffverband beschädigt, sondern meinen angeheilten Knochen wieder angeknackst. So schrecklich es auch war, ich nahm dies, diverse blaue Flecken und eine zerkratzte Wange heldenmütig hin, in dem Bewusstsein, dass alles noch viel schlimmer hätte kommen können.

Obwohl ich mich selbst rügte, dachte ich oft darüber nach, was wohl geschehen wäre, hätte Rene mich in sein Auto verfrachtet. Oder wenn er Jan noch ein wenig heftiger geschlagen hätte. Oder wenn ich …

Ein schlanker Zeigefinger strich behutsam über meine Stirn. Ich sah nach oben und blickte in das schönste Gesicht auf Erden. Das Gesicht, das zu dem Mann gehörte, in dessen Schoß mein Kopf ruhte. Der Mann, der nicht nur mein Leben, sondern auch meine Seele gerettet hatte.

Jan.

Er lächelte liebevoll auf mich herab und spielte mit einer Strähne meines Haares. Allumfassende Geborgenheit hüllte mich ein. Ich umgriff seine Hand und schmiegte meine unverletzte Wange hinein.

Nein, ich durfte nicht darüber nachdenken, was alles hätte passieren können. Allein die Vorstellung, Jan könnte jetzt nicht hier bei mir sein, erschütterte mich zutiefst. Die Platzwunde auf seinem Kopf musste mit zehn Stichen genäht werden, aber er hatte zum Glück keine tieferen Verletzungen davongetragen. Abgesehen von einem massiven Bluterguss um die Augen natürlich. Inzwischen erinnerte nur noch die ungewöhnliche Blässe um seine Nase an den Überfall. Die grässliche Naht würde später komplett von seinem dichten Haar verdeckt werden.

Meine Erleichterung war nicht in Worte zu fassen. Jan hatte sich tief in mein Herz genistet, dass es beinahe schmerzte. Niemals hätte ich geglaubt, jemanden derart intensiv lieben zu können. Selig dachte ich an Annemarie und Falk und daran, dass ich mir immer gewünscht hatte, eine so erfüllte Liebe erleben zu dürfen wie sie. Jetzt hatte ich sie gefunden, diese eine wahre Liebe, und meine Dankbarkeit dafür war gigantisch.

Charly tapste heran und mauzte vorwurfsvoll. Er hatte sich unglaublich schnell von seinem Unfall erholt. Sein Hinterbein sah zwar schrecklich aus, weil es rasiert und mit mehreren Nähten überzogen war, aber er schien kaum Schmerzen zu verspüren. Er humpelte kaum noch. Deswegen empfand er seinen Hausarrest offensichtlich vollkommen übertrieben und ließ keine Gelegenheit aus, sich darüber zu beschweren. Entschuldigend kraulte ich ihn hinter den Ohren. Auch wenn drei Wochen Katzenjammer wenig erfreuliche Aussicht boten, so wollte ich die Empfehlung des Tierarztes unbedingt befolgen. Charly wandte sich klagend von mir ab und wanderte zu der verschlossenen Katzenklappe, um beleidigt auf die Terrasse hinauszustarren, wo Lilly saß und nicht minder beleidigt hereinstarrte. Es tat mir zwar wirklich leid, sie nach draußen verbannen zu müssen, aber es war noch zu früh, als dass sich die Hündin und der Kater gleichzeitig in einem geschlossenen Raum hätten aufhalten können. Dieses

Vorhaben wurde vorsorglich von Jan und mir vertagt, bis Charlys Belastbarkeit wieder gänzlich saniert sein würde.

Ich rollte mich auf die Seite und genoss mit geschlossenen Augen Jans zärtliche Streicheleinheiten. Wohlige Schläfrigkeit überkam mich. Es war toll, diese einfach nur zuzulassen, ohne Angst vor einem bösen Erwachen.

Die Zeiten panischer Schlaflosigkeit waren vorbei. Rene konnte mir nicht mehr zusetzen. Nach einer streng bewachten Behandlung im Krankenhaus (seine Platzwunde brauchte nur *einen* Stich) wurde er umgehend in eine geschlossene Entzugsklinik überführt. Bis zur Gerichtsverhandlung unseres Falles hatte er hoffentlich den Drogen den Kampf angesagt. Wie es danach weiterginge, würde sich zeigen. Trotz allem, was er mir angetan hatte – mein anfänglicher Hass hatte sich in ehrliches Mitleid verwandelt, so wie von Jan prophezeit. Ich war wirklich froh, dass mein beherzter Schlag keine weitreichenden Folgen für ihn hatte und er jetzt die Chance bekam, wieder gesund zu werden. Gesund in Bezug auf seine Sucht, wie auch auf seine Psychopathie. Ich wünschte ihm von Herzen alles Gute und dass er eines Tages wieder glücklich sein könnte.

So ausnahmslos glücklich, wie ich es nun war.

Und hoffentlich für alle Zeiten bleiben würde.

6236528R00224

Printed in Germany
by Amazon Distribution
GmbH, Leipzig